JOSÉ SARAMAGO

Memorial del convento

punto de lectura

Título: Memorial del convento
Título original: *Memorial do convento*
© 1982, José Saramago y Editorial Caminho, Lisboa
© De la traducción: Basilio Losada
© Santillana Ediciones Generales, S.L.
© De esta edición: noviembre 2006, Punto de Lectura, S.L.
Torrelaguna, 60. 28043 Madrid (España) www.puntodelectura.com

ISBN: 84-663-1919-0
Depósito legal: B-53.844-2006
Impreso en España – Printed in Spain

Diseño e ilustración de portada: © Manuel Estrada
Diseño de colección: Punto de Lectura

Impreso por Litografía Rosés, S.A.

Segunda edición: diciembre 2006

JOSÉ SARAMAGO

Memorial del convento

Para a forca hia um homem: e outro que o encontrou lhe dice: Que he isto senhor fulano, assim vay v. m.? E o enforcado respondeo: Yo no voy, estes me lleban.

P. MANUEL VELHO

Je sais que je tombe dans l'inexplicable, quand j'affirme que la réalité —cette notion si flottante—, ta connaissance la plus exacte possible des êtres est notre point de contact, et notre voie d'accès aux choses qui dépassent la réalité.

MARGUERITE YOURCENAR

Don Juan, quinto de este nombre en el orden real, irá esta noche al dormitorio de su mujer, Doña María Ana Josefa, llegada hace más de dos años desde Austria para dar infantes a la corona portuguesa y que aún hoy no ha quedado preñada. Ya se murmura en la corte, dentro y fuera de palacio, que es probable que la reina sea machorra, insinuación muy resguardada de orejas y bocas delatoras y que sólo entre íntimos se confía. Ni se piensa que la culpa sea del rey, primero porque la esterilidad no es mal de hombres, de mujeres sí, por eso son repudiadas tantas veces, y segundo, y prueba material por si preciso fuere, que abundan en el reino los bastardos de real simiente y siguen aumentando. Además, quien se extenúa implorando al cielo un hijo no es el rey, sino la reina, y también por dos razones. La primera es que un rey, y aún más si lo es de Portugal, no pide lo que sólo en su poder está dar, la segunda razón porque siendo la mujer, naturalmente, vaso de recibir, ha de ser naturalmente suplicante, tanto en novenas organizadas como en oraciones ocasionales. Pero ni la pertinacia del rey, que, salvo dificultad canónica o impedimento fisiológico, dos veces por semana cumple vigorosamente su débito real y conyugal, ni la paciencia y humildad de la reina, que, oraciones aparte, se sacrifica a una inmovilidad total después de que su esposo se retira de ella y de la cama, para que no se perturben en su acomodo generativo los líquidos comunes, escasos los suyos por falta de estímulo y de tiempo, y cristianísima retención moral, pródigos los del soberano, como se espera de un hombre que aún no ha cumplido veintidós años, ni esto ni aquello hincharon hasta hoy el vientre de Doña María Ana. Pero Dios es grande.

Casi tan grande como Dios es la basílica de San Pedro de Roma que el rey está levantando. Es una construcción sin fosos ni fundamentos, asentada en el tablón de una mesa que no precisaría ser tan sólida para la carga que soporta, miniatura de basílica dispersa en pedazos por encajar según el antiguo sistema del machihembrado, que, con mano reverente, van siendo cogidos por los cuatro gentileshombres de servicio. El arca de donde los retiran huele a incienso, y los terciopelos carmesíes que los envuelven, separadamente para que no se raye el rostro de la estatua con la arista del pilar, refulgen a la luz de los grosísimos blandones. Va la obra adelantada. Ya todas las paredes están firmes en los goznes, aplomadas se ven las columnas bajo la cornisa recorrida por latinas letras que explican el nombre y el título de Paulo V Borghese y que el rey hace mucho dejó de leer, aunque aún sus ojos se complazcan en el número ordinal de aquel papa, por vía de igualdad con el suyo propio. En rey sería defecto la modestia. Va ajustando en los orificios adecuados de la cornisa las figuras de los profetas y los santos, y por cada una hace reverencia el camarero, abre las dobleces preciosas del terciopelo, ahí está una estatua ofrecida en la palma de la mano, un profeta boca abajo, un santo que cambió los pies por la cabeza, pero en estas involuntarias irreverencias nadie repara, tanto más cuanto que el rey, inmediatamente, reconstituye el orden y la solemnidad que conviene a las cosas sacras enderezando y poniendo en su lugar las vigilantes entidades. Desde lo alto de la cornisa lo que ellas ven no es la Plaza de San Pedro, sino al rey de Portugal y a los gentileshombres de cámara que lo sirven. Ven el entarimado de la tribuna, las celosías que dan a la capilla real, y mañana, a la hora de la misa primera, si entre tanto no han regresado a los terciopelos y al arca, verán al rey devotamente acompañando el santo sacrificio, con su séquito, del que ya no serán parte estos hidalgos que aquí están porque se acaba la semana y entran otros de servicio. Bajo esta tribuna en que estamos, otra hay también velada por celosías, pero sin construcción de armar, fuese capilla o ermitorio, donde apartada asiste la reina al oficio, ni siquiera la santidad del lugar ha sido propicia a la gravidez. Ahora sólo falta colocar la cúpula de Miguel Ángel, aquel arrebato de piedra, aquí en fingimiento, que, por sus excesivas dimensiones, está guardado en arca aparte, y siendo ése el remate de la construcción le será dado diferente aparato, que es el de ayudar todos al rey, y con un ruido retumbante se ajustan los dichos machos y hembras en sus mutuos encajes, y la obra queda lista. Si el poderoso son, que resonará por toda la capilla, llega, por salas y extensos corredores, al cuarto o cámara donde la reina espera, sepa ella que su marido viene ahí.

Que espere. Por ahora aún el rey está preparándose para la noche. Lo desnudaron los camareros, lo vistieron con el traje de la función y del estilo, pasadas las ropas de mano en mano tan reverentemente como reliquias de santas que hubieran trasladado doncellas, y esto ocurre en presencia de otros criados y pajes, este que abre el gran cajón, aquél aparta la cortina, uno alza el velón, otro le amortigua el brillo, dos que no se mueven, dos que imitan a éstos y tantos que no se sabe qué hacen ni para qué están. Al fin, tras tanto esfuerzo de todos, quedó dispuesto el rey, uno de los hidalgos rectifica el pliegue final, otro ajusta el cuello bordado, antes de un minuto estará Don Juan V camino del cuarto de la reina. El cántaro está a la espera de la fuente.

Pero entra ahora Don Nuno da Cunha, que es el obispo inquisidor y trae consigo a un franciscano viejo. Entre pasar adelante y decir el recado hay reverencias complicadas, floreos de aproximación, pausas y retrocesos, que son las fórmulas de acceso a la vecindad del rey, y todo esto habremos de dar por hecho y explicado vista la prisa que trae el obispo y considerando el temblor inspirado del fraile. Se retiran en un aparte Don Juan V y el inquisidor, y éste dice, Ese que está ahí es fray Antonio de San José, a quien, hablándole yo de la tristeza de vuestra majestad por no haberle dado hijos la reina nuestra señora, pedí que encomendara vuestra majestad a Dios para que le diera sucesión, y él me respondió que vuestra majestad tendrá hijos si quiere tenerlos, y entonces le pregunté qué quería decir con tan oscuras palabras, dado que es sabido que hijos vuestra majestad quiere tenerlos, y él me respondió, con palabras al fin muy claras, que si vuestra majestad prometiera levantar un convento en la villa de Mafra, Dios le daría sucesión, y habiendo declarado esto se calló Don Nuno e hizo un gesto al frailuco.

Preguntó el rey, Es verdad lo que acaba de decirme su eminencia, que si yo prometo levantar un convento en Mafra tendré hijos, y el fraile respondió, Es verdad, señor, pero sólo si el convento es franciscano, y volvió el rey, Cómo lo sabéis, y fray Antonio dijo, Lo sé, no sé cómo he llegado a saberlo, yo soy sólo la boca de que la verdad se vale para hablar, la fe no tiene más que responder, construya vuestra majestad el convento y en seguida tendrá sucesión; no lo construya y Dios decidirá. Con un gesto mandó el rey al fraile que se retirase, y luego preguntó a Don Nuno da Cunha, Es virtuoso este fraile, y el obispo respondió, No hay otro que lo sea más en su orden. Entonces Don Juan, el V de su nombre, seguro así sobre el mérito del empeño, levantó la voz, para que claramente lo oyese quien allí estaba y mañana lo supieran ciudad y reino, Prometo, por mi palabra real, que haré construir un convento de franciscanos en la villa de Mafra si la reina me da un hijo en el plazo de un año a contar de este día en que estamos, y todos dijeron, Dios oiga a vuestra majestad, y nadie allí sabía quién iba a ser puesto a prueba, si el mismo Dios, si la virtud de fray Antonio, si la potencia del rey, o, al fin, la dificultosa fertilidad de la reina.

Doña María Ana conversa con su camarera mayor portuguesa, la marquesa de Unhão. Han hablado ya de las devociones del día, de la visita realizada al convento de las carmelitas descalzas de la Conceição dos Cardais y de la novena de San Francisco Javier, que se iniciará mañana en San Roque, es el hablar de la reina y la marquesa jaculatorio y al mismo tiempo lacrimoso cuando dicen los nombres de los santos, pungitivo si hay mención de martirios o sacrificios particulares de clérigos y monjas, aunque unos y otros no excedan la sencilla maceración del ayuno o el oculto flagelo del cilicio. Pero el rey se ha anunciado ya, y viene con el ánimo encendido, estimulado por la conjunción mística del deber carnal y de la promesa que hizo a Dios por medio de los buenos oficios de fray Antonio de San José. Entraron con el rey dos camareros que lo aliviaron de las ropas superfluas, y lo mismo hace la marquesa con la reina, de mujer a mujer, con ayuda de otra dama, condesa, más una camarera mayor no menos graduada, que vino de Austria, es el cuarto una asamblea, las majestades que se hacen mutuas reverencias, no se acaba el ceremonial, al fin se retiran los gentileshombres de cámara por una puerta, las damas por otra, y en las antecámaras permanecerán a la espera de que acabe la función, a fin de que el rey regrese acompañado a su cuarto, cuarto que fue de la reina su madre en tiempos de su padre, y vengan las damas a éste a cobijar a Doña María Ana con el edredón de plumas que también trajo de Austria y sin el que no puede dormir, sea invierno o verano. Y es por causa de este edredón, sofocante hasta en el frío febrero, que Don Juan no pasa toda la noche con la reina, al principio sí, por ser aún mayor la novedad que el incomodo, que no lo era pequeño el sentirse bañado en sudores propios y ajenos, con una reina tapada hasta la cabeza, recocido en olores y secreciones. Doña María Ana, que no ha venido de país cálido, no soporta el clima de éste. Se cubre toda con un inmenso y altísimo edredón, y así se queda, enroscada como topo que encontró piedra en su camino y anda pensando por qué lado ha de seguir excavando su galería.

Visten la reina y el rey camisas largas, que por el suelo arrastran, la del rey sólo la fimbria bordada, la de la reina una buena cuarta más, para que ni la punta de los pies se vea, el dedo gordo o los otros, de las impudicias conocidas tal vez sea ésta la más osada. Don Juan V conduce a Doña María Ana al lecho, la lleva de la mano, como en un baile el caballero a su dama, y antes de subir los pequeños escalones, cada uno por su lado, se arrodillan y dicen las oraciones precautorias necesarias para no morir en pleno acto carnal sin confesión, para que de esta nueva tentativa resulte fruto, y sobre este punto tiene Don Juan V razones dobladas para esperar, confianza en Dios y en su propio vigor, por eso dobla la fe con que al propio Dios impetra sucesión. En cuanto a Doña María Ana, es de suponer que esté orando por los mismos favores, si por ventura no tiene motivos particulares que los dispensen y sean secreto de confesonario.

Se han acostado ya. Ésta es la cama que vino de Holanda cuando la reina vino de Austria mandada hacer de propósito por el rey, la cama, a quien costó setenta y cinco mil cruzados, que en Portugal no hay artífices de tanto primor, y, si los hubiera, sin duda ganarían menos. Para un mirar distraído, ni se sabe si es de madera el magnífico mueble, cubierto como está por la armazón preciosa, tejida y bordada de florones y relieves de oro, eso por no hablar del dosel, que podría servir para cubrir al papa. Cuando la cama fue aquí puesta y armada aún no había en ella chinches, tan nueva era, pero después, con el uso, el calor de los cuerpos, las migraciones en el interior del palacio, o de la ciudad para adentro, que de dónde viene esta ventregada de bichejos es algo que no se sabe, y siendo tan rica de materia y adorno no se le puede aproximar un trapo ardiendo para quemar el enjambre, y no hay más remedio, aun no siéndolo, que pagar a San Alejo cincuenta reis al año, a ver si libra a la reina, y nos libra a nosotros todos, de la plaga y el picor. En noches que viene el rey, las chinches tardan más en empezar a atormentar, por mor del bullicio de los colchones, que son bichos que gustan de sosiego y gente adormecida. Allá en la cama del rey hay otros a la espera de su quiñón de sangre, que no la encuentran ni mejor ni peor que la otra de la ciudad, azul o natural.

Doña María Ana tiende al rey la manita sudada y fría, que incluso tras calentarse al cobijo del edredón se hiela pronto en el aire gélido del cuarto, y el rey, cumplido ya el débito, y esperándolo todo del convencimiento y creativo esfuerzo con que lo cumplió, se la besa como a reina y futura madre, si no es que fray Antonio de San José ha ido demasiado lejos en su presunción. Es Doña María Ana quien tira del cordón de la campanilla, entran por un lado los gentileshombres del rey, por otro las damas, flotan olores diversos en la atmósfera pesada, uno lo identifican fácilmente, que sin lo que lo causa no son posibles milagros como el que esta vez se espera, porque la otra, la tan comentada, incorpórea fecundación, fue una vez y no sirva como ejemplo, sólo para mostrar que Dios, cuando quiere, no precisa de los hombres, aunque no pueda dispensarse de mujeres.

Aunque insistentemente tranquilizada por el confesor, tiene Doña María Ana, en estas ocasiones, grandes escrúpulos de alma. Retirados el rey y los gentileshombres, acostadas ya las damas que la sirven y protegen su sueño, siempre piensa la reina que sería obligado levantarse para sus últimas oraciones, pero, obligada por los médicos a hacer la clueca, se contenta con murmurarlas hasta el infinito, pasando cada vez más lentamente las cuentas del rosario, hasta que se queda dormida en medio de un Dios te salve María llena eres de gracia, al menos a ella le fue todo tan fácil, bendito sea el fruto de tu vientre, y es en el de su ansiado propio en el que piensa, al menos un hijo, Señor, al menos un hijo. De este involuntario orgullo nunca se confesó, por ser distante e involuntario, tanto que si fuera llamada a juicio juraría, con verdad, que siempre se había dirigido a la Virgen y al vientre que ella tuvo. Son meandros del subconsciente real, como aquellos otros sueños que siempre Doña María Ana tiene, a ver quién los explica, cuando el rey viene a su cuarto, que es verse atravesando el Terreiro do Paço hacia la parte de los mataderos, levantando la falda por delante y patinando en un cieno aguado y pegajoso que huele a lo que huelen los hombres cuando descargan, mientras el infante Don Francisco, su cuñado, cuyo antiguo cuarto ahora ocupa, y algún hechizo queda de él allí, danza a su alrededor, alzado en zancos, como una cigüeña negra. Tampoco de este sueño dio nunca cuenta al confesor, y qué cuentas le iba a dar él a su vez, siendo, como es, caso omiso en el manual de la perfecta confesión. Quede Doña María Ana en paz, dormida ya, invisible bajo la montaña de plumas, mientras las chinches empiezan a salir de las hendeduras, de las dobleces, y se dejan caer desde lo alto del dosel, haciendo así más rápido el viaje.

También Don Juan V soñará esta noche. Verá alzarse de su sexo un árbol de Jessé, frondoso y poblado todo de los ascendientes de Cristo, hasta al mismo Cristo, heredero de todas las coronas, y después disiparse el árbol y en su lugar alzarse, poderosamente, con altas columnas, torres de campanas, cúpulas y torreones, un convento de franciscanos, como se puede ver por los hábitos de fray Antonio de San José, que está abriendo, de par en par, las puertas de la iglesia. No es vulgar en reyes un temperamento así, pero de ellos Portugal siempre ha estado bien servido.

Y bien servido de milagros también. Aún es pronto para hablar de este que se prepara, y que, por otra parte, no es exactamente un milagro sino favor divino, descenso de mirada piadosa y propiciatoria hacia un vientre esquivo, esto será el nacimiento del infante cuando llegue la hora, pero es justamente tiempo de mencionar veros y certificados milagros que, por venir de la misma y ardentísima zarza franciscana, bien auguran la promesa del rey.

Véase si no el célebre caso de la muerte de fray Miguel de la Anunciación, provincial electo que fue de la orden tercera de San Francisco, cuya elección, dicho sea de paso pero no fuera de propósito, se hizo con guerra encendida que contra ella y él levantó la Parroquial de Santa María Magdalena, por oscuros celos, con tal saña que a la muerte de fray Miguel aún andaba en pleitos y no se sabe cuándo iban a ser juzgados de una vez, si es que al fin lo eran, entre sentencia y recurso, entre conciliación y agravio, hasta que la muerte viniera a cerrar el proceso, cosa que ocurrió. Lo cierto es que no murió el fraile de corazón despedazado, sino de una maligna tifoidea o tifus, si no fue otra fiebre sin nombre, remate común de una vida en ciudad de tan pocas fuentes de agua para beber y donde los gallegos no dudan en llenar los barriles en las fuentes de los caballos, y así mueren, inmerecidamente, los provinciales. Sin embargo, era fray Miguel de la Anunciación de tan compasiva naturaleza que, hasta después de muerto, pagó con bien el mal, y si vivo había hecho caridades, difunto obraba maravillas, siendo la primera el desmentir a los médicos que temían que se corrompiera el cuerpo aceleradamente y por eso recomendaron abreviada sepultura, y no se corrompió el carnal despojo, antes bien, por espacio de tres días enteros embalsamó la iglesia de Nuestra Señora de Jesús, donde estuvo expuesto, con suavísimo aroma, y el cadáver no estaba rígido, al contrario, blandamente los miembros todos se dejaban mover, como si estuviese vivo.

Segundas y terceras maravillas, pero de valor primerísimo, fueron los milagros propiamente dichos, tan señalados e ilustres que acudió el pueblo de toda la ciudad a observar el prodigio y beneficiarse de él, pues quedó autentificado que en dicha iglesia fue dada vista a ciegos, y pies a cojos, y era tanta la afluencia que en los escalones del atrio había puñetazos y puñaladas para entrar, y algunos perdieron la vida, que luego, ni por milagro les fue restituida. O tal vez sí, si pasados tres días, y siendo grande la alarma, de allí no se hubiesen llevado el cuerpo, a escondidas, y a escondidas lo enterraran. Privados de esperanza de cura mientras no constase el fallecimiento de otro bienaventurado, allí mismo anduvieron a bofetadas de pura fe y puro desespero, ciegos y mancos, si es que a éstos les sobraba mano, en gritos todos y en invocaciones a cuantos santos hay, hasta que los frailes salieron a bendecir aquel ayuntamiento, y con eso, a falta de cosa mejor, se fueron todos.

Pero ésta, confesémoslo sin vergüenza, es una tierra de ladrones, ojo que ve, mano que se dispara, y siendo la fe tanta, aunque no siempre bien recompensada, mayor es el descaro y la impiedad con que se asaltan iglesias, como ocurrió sin ir más lejos el año pasado, en Guimarães, también en la de San Francisco, quien, por haber despreciado en vida tan sólidos bienes, consiente que se le lleven todo en la eternidad, menos mal que tiene la orden la vigilancia de San Antonio, que, ése, se resigna mal a que le vacíen altares y capillas, como en Guimarães se vio y en Lisboa se ha de ver.

En aquella ciudad fueron, pues, los ladrones a robar, entrando al efecto por una ventana, adonde el santo, jovialmente, fue a recibirlos, pegándoles con eso tan gran susto que hizo caer desamparado a quien más alto en la escalera estaba, cierto es que sin ningún hueso partido, pero tan tullido quedó que ya no va a poder moverse más, y queriendo los compañeros llevárselo de allí, que no son raros tampoco entre ladrones los generosos y abnegados de corazón, no lo consiguieron, caso, por otra parte, no inédito pues ya le sucedió a Inés, hermana de Santa Clara, cuando aún San Francisco andaba por el mundo, hace exactamente quinientos años, en mil doscientos once, pero no era por robo el caso de ella, o de robo sería, porque al Señor se la querían robar. Allí quedó el ladrón, como si la mano de Dios lo estuviera clavando al suelo o la garra del diablo lo sostuviera desde las profundidades, allí quedó hasta el día siguiente, cuando dieron con él las gentes del barrio y luego lo llevaron, ya sin esfuerzo y con peso natural, al altar del mismo santo para que lo sanara, milagro obrado de forma original, pues se vio sudar copiosamente a la imagen de San Antonio, y durante tanto tiempo que dio para que llegaran jueces y escribanos a dar fe del prodigio, que fue éste el de sudar la madera y también que se curó el ladrón al pasarle por la cara una toalla húmeda de aquel humor bendito. Y con esto quedó el hombre sano, salvo y arrepentido.

Pero no todos los delitos llegan a averiguarse. En Lisboa, por ejemplo, no habiendo sido el milagro menos notorio, aún hoy está por aclarar quién fue el del asalto, por más que se permitan algunas sospechas, afortunadamente absueltas, como quien de ellas fue objeto, por la buena intención que en definitiva lo motivara. Fue el caso que en el convento de San Francisco de Xabregas entraron los rateros, o entró un ratero, por la claraboya de una capilla contigua a la de San Antonio, y fue, o fueron, al altar mayor, y en un credo afanaron las tres lámparas que allí había. Descolgar las lámparas de los ganchos, cargar con ellas a oscuras por mayor cautela, arriesgarse a tropezones, tropezar incluso y hacer ruido sin que nadie acudiera a indagar el porqué de aquel barullo, sería como para sospechar un prodigio o complicidad de algún santo desvariado si no fuera que en aquel mismo momento empezaron a sonar la campana y la matraca con su acostumbrado zafarrancho despertando a los frailes para los maitines. Pudo por ello el ladrón escapar a salvo, y si más barullo hiciera no lo habrían oído, viéndose así hasta qué punto conocía el asaltante las costumbres de la casa.

Empezaron los frailes a entrar en la iglesia y la hallaron a oscuras. Ya estaba conforme el hermano responsable con el castigo que no dejarían de aplicarle por una falta que no sabría explicar, cuando se observó, y fue confirmado por el tacto y el olor, que no era aceite lo que faltaba, que allí estaba derramado por el suelo, sino las lámparas, que de plata eran. Estaba aún fresco el desacato, si así se puede decir, pues las cadenas de donde habían colgado las susodichas lámparas oscilaban aún mansamente, diciendo, en lenguaje de alambre, Hace poco, hace poco.

Salieron de inmediato algunos religiosos a las calles próximas, repartidos en patrullas, que si atrapan al ladrón no se sabe lo que misericordiosamente iban a hacer de él, pero no dieron ni con su rastro, o con el de la cuadrilla, si lo era, caso que no debe sorprendernos por cuanto pasaba ya de medianoche y estaba la luna en el menguante. Sofocáronse los frailes recorriendo las cercanías a paso de carga, y regresaron al fin al convento con las manos vacías. Entre tanto, otros religiosos, pensando que podría el ladrón, con fina astucia, haber permanecido oculto en la iglesia, dieron por ella una vuelta completa desde el coro a la sacristía, y fue cuando andaban en este alborozado escudriñar, toda la congregación batiendo las sandalias y las faldas del hábito, levantando las tapas de los arcones, apartando armarios, sacudiendo paramentos, cuando un fraile viejo, conocido por su vida virtuosa y su brava religión, reparó en que el altar de San Antonio no había sido tocado por aquellas rateras manos pese a ser abundantísima en él la plata, rica en peso, labor y pureza. Sorprendió a aquel pío varón, y nos sorprendería a nosotros si allí estuviésemos, porque, siendo manifiesto que por aquella claraboya entró el ladrón y al altar mayor fue a robar las lámparas, tuvo que pasar por delante de la capilla de San Antonio, que estaba de camino. Con toda razón, pues, volvióse el fraile para increpar a San Antonio como siervo poco celoso de sus obligaciones. Y vos, Santo, sólo guardáis la plata que os toca, y dejáis que se lleven la otra, pues ahora os vais a quedar sin ninguna, y dichas estas violentísimas palabras se fue a la capilla y empezó a despojarla, quitando de allí, no sólo plata, sino mantos y adornos, y no sólo en la capilla, sino también al propio santo, que vio cómo se llevaban su corona de quita y pon, y la cruz, y hasta sin Niño se habría quedado si los otros religiosos no hubieran acudido, pensando que el castigo era excesivo y advirtiendo que lo dejara para consuelo del pobre castigado. Meditó un poco el fraile la advertencia, y remató, Pues que se quede como fiador mientras el santo no devuelva las lámparas. Y como con todo esto eran ya más de las dos pasada la medianoche, tiempo gastado en la rebusca y, al fin, en el recriminatorio lance relatado, se recogieron los frailes para dormir, temiendo algunos que se vengara el santo de aquel insulto.

Al otro día, serían las once cuando llamó a la portería del convento un estudiante, de quien conviene aclarar que llevaba años pretendiendo el hábito de la casa y frecuentando con gran asiduidad a los frailes de ella, y se da esta información, primero, por ser verdadera y servir siempre para algo la verdad, y, segundo, para ayudar a quien se dedique a descifrar enigmas, o a hacer crucigramas cuando los haya, en fin, llamó el estudiante a la puerta del convento y dijo que quería hablar con el prelado. Lo llevaron a su presencia, le besó la mano o el cordón del hábito, si no la fibria, que esto no se acabó nunca de saber con certeza, y declaró haber oído contar en la ciudad que las lámparas estaban en el convento de Cotovía, de los padres de la Compañía de Jesús, más allá del Barrio Alto de San Roque. Dudó el prelado, dada la insuficiencia manifiesta del portador de la noticia, estudiante a quien sólo por tanto aspirar a fraile no tenían por un truhán, aunque tampoco sea tan raro encontrarse esto en aquello, y luego por la inverosimilitud de que alguien fuera a devolver a Cotovía lo hurtado en Xabregas, sitios tan opuestos y distantes, órdenes tan poco parientes, en la distancia casi una legua a vuelo de pájaro, y en lo demás unos de negro y otros de pardo, que aun eso sería lo de menos, que por la casca no se conoce el fruto y sí sólo cuando se le mete el diente. Mandaba no obstante la prudencia que se averiguara el aviso, y así fue un grave religioso, acompañado por dicho estudiante, desde Xabregas a Cotovía, ambos a pie, entrando en la ciudad por la Puerta de Santa Cruz, y si para completa ciencia del caso importa saber qué otro camino tomaron hasta su destino, dígase entonces que pasaron por delante de la iglesia de Santa Estefanía, y, después, al lado de la iglesia de San Miguel, y luego por la iglesia de San Pedro, para entrar por la puerta de su nombre y descender luego por el Postigo del Conde de Linhares; después, todo derecho, por la Puerta del Mar hasta el Pelourinho Velho, son todos nombres y lugares de los que sólo quedó el recuerdo, evitaron la Rua Nova dos Mercadores por ser grave el religioso y de práctica usuraria hasta hoy la dicha calle, y habiendo pasado por el lado de Rossío fueron a dar al Postigo de San Roque, y, en fin, llegaron a Cotovía, donde llamaron y entraron, y conducidos ante el rector, dijo el fraile, Este estudiante que viene aquí conmigo fue a Xabregas diciendo que están aquí nuestras lámparas, robadas ayer noche, Así es, por lo que me han contado eran cerca de las dos cuando llamaron a la portería con insistencia y preguntando el portero qué querían, respondió una voz que abrieran en seguida la puerta porque se iba a efectuar una restitución, y llegado el portero a darme noticia del insólito caso, mandé abrir la puerta y encontramos las lámparas, un tanto abolladas y rotas las guarniciones, pero aquí están, y si les falta algo es que ya faltaba cuando se las robaron. Y vieron quién fue el de la llamada, Eso no lo vimos, que aunque salieron unos padres a la calle no encontraron a nadie.

Volvieron las lámparas a Xabregas, y ahora piense cada uno lo que quiera. Habrá sido el estudiante, tunante al fin, y bellaco, que preparó su estratagema para entrar por aquellas puertas y vestir hábito de franciscano, como de hecho hizo, y para eso robó y fue a entregar, con mucha esperanza de que la bondad de la intención le perdonase la fealdad del pecado en el día del juicio final. Habrá sido San Antonio, que, habiendo realizado hasta hoy tantos y tan variados milagros, también podía haber hecho éste al verse dramáticamente despojado de sus platas por la furia sagrada del fraile que bien sabía a quién intimaba, como igualmente lo saben los barqueros y marineros del Tajo, que cuando el santo no satisface sus voluntades ni premia sus votos, lo castigan hundiéndolo cabeza abajo en las aguas del río. No será tanto por la incomodidad, porque un santo merecedor de ese nombre es tan capaz de respirar a pulmón el aire de todos nosotros como con branquias el agua que es el cielo de los peces, pero la vergüenza de saber expuestas las plantas humildes de los pies o el desánimo de verse sin platas y casi sin Niño Jesús, hacen de San Antonio el más milagroso de los santos, mayormente para hallar cosas perdidas. En fin, salga el estudiante absuelto de esta sospecha, si no viene a hallarse en otra igualmente dudosa.

Con tales precedentes, siendo tan favorecidos los franciscanos de medios para alterar, invertir o acelerar el orden natural de las cosas, hasta la matriz renitente de la reina obedecerá a la fulminante imposición del milagro. Tanto más cuanto que convento en Mafra es algo que desea la orden de San Francisco desde mil seiscientos veinticuatro, aún era rey de Portugal un Felipe español, que, por serlo, e importarle pues muy poco los frailes de por acá, en los dieciséis años que le duró la realeza nunca dio consentimiento. No cesaron por eso las diligencias, metióse en el empeño el valimiento de los nobles donatarios de la villa, pero parecía agotada la potencia y embotada la pertinacia de la Provincia de Arrábida, que al convento aspiraba, pues aún ayer, que tanto se puede decir de lo que apenas hace seis años que aconteció en mil setecientos cinco, dio parecer desfavorable el Desembargo do Paço a una nueva petición, y con no pequeño atrevimiento se expresó, si no es falta de respeto por los intereses materiales y espirituales de la Iglesia, osando considerar no era conveniente la pretendida fundación por estar el reino muy onerado de conventos mendicantes, y por muchos otros inconvenientes que la prudencia humana sabe dictar. Sabe Dios qué inconvenientes dictaba la prudencia humana a los del Tribunal, pero ahora van a tener que comerse la lengua y digerir el mal pensamiento, que ya dijo fray Antonio de San José que, en habiendo convento, habrá sucesión. La promesa está hecha, parirá la reina, la orden franciscana cogerá la palma de la victoria, ella que tantas cogió del martirio. Cien años de espera no son mortificación excesiva para quien cuenta con vivir la eternidad.

Vimos cómo, en instancia final, salió absuelto el estudiante de la sospecha de robo de las lámparas. Ahora no se va a decir que por secretos de confesión divulgados supieron los frailes de la Arrábida de la preñez de la reina antes incluso de que ella se lo participara al rey. No se va a decir ahora que Doña María Ana, por ser tan piadosa señora, acordó callar un tiempo suficiente para que apareciera con el reclamo de la promesa el virtuoso fray Antonio. No se va a decir ahora que el rey contará las lunas desde la noche del voto hasta el día en que nacerá el infante, y que las hallará completas. No se diga más de lo que dicho queda.

Salgan, pues, absueltos los franciscanos de esta sospecha, si nunca se hubieran hallado en otras igualmente dudosas.

A lo largo del año hay quien muere por haber comido mucho durante toda su vida, razón por la que se repiten los accidentes apopléticos, primero, segundo y tercero, y a veces basta uno para llevar a la sepultura, y, si el accidentado provisionalmente escapó, queda tullido de un lado, con la boca tuerta, sin voz si el lado fue ése, y también sin remedios que le acudan, fuera de las sangrías, que se recetan por medias docenas. Pero no falta, y por eso mismo fallece más fácilmente, quien muere por haber comido poco durante toda la vida, o quien la aguantó con un triste pasar a base de sardina y arroz, más la lechuga que dio su apodo a los moradores, y carne, cuando cumple años su majestad. Quiere Dios que el río sea pródigo en peces, loados sean los tres por eso. Y que la lechuga, a más de otras hortalizas, vengan en jumentos de las aldeas, en serones completos, a gritos de rústicos y rústicas, que en este trabajo no se distinguen. Y que no falte el arroz más allá de lo tolerable. Pero esta ciudad, más que cualquier otra, es una boca que mastica de sobras por un lado y con estrecheces por el otro, sin que haya, pues, término medio entre la papada pletórica y el cuello fruncido, entre la narizota rubicunda y la otra hética, entre la nalga danzarina y la escurrida, entre la panza repleta y la barriga pegada a la espalda. Sin embargo, la Cuaresma, como el sol, cuando nace es para todos.

Corrió el Antruejo por esas calles, quien pudo se atracó de gallina y de carnero, de sueños y buñuelos, se pegó el lote por los rincones quien no pierde baza autorizada, se pusieron rabos celebrados en lomos fugitivos, se roció de agua la cara con jeringas de lavativas, se atizaron incautos con ristras de cebollas, bebieron vino hasta el regüeldo y el vómito, se partieron ollas, se tocaron gaitas, y si más no se revolcaron por travesías, plazas y rinconadas, barriga al aire, es porque la ciudad es inmunda, está alfombrada de excrementos, de basura, de perros pustulentos y gatos vagabundos, y cieno hasta cuando no llueve. Ahora es tiempo de pagar los cometidos excesos, mortificar el alma para que el cuerpo finja arrepentirse, él rebelde, él insumiso, este cuerpo parco y puerco de la pocilga que es Lisboa.

Va a salir la procesión de la penitencia. Castiguemos la carne por el ayuno, macerémosla ahora con los zurriagos. Comiendo poco se purifican los humores, sufriendo un algo se lavan las costuras del alma. Los penitentes, hombres todos, van al frente de la procesión, inmediatamente detrás de los frailes que llevan los pendones con las imágenes de la Virgen y del Crucificado. Tras ellos aparece el obispo bajo rico palio, y luego los santos en las andas, el regimiento interminable de curas, cofradías y hermandades, pensando todos en la salvación del alma, convencidos algunos de que no la han perdido, dudosos otros hasta hallarse en el lugar de la sentencia, quizá uno de ellos pensando que el mundo está loco desde que nació. Pasa la procesión entre filas de gente, y cuando pasa se arrastran por el suelo hombres y mujeres, se arañan la cara unos, se arrancan otros mechones de pelo, se dan todos de bofetadas, y el obispo va amagando bendiciones a un lado y otro, mientras un acólito maneja el incensario. Lisboa huele mal, huele a podrido, el incienso da un sentido a la fetidez, el mal es de los cuerpos, que el alma, ésa, es perfumada.

En las ventanas hay sólo mujeres, ésa es la costumbre. Los penitentes llevan grilletes alrededor de las piernas, o cargan sobre los hombros gruesas barras de hierro pasando sobre ellas los brazos, como crucificados, o se aplican zurriagazos con las disciplinas hechas de cordones en cuyos cabos hay bolas de cera dura armadas con puntas de cristal, y, los que así se flagelan, son lo mejor de la fiesta porque exhiben verdadera sangre que les corre por la espalda, y claman estrepitosamente, tanto por los motivos que el dolor les da como de obvio placer, que no comprenderíamos si no supiéramos que algunos tienen su amor en la ventana y van de procesión no tanto por salvar el alma como por pasados o prometidos gustos del cuerpo.

Presas en el alto copete o en la propia disciplina llevan cintitas de colores, cada uno la suya, y si la mujer elegida que desde la ventana ansía de angustia, de piedad por el amado sufridor, si no también de gozo al que sólo mucho más tarde aprenderemos a llamar sádico, no supiere, por la fisonomía o la silueta, reconocer al amante en aquella confusión de penitentes, pendones, gentío derramado en pavores y súplicas, vocear de letanías, ondear desajustado de los palios, bruscos cabeceos de las imágenes, adivinará al menos por la cintita rosa, o verde o amarilla, lila si no roja

31

o color del cielo, que aquél es su hombre y servidor, que le
está dedicando el vergajazo violento y que, no pudiendo
hablar, brama como toro en celo, pero si a las mujeres de la
calle, y a ella misma, les parece que falta vigor al brazo del
penitente o que el vergajazo fue de esos que no abren laña
en la piel, y desgarrones que desde aquí arriba se vean, entonces se levanta del coro femenino la rechifla y lo abu-
chean, posesas, frenéticas, las mujeres reclaman fuerza en el
brazo, quieren oír el restallar de los rabos de la tralla, que
corra la sangre como corrió la del Divino Salvador, mientras palpitan bajo las redondeces de las faldas, y aprietan y
abren los muslos según el ritmo de la excitación y su avan-
ce. Está el penitente justo ante la ventana de la amada, abajo en la calle, y ella lo contempla dominante, acompañada
tal vez de madre, o prima, o aya, o tolerante abuela, o tía
acedísima, pero sabiendo todos muy bien lo que allí pasa,
por experiencia fresca o remota remembranza, que Dios
nada tiene que ver con esto, que todo es cosa de fornica-
ción, y probablemente el espasmo de arriba viene a tiempo
de responder al espasmo de abajo, el hombre arrodillado
en el suelo azotándose furiosamente, frenético, mientras
gime de dolor, la mujer mirando con ojos desorbitados al
macho derrumbado, abriendo la boca para beberle la sangre y lo demás. Se ha parado la procesión el tiempo suficiente para que concluya el acto, el obispo bendijo y santi-
ficó, la mujer siente aquel delicioso relajamiento de los
miembros, el hombre sigue adelante, va pensando, con alivio, que a partir de este momento no va a necesitar azotar-
se con tanta furia, que lo hagan otros para gusto de otras.

Así, maltratadas las carnes, alimentadas de magro,
parece que se habrían de recoger las insatisfacciones hasta

la libertad pascual y que las solicitaciones de la naturaleza podrían esperar a que se limpiara de sombras el rostro de la Santa Madre Iglesia, ahora que se aproximan Pasión y Muerte. Pero tal vez la riqueza fosfórica del pescado atice la sangre, tal vez la costumbre de dejar que las mujeres corran solas por las iglesias en Cuaresma, contra lo que es uso en el resto del año, que es tenerlas en casa presas, salvo si son populares con puerta a la calle o viviendo en ésta, tan presas aquellas que se dice que salen, si son de noble extracción, para sólo ir a la iglesia, y apenas tres veces a lo largo de la vida, para ser bautizadas, casadas, sepultadas, para el resto allá está la capilla de la casa, quizá porque el dicho acostumbrado muestra, en fin, cuán insoportable es la Cuaresma, que todo tiempo cuaresmal es de muerte anticipada, aviso que debemos aprovechar, y, entonces, creyendo los hombres, o fingiendo creer, que las mujeres no hacen más que las devociones a que dijeron ir, es la mujer libre una vez sólo al año, y si no va sola, por no consentirlo la decencia pública, quien la acompaña lleva iguales deseos e igual necesidad de satisfacerlos, por eso la mujer, entre dos iglesias, fue a encontrarse con un hombre, cuál sea éste, y la criada que la guarda troca una complicidad por otra, y ambas, cuando se reencuentran ante el próximo altar, saben que la Cuaresma no existe y que el mundo está afortunadamente loco desde que nació. Por las calles de Lisboa, llenas de mujeres que visten igual, con sus velos, el refajo por encima de la cabeza, sólo una rendija apenas abierta para gestos de ojos o de labios, código general aprendido en la clandestinidad de los sentimientos y en los deleites prohibidos, por esas calles, con una iglesia en cada esquina, un convento en cada cuarterón de casas,

33

corre un viento de Primavera que vuelve la cabeza y, no corriendo el viento, hacen su vez los suspiros, los que se desahogan en los confesonarios o en lugares cerrados propicios a otras confesiones, las de la carne adúltera, oscilando entre los bordes del placer y del infierno, ambos gustosos en estos días de mortificación, de altares desnudos, de lutos rituales, de pecado omnipresente.

Entre tanto, si es de día, estarán durmiendo la siesta los maridos ingenuos, o que fingen serlo, y si de noche es, cuando soturnamente calles y plazas se llenan de multitudes que hieden a cebolla y a lavanda, y el murmullo de las oraciones asoma por las puertas abiertas de par en par de las iglesias, si es de noche, más descansados se sienten, porque así la demora no será tanta, se oye ya la llamada en la puerta, suenan los pasos en la escalera, vienen hablando familiarmente ama y criada, quizá no, o la esclava negra, si es que la llevó, y por las hendiduras danzan las luces de la palmatoria o del candil, finge el marido que despierta, finge la mujer que lo ha despertado, y si él pregunta, Qué, ya sabemos qué va ella a responder, que viene muerta de cansancio, molida de pies, desollada de rodillas, pero con el consuelo en el alma, y dice el misterioso número, Siete iglesias he visitado, tan apasionadamente lo dice que, o fue la devoción mucha o mucha la falta de ella.

De desahogos tales las reinas se ven privadas, principalmente si están ya grávidas, y de su señor legítimo, que por nueve meses no volverá a acercarse a ellas, regla, por otra parte, común al pueblo, pero que va sufriendo sus infracciones. Doña María Ana, como razones acrecentadas de recato, tiene además la maníaca devoción con que fue educada en Austria, y la complicidad

34

prestada al artificio franciscano, mostrando así, o dando a entender que la criatura que en su vientre se está formando es tan hija del rey de Portugal como del propio Dios, a cambio de un convento.

Doña María Ana se acostó muy temprano, rezó antes de irse a la cama, murmurando oraciones a coro con las damas que la sirven, y luego, cubierta ya por su edredón de plumas, vuelve a rezar, reza infinitamente, empiezan las damas a cabecear pero resisten como sabias, si no como vírgenes, y al fin se retiran, queda sólo la lamparilla de aceite vigilando, y la dama que allí pasará la noche, en un lecho bajo, no tarda también en quedarse dormida, que sueñe si quiere, qué importancia han de tener los sueños que detrás de sus párpados se están soñando, a nosotros lo que nos interesa es el trémulo pensamiento que aún se agita en Doña María Ana, bordeando el sueño, que en Viernes Santo ha de ir a la iglesia de la Madre de Dios, donde hay un Santo Sudario que las monjas desdoblarán ante ella antes de exponerlo a los fieles, y en él están claramente vistas las marcas del cuerpo de Cristo, éste es el único y verdadero Santo Sudario que existe en la cristiandad, señoras y señores, y los otros son igualmente verdaderos y únicos, y si no, no serían mostrados a la misma hora en tan diferentes lugares del mundo, pero éste está en Portugal, y es así el más vero de todos e incluso único. Cuando, consciente aún, Doña María Ana se ve a sí misma inclinándose ante el paño santísimo, no se llega a saber si lo iba a besar devotamente, porque de repente se queda dormida y se encuentra dentro del coche, volviendo a palacio con la noche ya oscura, con su guardia de arqueros, y de pronto un hombre a caballo, que viene de caza, con cuatro criados en mulas, y animales de pelo y pluma colgados de los arzones, en redes, rompe el hombre en dirección al coche, espingarda en mano, el caballo sacando chispas de las piedras y echando humo por los ollares, y cuando como un rayo rompe la guardia de la reina y llega al estribo sofrenando difícilmente su montura, le da en la cara la luz de las antorchas, es el infante Don Francisco, de qué lugares del sueño vino y por qué vendrá tantas veces. Se le espanta el caballo, no podía haber sido de otra manera con el batir del coche y de los arqueros sobre las piedras de la calzada, pero, comparando sueño y sueño, observa la reina que cada vez el infante se acerca más, qué querrá, y ella, qué querrá.

Es la Cuaresma sueño de unos y vigilia de otros. Pasó la Pascua, que despertó a todos pero condujo de nuevo a las mujeres a la sombra de las estancias y a la carga de las faldas. En casa hay unos cuantos maridos cucos* mas lo bastante feroces para el caso de otras caídas fuera de estación. Y porque, andando, andando, hemos acabado por hablar de pájaros, es hora ya que oigamos a los canarios que, en las iglesias, en jaulas adornadas con cintas y flores, cantan locos de amor, mientras en el púlpito predica el fraile su sermón y habla de cosas que presume más sagradas. Es Jueves de la Ascensión, asciende hasta las bóvedas el canto de los pájaros, subirán o no las preces al cielo, si ellos no las ayudan, no habrá esperanza, tal vez si nos calláramos todos.

* *Cuco* tiene la acepción popular en portugués de cornudo, marido traicionado.

Este que por la entereza de su porte, por su aire al mover la espada y por lo disparejo de las vestimentas, aunque descalzo, parece soldado, es Baltasar Mateus, el Sietesoles. Fue licenciado del ejército por no tener ya acomodo en él, tras cortarle la mano izquierda por la muñeca, destrozada por una bala frente a Jerez de los Caballeros, en la gran entrada de once mil hombres que hicimos en octubre del año pasado y que terminó con la pérdida de doscientos de los nuestros y la desbandada de los vivos, acosados por los caballos que los españoles sacaron de Badajoz. Nos refugiamos en Olivenza, con algún botín que cogimos en Barcarrota, y poco gusto para gozar de él, que no valió la pena andar diez leguas para llegar allí y correr otras tantas para acá, dejando en el campo tanta gente muerta y media mano de Baltasar Sietesoles. Por mucha suerte o por gracia particular del escapulario que trae al pecho no se le gangrenó la herida al soldado ni le reventaron las venas con la fuerza del garrote, y, siendo hábil el cirujano, bastó con desarticularle las junturas, que ni preciso fue meter el serrucho al hueso. Le almohadillaron el muñón con hierbas cicatrizantes, y tan excelente era la carnadura del Sietesoles que al cabo de dos meses estaba curado.

Por ser poco lo que pudo guardar de la soldada, tuvo que ponerse a pedir limosna en Évora para juntar las monedas que tendría que darle al herrero y al guarnicionero si quería el gancho de hierro que le iba a servir de mano. Así pasó el invierno, guardando la mitad de lo que conseguía, reservando para el camino la mitad de la otra mitad, y entre comida y vinos se le iba el resto. Era ya primavera cuando, pagado a plazos por cuenta del total, el guarnicionero, con la última entrega, le dio el gancho más un espigón que, por capricho de tener dos manos izquierdas diferentes, le había encargado Baltasar. Eran finas obras de cuero, perfectamente ligadas a los hierros, sólidos éstos de mazo y temple, y las correas de dos tamaños, para atar encima del codo y al hombro, para mayor refuerzo. Comenzó Sietesoles su viaje al tiempo cuando se sabía ya que el ejército de la Beira se quedaba en los cuarteles y no acudía en ayuda del de Alentejo, por ser mucha el hambre en esta provincia, sobre ser general en las demás. La tropa andaba descalza y rota, robaba a los labrantines, se negaba a entrar en batalla, y tanto desertaba para el enemigo como salía en desbandada, cada uno para su tierra, echándose fuera de los caminos, asaltando para comer, violando mujeres desgarradas, cobrando en fin la deuda a quien nada les debía y sufría un desespero igual. Sietesoles, mutilado, caminaba hacia Lisboa por el camino real, acreedor de una mano izquierda que había quedado parte en España y parte en Portugal, por artes de una guerra en que se decidiría quién vendrá a sentarse en el trono de España, si un Carlos austríaco o un Felipe francés, portugués ninguno, si completos o mancos, si enteros o cojos, salvo si dejar miembros cortados en el campo o vidas perdidas no es apenas señal de quien tenga nombre de soldado y para sentarse el suelo o poco más. Salió Sietesoles de Évora, pasó por Montemor, no lleva por ayuda o compaña fraile o diablillo, que para mano rota le basta con la suya.

Vino andando lentamente. No tiene a nadie a su espera en Lisboa, y en Mafra, de donde partió años atrás para sentar plaza en la infantería de su majestad, si padre y madre se acuerdan de él, lo creen vivo porque no tienen noticia de que esté muerto, o muerto porque no las tienen de que esté vivo. Al fin todo acabará por saberse con el tiempo. Hace sol ahora, no ha llovido, los matojos están cubiertos de flores, los pájaros cantan. Baltasar Sietesoles lleva los hierros en la alforja, porque hay momentos, horas enteras, en que siente la mano como si la tuviera aún rematando el brazo y no quiere robarse a sí mismo la felicidad de encontrarse entero y completo como enteros y completos estarán Carlos y Felipe en sus tronos, que al fin los habrá para los dos cuando la guerra acabe. A Sietesoles le basta para su contento, y mientras no mire donde le falta, la comezón que siente en la punta del dedo índice, e imaginar que está rascándose con el pulgar en el sitio donde le come. Y cuando esta noche sueñe, si a sí mismo se ve en el sueño, se verá sin que nada le falte, y podrá apoyar la cansada cabeza en las palmas de las dos manos.

También por otra interesada razón trae Baltasar los hierros guardados. Aprendió rápidamente que con ellos puestos, en particular el espigón, caen menos limosnas, la dan mezquina, aunque haya siempre quien se ve forzado a dejar caer una moneda al ver la espada que lleva a la cintura, batiéndole en el muslo, pese a que espada todos llevan, hasta los negros, pero no con este aire perfecto de quien ha aprendido a usarla, y ahora mismo si preciso fuera. Y si el número de viajeros no equilibra la desconfianza causada por aquel bulto que en medio del camino, cortando el paso, pide ayuda para un soldado a quien cortaron la mano y sólo por milagro pudo salvar la vida, si quien viene teme que la súplica pueda convertirse en ataque, siempre cae la limosna en la mano que queda, es lo que le vale a Baltasar, tener aún mano derecha.

Pasado Pegões, a la entrada de los grandes pinares donde comienza el arenal, Baltasar, ayudándose con los dientes, sujeta a la muñeca el espigón, que hará, llegado el caso y urgiendo la necesidad, veces de puñal, en tiempos que anda éste prohibido por ser arma fácilmente mortal. Sietesoles tiene, por así decir, carta de privilegio, y, doblemente armado de espigón y espada, se esconde en el camino, a la sombra de los árboles. Tendrá que matar a un hombre, de dos que quisieron robarle, aun gritándoles que no llevaba dineros, pero, llegando de una guerra donde vimos morir a tanta gente, no es caso éste que merezca resalte singular, salvo haber Sietesoles cambiado luego el espigón por el gancho para arrastrar más fácilmente al muerto fuera del camino, quedando así probadas las ventajas de ambos hierros. El salteador que, de los dos, había salido mejor librado, lo siguió aún media legua entre los pinares, y desistió al fin, y sólo de lejos le lanzó palabras de insulto y maldición, pero así como quien no cree que unas embaracen y otras ofendan.

Cuando Sietesoles llegó a Aldegalega, estaba anocheciendo. Comió unas sardinas fritas, bebió una jarra de vino, y, no llegándole el dinero para tomar posada, y sí sólo, y aun escaso, para pasar el día siguiente se metió en un tejar, bajo unos carros, y allí durmió, enrollado en el capote, pero con el brazo izquierdo fuera y el espigón armado. Pasó la noche en paz, soñando con el choque de Jerez de los Caballeros, y esta vez vencerán los portugueses porque a su frente avanza Baltasar Sietesoles, llevando en la mano diestra la siniestra cortada, prodigio que a los españoles los deja sin defensa y sin apaño. Al despertar, no había aún lucero de madrugada en el levante del cielo, sintió grandes dolores en la mano izquierda, nada sorprendentes con el espigón allí sujeto. Desató las correas y, pudiendo tanto la ilusión, y mucho más siendo noche y espesa la tiniebla bajo los carros, el no ver Baltasar sus dos manos no quería decir que no estuvieran allá. Ambas. Acomodó la alforja con el brazo izquierdo, se enroscó en el capote y volvió a quedarse dormido. Por lo menos, se había librado de la guerra. Con un trozo de carne menos, pero vivo.

Con la claridad del alba se levantó. Estaba el cielo muy limpio, transparente hasta las pálidas y últimas estrellas. Era un bonito día para entrar en Lisboa, con buen tiempo para quedarse allá, o continuar luego viaje, eso se vería. Metió mano en la alforja, sacó las botas arruinadas que no se había puesto en todo el camino del Alentejo, que si se las hubiera puesto en ese mismo camino se habrían quedado, y, pidiendo a la mano derecha mañas nuevas, con el débil amparo que el muñón, aún en el primer aprendizaje, podía ofrecer, consiguió acomodar los pies, aunque más bien se diría sacrificarlos con ampollas y mataduras, tan viejo era el hábito de llevarlos

41

descalzos, en su vida de paisano, o, en tiempo militar, cuando la soldada ni para comer daba, cuanto más para botas. No hay vida peor que la del soldado.

Cuando llegó al embarcadero, ya iba fuera el sol. Empezaba la bajamar, el patrón de la barca gritaba que iba a largar, Está la marea buena, quién embarca para Lisboa, y Baltasar Sietesoles corrió por las tablas tintineándole los fierros dentro de la alforja, y cuando un gracioso dijo que el manco llevaba las herraduras en el saco, para ahorrarlas, lo miró de través, metió la diestra y sacó el espigón, donde, ahora se veía bien, si no era aquello sangre seca era el diablo que lo fingía. Desvió los ojos el guasón encomendándose a San Cristóbal, que defiende de malos encuentros y accidentes de viaje, y no abrió más el pico desde allí a Lisboa. Una mujer, que iba con el marido por azar sentada al lado de Sietesoles, desató el fardel del almuerzo, y si a la vecindad ofreció por cortesía, pero sin voluntad de repartir, con el soldado insistió tanto que él aceptó. No gustaba Baltasar de comer ante la gente, con aquella su mano derecha que, sola, parecía una izquierda, el pan que resbalaba, el condumio que caía, pero la mujer le colocó la tajada sobre una rebanada y así, alternando el uso de los dedos con la punta de la navaja que había sacado del bolsillo, pudo comer con descanso y aseo suficiente. La mujer tenía edad para ser su madre, el hombre para ser su padre, no se trataba allí de cortejo amoroso sobre las aguas del Tajo, a las barbas del involuntario o consentidor cornudo. Sólo cierta fraternidad, pena de quien de guerras viene lisiado para siempre.

El patrón había izado una velilla triangular, el viento ayudaba a la marea, y ambos al barco. Los remeros,

42

frescos de la noche dormida y del aguardiente bebido, remaban seguros y sin prisa. Cuando doblaron la punta de tierra, la barca fue tomada por la fuerza de la corriente y de la bajamar, parecía un viaje hacia el paraíso, con el sol relampagueando en la superficie del agua y dos familias de atunes, unas veces una, otras la segunda, cruzando frente a la barca, oscuros sus lomos brillantes, arqueados como si imaginaran el cielo cerca y quisieran llegar a él. En la otra orilla, asentada sobre el agua, lejos aún, Lisboa se derramaba fuera de las murallas. Se veía el castillo allá en lo alto, las torres de las iglesias dominando la confusión de las casas bajas, la masa indistinta de las fachadas. Y empezó el patrón una historia, Buena fue la de ayer, si quieren que se la cuente, y todos querían, siempre era un modo de matar el tiempo, que el viaje no era corto, Pues fue, empezó el patrón, que llegó una flota inglesa, que está ahí, en la playa de Santos, y lleva tropas para Cataluña, para la guerra, con las otras que estaban aquí a la espera, pero vino también con ella un navío con unas parejas de facinerosos desterrados a las islas Barbadas, y unas cincuenta mujeres de mala vida que iban también para allá, a hacer casta, que en tierras de ésas tanto monta honrada como deshonrada, pero el capitán del barco, diablo de hombre, pensó que en Lisboa podrían hacerla mejor, y aligeró la carga y mandó poner en tierra a las mujeres, con su cuerpo gentil, que algunas vi yo, y no estaban nada mal las inglesitas. Se rió el patrón de gusto anticipado, como si estuviera haciendo sus propios planes de navegación carnal y calculando los beneficios del abordaje, se rieron a carcajadas los remeros algarbios, Sietesoles se desperezó como un gato al

43

sol, la mujer del fardel hizo como quien no ha oído, el marido no sabía qué hacer, si reír la historia o quedarse serio, precisamente porque historias de éstas en serio ya no las podía tomar, si es que pudo alguna vez, viviendo lejos, en tierras de Pancas, donde, de nacimiento a muerte es siempre el mismo surco del arado, el propio y el figurado. Y pasando de una idea a otra, por alguna razón desconocida preguntó al soldado, Y vuecé, qué edad tiene, y Baltasar respondió, Veintiséis años.

Allí estaba Lisboa, ofrecida en la palma de la tierra alta ahora de muros y de casas. Emproó la barca a la Ribeira, maniobró el patrón para acercarse al embarcadero tras arriar la vela, y los remeros levantaron en un solo movimiento los remos del lado del atraque, corrieron los del otro lado a ayudar, un toque más de timón, un cabo lanzado sobre sus cabezas, fue como si se hubieran juntado las dos márgenes del río. Estando baja la marea, quedaba alto el embarcadero, y Baltasar ayudó a la mujer del fardel y a su hombre, aposta pisó al gracioso, que ni chistó, y alzando la pierna, en un solo impulso, se halló en tierra firme.

Había una confusión de lanchones y barcazas descargando pescado, los capataces gritaban y maltrataban de palabra, con algún revés por añadidura, a los cargadores negros que pasaban abrumados por la carga, chapoteando en el agua que chorreaba de las banastas, con la piel de los brazos y de la cara salpicada de escamas. Parecía que se hubieran juntado en el mercado todos los habitantes de Lisboa. A Sietesoles se le hacía la boca agua, era como si el hambre acumulada en cuatro años de campaña militar saltara ahora los diques de la resignación y de la disciplina. Sintió unos retortijones de estómago, buscó inconscientemente con los ojos a la mujer del fardel, dónde iría ya, y con ella su sosegado esposo, éste probablemente contemplando las hembras que pasaban, adivinando si serían inglesas y de mala vida, que un hombre precisa hacer provisión de sueños.

Con poco dinero en el bolsillo, sólo unas monedas de cobre que sonaban bastante menos que los hierros de la alforja, desembarcado en una ciudad que apenas conocía, tenía Baltasar que resolver qué pasos iba a dar de inmediato, si ir a Mafra, donde su única mano no iba a poder con la azada, que requiere dos, o a palacio, donde tal vez le dieran una limosna por la sangre vertida. Alguien le había dicho algo de esto en Évora, pero le dijeron también que era necesario pedir mucho y por mucho tiempo, con mucho empeño de padrinos, y pese a eso muchas veces se apagaba la voz y acababa la vida antes de verle el color a los dineros. En caso de urgencia, ahí estaban las hermandades limosneras y las porterías de los conventos, que daban la sopa boba y un mendrugo. Un hombre a quien le han rebanado una mano no tiene queja si aún le queda la diestra para pedir a quien pasa. O exigir con un hierro aguzado.

Sietesoles atravesó la Pescadería. Las vendedoras gritaban desbocadas a los compradores, incitándolos, agitaban los brazos cargados de brazaletes de oro, se golpeaban, jurando, el pecho donde se reunían cadenas, cruces, pinjantes, cordones, todo de buen oro brasilero, así como los largos y pesados pendientes o aretes, arracadas ricas que valían la mujer. Pero, en medio de la sucia multitud, parecían milagrosamente aseadas, como si

45

ni siquiera las tocara el olor del pescado que removían a manos llenas. A la puerta de una taberna que quedaba al lado de la casa de los diamantes, compró Baltasar tres sardinas asadas, que, sobre la indispensable rebanada de pan, soplando y mordisqueando, comió mientras caminaba hasta el Terreiro do Paço. Entró en el matadero que daba a la plaza, regalando la vista ansiosa en las grandes piezas de carne, en los canales de buey y puerco, en los cuartos enteros colgados de ganchos. A sí mismo se prometió un festín de carne cuando el dinero le diera para tanto, no sabía entonces que allí iba a trabajar muy pronto, y que el empleo lo debería, al padrino, sí, pero también al gancho que llevaba en la alforja, tan práctico para tirar de un costillar, para sacar tripas, para arrancar unas capas de grasa. Fuera de la sangre, el lugar es limpio, con las paredes cubiertas de azulejos blancos, y si el de la balanza no engaña en el peso, con otros engaños nadie sale de allí, porque en lo de blandura y salud es muy verdadera la carne.

Por otra parte, aquello es además el palacio del rey, está el palacio, el rey no está, anda cazando en Aceitão con el infante Don Francisco y sus otros hermanos, más los criados de la casa, y los reverendos padres jesuitas João Seco y Luis Gonzaga, que, desde luego, no fueron sólo para comer y rezar, tal vez quisiera refrescar el rey las lecciones de matemáticas y latinidades que de ellos, siendo príncipe, había recibido. Llevó también su majestad una espingarda nueva, que le hizo João de Lara, maestro armero de los almacenes del reino, obra fina, damasquinada en plata y oro, que si se pierde de camino volverá presto a su dueño, pues a lo largo del cañón, en

46

buena letra romana repujada, como la del frontón de San Pedro de Roma, lleva estos decires explicados SOY DEL REY NUESTRO SEÑOR AVE DIOS GUARDE A DON JUAN EL V, todo en mayúsculas, como se copia, y aún dicen que las espingardas sólo saben hablar por la boca y en lenguaje de pólvora y plomo. Eso son las comunes, como fue la de Baltasar Mateus, el Sietesoles, ahora desarmado y parado en medio del Terreiro do Paço, viendo pasar la gente, las literas y los frailes, los cuadrilleros y los vendedores, viendo pasar fardos y cajones, le da de repente una añoranza muy grande de la guerra, y si no fuera porque sabe que no lo quieren allá, al Alentejo volvería en este instante, hasta adivinando que le esperaba la muerte.

Se metió Baltasar por la calle ancha, hacia el Rossío tras haber entrado en la iglesia de Nuestra Señora da Oliveira, donde oyó una misa y cambió guiños con una mujer sola que pareció prendarse de él, diversión por otra parte general, porque, mujeres a un lado, hombres a otro, recados, gestos, movimientos de pañuelo, muecas, guiños, no hacían más, si no es pecado el hacer tanto, que transmitir mensajes, combinar citas, pactar acuerdos, pero viniendo Baltasar de tan lejos, maltratado por los caminos, sin dinero para golosinas y cintas de seda, no fue adelante el cortejo y, saliendo de la iglesia, se metió por la calle ancha hacia el Rossío. Día era éste de mujeres, como confirmaba la docena de ellas que salía de una callejuela, rodeadas de cuadrilleros negros que las hacían avanzar a golpes, y con un mayoral vara en mano, y eran casi todas rubias, de ojos azules, verdes, cenicientos, Quiénes son éstas, preguntó Sietesoles, y cuando un hombre se lo dijo ya estaba él seguro de que eran las inglesas llevadas al navío de donde por fraude del capitán habían salido, y qué remedio ahora sino ir a las Barbadas, en vez de quedarse en esta buena tierra portuguesa, tan favorecedora de putas extranjeras, oficio que se ríe de las confusiones de Babel porque en sus oficinas se puede entrar mudo y salir callado, si es que antes ha hablado el dinero. Pero el patrón de la barca había dicho que eran unas cincuenta, y allí no iban más de doce, Qué ha sido de las otras, y el hombre respondió, Ya cogieron unas cuantas, pero no se las llevan a todas porque algunas se han escondido bien escondidas, seguro que a esta hora ya saben si hay diferencia entre ingleses y portugueses. Siguió Baltasar su camino, haciendo promesa a San Bento de un corazón de cera si, al menos una vez en la vida, le ponía delante a una inglesa rubia, de ojos verdes, y que fuera alta y delgada. Si el día de la fiesta de ese santo va la gente a su puerta para pedir que no le falte el pan, si las mujeres que quieren un buen marido mandan rezarle misas los viernes, qué mal hay en que un soldado le pida a San Bento una inglesa, aunque sólo sea por una vez, por no morir ignorante.

Baltasar Sietesoles vagabundeó por barrios y plazas toda la tarde. Fue a la sopa de la portería de San Francisco da Cidade, se informó de las hermandades más generosas en limosnas, reteniendo tres para ulterior comprobación, la de Nuestra Señora da Oliveira, donde había estado ya, que era la de los confiteros, la de San Eloy, de los aurífices y plateros, y la del Niño Perdido, por cierta semejanza que consigo encontraba, incluso no recordando haber sido niño, pero sí perdido, a ver si algún día me encuentran.

Cayó la noche, y Sietesoles fue a buscar dónde dormir. Ya entonces había hecho amistad con otro veterano, más viejo que él en años y experiencia, se llamaba éste João Elvas, ahora rufián de oficio, que se acomodaba de noche siendo suave el tiempo, en unos tejares abandonados, junto a los muros del convento de la Esperanza, al lado del olivar. Se hizo Baltasar huésped de ocasión, siempre era un amigo nuevo compaña para charlar, pero, por el sí o por el no, dando por disculpa convenirle mucho librar al brazo sano del peso de la alforja, encajó el gancho en el muñón, no queriendo asustar a João Elvas y demás compadres con el espigón, arma mortal como sabemos. Nadie le hizo mal, y eran seis bajo el tejar, y él tampoco hizo mal a nadie.

Mientras les llegaba el sueño, hablaron de crímenes acontecidos. No de los suyos propios, cada cual sabe y Dios sabrá de todos, sino de los de la gente principal, sin castigo casi siempre cuando son conocidos los autores, y sin escrúpulo extremo de la justicia en las averiguaciones si ha sido misterioso el hecho. Ladronzuelos, reñidores, matamoros de cuatro perras, si es que había peligro en que soltaran la lengua denunciando al mandante, ésos sí que paraban con sus huesos en el Limoeiro, y menos mal, porque así tenían sopa segura, tan segura como la mierda y los orines en que se revolcaban. Hace poco que soltaran a unos ciento cincuenta, todos de culpas leves, que había entonces en el Limoeiro más de quinientos en total, de las muchas levas de hombres que se hicieron para las Indias y que acabaron por no ser necesarios, era tanto el ayuntamiento, y el hambre tanta, que se declaró una enfermedad que los iba matando a todos, por eso los soltaron, y uno de ésos soy yo. Y otro dijo, Ésta es tierra de mucho crimen, se muere más que en la guerra, eso es lo que dice quien allá anduvo, y tú qué dices, Sietesoles, y Baltasar respondió, Vi cómo se muere en la guerra, no sé cómo se muere en Lisboa, por eso no puedo comparar, pero que hable ahí João Elvas, que tanto sabe de plazas de guerra como de plazas de gente, y João Elvas se encogió de hombros, no dijo nada.

Volvió la charla al punto primero y contó alguien el caso del dorador que pegó una cuchillada a la viuda con quien quería casarse, y ella no quería, que por castigo de no cumplir el deseo del hombre quedó muerta, y él se fue a meter en el convento de la Trinidad, y también el de aquella desventurada mujer que, por haber reprendido al marido el descarrío en que andaba, le metió él la espada de parte a parte, y lo que le ocurrió al cura que por un lío de faldas se llevó tres navajazos, todo en tiempo de Cuaresma, que es sazón de sangre ardiente y humores retraídos, como queda dicho, Pero agosto tampoco es bueno, ya veis lo del año pasado, cuando apareció por ahí una mujer cortada en catorce o quince pedazos, nunca se llegaron a contar por lo seguro, lo que sí se veía es que le habían metido la cuchilla con mucho más brío y crueldad en las partes blandas como las posaderas y en las pantorrillas, cercenadas, separadas de los huesos, tiraron los pedazos en la Cotovía, la mitad en las obras del conde de Tarouca, los otros en los Cardais, pero tan manifiestos que fueron encontrados fácilmente, ni los enterraron ni los echaron al mar, parecía que de propósito los habían dejado a la vista, para que fuese general el horror.

Tomó entonces la palabra João Elvas, que declaró, Fue una carnicería, y debieron de hacerla aún en vida de la infeliz, porque sería rigor de más tratar así a un cadáver, y porque, cuando lo que allí se veía era lo recortado de las partes sensibles y menos mortales, sólo alguien de corazón mil veces condenado y perdido puede haber practicado tal crimen, seguro que en la guerra nunca viste cosa así, Sietesoles, hasta sin saber yo lo que en la guerra viste, y el que había empezado a contar el caso aprovechó la coma y continuó, Luego fueron apareciendo las partes que faltaban, al día siguiente encontraron en Junqueira la cabeza y una mano, y un pie en Boavista, y por la mano, el pie y la cabeza se vio que era persona fina y biencriada, el rostro mostraba no tener de edad más de dieciocho, veinte años, y en el saco donde apareció la cabeza venían las tripas y más partes interiores, y los pechos, cortados como naranjas, y con ellos un chiquillo de unos tres o cuatro meses estrangulado con un cordón de seda, en Lisboa se han visto muchos casos, pero como ése, ninguno.

Volvió João Elvas añadiendo lo que del caso sabía, El rey mandó poner carteles con promesa de mil cruzados a quien descubriera a los culpables, pero va ya casi un año y nada han descubierto, es posible, y pronto lo vio todo el mundo, que fuera gente con quien no convenía meterse, que los tales homicidas no eran sastres ni zapateros, que éstos sólo hacen cortes en las bolsas, y los de la mujer esa estaban hechos con tal arte y ciencia, sin errar juntura alguna de tantas partes del cuerpo que le cortaron, casi hueso por hueso que los cirujanos llamados a consulta dijeron que aquellos tajos eran obra de persona peritísima en las artes anatómicas, por no confesar que ni ellos sabían tanto. Tras el muro del convento se oían letanías de las monjas, poco saben ellas de qué se libran, parir un hijo y tan violentamente pagar por él, entonces preguntó Baltasar, Y no se supo nada más ni quién era la mujer, Ni de ella ni de los homicidas hubo noticia, pusieron la cabeza en la Puerta de la Misericordia, por si alguien la conocía, como si nada, y uno de los que no habían hablado aún, hombre de barba más blanca que negra, dijo, Serían de fuera de la corte, si vivieran en ella se daría alguien cuenta de que faltaba la mujer y empezaría la gente a murmurar, habrá sido algún padre que decidió matar a la hija por deshonra, y la trajo aquí, despedazada, sobre una mula, o escondida la carne en una litera, para echarla por la ciudad, y puede que allá donde vive enterró un puerco fingiendo que era la asesinada y dijo que su pobre hija había muerto de viruelas, o de humores corruptos, por no tener que abrir la mortaja, que hay gente capaz de todo, hasta de lo que está por hacer.

Se callaron los hombres, indignados, de las monjas no se oía ahora ni un suspiro, y Sietesoles declaró, En la guerra hay más caridad, La guerra es algo que aún está empezando, es como un niño, dudó João Elvas. Y, no habiendo más que decir tras esta sentencia, se aprestaron todos a dormir.

Doña María Ana no irá hoy al auto de fe. Está de luto por su hermano José, emperador de Austria, víctima en pocos días de la viruela, y muerto de ella cuando sólo tenía treinta y tres años, pero el motivo de quedarse al resguardo de los aposentos es otro y no ése, muy mal andarían los Estados si una reina flaqueara por una menudencia así, cuando para tan grandes y mayores golpes son educadas. A pesar de ir ya en el quinto mes, todavía sufre de los mareos naturales que, sin embargo, tampoco bastarían para desviarle la devoción y los sentidos de la vista, olfato y oído de la solemne ceremonia, tan edificante de almas, acto tan de fe, la procesión acompasada, la descansada lectura de las sentencias, las figuras decaídas de los condenados, las voces lastimosas, el olor de la carne restallando cuando le llegan las llamas y va pingando en las brasas la poca grasa que tras las cárceles le ha quedado. Doña María Ana no estará en el auto de fe porque, pese a estar preñada, tres veces la han sangrado, y ha sido esto causa de gran debilidad, añadida a los achaques que viene sufriendo desde hace muchos meses. Le habían demorado las sangrías como le demoraron la noticia de la muerte del hermano, que querían los médicos asegurarla más, siendo la preñez aún reciente. En verdad, no andan buenos los aires en palacio, como se acaba de saber al darle al rey un flato grave, y se sabe que pidió confesión y que en seguida se la dieron, por el bien que siempre trae al alma, pero habrán sido imaginaciones suyas pues todo se desató en un buen suceso cuando lo purgaron, que al fin sólo era tripa empedernida. Está el palacio triste, sobre la tristeza en que de costumbre está, con el luto que el rey ordenó en toda su casa, y mandato expreso de que los títulos y oficiales de ella lo pusieran, como él mismo lo puso, cerrándose ocho días y ordenando seis meses de duelo, tres de capa larga y tres de capa corta, en demostración del gran sentimiento por la muerte del emperador su cuñado.

No obstante, hoy es día de alegría general, quizá la palabra sea impropia porque el gusto viene de más hondo, tal vez del alma, mirar esa ciudad saliendo de sus casas dispersa por plazas y calles, bajando de las lomas, juntándose en el Rossío para ver cómo ajustician a judíos y cristianos-nuevos, a herejes y hechiceros, aparte de otros casos menos corrientemente calificables, como los de sodomía, molinismo, forzar mujeres y solicitarlas y otras menudencias merecedoras de exilio y hoguera. Son ciento cuatro las personas que hoy salen, las más de ellas venidas de Brasil, fértil terreno en diamantes e impiedades, siendo cincuenta y uno los hombres y cincuenta y tres las mujeres. De éstas, dos serán relajadas al brazo secular, en carne, por relapsas, que quiere decir reincidentes en la herejía, por convictas y negativas, y esto quiere decir protervas y obstinadas a pesar de todos los testigos, por contumaces, y esto quiere decir persistentes en su error que es su verdad, sólo que desacertada en tiempo y lugar. Y habiendo pasado ya dos años sin que se quemara gente en Lisboa, está el Rossío lleno de gente, dos veces festiva por ser domingo y por haber auto de fe, que nunca se llegará a saber de qué gustan más los moradores, si de esto, si de las corridas de toros, incluso cuando sólo éstas se usen. En las ventanas que dan a la plaza hay mujeres, vestidas y tocadas con primor, a la alemana por gracia de la reina, con su bermellón en la faz y en el escote, haciendo muecas con la boca para aparentarla pequeña y exprimida, visajes varios y todas vueltas hacia la calle, a sí mismas preguntándose las damas si estarán seguros los lunares en el rostro, el de la comisura o besador, el de bajo el ojo o desatinado, el del hoyuelo o encubridor, mientras el pretendiente confirmado o suspirante pasea abajo, pañuelo en mano y dándole aire a la capa. Y siendo el calor tanto, se van refrescando los asistentes con la conocida limonada, el jarrito de agua, tan común, la tajada de sandía, que no por morir aquéllos van a consumirse éstos. Y si el estómago pide relleno más sustancioso, no faltarán altramuces y piñones, quesadas y dátiles. El rey, con los infantes, sus hermanos y sus hermanas las infantas, comerá en la Inquisición, finalizado ya el auto de fe, y aliviado de su incomodo honrará la mesa del inquisidor-general, soberbísima de cazuelas de caldo de gallina, de perdigones, de pechos de ternera, de pastelones, de pasteles de carnero con azúcar y canela, de cocido a la castellana con todo cuanto le compete, y azafranados, manjar blanco, y al fin dulces fritos y fruta del tiempo. Pero es tan sobrio el rey que no bebe vino, y como la mejor lección es siempre el buen ejemplo, todos lo toman, el ejemplo, no el vino.

Otro ejemplo, pero éste de provecho al alma, si el cuerpo tan repleto está, se dará hoy aquí. Empezó a salir la procesión, van al frente los dominicos, con el pendón de Santo Domingo, y los inquisidores después, todos en una larga fila, hasta aparecer los sentenciados, ya fue dicho que ciento cuatro, llevan cirios en la mano, al lado los acompañantes, y todo son rezos y murmullos, por diferencias de copete y sambenito sábese quién va a morir y quién no, aunque otra señal haya que no miente, que es ir el alzado crucifijo de espaldas a las mujeres que acabarán en la hoguera, y al contrario mostrando su benigna y sufridora faz a aquellos que de ésta van a salir con vida, maneras simbólicas de entender todos lo que a cada cual espera, si no reparasen en el vestido que llevan, que, ése sí, es traducción visual de la sentencia, el sambenito amarillo con la cruz de San Andrés en rojo para quienes no han merecido la muerte, el otro con las llamas vueltas hacia abajo, llamado fuego revuelto, si confesando sus culpas la evitaron, y la zamarra cenicienta, lúgubre color, con el retrato del condenado cercado de diablos y llamaradas, cosa que, trasladado a lenguaje, significa que aquellas dos mujeres van a arder de inmediato. Predicó fray João dos Mártires, provincial de los frailes de la Arrábida, y ciertamente nadie lo estaría mereciendo más si recordamos que arrábido fue el fraile cuya virtud Dios coronó engravidando a la reina, así aproveche la prédica a la salvación de las almas como aprovecharán a la dinastía y a la orden franciscana en sucesión asegurada y prometido convento.

Grita el buen pueblo furiosos improperios a los condenados, chillan las mujeres asomadas a los alféizares, dicen su perorata los frailes, la procesión es una serpiente enorme que no cabe derecha en el Rossío y por eso se va curvando y recurvando como si decidiera llegar a todas partes u ofrecer el espectáculo edificante a toda la ciudad, aquel que allí va es Simeão de Oliveira e Sousa, sin menester ni beneficio, pero que del Santo Oficio declaraba ser calificador, y siendo secular decía misa, confesaba y predicaba, y al mismo tiempo que esto hacía se proclamaba hereje y judío, nunca se vio confusión tal, y para que fuera mayor unas veces se hacía llamar padre Teodoro Pereira de Sousa, otras fray Manuel da Conceição, o fray Manuel da Graça, e incluso Belchior Carneiro, o Manuel Lencastre, quién sabe qué otros nombres tendría y todos verdaderos porque debería ser un derecho de hombre elegir su propio nombre y cambiarlo cien veces por día, que un nombre no es nada, y aquél es Domingos Afonso Lagareiro, natural y morador que fue de Portel, que fingía visiones para que lo tuviesen por santo y hacía curas usando bendiciones, palabras y cruces, y otras tales supersticiones, imagínense, como si hubiera sido él el primero, y aquel otro es el padre Antonio Teixeira de Sousa, de la isla de San Jorge, por culpas de solicitar mujeres, manera canónica de decir que las palpaba y fornicaba, empezando sin duda por la palabra en el confesonario y terminando el acto en el recato de la sacristía, por ahora no va corporalmente a acabar en Angola, adonde irá degradado de por vida, y ésta soy yo, Sebastiana María de Jesús, un cuarto de cristiana-nueva, que tengo visiones y revelaciones, pero dijeron en el Tribunal que era fingimiento, que oigo voces del cielo, pero me explicaron que era efecto demoníaco, que sé que

puedo ser santa como los santos son, o aún mejor, pues
no alcanzo diferencia entre yo y ellos, pero me repren-
dieron que eso es presunción insoportable y monstruoso
orgullo, desafío a Dios, y aquí voy blasfema, herética, te-
meraria, amordazada para que no se me oigan las teme-
ridades, las herejías y las blasfemias, condenada a ser
azotada en público y a ocho años deportada en el reino
de Angola, y habiendo oído las sentencias, las mías y las
de quienes conmigo van en esta procesión, no oí que se
hablase de mi hija, es su nombre Blimunda, dónde estará, dónde estás, Blimunda, si no fuiste presa después de
mí, aquí has de venir a saber de tu madre, y yo te veré si
en medio de esa multitud estás, que sólo para verte quiero ahora estos ojos, la boca me amordazaron, no los ojos,
ojos que no te verán, corazón que siente y sintió, oh corazón mío, me salta en el pecho si Blimunda ahí está, entre esa gente que me escupe y me tira cascas de sandía e
inmundicias, ay qué engañados están, sólo yo sé que todos podrían ser santos, si así lo quisieran y no puedo gri-
társelo, al fin el pecho me da la señal, gimió profundamente el corazón, voy a ver a Blimunda, voy a verla, ahí,
allí está, Blimunda, Blimunda, Blimunda, hija mía, y ya
me ha visto, y no puede hablar, tiene que fingir que no
me conoce o me desprecia, madre bruja y marrana aunque sólo un cuarto, ya me vio y a su lado está el padre
Bartolomeu Lourenço, no hables, Blimunda, mira sólo,
mira con esos tus ojos que todo son capaces de ver, y
aquel hombre quién será, tan alto, que está cerca de Blimunda y no sabe, ay, no sabe, quién es él, de dónde viene, qué va a ser de ellos, poder mío, por las ropas soldado, por el rostro castigado, por la mano cortada, adiós,

Blimunda, que no te veré más, y Blimunda le dijo al cura, Ahí va mi madre, y luego, volviéndose hacia el hombre alto que estaba junto a ella, preguntó, Cuál es su gracia, y el hombre dijo, naturalmente, reconociendo así el derecho de esta mujer a hacerle preguntas, Baltasar Mateus, también me llaman Sietesoles.

Pasó ya Sebastiana María de Jesús, pasaron todos los demás, dio vuelta entera la procesión, fueron azotados quienes este castigo tuvieron por sentencia, quemadas las dos mujeres, una agarrotada, primero por haber declarado que quería morir en la fe cristiana, la otra asada viva por contumacia hasta en la hora de morir, ante las hogueras se armó un baile, danzan hombres y mujeres, el rey se ha retirado, vio, comió y anduvo, con él los infantes, se recogió en palacio en su coche tirado por seis caballos, guardado por su guardia, la tarde va bajando con rapidez pero el calor sofoca aún, sol de garrote, sobre el Rossío caen las grandes sombras del convento del Carmen, bajan a las mujeres muertas sobre los tizones para que se acaben de consumir, y cuando sea ya noche, serán esparcidas sus cenizas, ni el Juicio Final las sabrá juntar, y la gente volverá a su casa, rehechos todos en su fe, llevando pegada a la suela de los zapatos alguna motita fuliginosa, pegajosa polvareda de carnes negras, sangre quizás aún viscosa si en las brasas no se ha evaporado. El domingo es el día del Señor, verdad trivial ésta, porque de Él son todos los días, y a nosotros nos vienen consumiendo los días si en nombre del mismo Señor no nos consumen más de prisa las llamas, con duplicada violencia, que es la de quemarme cuando por mi razón y voluntad recusé a dicho Señor huesos y carne, y el espíritu que me sustenta el cuerpo, hijo de mí y de mí, cópula directa de mí conmigo mismo, infuso del mundo sobre el rostro escondido, igual al mostrado y por eso ignorado. No obstante, es preciso morir.

Frías habrán parecido, a quien cerca estuviese, las palabras dichas por Blimunda, Ahí va mi madre, ni suspiros ni lágrimas ni siquiera el rostro compasivo, que aun así no faltan éstos en el pueblo, pese a tanto odio, a tanto insulto y escarnio, y esta que es hija, y amada como se vio por el modo como la miraba la madre, no tuvo más que decir sino, Ahí va, y luego se volvió hacia un hombre a quien nunca había visto, y le preguntó, Cuál es su gracia, como si contara más saberlo que el tormento de los azotes después del tormento de la cárcel y de los malos tratos, y que la cierta certeza de ir Sebastiana María de Jesús, ni el nombre la ha salvado, desterrada a Angola, para quedarse allí, quién sabe si consolada espiritual y corporalmente por el padre Antonio Teixeira de Sousa, que mucha práctica lleva de aquí, y menos mal, para que el mundo no sea tan desgraciado e incluso cuando ya se tiene garantizada la condena por toda la eternidad. Pero, ahora, en su casa, lloran los ojos de Blimunda como dos fuentes de agua, si vuelve a ver a su madre será en el embarque, pero de lejos, más fácil es que un capitán inglés dé suelta a un rebaño de mujeres de mala vida que el que una hija bese a su madre condenada, acercar una mejilla a otra mejilla, la piel suave, la piel floja, tan cerca, tan distante, dónde estamos, quiénes somos, y el padre Bartolomeu Lourenço dice, Nada somos ante los designios del Señor, si Él sabe quién somos, confórmate, Blimunda, dejemos a Dios el campo de

Dios, no atravesemos sus fronteras, adorémoslo desde este lado de acá, y hagamos nuestro campo, el campo de los hombres, que estando hecho ha de querer Dios visitarnos, y entonces sí será el mundo creado. Baltasar Mateus, el Sietesoles, está callado, sólo mira fijamente a Blimunda, y cada vez que ella lo mira siente él una crispación en la boca del estómago, porque ojos como éstos jamás los había visto claros cenicientos, o verdes, o azules, que con la luz de fuera varían o con el pensamiento de dentro, y a veces se vuelven negros nocturnos o blancos brillantes como lascado carbón de piedra. Vino a esta casa, no porque le dijeran que viniese, pero Blimunda le había preguntado su nombre y él le había respondido, no era precisa mejor razón. Terminado el auto de fe, barridos los restos, Blimunda se retiró, el cura fue con ella, y cuando Blimunda llegó a su casa dejó la puerta abierta para que Baltasar entrara. Él entró y se sentó, el cura cerró la puerta y encendió una candela a la última luz de una rendija, bermeja luz de poniente que llega a este alto cuando ya en la parte baja de la ciudad oscurece, se oye gritar a unos soldados en las murallas del castillo, si fuera otra la ocasión, Sietesoles recordaría la guerra, pero ahora sólo tiene ojos para los ojos de Blimunda, o para el cuerpo de ella, que es alto y delgado como el de la inglesa con quien, despierto, soñó en el mismo día en que desembarcó en Lisboa.

Blimunda se levantó del tajuelo, encendió lumbre en la lar, puso sobre la trébede una cacerola de sopas y cuando hirvió, echó una parte en dos cuencos hondos que sirvió a los hombres, todo esto lo hizo sin hablar, no había vuelto a abrir la boca desde que preguntó, cuántas horas hace, Cuál es su gracia, pese a que el cura fue el primero en acabar de comer, esperó a que Baltasar terminase para servirse de la cuchara de él, era como si, callada estuviese respondiendo a otra pregunta, Aceptas para tu boca la cuchara de que se ha servido la boca de este hombre, haciendo suyo lo que era tuyo, volviendo ahora a ser tuyo lo que fue de él, y eso tantas veces hasta que se pierda el sentido de lo tuyo y lo mío, y como Blimunda ya había dicho que sí antes de ser preguntada, Entonces, os declaro casados. El padre Bartolomeu Lourenço esperó a que Blimunda acabara de comer las sopas que quedaron, le echó la bendición, cubriendo con ella persona, comida y cuchara, el regazo, la lumbre, la candela, la estera del suelo, el muñón de Baltasar. Luego, se fue.

Durante una hora se quedaron los dos sentados, sin hablar. Sólo una vez se levantó Baltasar para echar leña al fuego que iba decayendo, y una vez espabiló Blimunda la candela que estaba agonizando la luz, y entonces, siendo tanta la claridad, ya pudo Sietesoles decir, Por qué me preguntaste el nombre, y Blimunda respondió, Porque mi madre lo quiso saber y quería que yo lo supiera, Cómo lo sabes, si con ella no pudiste hablar, Sé que sé, no sé cómo sé, no hagas preguntas a las que no puedo responder, haz como hiciste, viniste y no preguntaste por qué, Y ahora, Si no tienes dónde vivir mejor, quédate aquí, He de ir a Mafra, tengo allá familia, Mujer, Padres, y una hermana, Quédate mientras no vayas, siempre tendrás tiempo de partir, Por qué quieres que me quede, Porque es preciso, No es razón que me convenza, Si no quieres quedarte, vete, no te puedo obligar, No tengo fuerzas que me lleven de aquí, me has echado un hechizo en el cuerpo, No eché tal, no dije una palabra, no te toqué, Me miraste por dentro, Juro que nunca te miraré por dentro, Juras que no lo harás y ya lo has hecho, No sabes de qué hablas, no te miré por dentro, Si me quedo, dónde duermo, Conmigo.

Se acostaron. Blimunda era virgen. Cuántos años tienes, preguntó Baltasar, y Blimunda respondió, Diecinueve años, pero entonces su edad era otra. Corrió algo de sangre por la estera. Con las puntas de los dedos índice y corazón humedecidos en ella, Blimunda se persignó e hizo una cruz en el pecho de Baltasar, sobre el corazón. Estaban los dos desnudos. En una calle cercana oyeron voces de desafío, batir de espadas, carreras. Luego el silencio. No corrió más sangre.

Cuando, por la mañana, despertó Baltasar, vio a Blimunda tendida a su lado, comiendo pan, con los ojos cerrados. Sólo los abrió cenicientos a aquella hora, tras acabar de comer, y dijo, Nunca te miraré por dentro.

Llevarse este pan a la boca es gesto fácil, excelente de hacer si el hambre lo reclama, por lo tanto alimento del cuerpo, beneficio del labrador, probablemente mayor beneficio de algunos que entre la hoz y los dientes supieron meter manos de llevar y traer y bolsas de guardar, y ésta es su regla. No hay en Portugal trigo que baste al perpetuo apetito que los portugueses tienen de pan, parece que no sepan comer otra cosa, por eso los extranjeros que aquí viven, doloridos de nuestras necesidades, que en mayor volumen fructifican que simientes de calabaza, mandan venir, de sus propias y de otras tierras, flotas de cien navíos cargados de cereal, como estos que vienen ahora Tajo adentro, salvando la Torre de Belem y mostrando al gobernador de ella los papeles al uso, y esta vez son más de treinta mil medidas de pan que vienen de Irlanda, y es la abundancia tal, hambre convertida al fin en hartura, y bien está mientras en hambre no se torne, que, hallándose llenos los tinglados del muelle e incluso almacenes particulares, andan por ahí alquilando silos a cualquier precio, y ponen escritos en las puertas de la ciudad para que conste a las personas que los tuvieron por alquilar, conque de esta vez van a tirarse de los pelos los que mandaron venir el trigo, obligados por el exceso a bajar precios, tanto más cuanto que se habla ya de la llegada inmediata de una flota de Holanda cargada del mismo género, pero de ésta se sabrá más tarde que la asaltó una escuadra francesa casi a la entrada de la barra, y así el precio, que iba a bajar, no baja, que si es preciso se prende fuego a un silo o a dos, mandando en seguida pregonar la falta que el trigo que ardió nos está haciendo cuando creíamos que había tanto y de sobra. Son misterios mercantiles que los de fuera enseñan y los de dentro van aprendiendo, aunque éstos sean normalmente tan estúpidos, hablamos de los mercaderes, que nunca mandan venir ellos mismos las mercancías de las otras naciones, y se contentan con comprarlas aquí a los extranjeros, que se forran con nuestra simplicidad y forran con ella los cofres, comprando a precios que ni sabemos y vendiendo a otros que sabemos demasiado, porque los pagamos con lengua de a palmo y la vida palmo a palmo.

Pero, habitando la risa tan cerca de la lágrima, el desahogo tan próximo al ansia, el alivio tan vecino del susto, pasando así la vida de las personas y de las naciones, cuenta João Elvas a Baltasar Sietesoles el hermoso paso bélico de haberse armado la marina de Lisboa, de Belem a Xabregas, por espacio de dos días y dos noches, al tiempo que en tierra tomaban posiciones de combate los tercios y la caballería, porque corrió la voz de que venía una armada francesa a conquistarnos, hipótesis ante la que cualquier hidalgo, o un plebeyo cualquiera, sería aquí otro Duarte Pacheco

Pereira*, y Lisboa una nueva plaza de Diu, y al fin la armada invasora resultó una flota de bacalao, que buena falta estaba haciendo, como no tardó en verse por el apetito. Mustios acogieron los ministros la noticia, risueños soltaron las armas los soldados, y más altas y estrepitosas fueron aún las carcajadas del vulgo, vengándose así de no pocas vejaciones. Al fin, peor que la vergüenza de esperar al francés y ver llegar el bacalao, sería si contáramos con el bacalao y entrara el francés.

Sietesoles concuerda, pero se imagina en la piel de los soldados que esperaban la batalla, sabe cómo late entonces el corazón, qué va a ser de mí, estaré vivo dentro de poco, se aterra un hombre por la posible muerte y vienen luego a decirle que están descargando fardos de bacalao en la Riveira Nova, si los franceses se enteran del equívoco se reirán todavía más de nosotros. Está Baltasar a punto de sentir de nuevo añoranza de guerra pero se acuerda de Blimunda e intenta averiguar de qué color son los ojos de ella, es una guerra en la que anda con su propia memoria, que tanto le recuerda un color como otro, ni sus propios ojos consiguen decidir qué color de ojos están viendo cuando los tienen delante. Se olvidó así de la añoranza que iba a sentir, y responde a João Elvas, Debía de haber un modo cierto de saber quién viene y qué trae o quiere, que lo saben las gaviotas que se posan

* Duarte Pacheco Pereira, cosmógrafo y navegante portugués (c. 1460-1533). Viajó por las costas de Guinea, Benin y Senegal, algunos suponen que participó en la expedición de Pedro Álvarez Cabral que descubrió el Brasil (1500), recorrió los mares de la India y China. Escribió el tratado *Esmeraldo de situ orbis. (N. del T.)*

en los mástiles, y nosotros, a quienes más importa, no lo sabemos, y el soldado viejo dijo, Las gaviotas tienen alas, también las tienen los ángeles, pero las gaviotas no hablan, y de ángeles, nunca vi ninguno.

Atravesaba el Terreiro do Paço el padre Bartolomeu Lourenço, que venía de palacio, adonde había ido por instancia de Sietesoles, deseoso de que se enterara de si habría o no pensión de guerra, si es que tanto vale una simple mano izquierda, y cuando João Elvas, que de la vida de Baltasar no sabía todo, vio aproximarse al cura, dijo continuando la conversa, Ese que ahí va es el padre Bartolomeu Lourenço* a quien llaman el Volador, pero al Volador no le crecieron bastante las alas, y así no podemos ir a espiar las flotas que vienen y las intenciones o negocios que traen. No puede Sietesoles responder porque el cura, sin acercarse demasiado, le hizo señal para

---

* Bartolomeu Lourenço de Gusmão es un personaje histórico. Nació en Santos (Brasil), en 1685. Estudió en el Seminario de Belem (Bahía). Residió en Portugal desde 1708 y fue famoso por su prodigiosa memoria y sus habilidades mecánicas. En 1709 envió a Juan V una Memoria comunicándole haber inventado «un instrumento para andar por el aire del mismo modo que por la tierra y el mar». Publicó *Manifesto Sumário para os Que Ignoram Poder-se Navegar pelo Elemento do Ar.* Se burlaron de él los versificadores de su tiempo, que le apodaron *El Volador.* Inventó un globo rudimentario que se alzó de tierra el 8 de agosto de 1709. Por Lisboa circuló un dibujo de un extraño artefacto en forma de ave —de ahí el nombre de *Passarola*— que parece ser una mixtificación del propio *Volador* para desviar la atención de las gentes de la verdadera índole de sus experiencias. En 1710 publicó un opúsculo sobre las diversas maneras de achicar agua de las naves sin necesidad de trabajo

que se aproximase, así queda João Elvas estupefacto al ver a su amigo envuelto en efluvios del Palacio y de la Iglesia, y pensando ya si de esto podría sacar ventaja un soldado vagabundo. Y para que, entre tanto, algo fuera adelantándose ya, tendió la mano pidiendo limosna, primero a un hidalgo, que se la dio sin más, y luego, por distracción, a un fraile mendicante que pasaba exhibiendo una imagen ofreciéndola a los ósculos devotos, por lo que João Elvas acabó por dejar lo que había recibido, Mal rayo me parta, será pecado maldecir, pero alivia mucho.

Dijo el padre Bartolomeu Lourenço a Sietesoles, Hablé con los curiales de tu caso y me dijeron que lo iban a ponderar, por ver si vale la pena que hagas petición, pronto me darán respuesta, Y cuándo será eso, padre, quiso saber Baltasar, ingenua curiosidad de quien acaba de llegar a la corte e ignora los usos de ella, No te

humano. Hizo estudios de mecánica en Holanda, y, de vuelta en Portugal, se doctoró en Cánones por Coimbra. Juan V lo nombró Académico de la Historia, le dio un empleo en la Secretaría de Estado y lo nombró hidalgo-capellán de la Casa Real. Siempre preocupado por la mecánica, inventó un artilugio para moler caña de azúcar. El 26 de septiembre de 1724, Bartolomeu Lourenço de Gusmão huyó de Lisboa precipitadamente, advertido quizá de un inmediato proceso inquisitorial. Pasó a España y murió en el Hospital de la Caridad de Toledo, el 18 o 19 de noviembre de 1724. Hoy, por testimonio de Fray João Alvares, sabemos que ya en 1722 Bartolomeu Lourenço se había adherido al judaísmo. Parece, no obstante, que murió reconciliado con la Iglesia. Dejando aparte lo que en su obra haya de delirio de megalómano, Bartolomeu Lourenço de Gusmão inventó el globo aerostático y fue uno de los precursores de la aeronáutica. *(N. del T.)*

puedo decir, pero, con el tiempo, tal vez pueda hablar yo unas palabras a su majestad, que me distingue con su estima y protección, Puede hablar con el rey, se asombró Baltasar, y añadió, Puede hablar con el rey y conocía a la madre de Blimunda, que fue condenada por la Inquisición, qué cura es este cura, palabras estas últimas que Sietesoles no habrá dicho en voz alta, sólo inquieto las pensó. Bartolomeu Lourenço no respondió, lo miró sólo a los ojos, y así quedaron parados, el cura un poco más bajo y de apariencia más joven, pero no, tienen los dos la misma edad, veintiséis años, como de Baltasar ya sabíamos, pero son vidas diferentes, la de Sietesoles de trabajo y guerra, una acabada, otro que tendrá que volver a empezar, la de Bartolomeu Lourenço, que en Brasil nació y joven vino por primera vez a Portugal, mozo de tanto estudio y tanta memoria que, a los quince años prometía, y mucho hizo de cuanto prometió, soltar de coro todo Virgilio, Horacio, Quinto Curcio, Suetonio, Mecenas y Séneca, para adelante y para atrás, o donde le apuntaran, y dar la definición de todas las fábulas que se escribieron, y a qué fin las fingieron aquellas gentes griegas y romanas, y también decir quiénes fueron los autores de todos los libros de versos, antiguos y modernos, hasta el año mil doscientos, y si alguien le decía una poesía, respondía él de propósito con diez versos suyos allí mismo compuestos, y prometía también justificar y defender toda la filosofía y los puntos más intrincados de ella, y explicar la parte de Aristóteles, aunque extensa, con todos sus embarazos, términos y medios términos y responder a todas las dudas de la Sagrada Escritura tanto del Viejo Testamento como del Nuevo repitiendo de memoria, a hilo corrido o salteado, como quisieran, todos los Evangelios de los Cuatro Evangelistas, para atrás y para adelante, y lo mismo hacía con las Epístolas de San Pablo y de San Jerónimo, y los años de profeta a profeta y cuántos de vida tuvo cada uno de ellos, y lo mismo de todos los reyes de la Escritura, y lo mismo, para abajo y para arriba, a izquierda y derecha, con los Libros de los Salmos, de los Cantares, del Éxodo y de todos los Libros de los Reyes, y que no son canónicos los dos Libros de los Esdras, que al fin no parecen muy canónicos, dicho sea aquí, entre nosotros y sin otras desconfianzas, este sublime ingenio, estas prendas y memoria nacidas y criadas en tierra a la que sólo hemos pedido el oro y los diamantes, el tabaco, el azúcar y las riquezas de la selva, y lo demás que aún ha de encontrarse en ella, tierra de otro mundo, mañana y por los siglos de los siglos que vendrán, sin contar con la evangelización de los tapuias, que sólo con esto ya tendríamos ganada la eternidad.

Me ha dicho mi amigo João Elvas que tenéis por apodo Volador, padre, por qué os dieron tal nombre, preguntó Baltasar. Empezó Bartolomeu Lourenço a alejarse, el soldado fue tras él y, distantes sólo dos pasos uno de otro, seguirán a lo largo del Arsenal de la Rivera de las Naos, del Palacio de Corte Real, y más adelante, de los Remolares, donde la plaza se abría hacia el río, se sentó el cura en una piedra, hizo señal a Sietesoles para que se acomodara al lado, y respondió al fin, como si ahora mismo acabara de oír la pregunta, Porque he volado, y dijo Baltasar, dudando, Perdone la confianza, pero sólo los pájaros vuelan, y los ángeles, y los hombres cuando sueñan, pero en los sueños no hay firmeza, No has vivido en Lisboa, nunca te he visto, Estuve en la guerra cuatro años y mi tierra es Mafra, Pues yo, hace dos que volé, primero hice un globo que ardió, luego hice otro que subió hasta el techo de una sala de palacio, y al fin otro que salió por una ventana de la Casa de la India, y nadie lo ha vuelto a ver, Pero ha volado en persona o sólo volaron los globos, Volaron los globos, y fue lo mismo que si hubiera volado yo, Volar un globo no es volar un hombre, El hombre primero tropieza, después anda, luego corre, un día volará, respondió Bartolomeu Lourenço, pero de pronto se echó de hinojos porque pasaba el Cuerpo de Nuestro Señor llevado a algún enfermo de calidad, el cura bajo un palio sostenido por seis personas, al frente los trompetas, detrás, los hermanos de la Cofradía, de hopas rojas y cirios en la mano, más las cosas precisas a la administración del Santísimo Sacramento a algún alma impaciente por volar, sólo a la espera de que la aliviaran del lastre corporal poniéndola cara al viento que viene de alta mar, o del fondo del universo, o del último lugar del más allá. Sietesoles también se había arrodillado, tocando el suelo con su gancho de hierro mientras se santiguaba.

No se sentó ya el padre Bartolomeu Lourenço, se acercó lentamente a la orilla del río, con Baltasar atrás, y allí mientras a un lado una barca descargaba paja en grandes fardos que los ganapanes transportaban a cuestas corriendo equilibrados sobre la plancha, y al otro lado estaban dos esclavas negras, tirando al agua la carga de los bacines de sus amos, orines o mierda del día o la semana, entre el natural olor a paja y el olor natural del excremento, dijo el padre, He sido el hazmerreír de la

corte y de los poetas, uno de ellos, Tomás Pinto Brandão, llamó a mi invento cosa del viento que se ha de acabar pronto, si no fuera por la protección del rey no sé
qué habría sido de mí, pero el rey creyó en mi máquina y
permitió que, en la quinta del Duque de Aveiro, en San
Sebastián da Pedreira, haga yo mis experimentos, en fin
ya me dejan respirar un poco los maldicientes, que llegaron incluso a desear que me partiera las piernas cuando
me lanzara del castillo, siendo cierto que yo nunca tal
cosa había prometido, y que mis artes más tenían que ver
con la jurisdicción del Santo Oficio que con la geometría, Padre Bartolomeu Lourenço, yo de esas cosas no
entiendo, fui labrador, soldado no soy ya, y dudo que nadie pueda volar sin que le hayan nacido alas, quien diga
lo contrario, entiende tanto de esto como de lagares de
aceite, Ese gancho que llevas en el brazo no lo inventas-
te tú, fue preciso que alguien tuviera la necesidad y se le
ocurriese la idea, que sin aquélla ésta no viene, que jun-
tase cuero y hierro, y lo mismo esos navíos que ves en el
mar, hubo un tiempo en que no tuvieron velas, y otro
tiempo fue el de la invención de los remos, otro el del timón, y, así como el hombre, animal de tierra, se hizo
marinero por necesidad, por necesidad se hará volador,
Quien pone velas en un barco está en el agua, y en el
agua queda, volar es salirse de la tierra para el aire, donde no hay suelo que nos ampare los pies, Haremos como
las aves, que tanto están en el aire como posan en tierra,
Entonces fue por querer volar por lo que conoció a la
madre de Blimunda, por ser de artes sutiles, Oí decir que
ella tenía visiones en que aparecía gente volando con alas
de paño, cierto es que visiones sobra por ahí quien diga

tenerlas, pero había tal verosimilitud en lo que me contaban que discretamente fui a visitarla un día, y después gané su amistad, Y llegó a saber lo que quería, No, no llegué a saberlo, comprendí que el saber de ella, si realmente lo tenía, era otro saber, y que yo debería perseverar contra mi propia ignorancia sin ayudas, ojalá no me engañe, Me parece que están en la verdad quienes dijeron que ese arte de volar más tenía que ver con el Santo Oficio que con la geometría, si yo estuviera en su caso, doblaría cautelas, mirad que cárcel, destierro y hoguera suelen ser la paga de esos excesos, pero de esto sabe un cura más que un soldado, Tengo cuidado, y no me faltan protecciones, Que lo veamos, pues.

Volvieron sobre sus pasos, pasaron otra vez por los Remolares. Sietesoles hizo mención de hablar, se retrajo, el padre se dio cuenta de su vacilación, Quieres decirme algo, Quería saber, padre Bartolomeu Lourenço, por qué Blimunda siempre come pan antes de abrir los ojos por la mañana, Has dormido con ella, Vivo allí, Repara en que estáis en pecado de concubinato, mejor sería casaros, Ella no quiere, yo no sé si querría, si un día de éstos vuelvo a mi tierra y ella prefiere quedarse en Lisboa, por qué casarse, pero mi pregunta, Por qué come Blimunda pan antes de abrir los ojos por la mañana, Sí, Si un día lo sabes, será por ella, no por mí, Pero sabe la razón, Sí, Y no me la dice, Sólo te diré que se trata de un gran misterio, volar es nada comparado con Blimunda.

Andando y conversando llegaron a las caballerizas de un acemilero, en la Puerta de Corpo Santo. El cura alquiló una mula, subió al albardón, Voy a San Sebastián da Pedreira a ver mi máquina, quieres venir conmigo, la mula puede con los dos, Iré, pero a pie, que el camino es de la infantería, Eres hombre natural, ni cascos de mula ni alas de passarola, Es así como se llama su máquina, preguntó Baltasar, y el cura respondió, Así le han llamado por desprecio.

Subieron a San Roque, y luego, contorneando el cerro de las Tapias, bajaron por la Plaza de la Alegría hasta Valverde. Sietesoles acompañaba sin dificultad la andadura de la mula, sólo en terreno plano se dejaba atrasar un poco, para luego recuperar en la próxima cuesta, tanto en bajada como en subida. Pese a no haber caído gota de agua desde abril, y siendo ya pasados cuatro meses, estaban lozanos los campos más allá de Valverde, por vía de muchas fuentes perennes, encaminados los manantiales al cultivo de hortalizas, que eran allí abundantes, a las puertas de la ciudad. Pasado el convento de Santa Marta y ante el de Santa Juana Princesa, se alargaban las tierras de olivar, pero incluso allí se implantaban cultivos hortícolas, y si no brotaban por allí las fuentes naturales, suplían su falta los cigoñales de sacar agua, alzando sus altos pescuezos, y circulaban los burros en la noria, con los ojos tapados para que creyeran caminar derecho, no sabiendo, como sabían los dueños, que también andando derecho acabarían llegando al mismo sitio, porque el mundo también es una noria y son los hombres quienes, andando en él, lo mueven y hacen andar. Aunque aquí no esté ya Sebastiana María de Jesús para ayudar con sus revelaciones, es fácil ver que, faltando los hombres, el mundo se pararía.

Cuando llegaron al portalón de la quinta, donde no está el duque ni criados suyos, pues los bienes de él fueron unidos a los de la corona, y ahora corren autos del proceso para restituirlos a la casa de Aveiro, pero son lentas las justicias, y entonces volverá el duque de la España donde vive y donde es duque también, pero de Baños, al llegar, decíamos, se apeó el cura, sacó una llave del bolsillo y abrió el portón como si estuviera en su casa. Hizo entrar la mula, que llevó a una sombra, le metió al hocico un saquete de paja y habones, y allí la dejó, aliviada de carga, sacudiendo con el rabo tábanos y moscas, excitados por el manjar que les llegaba de la ciudad.

Estaban cerradas todas las puertas y ventanas del palacio, y la finca abandonada, sin cultivo. A un lado del patio espacioso había un granero, o lugar para guardar los aperos, o bodega, estando vacío no se podía saber su uso, pues para granero faltaban trojes, para guardar los aperos tampoco, pues no se veían las argollas, y bodega no hay sin toneles. Esta puerta tenía un candado donde entraba una llave tan sinuosa como si estuviera escrita en arábigo. El cura retiró la tranca, empujó la puerta, al fin no estaba vacía la gran casa, se veían piezas de lona, barrotes, rollos de alambre, planchas de hierro, haces de mimbres, todo ordenado por especies, en buen orden, y, en medio, en el espacio desahogado, lo que parecía una enorme concha, toda erizada de alambres como un cesto que, a medio hacer, muestra las guías del entramado.

Baltasar entró tras el cura, curioso, miró alrededor sin entender lo que veía, tal vez esperara un globo, o unas alas de pardillo pero en grande, un saco de plumas, y no hubo cosa de la que no dudara, Conque es esto, y el padre Bartolomeu Lourenço respondió, Será esto, y abriendo un arca, sacó un papel, lo desenrolló, se veía el dibujo de un ave, la passarola sería, eso era Baltasar capaz de reconocerlo, y porque a la vista estaba que era el dibujo de un pájaro, creyó que todos aquellos materiales, juntos y ordenados en sus lugares competentes serían capaces de volar. Más para sí que para Sietesoles, que del dibujo no veía más que su semejanza con un ave, y ésta le bastaba, el cura explicó, primero en tono sereno, luego cada vez más animado, Esto que aquí ves son las velas que sirven para cortar el viento y se mueven según las necesidades, y aquí está el timón con que se dirigirá la barca, no al azar sino por medio de la ciencia del piloto, y éste es el cuerpo del navío de los aires a proa y popa en forma de concha marina, donde se disponen los tubos del fuelle para el caso de que falte el viento, como tantas veces sucede en el mar, y éstas son las alas, sin ellas, cómo se iba a equilibrar la barca voladora, y no te hablaré de estas esferas, que son secreto mío, bastará que te diga que sin lo que ellas llevarán dentro no volará la barca, pero sobre este punto aún no estoy seguro, y en este techo de alambre colgaremos unas bolas de ámbar, porque el ámbar responde muy bien al calor de los rayos del sol para el efecto que quiero, y esto es la brújula, sin ella no se va a ninguna parte, y esto son roldanas y poleas, que sirven para largar y recoger velas, como los barcos en la mar. Se calló un momento, y añadió, Y cuando todo esté armado y concordante entre sí, volaré. A Baltasar lo convencía el dibujo, no precisaba explicaciones, por la simple razón de que no viendo nosotros el ave por dentro, no sabemos qué es lo que la hace volar, y sin embargo vuela, porque, teniendo forma de ave, no hay nada más simple, Cuándo, se limitó a preguntar, No lo sé aún, respondió el cura, me falta quien me ayude, solo no puedo hacerlo todo, y hay trabajos para los que no basta mi fuerza. Se calló otra vez, y luego, Quieres venir tú a ayudarme, preguntó. Baltasar dio un paso atrás, estupefacto, Yo no sé nada, soy un hombre del campo, aparte de eso, sólo me enseñaron a matar, y así, tal como estoy, sin esta mano, Con esa mano y ese gancho puedes hacer lo que quieras, y hay cosas que hace mejor un gancho que la mano entera, un gancho no siente dolor si tiene que tirar de un alambre o sostener un hierro, ni se corta, ni se quema, y te digo que manco es Dios, e hizo el universo.

Baltasar retrocedió asustado, se santiguó a toda prisa, como para no dar tiempo al diablo a concluir su obra, Qué está diciendo, padre Bartolomeu Lourenço, dónde está escrito que Dios sea manco, Nadie lo ha escrito, no está escrito, pero yo digo que Dios no tiene mano izquierda porque es a su diestra, a su mano derecha, donde se sientan los elegidos, no se habla nunca de la mano izquierda de Dios, ni las Sagradas Escrituras, ni los Doctores de la Iglesia, a la izquierda de Dios no se sienta nadie, es el vacío, la nada, la ausencia, luego Dios es manco. Respiró hondo el cura, y concluyó, De la mano izquierda.

Sietesoles había escuchado con atención. Miró el dibujo y los materiales dispersos por el suelo, la concha aún informe, sonrió, y levantando un poco los brazos dijo, Si Dios es manco e hizo el Universo, este hombre sin mano bien puede atar la vela y el alambre que han de volar.

Pero cada cosa tiene su tiempo. Por ahora, y faltándole al padre Bartolomeu Lourenço el dinero preciso para comprar los imanes que, según él, han de hacer volar la passarola, imanes que, para colmo, han de venir del extranjero, está Sietesoles en el matadero del Terreiro do Paço, por empeño del mismo cura, cargando a cuestas piezas de carne, cuartos de buey, lechones a docenas, carneros a pares, que pasan de un gancho a otro, y en el tránsito dejan cascadas de sangre en la arpillera que le cubre las espaldas y la cabeza, es oficio sucio, pero compensado por algunas sobras, un pie de cerdo, mollejas o higadillos y, Dios queriéndolo y el humor del matarife, una tajada de los ijares, de los cuartos traseros o de pata, envueltos en una crespa hoja de col, para que Blimunda y Baltasar se alimenten un poco mejor de lo vulgar, quien parte y reparte, aunque no sea Baltasar el del reparto, de algo le ha de servir el arte.

Para Doña María Ana va llegando ya el tiempo. La barriga no le aguanta el crecimiento por mucho que dé de sí la piel, es una panza enorme, una nao de la India, una flota del Brasil, de vez en cuando manda el rey saber cómo va la navegación del infante, si se ve ya a lo lejos, si trae buen viento o si ha sufrido asaltos como los que

79

sufren nuestras escuadras, que aun ahora, a la altura de las islas, tomaron los franceses seis naos mercantes nuestras y una de guerra, que todo esto y mucho más se podía esperar de los cabos que tenemos y de los convoyes que armamos, y ahora parece que van los dichos franceses a esperar al resto de nuestros barcos a la entrada de Pernambuco y de Bahía, si es que no están ya al acecho de la flota que debe haber salido de Río de Janeiro. Tantos han sido nuestros descubrimientos cuando había tierras por descubrir, y ahora nos pasan los otros a capa como a toros inocentes, sin arte de corneo, o sólo casualidad. A Doña María Ana llegan también estas noticias, malas cosas que siempre han ocurrido hace un mes, dos meses, cuando el infante aún era en su vientre una gelatina, un renacuajo, un cuerpecito cabezudo, es curioso cómo se forman un hombre y una mujer, indiferentes, allá dentro de su huevo, al mundo de fuera, y pese a todo a este mundo tendrá que enfrentarse, como rey o soldado, como fraile o como asesino, como inglesa en Barbadas o sentenciada en Rossío, alguna cosa siempre, que todo nunca puede ser, y nada menos aún. Porque, en fin, podemos huir de todo, pero no de nosotros mismos.

Sin embargo no todo es tan deplorable para las navegaciones portuguesas. Llegó hace días la nave de Macao que se esperaba, habiendo salido de aquí veinte meses ha, que no hace tiempo ni nada, aún Sietesoles andaba en la guerra, e hizo feliz jornada pese a ser largo el viaje, que queda Macao mucho más allá de Goa, tierra de tantas bienaventuranzas, en China, que excede a todas las otras en regalo y riquezas, y los géneros todos a lo más barato que se puede, y tienen además lo favorable y sano de su clima, tanto que todo lo ignoran allí de achaques y dolencias, por eso no hay ni médicos ni cirujanos, y se muere sólo de viejo y desamparado de la naturaleza, que no siempre nos puede preservar. Cargó la nao en China todo lo rico y precioso que se halló, pasó por Brasil a hacer negocio y metió azúcares y tabacos, y mucha abundancia de oro, que para todo dieron los dos meses y medio que estuvo en Río y en Bahía, y en cincuenta y seis días de viaje llegó aquí, y fue cosa de milagro que en tan peligrosa y dilatada jornada no enfermó ni murió un solo hombre, que parece que de algo sirvió la misa cotidiana que acá se quedó diciendo por intención del viaje a Nuestra Señora de la Piedad de las Llagas, y ni erró el camino, ignorándolo el piloto, si tal cosa es creíble, con lo que ya andan diciendo que negocios buenos son los de la China. Pero, para que no todo sea perfecto, llegó noticia de haber estallado conflictos entre los de Pernambuco y los de Recife, que todos los días se dan allá batallas, algunas muy sangrientas, y llegaron al punto de plantar fuego a los cultivos, quemando todo el azúcar y el tabaco, que para el rey es pérdida muy considerable.

Dan, si cuadra, estas y otras noticias a Doña María Ana, pero ella está abúlica, indiferente, en su torpor de grávida, se las dan o se las callan, que da igual, y hasta de su primera gloria de haber fecundado no resta más que una tenue remembranza, pequeña brisa de lo que fue viento de orgullo, cuando en los primeros tiempos se sentía como aquellas figuras que se colocan en la proa de las naos y que no siendo las que más de lejos ven, para eso está allí el anteojo y está el vigía, son las que más hondo ven. Una mujer grávida, reina o del común, tiene un momento en la vida en que se siente sabia de todo saber, aunque intraducible en palabras, pero después, con el hinchar excesivo del vientre y otras miserias del cuerpo, sólo para el día de parir hay en ella pensamientos, no todos alegres, cuántas veces aterradas por agüeros, pero en este caso va a ser de gran ayuda la orden de San Francisco, que no quiere perder el prometido convento. Andan a porfía todas las congregaciones de la Provincia de la Arrábida diciendo misas, haciendo novenas, promoviendo oraciones, por intención general y particular, explícita e implícita, para que nazca bien el infante y en buenhora, para que no traiga defecto visible o invisible, para que sea varón, en quien alguna desgracia menor podría disculparse, si no ver en ella especial distinción divina. Pero, sobre todo, porque un infante macho daría mayor contento al rey. Don Juan V va a tener que contentarse con una niña. No siempre se puede tener todo, cuántas veces pidiendo esto se alcanza aquello, que ése es el misterio de las oraciones, las lanzamos al aire con una intención que es nuestra, pero ellas escogen su propio camino, a veces se retrasan para dejar pasar otras que habían partido después, y no es raro que algunas se aparejen, naciendo así oraciones mezcladas o mestizas, que no salen ni al padre ni a la madre que tuvieron, y a veces hasta se enfrentan, se paran en camino a debatir contradicciones, y por eso a veces se pide un chiquillo y aparece una niña, pero saludable y robusta y de buenos pulmones, como se ve por el griterío. Pero el reino está gloriosamente feliz, no sólo porque ha nacido el heredero de la corona y por las luminarias festivas que por tres días fueron decretadas, sino también, porque habiendo siempre que contar con los efectos secundarios que tienen las preces sobre las fuerzas naturales, pudiendo ocurrir incluso que den en grandes sequías, como esta que duraba ya ocho meses y sólo esta causa podía tener, que no se veía cuál podía ser otra, acabadas las oraciones dio en llover, y se dice ya que el nacimiento de la infanta trajo auspicios de felicidad, pues ahora la lluvia es tanta, que sólo Dios la puede estar mandando para alivio de la molestia que le causábamos. Ya andan labrando los labradores, van al campo incluso bajo la lluvia, crece la gleba de la tierra húmeda como salen los chiquillos de allá de donde vienen, y, no sabiendo gritar como ellos, suspira al sentirse desgarrada por el hierro, y se acuesta, lustrosa, ofreciéndose al agua que sigue cayendo, ahora muy mansa, casi polvareda impalpable, para que no se pierda la forma del barbecho, tierra encrespada para el amparo de la mies. Este parto es muy simple, pero no se puede hacer sin aquello que los otros primero requirieron, la fuerza y la simiente. Todos los hombres son reyes, reinas son todas las mujeres, y príncipes los trabajos de todos.

Pero no conviene perder de vista las diferencias, que son muchas. Llevaron la princesa a bautizar el día de Nuestra Señora de la O, día por excelencia contradictorio, pues está ya la reina libre de sus redondeces, y se observa que, finalmente, no todos los príncipes son príncipes por igual, como con mucha claridad muestra la pompa y solemnidad con que se dará nombre y sacramento a éste, o ésta, con todo el palacio y la capilla real armados de paños y oros, y la corte adornada de galas, que apenas se distinguen las facciones y los cuerpos bajo tanto aderezo de francias y atavíos. Salió el acompañamiento de la cámara de la reina hacia la iglesia, pasando por la sala de Tudescos, y detrás el duque de Cadaval, con su hopa rozando el suelo, bajo palio va el duque, y sostienen las varas, por distinción, títulos de primera grandeza y consejeros de Estado, y en los brazos del duque, quién va, va la princesa, enfajada de linos, cubierta de lazos, rebosada de cintas, y tras el palio la nombrada aya, que es la condesa de Santa Cruz vieja, y todas las damas de palacio, las hermosas y las que no lo son tanto, y al final media docena de marqueses y el duque hijo, que llevan las insignias de la toalla, del salero, de los óleos, y el resto, que para todos había.

Siete obispos la bautizaron, que eran como siete soles de oro y plata en los escalones del altar mayor, y le pusieron María Javiera Francisca Leonor Bárbara, todo con Doña delante, pese a ser aún tan pequeña, está en el regazo, babea y ya es Doña, qué hará cuando crezca, y lleva, para empezar, una cruz de brillantes que le ha dado su padrino y tío, el infante Don Francisco, que costó cinco mil cruzados, y el mismo Don Francisco mandó a la reina su comadre, como presente, una pluma de tocado, supongo que por galantería, y unos pendientes de brillantes, esos sí, de superlativo valor, cerca de veinticinco mil cruzados, es gran obra, pero francesa.

Para ese día bajó el rey de su grandeza y majestad, y asistió, no detrás de celosías, sino público, y no desde su tribuna, sino desde la de la reina, en muestra del mucho respeto que le merecía, puesta así la feliz madre al lado del feliz padre, aunque en silla más baja, y por la noche hubo luminarias. Sietesoles bajó con Blimunda desde el alto del castillo para ver las luces y los adornos, el palacio

84

armado todo con colgaduras, los arcos alzados por los gremios. Está más cansado que de costumbre tal vez por haber cargado tanta carne para los banquetes que festejaron el nacimiento y van a festejar el bautizo. Le duele la mano izquierda de tanto arrastrar, izar, tirar. El gancho descansa en la alforja que lleva al hombro, Blimunda le coge la mano derecha.

En un mes de estos que pasaron murió de santa muerte fray Antonio de San José. Salvo si se aparece en sueños al rey, ya no podrá recordarle la promesa, pero soseguémonos, a pobre no prestes, a rico no debas, a fraile no prometas, y Don Juan V es rey de palabra. Convento tendremos.

Duerme Baltasar en el lado derecho del jergón, desde la primera noche duerme ahí, porque es de ese lado su brazo entero, y, al volverse hacia Blimunda puede, con él, ceñirla contra sí, correr los dedos desde la nuca a la cintura, y más abajo aún si los sentidos de uno y otro despiertan en el calor y en la representación del sueño, o ya despertadísimos iban cuando se acostaron, que este matrimonio, ilegítimo por su propia voluntad, no sacramentado en la iglesia, cuida poco de reglas y respetos, y si a él le apetece, a ella le apetecerá, y si ella quiere, querrá él. Tal vez ande por aquí obra de otro más secreto sacramento, la cruz y la señal hechos y trazados con la sangre de la virginidad rasgada, cuando, a la luz amarilla del candil, estando ambos tumbados de espaldas, reposando, y, por primera infracción a los usos, desnudos como sus madres los parieron, Blimunda recogió de la yacija, entre las piernas, la vivísima sangre, y en esa especie comulgaron, si no es herejía decirlo, o, mayor aún, haberlo hecho. Meses enteros pasaron desde entonces, el año es ya otro, se oye caer la lluvia en el tejado, hay grandes vientos sobre el río y la barra, y, pese a tan próxima estar la madrugada, parece oscura la noche. Otro se engañaría, pero no Baltasar, que siempre despierta a la misma hora, mucho antes de nacer el sol, hábito inquieto de soldado, y queda alerta para ver retirarse mansamente la oscuridad de encima de cosas y personas, sintiendo aquel gran alivio que levanta el pecho y es el suspiro del día, el primero e impreciso trazo gris de las rendijas, hasta que un leve rumor despierta a Blimunda, y otro son comienza y se prolonga, infalible, es Blimunda comiendo su pan, y después de comerlo, abre los ojos, se vuelve hacia Baltasar y descansa la cabeza sobre el hombro de él, al tiempo que pone la mano izquierda en el lugar de la mano ausente, brazo sobre brazo, muñeca sobre muñeca, es la vida, cuando puede, enmendando a la muerte. Pero hoy no va a ser así. Un día y otro preguntó Baltasar a Blimunda por qué comía todas las mañanas antes de abrir los ojos, le preguntó al padre Bartolomeu Lourenço qué secreto era éste, ella le respondió una vez que se había acostumbrado de niña, él dijo que se trataba de un gran misterio, tan grande que volar sería cosa pequeña, comparando. Hoy se sabrá.

Cuando Blimunda despierta, tiende la mano hacia el fardel donde suele guardar los mendrugos, colgado de la cabecera, y sólo encuentra el lugar. Tantea el suelo, el jergón, mete las manos bajo la almohada, y oye entonces decir a Baltasar, No busques más, no lo vas a encontrar, y ella, cubriéndose los ojos con los puños cerrados, implora, Dame el pan, Baltasar, dame el pan, por el alma de quien la tienes, Primero has de decirme qué secretos son éstos, No puedo, gritó ella, y bruscamente intentó rodar hacia afuera del jergón, pero Sietesoles le echó el brazo sano, la cogió por la cintura, ella se debatió brava, luego le pasó la pierna derecha por encima y así liberada la mano, quiso apartarle los puños de los ojos, pero ella volvió a gritar, despavorida, No me hagas eso, y fue tal el grito que Baltasar la dejó, asustado, casi arrepentido de su violencia, No te quiero hacer mal, sólo quería saber qué misterios son, Dame el pan y te lo digo todo, Lo juras, De qué sirven juramentos si no bastan el sí o el no, Ahí lo tienes, come, y Baltasar sacó el talego de dentro de la alforja que le servía de almohada.

Cubriéndose el rostro con el antebrazo, Blimunda comió al fin el pan. Masticaba lentamente. Cuando acabó, dio un gran suspiro y abrió los ojos. La luz cenicienta del cuarto amaneció azul por aquel lado, así pensaría Baltasar si hubiera aprendido a pensar cosas de éstas, pero mejor que pensar finuras que bien podrían servir en las antecámaras de la corte o en locutorios de monjas, fue sentir el calor de su propia sangre cuando Blimunda se volvió hacia él, los ojos ahora oscuros, y, de repente, una luz verde pasando, qué importaban ahora los secretos, mejor sería volver a aprender lo que ya sabía, el cuerpo de Blimunda, quedará para otra vez, porque, esta mujer, si ha prometido, cumplirá, y dice, Te acuerdas de la primera vez que dormiste conmigo, dijiste que te miré por dentro, Me acuerdo, No sabías lo que estabas diciendo, ni supiste lo que oías cuando te dije que nunca te miraría por dentro. Baltasar no tuvo tiempo de responder, buscaba aún el sentido de las palabras, y otras ya se oían en el cuarto, increíbles, Yo puedo ver dentro de las personas.

Sietesoles se alzó en el jergón, incrédulo, y también inquieto, Estás burlándote de mí, nadie puede ver dentro de las personas, Yo puedo, No lo creo, Primero, quisiste saber, no descansabas mientras no sabías, ahora que ya sabes dices que no crees, de acuerdo, pues, pero no me escondas el pan, Sólo te creeré si eres capaz de decirme lo que está dentro de mí ahora, No veo si no estoy en ayunas, y además he hecho promesa de no verte a ti nunca por dentro, Vuelvo a decir que te estás burlando de mí, Y yo vuelvo a decir que es verdad, Cómo lo voy a saber seguro, Mañana no comeré al despertarme, saldremos luego de casa y te diré lo que vea, pero no miraré para ti, ni te pondrás delante, lo quieres así, Lo quiero, respondió Baltasar, pero dime qué misterio es ése, y cómo te vino ese poder, si es que no me engañas, Mañana sabrás que digo la verdad, Y no tienes miedo del Santo Oficio, por mucho menos han pagado otros, Mi don no es herejía ni hechicería, mis ojos son naturales, Pero tu madre fue azotada y deportada por tener visiones y revelaciones, has aprendido de ella, No es lo mismo, yo sólo veo lo que está en el mundo, no veo lo que está fuera de él, cielo o infierno, no digo oraciones, no hago pases de manos, sólo veo, Pero te santiguaste con tu sangre y me hiciste con ella una cruz en el pecho, si eso no es hechicería, Sangre de virginidad es agua de bautismo, supe que lo era cuando me rompiste, y cuando la sentí correr adiviné los gestos, Qué poder es ese tuyo, Veo lo que hay dentro de los cuerpos, y a veces lo que está en el interior de la tierra, veo lo que hay bajo la piel, y a veces incluso por debajo de las ropas, pero sólo veo cuando estoy en ayunas, pierdo el don cuando muda el cuarto de la luna, pero luego vuelve, ojalá no lo tuviera, Por qué, Porque lo que la piel oculta nunca es bueno verlo, Incluso el alma, has visto el alma, Nunca la vi, Tal vez el alma no esté en el cuerpo, No sé, nunca la vi, Será porque no se puede ver, Será, y ahora, déjame, quítame la pierna de encima, quiero levantarme.

Durante todo ese día Baltasar dudó que hubiera sostenido aquella conversación, o si la había soñado, o si, simplemente, había sido un sueño de Blimunda. Miraba los grandes animales suspendidos de los ganchos de hierro antes de ser cuarteados, forzaba los ojos, pero no veía más que la carne opaca, desollada o lívida, y cuando los pedazos o tajadas se extendían en las bancadas o eran arrojados a los platillos de las balanzas, comprendía que el poder de Blimunda tenía más de condena que de premio, porque el interior de estos animales no era realmente un gusto para la vista, como no lo sería el de las personas que vienen a la carne, ni el de las que la venden, o cortan, o cargan, que éste es el oficio de Baltasar. Por otra parte, ya en la guerra vio lo que está viendo aquí, que para averiguar lo que hay dentro siempre es preciso un cuchillo o una bala, un hacha o un filo de espada, un facón o un proyectil, entonces se desgarra la frágil piel, aún más dolorida virginidad, aparecen los huesos, y las tripas, y con esta sangre no vale la pena bendecirnos, porque no es de vida y sí de muerte. Son pensamientos confusos, que esto dirían si pudiesen ser puestos en orden, libres de excrecencias, ni vale la pena preguntar, En qué estás pensando, Sietesoles, porque él respondería, creyendo decir verdad, En nada, y sin embargo ya pensó todo esto, y aún más, que fue acordarse de sus propios huesos, blancos entre la carne desgarrada, cuando lo llevaban a retaguardia, y luego la mano cortada, caída en el suelo y apartada de un puntapié por el cirujano, Venga otro, y el que venía, pobre hombre, peor iba a quedar, si es que escapa con vida, sin dos piernas. Quiere uno conocer los misterios, y para qué, cuando debería bastarle despertar por la mañana y sentir, adormecida o despierta, a la mujer que vino con el tiempo, el mismo tiempo que mañana la llevará, quién sabe si para otra cama, jergón puesto en el suelo, como éste, o lecho de relieves y festones de oro, que no faltan, dar y llevar, trocar y traer, y es locura o tentación del diablo preguntarle, Por qué comes tu pan con los ojos cerrados, si no comiéndolo eres ciega, no lo comas para no ver tanto, Blimunda, porque ver como tú ves es la mayor de las tristezas, o sentido que aún no podemos soportar, Y tú, Baltasar, en qué piensas, En nada, no pienso en nada, no sé si alguna vez pensé algo. Eh, Sietesoles, arrastra para aquí esos tocinos.

No durmió él, ella no durmió. Amaneció y no se levantaron, Baltasar sólo para comer unos torreznos fríos y beber una jarrilla de vino, pero después volvió a acostarse, Blimunda quieta, con los ojos cerrados, alargando el tiempo del ayuno para que se le aguzaran las lancetas de los ojos, estiletes finísimos cuando al fin salieron a la luz del sol, porque éste es el día de ver, no el de mirar, que ese poco es lo que hacen quienes, no teniendo ojos, son otra categoría de ciegos. Pasó la mañana, fue la hora de almorzar, que es éste el nombre de la refección del mediodía, no lo olvidemos, y al fin se levanta Blimunda, cerrados los párpados, hace Baltasar su segunda comida, ella, para ver, no come, él ni así vería, y luego salen, el día está tan sosegado que ni parece propio de acontecimiento tal, Blimunda va delante, Baltasar detrás, para que ella no lo vea, para saber él lo que ella ve, cuando se lo diga.

Y esto le dice, La mujer que está sentada en el peldaño de aquella puerta tiene en la barriga un hijo varón, pero el pequeño lleva dos vueltas de cordón enrolladas al cuello, tanto puede vivir como morir, que eso no llego a saberlo, y este suelo que pisamos tiene encima barro encarnado bajo aquella arena blanca, luego arena negra, después gravilla, granito en lo más hondo, y en él hay un agujero grande lleno de agua, con el esqueleto de un pez mayor que mi tamaño, y este viejo que pasa está como yo estoy, con la barriga vacía, pero se le va la vista, lo contrario que a mí, y aquel joven que me miró tiene su miembro podrido de venéreo, goteando como caño, enrollado en trapos, y, pese a todo, sonríe, es su vanidad de hombre lo que le hace sonreír así, ojalá no tengas tú esas vanidades, Baltasar, y siempre te aproximes a mí limpio, y ahí viene un fraile que lleva en las tripas una bicha solitaria que él tiene que sustentar comiendo por dos o tres, por dos o tres comería aunque no la tuviese, y ahora, mira aquellos hombres y aquellas mujeres arrodillados ante el nicho de San Crispín, lo que puedes ver es la señal de la cruz, lo que oyes son golpes en el pecho, y las bofetadas que por penitencia se dan entre sí y a sí mismos, pero yo veo sacos de excrementos y de gusanos, y allí un tumor que va a estrangular la garganta de aquel hombre, él no lo sabe aún, mañana lo sabrá, y será tan tarde como ya lo es hoy, porque no tiene remedio, Y cómo voy a creer yo que todo eso es verdad si tú vas explicando cosas que yo no puedo ver con mis ojos, preguntó Baltasar, y Blimunda respondió, Haz un agujero con tu espigón en aquel sitio y encontrarás una moneda de plata, y Baltasar hizo el agujero y la encontró, Te equivocaste, Blimunda, la moneda es de oro, Mejor para ti, y yo no debería haberme arriesgado, porque siempre confundo plata con oro, pero en lo de ser moneda, y valiosa, acerté, qué más quieres, tienes la verdad y el lucro, y si la reina por aquí pasara te diría que otra vez está preñada, pero que aún es pronto para saber si de varón o de hembra, ya decía mi madre que la matriz de las mujeres lo malo es que se llene una vez, que luego siempre quiere más, y ahora te digo que empezó a mudar el cuarto de la luna, porque siento los ojos ardiendo y veo unas sombras amarillas pasar ante ellos, son como piojos caminando, moviendo las patas, y son amarillos, me muerden los ojos, por la salvación de tu alma te lo pido, Baltasar, llévame a casa, dame de comer, y acuéstate conmigo, porque aquí delante de ti no puedo verte, y no te quiero ver por dentro, sólo quiero mirarte, cara oscura y barbada, ojos cansados, boca tan triste, hasta cuando estás a mi lado y me quieres, llévame a casa, que yo iré tras de ti, pero con los ojos bajos, porque una vez juré que nunca te vería por dentro y así será, castigada sea yo si alguna vez lo hago.

Levantemos ahora nuestros propios ojos, que es tiempo de ver al infante Don Francisco disparando con su espingarda, desde la ventana de palacio, a la orilla del Tajo, a los marineros que están subidos a las vergas de los barcos, sólo para probar su buena puntería, y, cuando acierta y van a caer ellos al convés, sangrando todos, alguno que otro muerto, y si la bala erró no se libran de un brazo partido, bate palmas el infante con júbilo irreprimible, mientras los criados le cargan otra vez las armas, bien puede acontecer que este criado sea hermano de aquel marinero, pero a esta distancia ni la voz de la sangre se oye, otro tiro, otro grito y caída, y el contramaestre no se atreve a mandar bajar a los marineros para no irritar a su alteza y porque, pese a las bajas, la maniobra ha de hacerse, y diremos nosotros que el no se atreve es ingenuidad de quien de lejos mira, porque lo más seguro es que ni se le ocurra pensar esta simple humanidad, Ya está ese hijo de puta a tiros con mis marineros, que van al mar a descubrir la India descubierta o el Brasil encontrado, y en vez de eso da orden de que laven el convés, y sobre esto no tenemos más que decir, que todo acabaría en repetición aburrida, que, en fin, si el marinero ha de llevar un tiro, fuera de la barra, de corsario francés, mejor es que se lo den aquí, que muerto o herido siempre estará mejor en su tierra, y hablando de corsario francés, van nuestros ojos más lejos, allá en Río de Janeiro, donde entró una armada de esos enemigos, y no precisamente a tirar un tiro, estaban los portugueses durmiendo la siesta, tanto los del gobierno del mar como los del gobierno de la tierra, y habiendo los franceses fondeado a su placer, desembarcaron, ellos sí que parecía que estuvieran en su tierra, la prueba fue que el gobernador dio luego orden formal de que nadie sacara nada de casa, sus razones tendría, al menos las que el miedo da, tanto que los franceses saquearon todo lo que encontraron, y no lo hicieron llevar a los navíos sino que armaron un zoco en medio de la plaza, que no faltó quien allá fuera a comprar lo que le habían robado una hora antes, no puede haber mayor desprecio, y quemaron la casa del fisco, y fueron al bosque, por denuncia de judíos, a desenterrar el oro que algunas personas principales habían escondido y esto siendo los franceses sólo dos o tres mil, y los nuestros diez mil, pero el gobernador estaba aconchabado con ellos, no hay más que saber, que portugueses y traidores los hubo muchas veces, aunque no todo sea lo que parece, por ejemplo, aquellos soldados de los regimientos de Beira de quienes dijimos que se habían pasado al enemigo, no desertaron, la verdad es que fueron a donde les darían de comer, y otros hubo que huyeron a sus casas, si eso es traición es lo que está ocurriendo siempre, quien quiera soldados para entregarlos a la muerte que les dé al menos de comer y vestir, mientras vivos estén y que no anden por ahí descalzos, sin trabajos de marcha y disciplina, más gustosos de poner al propio capitán en la mira de la espingarda que de desgraciar a un castellano del otro lado, y ahora, si queremos reír de lo que nuestros ojos ven, que la tierra da para todo, consideremos el caso de las treinta naves de Francia, que ya se dijo estaban a la vista de Peniche, aunque no falte quien diga haberlas avistado en el Algarve, que está cerca, y en la duda se guarnecieron las torres del Tajo y toda la marina se puso de ojo alerta, hasta Santa Apolonia, como si las naves pudieran venir río abajo, de Santarem o de Tancos, que estos franceses son gente capaz de todo, y estando nosotros tan pobres de barcos pedimos ayuda a unos navíos ingleses y holandeses que ahí están, y fueron ellos a ponerse en línea en la barra, a la espera del enemigo que ha de estar en el espacio imaginario, ya en tiempos antes contados se dio aquel famoso caso de la entrada de los bacalaos, y ahora se ha sabido que eran vinos comprados en Porto, y las naos francesas son en definitiva inglesas, que andan en su comercio, y de camino se van riendo a costa nuestra, buen plato somos para mofas extranjeras, que también las tenemos excelentes hechas aquí, y es bueno que se diga, y están tan claras a la luz del día que no fueron precisos los ojos de Blimunda, y fue el caso que cierto clérigo, cliente habitual de casas de mujeres de bien hacer y aún mejor dejar que les hagan, satisfaciendo los apetitos del estómago y liberando los de la carne, y siempre diciendo su misa con toda puntualidad, y cuando le parecía se largaba llevándose lo que encontraba a mano, y tantas hizo que un día la ofendida, a quien mucho más había robado que dado, logró orden de prisión, y yendo los oficiales y alguaciles a cumplirla, por orden del corregidor del barrio, a una casa donde el clérigo vivía con otras inocentes mujeres, entraron, pero tan desatentos a la obligación que no dieron con él, que estaba metido en una cama, y fueron a otra donde les pareció que estaría, dando así tiempo para que el cura saltase, en pelota viva y disparando escaleras abajo, a tortas y a puntapiés limpió el camino, quedaron gimiendo los alguaciles negros, pero, como pudieron, echaron a correr tras el cura pugilista y garañón, que iba ya por la Rua dos Espingardeiros, y era esto a las ocho de la mañana, bien comenzaba el día, carcajadas en puertas y ventanas, ver al cura correr como una liebre, con los negros detrás, y él con la verga tiesa, y bien armado, Dios lo bendiga, que para hombre tan dotado no es lugar servir en los altares sino en cama de servicio a las mujeres, y con este espectáculo sufrieron gran conmoción las señoras moradoras, pobrecillas, así inadvertidas, como desprevenidas y exentas estarían las que se hallaban rezando en la iglesia de la Concepción Vieja y vieron entrar al cura jadeando, en figura de inocente Adán, pero tan cargado de culpas, sacudiendo el badajo y las mantecas, a la una apareció, a las dos se escondió, a las tres nunca fue visto, que ese pase de magia lo dio la diligencia de los padres, que lo recogieron y le dieron fuga por los tejados, vestido ya, que ni esto es suceso que cause extrañeza, si en cestos izan los franciscanos de Xabregas a las mujeres para dentro de las celdas y con ellas se gozan, por su propio pie subía este cura a casas de las mujeres a quienes apetecía el sacramento, y para no salirnos de lo acostumbrado, queda todo entre el pecado y la penitencia, que no sólo en la procesión de Cuaresma salen a la calle las disciplinas excitantes, cuántos malos pensamientos habrán tenido que confesar las señoras moradoras de la Baixa de Lisboa y las devotas de la Concepción Vieja por de tan rico cura haber gozado con la vista, y los cuadrilleros tras él, agárralo, agárralo, quién pudiera agarrarlo para una cosa que yo sé, diez padrenuestros, diez salves, y diez reales de limosna a San Antonio, y estar tumbada una hora entera con los brazos en cruz, barriga abajo como a la prosternación conviene, que barriga arriba es postura de más celeste gozo, pero siempre levantando los pensamientos, no las faldas, que eso quedará para el próximo pecado.

Usa cada cual los ojos que tiene para ver lo que puede o le consienten, o sólo una pequeña parte de lo que desearía, cuando no es por simple obra del azar, como Baltasar, que por trabajar en el matadero fue con los otros mozos de carga y cortadores a la plaza para ver llegar al cardenal Don Nuno da Cunha, que va a recibir el capelo de manos del rey, lo acompaña el enviado del papa en una litera forrada toda de terciopelo carmesí, con pasamanos de oro, dorados también los paineles, y ricamente, con las armas cardenalicias a un lado y otro, lleva un coche de respeto, pero no va nadie dentro, sólo el respeto, más una estufa para el estribero y para el secretario doméstico, y también el capellán que lleva la cola cuando la cola tiene que ser llevada, y vienen dos coches castellanos abarrotados de capellanes y pajes, y delante de la litera doce lacayos, que sumando a todo esto los cocheros y los portadores es una multitud para servir a un cardenal solo, casi habíamos olvidado al criado que va delante con la maza de plata, menos mal que lo hemos recordado a tiempo, feliz pueblo este que con tales fiestas se regala y baja a la calle para ver desfilar a la nobleza toda, que primero fue a casa del cardenal a buscarlo, luego lo viene acompañando hasta el palacio, adonde Baltasar no puede ir ni entran los ojos que tiene, pero conociendo nosotros las artes de Blimunda, imaginemos que ella está aquí y veremos al cardenal subiendo entre hileras de guardias, y entrando en el último aposento del dosel sale el rey a recibirlo y él le dio agua bendita, y en el aposento siguiente se arrodilla el rey en una almohada de terciopelo, y el cardenal, en otra más atrás, ante un altar ricamente armado, donde luego dice misa un capellán de palacio, con todas las ceremonias, y acabada la misa saca el enviado del papa el breve del nombramiento y se lo entrega al rey que lo recibe y se lo devuelve para que lo lea, por así determinarlo el protocolo, no porque el rey no tenga sus humos de latinista, tras lo cual recibe el rey de

manos del enviado el capelo cardenalicio y lo pone en
la cabeza del cardenal, abrumado de cristiana humildad,
naturalmente, que es carga excesiva para un hombre ser
así íntimo de Dios, pero aún no han terminado las caran-
toñas y las zalemas, primero fue el cardenal a cambiarse
de ropas, y ahora reaparece todo de rojo vestido, como
es propio de su dignidad, vuelve a entrar para hablarle al
rey, éste está bajo dosel, por dos veces se quita y se pone
el capelo, por dos veces hace lo mismo el rey con su
sombrero, y a la tercera da cuatro pasos para recibirlo, al
fin se cubren ambos, y sentados, uno más arriba, el otro
más abajo, dicen unas palabras, dichas fueron, son horas
de despedirse, se quita el sombrero, se pone el sombrero, pero aún va el cardenal al cuarto de la reina, donde se
repiten las cortesías, punto por punto, hasta que al fin
baja el cardenal a la capilla donde se va a cantar el Te
Deum laudamus, alabado sea Dios que tiene que aguantar estas invenciones.

Llegado a casa, Baltasar cuenta a Blimunda lo que
vio, y como han anunciado luminarias, bajan al Rossío
después de cenar, pero las luces son pocas esta vez, o el
viento las apagó, lo que importa es que ya tiene birrete
el cardenal, dormirá con él en la cabecera, y si a media
noche se alza de la cama para contemplarlo sin testigos,
no recriminemos a este príncipe de la Iglesia, porque
todos somos hombres iguales por el lado del orgullo, y
un birrete de cardenal, llegado de Roma en manos de
un propio y hecho de propósito, si no anda aquí experi-
mentación maliciosa de la modestia de los grandes, es
porque al final merece entera confianza la humildad de
ellos, humildes realmente lo son pues lavan los pies a

los pobres, como hizo y hará el cardenal, como hicieron y harán el rey y la reina, ahora tiene Baltasar las suelas rotas y los pies sucios, primera condición para que el cardenal o el rey se arrodillen un día ante él, con toallas de lino, bacías de plata y agua de rosas, si es que la otra condición Baltasar satisface, que es la de ser aún más pobre de lo que hasta entonces ha conseguido ser, y la condición tercera, que es la de que lo elijan por virtuoso y cliente de la virtud. De la pensión pedida aún no hay señal, de poco han servido las instancias del padre Bartolomeu Lourenço, su padrino, del matadero lo despedirán pronto con cualquier pretexto, pero ahí están la sopa boba de los conventos, las limosnas de las hermandades, es difícil morir de hambre en Lisboa, y este pueblo se ha habituado a vivir con poco. Entre tanto, nació el infante Don Pedro, que por venir segundo sólo tuvo cuatro obispos en el bautizo, pero salió ganando, por haber participado en el bautizo el cardenal, que en tiempo de su hermana aún no lo había, y llegó noticia de que en el cerco de Campo Maior murieron muchos soldados enemigos y pocos de los nuestros, a no ser que mañana digan que fueron muchos de los nuestros y pocos de ellos, que al fin se sabrá lo cierto cuando al acabarse el mundo se cuenten los muertos todos de todos los lados. Baltasar le cuenta a Blimunda cosas de su guerra, y ella le coge el gancho del brazo izquierdo como si le cogiera la mano verdadera, es lo que siente él ahora, la memoria de su piel sintiendo la piel de Blimunda.

El rey fue a Mafra a escoger el sitio donde se levantará el convento. Será en el alto que llaman de la

Vela, desde aquí se ve el mar, corren aguas abundantes y dulcísimas para el futuro pomar y huerta, que no han de ser menos en primores de cultivo los franciscanos de aquí que los cistercienses de Alcobaça, a San Francisco de Asís le bastaría un yermo, pero él era santo y está muerto. Recemos.

Hay otro hierro ahora en la alforja de Sietesoles, es la llave de la quinta del duque de Aveiro, pues habiéndole llegado al padre Bartolomeu Lourenço los ya mentados imanes, pero aún no las sustancias de que hace secreto, podía al fin ir adelantándose la construcción de la máquina de volar y ponerse en obra material el contrato que hacía de Baltasar la mano derecha del Volador, ya que la izquierda no era precisa, tan poco precisa era que el propio Dios no la tiene, conforme declaró el cura, que estudió esas reservadas materias, y bien sabrá lo que dice. Y estando la Costa do Castelo demasiado lejos de San Sebastián de Pedreira para ir y venir todos los días, decidió Blimunda dejar la casa para estar donde estuviera Sietesoles. No era grande la pérdida, un tejado y tres paredes inseguras, solidísima la cuarta, por ser muralla del castillo, hace tantos siglos implantada, si nadie por allí pasa y dice, Mira, una casa vacía, y diciendo esto no se instale en ella, apenas pasará un año sin que se caigan las paredes y el tejado, y entonces quedarán sólo unos adobes partidos o deshechos en tierra en el lugar donde vivió Sebastiana María de Jesús y donde abrió Blimunda por primera vez los ojos al espectáculo del mundo, porque en ayunas nació.

Siendo tan pocos los haberes, un viaje bastó para transportar, en la cabeza Blimunda y a las espaldas Baltasar, el fardo y el atadijo a que se resumió todo. Descansaron aquí y allá en el camino, callados, ni que decir tenían, si hasta una simple palabra sobra si es la vida la que está cambiando, mucho más si somos nosotros los que cambiamos con ella. En cuanto a la levedad del fardo, así debería ser siempre, llevar consigo mujer y hombre lo que tienen, y cada uno de ellos al otro, para no tener que volver sobre los mismos pasos, es siempre tiempo perdido, y basta.

En un rincón del cuarto de los aperos desenrollaron el jergón y la estera, a los pies pusieron el escaño, frontera el arca, como si fueran los límites de un nuevo territorio, raya trazada en el suelo y en paños levantada, suspensos éstos de un alambre, para que esto sea de hecho una casa y en ella podamos encontrarnos solos cuando estemos solos. Cuando venga el padre Bartolomeu Lourenço, podrá Blimunda, si no tiene trabajos de lavar o cocinar que a la alberca la lleven o en el horno la retengan, o si no prefiere ayudar a Baltasar pasándole el martillo o las tenazas, la punta del alambre o el haz de mimbres, podrá Blimunda estar en su resguardo de mujer hogareña, que a veces hasta a las más empedernidas aventureras apetece, aunque no sea la aventura tanta como la que aquí se promete. Sirven también los paños colgados al acto de la confesión, puesto el confesor de este lado, de fuera puestos los penitentes, uno de cada vez, del lado de dentro, precisamente donde constantes pecados de lujuria ambos cometen, aparte de ser concubinos, si no es peor la palabra que la situación, por otra parte fácilmente absuelta por el padre Bartolomeu Lourenço que tiene ante sus propios ojos un mayor pecado suyo, aquel de orgullo y ambición de alzarse un día en los aires, donde hasta ahora sólo subieron Cristo, la Virgen y algunos santos elegidos, estas partes dispersas que trabajosamente va encajando Baltasar mientras Blimunda dice desde el otro lado del paño, en voz bastante alta para que Sietesoles oiga, No tengo pecados que confesar.

Para el deber de la misa no faltarían iglesias cerca, la de los agustinos descalzos, por ejemplo, que es la más cercana, pero si el padre Bartolomeu Lourenço, como acontece, tiene obligaciones de su ministerio o atenciones y servicios en la corte que lo ocupen más que lo acostumbrado de quien no necesitaría venir aquí todos los días, si no acude el padre a espabilar el fuego del alma cristiana que sin duda habita en Blimunda y Baltasar, él con sus hierros, ella con su lumbre y su agua, ambos con el ardor que los lanza sobre el jergón, no es raro que olviden el santo sacrificio y del olvido no queden arrepentidos, con lo que resulta al fin lícito dudar si en definitiva es cristiana la supuesta alma de ambos. Viven en el chamizo, o salen a tomar el sol, los cerca la gran finca abandonada donde los frutales van volviendo a su natural condición silvestre, los zarzales cubriendo los caminos, y en el lugar del huerto se encrespan selvas de panizos y ricinos, pero ya Baltasar, con la hoz, ha rapado la mayor, y Blimunda, con la azada, cortó y sacó al sol raíces, con el tiempo aún esta tierra dará cosa debida al trabajo. Pero tampoco faltan ratos de holganza, por eso, cuando la comezón aprieta, posa Baltasar la cabeza en el regazo de Blimunda y le cata ella los bichos, que no es asombroso que los tengan estos enamorados y constructores de aeronaves, si es que tal palabra se dice ya en estas épocas, como cada vez más se va diciendo armisticio en vez de paces. Blimunda no tiene quien la expurgue. Hace Baltasar lo que puede, pero aunque le llegan dedos y mano para descubrir el insecto, le faltan dedos y mano para sostener los pesados, espesos, cabellos de Blimunda, color de miel sombría, que apenas los aparta regresan, y esconden así la caza. La vida da para todos.

No siempre el trabajo va bien. No es verdad que la mano izquierda no haga falta. Si Dios puede vivir sin ella es porque es Dios, pero un hombre necesita las dos manos, una mano lava la otra, las dos lavan el rostro, cuántas veces ha tenido ya que venir Blimunda a limpiarle la suciedad que quedó agarrada en el dorso de la mano y no saldría de otro modo, son los desastres de la guerra, mínimos éstos, porque muchos soldados hubo que quedaron sin los dos brazos, o sin las dos piernas, o sin sus partes de hombre, y no tienen Blimunda que les ayude o por eso mismo dejaron de tenerla. Es excelente el gancho para trabar una lámina de hierro o torcer un mimbre, es infalible el espigón para abrir ojales en la lona, pero las cosas obedecen mal cuando les falta la caricia de la piel humana, piensan que han desaparecido los hombres a quienes se habituaron, es el desconcierto del mundo. Por eso viene a ayudar Blimunda, y, en llegando ella, se acaba la rebelión, Menos mal que has venido, dice Baltasar, o lo sienten las cosas, no se sabe cierto.

Alguna vez se levanta Blimunda más temprano, antes de comer el pan de todas las mañanas, y deslizándose a lo largo de las paredes para evitar poner los ojos en Baltasar aparta el paño y va a inspeccionar la obra hecha, descubrir la flaqueza oculta en el trenzado, la burbuja de aire en el interior del hierro, y acabada la inspección se pone al fin a masticar su mendrugo, poco a poco volviéndose tan ciega como la otra gente que sólo puede ver lo que a la vista está. Cuando hizo esto por primera vez, y Baltasar luego dijo al padre Bartolomeu Lourenço, Este hierro no sirve, tiene una caja por dentro, Cómo lo sabes, Lo vio Blimunda, el cura se volvió hacia ella, sonrió y miró a uno y otro, y declaró, Tú eres Sietesoles porque ves a las claras, tú serás Sietelunas porque ves a oscuras, y, así, Blimunda, que hasta entonces sólo se llamaba, como su madre, de Jesús, acabó siendo Sietelunas, y bien bautizada estaba, que el bautismo fue de cura, no un apodo cualquiera. Durmieron aquella noche los soles y las lunas abrazados, mientras giraban las estrellas lentamente en el cielo, Luna, dónde estás, Sol, adónde vas.

De tiempo en tiempo viene aquí el cura a probar los sermones que compone, por la bondad del eco que las paredes tienen, lo bastante para que quede redonda la palabra, sin resonancias excesivas que encabalguen los sonidos y acaben por empastar su sentido. Así debían de sonar las imprecaciones de los profetas en el desierto o en las plazas públicas, lugares sin paredes o que no las tienen próximas, y son así inocentes a las leyes de la acústica, está la gracia en el órgano que profiere la palabra, no en los oídos que la oyen o en los muros que la devuelven. No obstante, esta religión es de capilla regalona, con ángeles carnudos y santos arrebatados, y mucha agitación de túnicas, brazos rollizos, muslos adivinados, pechos que redondean, caídas de ojos, tanto está sufriendo quien goza como está gozando quien sufre, por eso no van a dar a Roma todos los caminos, sino al cuerpo. Se esfuerza el cura en la oratoria, tanto más cuando allí hay quien le oiga, pero, o por efecto intimidatorio del pajarraco o por frialdad egoísta del auditorio, o por faltar el ambiente eclesial, las palabras no vuelan, no retumban, se enredan unas en otras, parece impropio que el padre Bartolomeu Lourenço tenga tan gran fama de orador sacro, hasta el punto de haberlo comparado con el padre Antonio Vieira*, que Dios haya, y que el Santo Oficio hubo. Aquí ensayó el padre Bartolomeu Lourenço el sermón que fue a predicar a Salvaterra de Magos, estando allí el rey y la corte, aquí está probando ahora el que predicará en la fiesta de los desposorios de San José, que se lo encomendaron los dominicos, que al fin no le perjudica gran cosa la fama que tiene de volador y extravagante, que hasta los hijos de Santo Domingo lo demandan, y del rey no hablemos, que siendo tan mozo gusta aún de juegos, por eso protege al cura, por eso se divierte tanto con las monjas en los monasterios y las va preñando, una tras otra o varias al mismo tiempo, que cuando acabe su historia se contarán por decenas los hijos así engendrados, pobre reina, qué sería de ella de no

---

* El padre Antonio Vieira (Lisboa, 1608-Bahía, Brasil, 1697) es la figura más destacada del Barroco literario portugués. Gran orador, conceptista y no gongorino, trató en sus sermones todas las cuestiones candentes de la época, de manera especial la abolición de la esclavitud y el respeto y colaboración con los judíos. Sus *Sermones* fueron recogidos y publicados en quince volúmenes. *(N. del T.)*

ser por su confesor Antonio Stieff, jesuita, que le enseña resignación, y sin los sueños en que se le aparece el infante Don Francisco con marineros muertos colgados de los arzones de las mulas, y qué sería del padre Bartolomeu Lourenço si aquí entraran los dominicos que le han encomendado el sermón, y vieran esta passarola, y a este manco, y a esta bruja, y a este predicador burilando palabras y tal vez ocultando pensamientos, que ésos no los vería Blimunda ni aunque ayunara un año entero.

Acaba el padre Bartolomeu Lourenço su sermón, ni quiere saber de su religioso efecto, sólo pregunta, como si no le interesara demasiado la cosa, Qué, les ha gustado, y los otros responden, Claro que sí, señor, vaya si nos ha gustado, pero éste es hablar de dientes afuera, que el corazón no da muestras de haber entendido lo que oyó, y si el corazón no entendió, no llega a mentira lo que la boca habla, pero sí es ausencia. Volvió Baltasar a batir sus hierros, Blimunda barrió hacia el patio los fragmentos de mimbre que no servían, por el empeño parecían trabajos urgentes, pero el padre dijo de súbito, como quien no puede contener más su preocupación, Así nunca llegaré a volar, dijo con voz cansada, e hizo un gesto de tan profundo desánimo que Baltasar tuvo la instantánea percepción de la inutilidad de lo que estaba haciendo, por eso dejó el martillo, pero queriendo enmendar lo que podía ser tomado por renuncia, dijo, Tenemos que construir aquí una fragua, templar los hierros, si no el simple peso de la passarola los hará curvarse, y el cura respondió, Qué más da que se curven o que no se curven, el caso es que vuele, y así no puede volar si le falta éter, Qué es eso, preguntó Blimunda, Es de donde cuelgan las estrellas, Y cómo se puede traer aquí, preguntó Baltasar, Por arte de alquimia, pero en ella no soy hábil, pero sobre esto no digáis una palabra, pase lo que pase, Entonces, qué vamos a hacer, Iré a Holanda, que es tierra de muchos sabios, y allí aprenderé el arte de hacer bajar el éter del espacio para introducirlo en las esferas, porque sin él nunca volará la máquina, Qué virtud es ésa del éter, preguntó Blimunda, Pues es ser parte de la virtud general que atrae a los seres y a los cuerpos, y hasta a las cosas inanimadas y los libera del peso de la tierra, llevándolos al sol, Diga eso con palabras que yo entienda, padre, Para que la máquina se levante en el aire, es preciso que el sol atraiga el ámbar que ha de estar preso en los alambres del techo, que a su vez atraerá al éter que habremos introducido en las esferas, que a su vez atraerá a los imanes que estarán abajo, los cuales, a su vez, atraerán las laminillas de hierro de que se compone la osamenta de la barca, y, entonces, subiremos al aire con el viento, o con el soplo de los fuelles, si el viento falta, pero vuelvo a decir, faltando el éter nos falta todo. Y Blimunda dijo, Si el sol atrae al ámbar y el ámbar atrae al éter, y el éter atrae al imán, y el imán atrae al hierro, la máquina irá subiendo hacia el sol sin parar. Hizo una pausa y preguntó, como hablando consigo misma, Qué será el sol por dentro. Dijo el cura, No iremos al sol, para evitarlo están las velas de arriba, que podemos abrir y cerrar a voluntad, de modo que nos pararemos en la altura que queramos. Hizo una pausa también, y remató, En cuanto a saber cómo será el sol por dentro, si se levanta la máquina del suelo, el resto vendrá por añadidura, queriendo nosotros, y no contrariando insoportablemente a Dios.

Es, pese a todo, tiempo de contrariedades. Ahora saldrán las monjas de Santa Mónica con extrema indignación, insubordinándose contra las órdenes del rey de que sólo pudieran hablar en los conventos a sus padres, hijos, hermanos y parientes hasta el segundo grado, con lo que pretende su majestad poner coto al escándalo que causan los frecuentadores de conventos, nobles y no nobles, que visitan a las esposas del Señor y las preñan en un avemaría, que lo haga Don Juan V, bien, pero no un don nadie. Acudió el provincial de Graça queriendo reducirlas al sosiego y al acatamiento de la voluntad real, bajo pena de excomunión si la quebrantan, pero ellas se amotinaron vehementes, trescientas mujeres católicamente enfurecidas porque así las separaban del mundo, la primera vez lo hicieron, por segunda vez lo intentan, ahora se verá cómo fuerzan puertas frágiles manos femeninas, y salen las monjas, llevan consigo violentamente a la madre prioresa, van con cruz alzada, en procesión por las calles, hasta que al encuentro les sale la comunidad de los frailes de Graça y, por las Cinco Llagas, les ruegan que detengan el motín, y ya tenemos armado ahí un santo coloquio entre frailes y monjas, disputando cada cual sus razones, y fue el caso que corrió el corregidor del crimen hasta el rey por si había o no de suspenderse la orden, y entre ir, llegar y debatir el suceso, pasó la mañana, que, para hacerles empezar el día temprano, de madrugada se habían levantado las protestantes, y mientras corregidor no vuelve, corregidor va, corregidor viene, se quedaron allá las monjas, sentadas en el suelo natural las más vetustas, alertas y vigilantes las de la última zafra, tomando el buen sol de la estación que anima los corazones,

111

mirando a quien iba de paso y por curiosidad se detenía, que platos de éstos no los tenemos todos los días, y hablando con quien les apetece, de modo que allí se fortalecieron lazos con prohibidos visitantes que, sabiéndolo, acudieron, y en acuerdos, requiebros, citas, consignas, señales con los dedos o con el pañuelo, fue pasando el tiempo hasta el mediodía, y como al fin el cuerpo quería alimento, allí mismo comieron de los dulces que llevaban en los saquetes, quien va a la guerra empanadas lleva, y al cabo de esta manifestación llegó contraorden de palacio, que todo volvía a la moralidad primera, oído lo cual se recogieron victoriosas las monjas a Santa Mónica entonando jubilosos cantos, y consoladas además por la absolución del provincial, que la envió por un propio, no en persona, porque bien podía herirlo una bala perdida, que esto de monjas amotinadas es la peor de las batallas. Metes, y cuántas veces a la fuerza, a estas mujeres en reclusión conventual, ahí te quedas, aliviando así particiones de herencias, favoreciendo al mayorazgo y a otros hermanos varones, y, así presas, hasta un simple contacto de dedos en la reja del locutorio quieren prohibirles, el clandestino encuentro, el suave contacto, la dulce caricia, aunque lleve tantas veces consigo el infierno, bendito sea. Porque, en fin, si el sol atrae al ámbar y el mundo a la carne, alguien habrá de ganar algo con eso, aunque sólo sea para aprovechar los restos de aquellos que por nacimiento ya lo tienen todo ganado.

Otra contrariedad esperada es el auto de fe, no para la Iglesia, que de él aprovecha un refuerzo piadoso y otras utilidades, ni para el rey que, habiendo salido en el auto estancieros brasileños, puede apropiarse sus haciendas, sino para quien lleva los zurriagazos, o quien va desterrado, o quien es quemado en la hoguera, menos mal que de esta vez salió relajada en carne sólo una mujer, no será mucho trabajo pintarle el retrato en la iglesia de Santo Domingo, al lado de otros chamuscados asados, dispersos y barridos, que hasta parece imposible cómo no sirve de escarmiento a unos el suplicio de tantos, quizá a los hombres les guste sufrir, o estiman en más la convicción del espíritu que la preservación del cuerpo, Dios no sabía en qué lío se metía cuando creó a Adán y a Eva. Qué diremos, por ejemplo, de esta monja profesa, que resultó ser judía, y fue condenada a cárcel y hábito perpetuo, y también de esta negra de Angola, caso nuevo, que vino de Río de Janeiro con culpa de judaísmo, y este mercader del Algarve que afirmaba que cada uno se salva en la ley que sigue, porque todas son iguales, y tanto vale Cristo como Mahoma, el Evangelio como la Cábala, lo dulce como lo amargo, el pecado como la virtud, y este mulato de Caparica que se llama Manuel Mateus, pero no es pariente de Sietesoles, y tiene por apodo Saramago, Dios sabe qué descendencia será la suya, y que ha salido penitenciado con culpas de insigne hechicero, y de tres mozas que decían por la misma cartilla, qué se dirá de todos éstos y de ciento treinta más que salieron en el auto, muchos irán a hacer compaña a la madre de Blimunda, quién sabe si estará viva aún.

Sietesoles y Sietelunas, pues nombre tan bello le pusieron, y bueno es que lo use, no bajaron de San Sebastián da Pedreira al Rossío para ver el auto de fe, pero no

113

faltó pueblo en la fiesta, y de algunos que allá estuvieron, más los registros que siempre quedan, pese a incendios y terremotos, quedó memoria de lo que vieron y a quién vieron, quemados o penitentes, la negra de Angola, el mulato de Caparica, la monja judía, los religiosos que decían misa, confesaban y predicaban sin tener órdenes para hacer tal, el juez de Arraiolos con parte de cristiano-nuevo por ambas vías, en total ciento treinta y siete personas, que el Santo Oficio, en pudiendo, lanza las redes al mundo y las saca llenas, practicando así, de manera peculiar, la buena lección de Cristo cuando a Pedro dijo que lo quería pescador de hombres.

La gran tristeza de Baltasar y de Blimunda es no tener una red que pueda ser lanzada hasta las estrellas, y traer acá el éter que las sostiene, conforme afirma el padre Bartolomeu Lourenço, que va a marchar un día de éstos y no se sabe cuándo volverá. La passarola, que parecía un castillo levantándose, es ahora torre en ruinas, una babel cortada a medio vuelo, cuerdas, paños, alambres, hierros confundidos, ni siquiera quedó el consuelo de abrir el arca y contemplar el dibujo, porque el padre lo lleva en su equipaje, mañana partirá, va por mar y sin mayor riesgo que el natural de viajes, porque al fin fueron pregonadas paces con Francia, con solemne procesión de jueces, corregidores y merinos, todos muy bien montados, y atrás los trompeteros, con trompetas bastardas, luego los porteros de palacio con sus mazas de plata al hombro, y por fin siete reyes de armas, con ricas sobrevestes, y el último llevaba en la mano un papel que era el pregón de paces, leído primero en el Terreiro do Paço, bajo las ventanas donde estaban las majestades y altezas, a la vista del mar de pueblo que llenaba la plaza, formada la compañía de la guardia, y, después de echar aquí el pregón, fueron a echarlo otra vez al atrio de la Catedral, y por tercera vez en el Rossío, en el atrio del hospital, al fin están hechas estas paces con Francia, ahora que vengan otras con los demás países, Pero ninguna me va a dar la mano que perdí, dice Baltasar, Qué más da, entre tú y yo, tres manos tenemos, esto es lo que responde Blimunda.

Echó el padre Bartolomeu Lourenço la bendición al soldado y la vidente, le besaron ellos la mano, pero en el último momento se abrazaron los tres, tuvo más fuerza la amistad que el respeto, y el cura dijo, Adiós Blimunda, adiós Baltasar, cuidad uno del otro y cuidad de la passarola, que un día volveré con lo que voy a buscar, que no será oro ni diamante, pero sí el aire que Dios respira, guardarás la llave que te di, y como os vais a Mafra, acuérdate de volver por aquí de vez en cuando, a ver cómo está la máquina, puedes entrar y salir sin recelo, que la quinta me la ha confiado el rey y él sabe lo que en ella hay, y en diciendo esto, montó en la mula y partió.

Allá va, por el mar, el padre Bartolomeu Lourenço, y qué vamos nosotros a hacer ahora, sin la esperanza próxima del cielo, pues vamos a los toros, que es buena diversión, En Mafra nunca hubo, dice Baltasar, y no llegando el dinero para los cuatro días de función, que este año se remató caro el suelo del Terreiro do Paço, iremos el último, que es el fin de la fiesta, con palenques todo alrededor de la plaza, hasta del lado del río, que apenas se ven las puntas de las vergas de los barcos allí fondeados, buen lugar consiguieron Sietesoles y Blimunda, y no fue por llegar antes que otros, sino porque un gancho de hierro en la punta de un brazo abre camino tan fácil como la culebrina que vino de la India y está en la torre de San Gião, nota un hombre que le tocan la espalda, se vuelve y es como si tuviera la boca de fuego apuntada a la cara. La plaza está toda rodeada de mástiles, con banderolas en lo alto y cubiertos de volantes hasta el suelo, ondeando con la brisa, y a la entrada de la plaza se armó un pórtico de madera, pintada como si fuese mármol blanco, y las columnas fingiendo piedra de la Arrábida, con frisos y cornisas dorados. Al mástil principal le sustentan cuatro grandísimas figuras, pintadas de varios colores y sin avaricia de oro, y la bandera, de hoja de Flandes, muestra por un lado y otro al glorioso San Antonio sobre campo de plata, y las guarniciones son igualmente doradas, con un gran penacho de plumas de muchos colores, tan bien pintadas las plumas que parecen naturales y verdaderas, rematando el varal de la bandera. Están los bancos y las terrazas hormigueando gente, reservadamente acomodadas las personas principales, y las majestades y altezas miran desde las ventanas del palacio, por ahora aún están los aguadores regando la plaza, ochenta hombres vestidos a la morisca, con las armas del Senado de Lisboa bordadas en las hopas que traen vestidas, se impacienta el buen pueblo que quiere ver salir los toros, ya se acabaron las danzas, y ahora se retiran los aguadores, ha quedado la plaza como una joya, oliendo a tierra mojada, parece como si el mundo acabara de crearse ahora mismo, esperen el zurriagazo, no tardarán la sangre y los orines,

116

y las boñigas de los toros, y el fiemo de los caballos, y si algún hombre se descarga de puro miedo, ojalá lo amparen las bragas para no hacer mala figura ante el pueblo de Lisboa y de Don Juan V.

Entró el primer toro, entró el segundo, entró el tercero, vinieron los dieciocho toreros de a pie que el Senado contrató en Castilla a precio de mucho dinero, y salieron los caballeros a la plaza, clavaron sus lanzas, y los de a pie clavaron dardos adornados con papales recortados, y aquel jinete a quien el toro ofendió haciéndole caer el manto, tira el caballo contra el animal y lo hiere a espada, que es el modo de vengar la honra manchada. Y entran al cuarto toro, y al quinto, y al sexto, entraron ya diez, o doce, o quince, o veinte, es una sangría y está la plaza empapada, ríen las damas, dan gritos, baten palmas, son las ventanas como ramos de flores, y los toros mueren uno tras otro y los llevan fuera en una carroza de ruedas bajas tirada por seis caballos, como sólo para gente real o de gran título se usa, cosa que, si no prueba la realeza y la dignidad de los toros, está mostrando cuán pesados son, díganlo los caballos, por otra parte muy bonitos y lucidamente aparejados, con cabezales de terciopelo carmesí labrado, con las mantas franjadas de plata falsa, así como las defensas del cuello, y allá va el toro acribillado de flechas, agujereado de lanzadas, arrastrando las tripas por el suelo, los hombres en delirio palpan a las mujeres delirantes, y ellas se frotan contra ellos sin disfraz, ni Blimunda es excepción, y por qué había de serlo, toda ceñida a Baltasar, se le sube a la cabeza la sangre que ve derramarse, las fuentes abiertas en los flancos de los toros, manando

117

la muerte viva que hace rodar la cabeza, pero la imagen que se fija y desorbita los ojos es la cabeza caída de un toro, la boca abierta, la lengua gruesa colgando, que no segará ya, áspera, la hierba de los campos, o sólo los pastos de humo del otro mundo de los toros, cómo podríamos saber si infierno o paraíso.

Paraíso será si hay justicia, no puede haber infierno después de lo que sufren éstos, los de las mantas de fuego, que son mantas gruesas, rellenas en capas de varios tipos de cohetería, y por las dos puntas les allegan fuego, y entonces empieza la manta a arder, y estallan los cohetes, por mucho tiempo uno tras otro restallando, estallan y resplandecen por toda la plaza, es como asar el toro en vida, y así va el animal corriendo la plaza, loco y furioso, saltando y bramando, mientras Don Juan V y su pueblo aplauden la mísera muerte, que el toro ni siquiera se puede defender y morir matando. Huele a carne quemada, pero es un olor que no ofende a estas narices, habituadas al churrasco del auto de fe, y en definitiva en el plato acaba el toro, siempre es un final de provecho, que del judío, en cambio, no quedan más que los bienes que aquí dejó.

Traen ahora unas figuras de barro pintadas, de mayor tamaño que el natural de hombres citando, alzados los brazos, y las ponen en medio del campo, qué número será éste, pregunta quien nunca lo vio, tal vez los ojos descansen de tanta carnicería, en fin, si las figuras son de barro, lo peor que puede salir de esto es un montón de cascote, que luego tendrán que barrerlo todo, está la fiesta estragada, es lo que es, dicen los escépticos y los violentos, a ver si viene otra manta de fuego y nos reímos todos y el rey, que no hay tantas ocasiones para reírnos juntos, y en ese instante salen del corral dos toros que, pasmados, asoman a la plaza desierta, sólo aquellos fantoches con los brazos alzados y sin piernas, redondos de panza, y pintados como demonios, en éstos vamos a vengar todas las ofensas sufridas, y los toros embisten, revientan los muñecos de barro con sordo estruendo, y de dentro salen decenas de conejos despavoridos, corriendo disparados por todas partes, perseguidos y muertos a porrazos por los capeadores y otros hombres que saltaron a la plaza, un ojo en el bicho que huye, otro en el bicho que embiste, mientras el pueblo ríe, con carcajadas estentóreas, de gente excesiva, súbitamente cambia de tono el clamor, porque de otros dos muñecos de barro ahora despedazados, salen restallando bruscamente las alas bandadas de palomas, desorientadas por el choque, heridas por la luz cruda, algunas pierden el sentido del vuelo, no consiguen ganar altura y chocan contra las gradas, donde caen en manos ansiosas, no tanto con mira al saludable pellizco que es el palomo estofado, sino para leer la cuarteta que va escrita en un papel atado en el pescuezo del ave, como son éstas por ejemplo, Tenía ruin prisión y de buena escapé, aquí dichosa seré, si me acoge quien bien sé, Aquí me trae mi pena, con bastante sobresalto, porque quien vuela más alto, a más caída se condena, Ahora estoy descansada y si he de morir al fin, Dios, que lo decide así, me mate con gente honrada, Vengo escapando a tumbos, de quienes matarme quieren, que aquí, al igual que los toros, también las palomas mueren, pero no todas, que algunas abren vuelo circular, escapan a la vorágine de manos y gritos, y suben, suben, logran batir las alas, cogen altura hasta la luz del sol, y, cuando se alejan por encima de los tejados, son como pájaros de oro.

En la madrugada siguiente, todavía de noche, Baltasar y Blimunda, sin más carga que un fardo de ropa y alguna comida en la alforja, salieron de Lisboa para Mafra.

Ha regresado el hijo pródigo, viene con mujer, y, si no llega de manos vacías, es porque una le quedó en el campo de batalla y en la otra lleva la mano de Blimunda, si viene más rico o más pobre no es cosa que se pregunte, pues todo hombre sabe lo que tiene pero no sabe lo que eso vale. Cuando Baltasar empujó la puerta, apareció la madre, Marta María es su nombre, se abrazó al hijo, lo abrazó con una fuerza que parecía de hombre y era sólo de corazón. Estaba Baltasar con su gancho puesto, y era una tristeza en el alma, una aflicción ver sobre el hombro de la mujer un hierro torcido en vez de la concha que los dedos hacen, acompañando el contorno de lo que ciñen, amparo que lo será más cuanto más se ampare. No estaba el padre en casa, andaba en el trabajo del campo, la hermana de Baltasar, única, se casó y tiene ya dos hijos, se llama Álvaro Pedreiro su marido, le pusieron el oficio en el nombre, caso no raro, que razones habría habido, y en tiempos para algunos habría sido dado, aunque sea sólo apodo, el de Sietesoles. No pasó Blimunda de entrepuertas, a la espera de su vez, y la vieja no la veía, más baja que el hijo, aparte de estar oscura la casa. Se movió Baltasar para dejar ver a Blimunda, era lo que él pensaba, pero Marta María vio primero lo que

aún no había visto, tal vez sólo presentido en la fría incomodidad del hombro, hierro en vez de mano, pero dis-
tinguió aún la silueta en la puerta, pobre mujer, dividida
entre el dolor que la mutilaba en aquel brazo y la inquietud de otra presencia, de mujer también, y entonces Blimunda se apartó para que cada cosa aconteciera a su
tiempo y desde fuera oyó lágrimas y preguntas, Mi hijo
querido, cómo fue, quién te hizo eso, el día iba oscureciendo, hasta que Baltasar salió a la puerta y llamó,
Entra, se encendió en la casa una candela, Marta María
aún sollozaba mansamente, Madre, ésta es mi mujer, se
llama Blimunda de Jesús.

Debería bastar esto, decir de alguien cómo se llama
y esperar el resto de la vida para saber quién es, si alguna
vez llegamos a saberlo, pues ser no es haber sido, haber
sido no es será, pero otra es la costumbre, quiénes fueron sus padres, dónde nació, qué edad tiene, y con esto
se cree que uno sabe ya más y a veces todo. Con la última luz del día llegó el padre de Baltasar, João Francisco
de nombre, hijo de Manuel y de Jacinta, aquí nacido en
Mafra, siempre vivió en el pueblo, en esta misma casa a
la sombra de la iglesia de San Andrés y del palacio de los
vizcondes, y, para saber más, hombre tan alto como el
hijo, un tanto curvado ahora por la edad y también por
el peso del haz de leña que mete en casa. Le ayudó Baltasar a descargarlo, y el viejo lo miró de frente, dijo, Ah,
hombre, reparó luego en la mutilación, pero de ella no
habló, sólo esto, Paciencia, ya se sabe, quien fue a la
guerra, miró luego a Blimunda, comprendió que era la
mujer del hijo, le dio la mano a besar, poco después estaban ya suegra y nuera tratando de la cena mientras

Baltasar explicaba cómo fue la batalla, la mano cortada, los años de ausencia, pero callando que estuvo casi dos en Lisboa sin dar noticias, las primeras y únicas sólo las habían recibido aquí pocas semanas antes, por carta que el padre Bartolomeu Lourenço escribió, a petición de Sieteasoles, diciendo que estaba vivo y que iba a volver, ay la dureza de corazón de los hijos, que están vivos y hacen de sus silencios muerte. Quedaba por decir cuándo se había casado con Blimunda, si durante el tiempo de soldado, si después de él, y qué casamiento era ése, cómo y de qué modo, pero a los viejos o no se les ocurrió preguntar o preferían no saber, súbitamente conscientes del aire extraño de la muchacha, con aquel cabello rucio, injusta palabra, que su color es como la miel, y los ojos claros, verdes, cenicientos, azules cuando les da la luz de frente, y de repente oscurísimos, terreños, agua parda, negros si la sombra los cubría o sólo afloraba, por eso se quedaron callados todos, era el momento de empezar todos a hablar, No conocí a mi padre, creo que había muerto ya cuando nací, mi madre ha sido desterrada a Angola por ocho años, sólo han pasado dos, y no sé si está viva, nunca tuve noticias, Yo y Blimunda venimos a vivir aquí en Mafra, a ver si encuentro casa, No vale la pena que busques, ésta da para los cuatro, ya vivió más gente aquí, y por qué han desterrado a tu madre, Porque la denunciaron al Santo Oficio, padre, Blimunda no es judía ni cristiana-nueva, esto del Santo Oficio, de la cárcel y del destierro fue cosa de unas visiones que su madre tenía, y revelaciones, y que también oía voces, No hay mujer que no tenga visiones y revelaciones y que no oiga voces, las oímos todo el día, para eso no hay que ser bruja,

Mi madre no era bruja, ni yo lo soy, También tienes visiones, Sólo las que todas las mujeres tienen, madre, Eres mi hija, Sí, madre, Juras entonces que no eres judía ni cristiana-nueva, Lo juro, padre, Siendo así, bienvenida seas a la casa de los Sietesoles, Ella se llama ya Sietelunas, Quién le puso el nombre, El cura que nos casó, Cura que tales ocurrencias tiene no suele ser fruta que se dé en las sacristías, y todos se echaron a reír, unos sabiendo más, otros menos. Blimunda miró a Baltasar y ambos vieron en la mirada del otro el mismo pensamiento, la passarola deshecha por el suelo, el padre Bartolomeu Lourenço saliendo por el portón de la quinta, caballero en su mula, camino de Holanda. Quedaba en el aire la mentira de no tener Blimunda costilla de conversa, si mentira era, cuando de estos dos sabemos el poco caso que hacen de tales casos, que por salvar mayores verdades se miente a veces.

El padre dijo, Vendí la tierra que teníamos en la Vela, no es que la vendiera mal, trece mil quinientos reales, pero la vamos a necesitar, Entonces por qué la vendió, El rey la quiso, la mía y otras, Y para qué las quiso el rey, Va a construir ahí un convento de frailes, no oíste hablar de eso en Lisboa, No señor, no oí nada, Dice ahí el párroco que fue por mor de una promesa que el rey hizo si le nacía un hijo, quien va a ganar ahora buen dinero será tu cuñado, van a necesitar albañiles. Comieron habones y col, apartadas las mujeres y de pie, y João Francisco Sietesoles fue a la saladera y sacó un tajo de tocino que partió en cuatro tiras, puso cada una en su rebanada de pan y las distribuyó alrededor. Se quedó mirando alerta para Blimunda, pero ella recibió su parte y empezó a comer tranquilamente, No es judía, pensó el suegro, Marta María la había mirado también, inquieta, luego clavó los ojos con severidad en el marido, como si le recriminara la astucia. Blimunda acabó de comer y sonrió, no adivinaba João Francisco que igual habría comido el tocino aunque judía fuera, es otra verdad que hay que salvar.

Baltasar dijo, Tengo que buscar trabajo, y Blimunda trabajará también, no podemos quedarnos así, Para Blimunda, no hay prisa, quiero que se quede aquí en casa un tiempo, quiero conocer a mi nueva hija, Está bien, madre, pero yo tengo que buscar trabajo, Y qué trabajo harás con esa mano de menos, Tengo el gancho, padre, que es una buena ayuda cuando uno está habituado, Será, pero cavar no puedes, segar no puedes, cortar leña no puedes, Puedo cuidar animales, Sí, eso sí puedes, Y también puedo ser carretero, para asegurar la soga basta el gancho, la otra mano hará el resto, Hijo, estoy muy contento de que hayas vuelto, Y yo debería haber vuelto antes, padre.

Aquella noche Baltasar soñó que andaba arando con una yunta en lo alto de la Vela y que tras él iba Blimunda clavando en el suelo plumas de ave, después éstas empezaron a agitarse como si fueran a alzar el vuelo, capaz la tierra de ir con ellas, surgió el padre Bartolomeu Lourenço con el dibujo en la mano, indicando el error cometido, vamos a empezar de nuevo, y la tierra apareció otra vez por arar, estaba Blimunda sentada y le decía, Ven a acostarte conmigo, que ya he comido el pan. Era aún noche cerrada cuando Baltasar despertó, atrajo hacia sí el cuerpo dormido, tibia frescura enigmática, ella murmuró su nombre, él dijo el de ella, estaban acostados en la cocina, sobre dos mantas dobladas, y silenciosamente, para no despertar a los padres que dormían en el cuarto de al lado, se entregaron el uno al otro.

Al día siguiente llegaron, a festejar la llegada y a conocer a la nueva parienta, Inés Antonia, hermana de Baltasar, y el marido, que en suma se llamaba Álvaro Diego. Trajeron a los hijos, uno de cuatro años, otro de dos, sólo el más viejo cuajará, porque al otro se lo llevarán las viruelas antes de que pasen tres meses. Pero Dios, o quien allá en el cielo decide la duración de las vidas, tiene escrúpulos de equilibrio entre pobres y ricos, y, siendo preciso, hasta a las familias reales va a buscar contrapeso para ponerlo en la balanza, la prueba es que, compensando la muerte de este chiquillo, morirá el infante Don Pedro cuando llegue a la misma edad, y como, queriendo Dios, cualquier causa de muerte sirve, la que ha de llevarse al heredero de la corona de Portugal será el haberlo destetado, sólo a un delicado infante le ocurriría algo así, que el hijo de Inés Antonia, cuando murió, ya comía pan y lo que hubiera. Equilibrada la cuenta, se desinteresó Dios de los funerales, por eso en Mafra fue sólo el entierro de un angelito, como a tantos otros sucede, que apenas repara la gente en el suceso, pero en Lisboa no podía ser así, fue otra pompa, salió el infante de su cámara metido en su pequeño ataúd y llevado por los consejeros de Estado, lo acompañaba toda la nobleza, e iba también el rey, y los hermanos, y si iba el rey sería por dolor de padre, pero principalmente por ser el fallecido hijo primogénito y heredero del trono, son las obligaciones del protocolo, fueron bajando hasta el patio de la capilla, todos cubiertos, y cuando colocaron el ataúd en las andas que lo habían de llevar, se descubrió el rey y padre, y, habiéndose descubierto y cubierto otra vez, volvió a palacio, es la deshumanización del protocolo. Allá siguió el infante solo hasta San Vicente de Afuera con su lucido acompañamiento y sin padre ni madre, delante el cardenal, luego a caballo los maceros, los oficiales de la casa real y títulos, después, clérigos y mozos de capilla, menos los canónigos, que ésos esperaban el cuerpo en San Vicente, todos con hachones encendidos en las manos, y luego la guardia en dos hileras, delante los tenientes, y, ahora sí, ahí viene la caja, cubierta por una riquísima tela encarnada que cubre también el coche de Estado, y detrás del ataúd sigue el duque de Cadaval viejo, por ser mayordomo mayor de la reina, que, si entrañas de madre tiene, estará llorando a su hijo, y, por ser de ella estribero mayor, va también el marqués de Minas, por las lágrimas se contará el amor, no por los títulos que la sirven, y tales paños, más los arreos y cubiertas de los machos, quedarán para los frailes de San Vicente como es costumbre antigua, y por la serventía de los machos, que son de los dichos frailes de San Vicente, se pagarán doce mil reales, es un alquiler como cualquier otro, no nos extrañe, que los machos no son humanos, aun machos siendo, y también los alquilan, y todo esto junto es pompa, circunstancia y solemnidad, por las calles por donde el entierro pasa cubren carrera los soldados, más los frailes de todas las órdenes, sin excepción, aparte de los mendicantes, como dueños de la casa que recibirá al niño muerto de destete, privilegio que los frailes merecen cumplidamente, como han merecido el convento que va a ser construido en la villa de Mafra, donde hace menos de un año fue enterrado un chiquillo de quien aquí ni se llegó a saber el nombre, y que llevó acompañamiento completo, iban los padres, los abuelos, los tíos y otros parientes, cuando el infante Don Pedro llegue al cielo y sepa esta diferencia va a tener un disgusto mayúsculo.

En fin, siendo tan buenas las disposiciones de la reina para la maternidad ya le ha hecho otro infante el rey, éste sí, será rey, que daría materia para otro memorial y otras fatigas, y si alguien tiene curiosidad por saber cuándo equilibrará Dios este nacimiento real con un nacimiento popular, lo equilibrará, sí, pero no por vía de estos hombres mal conocidos y de estas mujeres por adivinar, que no querrá Inés Antonio que otros hijos le mueran, y de Blimunda se dice que tiene artes misteriosas para no tenerlos. Quedémonos con éstos ya crecidos, con el repetitivo relato que Sietesoles tiene que hacer de su historial bélico, de su pequeño parágrafo, cómo fue su mano herida y cómo se la cortaron, muestra los añadidos de hierro, en fin se volvieron a oír las acostumbradas y no imaginativas lamentaciones, Siempre ocurren a los pobres estas desgracias, y no es verdad, que no falta por ahí que queden muertos o lisiados cabos y capitanes, Dios tanto compensa lo poco como reduce lo mucho, sin embargo pasada una hora, ya todos se habían habituado a la novedad, sólo los niños no desvían los ojos, fascinados, y se horrorizan cuando el tío, por diversión, se sirve del gancho para levantarlos del suelo, y el que mayor interés muestra en el ejercicio es el menor, que se aproveche, que se aproveche mientras está a tiempo, que sólo le quedan tres meses para jugar.

En estos primeros días ayuda Baltasar a su padre en el trabajo en el campo, en otra tierra de la que éste es aparcero, y tiene que aprenderlo todo desde el principio, cierto es que no ha olvidado los antiguos movimientos, ahora cómo los hará. Y, para prueba de que en sueños no hay firmeza, si fue capaz de arar, soñando, el alto de la Vela, le bastó mirar otra vez el arado para entender lo que vale una mano izquierda. Oficio cabal, sólo el de carretero, pero como no hay carretero sin carro y yunta de bueyes, por ahora servirán los del padre, ahora yo, ahora tú, mañana tendrás los tuyos, Y si muero pronto, tal vez ahorres el dinero que juntas para comprar yunta y carro, Padre, Dios no lo oiga. Va también Baltasar a la obra donde trabaja el cuñado, es el muro nuevo de la quinta de los vizcondes de Vila Nova da Cerveira, no confundir la geografía, que el vizcondado es de allá, pero el palacio está aquí, y si, como entonces, escribiéramos ahora bisconde y biscondado, no faltaría quien se burlara de nosotros por la vergüenza de la pronunciación norteña en tierras del sur, que ni parecemos aquel país civilizado que dio mundos nuevos al mundo viejo, cuando el mundo tiene todo él la misma edad, y si vergüenza realmente fuera, seguro que no sería mayor si le llamamos bergüenza. A este muro no podrá Baltasar añadir piedra, en definitiva mejor le hubiera sido quedarse sin una pierna, que un hombre tanto puede apoyarse en un pie como en un palo, es la primera vez que tal idea se le ocurre, pero recuerda cómo quedaría cuando estuviera acostado con Blimunda, encima de ella, y encuentra que no señor, que mejor fue quedarse sin la mano, y suerte que le acertaron en la izquierda. Álvaro Diego baja del andamio y, mientras al resguardo de una cerca come lo que Inés Antonia le lleva, dice que no ha de faltar trabajo a los albañiles cuando empiecen las obras del convento, no tendrá que salir de su tierra a buscar obras lejos de la villa, semanas y semanas fuera de casa, por muy vagabundo que por naturaleza sea el hombre, la casa, si la mujer que en ella está es querida y los hijos amados, tiene el gusto que tiene el pan, no es para todas las horas, pero se echa en falta si no se tiene todos los días.

Baltasar Sietesoles fue a dar una vuelta por allí cerca, al alto de la Vela, desde donde se ve toda la villa de Mafra en su agujero, en el fondo del valle. Aquí jugaba cuando tenía la edad del sobrino mayor, y más, pero no por mucho tiempo, que pronto hay que entregar los brazos al campo. El mar está lejos y parece cerca, brilla, es una espada caída del sol, que el sol ha de ir envainando lentamente cuando baje en el horizonte para ocultarse. Son comparaciones inventadas por quien escribe para quien anduvo en la guerra, no las inventó Baltasar, pero por alguna razón suya se acordó de la espada que tiene guardada en casa de su padre, nunca más la desenvainó, es posible que esté ya cubierta de herrumbre, un día de éstos va a pasarle la piedra y aceitarla, nunca se sabe qué puede pasar mañana.

Habían sido tierras de cultivo, ahora están abandonadas. Los mojones que aún se mantienen visibles, las cercas, los vallados, los cañizos, ya no separan propiedades. Todo esto pertenece al mismo dueño, al rey, que si aún no pagó, ya pagará, que es hombre de cuentas claras, hágasele esta justicia. João Francisco Sietesoles está a la espera de su parte, qué pena que no fuera todo suyo, quedaba rico, hasta ahora alcanzan las escrituras de venta trescientos cincuenta y ocho mil quinientos reales, y con el tiempo y visto que esto aún crecerá más, pasará de los quince millones de reales, número excesivo para las flacas cabezas populares, por eso lo traduciremos a quince contos* y casi cien mil reales, una inmensidad de dinero. Si el negocio es bueno o malo, eso depende, que el dinero no siempre tiene el mismo valor, al contrario de los hombres que siempre valen lo mismo, todo y nada. Y el convento va a ser cosa grande, preguntara Baltasar al cuñado y éste respondió, Se habló primero de trece frailes, luego se subió a cuarenta, ahora ya andan los franciscanos de la alberguería y de la capilla del Espíritu Santo diciendo que serán ochenta, Va a ser lo nunca visto, remató Baltasar. Hablaron esto cuando ya Inés Antonia se había retirado, por eso Álvaro Diego puede hablar con libertades de hombre. Vienen los frailes para fornicar con las mujeres, como hacen siempre, y franciscanos nada menos, como un día agarre a uno, lleva una zurra que no le va a quedar hueso entero, y el cantero deshacía a martillazos la piedra donde se había sentado Inés Antonia. Se ha puesto ya el sol, Mafra, abajo, está oscura como un pozo. Baltasar empieza a bajar, mira los mojones que delimitan los terrenos por aquel lado, piedra blanquísima sobre la que aún no han caído los primeros fríos, piedra que poco sabe de grandes calores, piedra asustada aún por la luz del día. Estas piedras son el primer cimiento del convento, alguien por orden del rey mandó

* *Conto:* mil escudos; *conto de reis:* un millón de reis. *(N del T.)*

que las tallaran, piedras portuguesas escuadradas por portuguesas manos, que aún no ha llegado el tiempo en que vengan los Garvos milaneses a gobernar a los albañiles y canteros que aquí van a juntarse. Cuando Baltasar entra en casa oye un murmullo que viene de la cocina, es la voz de la madre, la voz de Blimunda, primero una, luego otra, que apenas se conocen y tienen ya tanto que decirse, es la grande, interminable, charla de mujeres, parece cosa de nada, eso piensan los hombres, pero no se dan cuenta de que esta conversación sostiene al mundo en su órbita, que si no hablaran las mujeres unas con otras, ya habrían perdido los hombres el sentido de la casa y del planeta, Bendígame, madre, Dios te bendiga, hijo, no habló Blimunda, no le habló Baltasar, sólo se miraron, mirarse era la casa de ambos.

Hay muchos modos de unir a un hombre y una mujer, pero, no siendo esto inventario ni vademécum de casamentero, queden registrados sólo dos, y el primero es que estén ella y él uno cerca del otro, ni sé de ti ni te conozco, en un auto de fe, por la banda de fuera, viendo pasar los penitentes, y de repente se vuelve la mujer al hombre y pregunta, Cuál es su gracia, no fue inspiración divina, no preguntó por su voluntad propia, fue orden mental que le vino de su propia madre, la que iba en la procesión, la que tenía visiones y revelaciones, y si, como dice el Santo Oficio, las fingía, no fingió éstas, no, que bien vio y se le reveló que este soldado manco habría de ser el hombre de su hija, y así los juntó. Otro modo es que estén él y ella lejos el uno del otro, ni sé de ti ni te conozco, cada cual en su corte, él en Lisboa, ella en Viena, él diecinueve años, ella veinticinco, y los casan por poderes unos embajadores, se vieron primero los novios en retratos favorecidos, él buena figura y morenillo, ella rolliza y blancaustríaca, y tanto daba si se gustaban o no, nacieron para casarse así y no de otra manera, pero él va a desbravarse bien, no ella, pobrecilla, que es mujer honesta, incapaz de alzar los ojos hacia otro hombre, que lo que en sueños pasa no cuenta.

En la guerra de Juan perdió la mano Baltasar, en la guerra de la Inquisición perdió Blimunda a su madre, ni Juan ganó, que hechas las paces quedamos como antes, ni ganó la Inquisición, que por cada bruja muerta nacen diez sin contar los machos, que tampoco son raros. Cada cual tiene su contabilidad, su razón y su diario, se escrituran los muertos a un lado de la página, se anotan los vivos al otro, también hay modos diferentes de pagar y cobrar el impuesto, con el dinero de la sangre y con la sangre del dinero, pero hay quien prefiere la oración, y éste es el caso de la reina, devota paridora que vino al mundo sólo para eso, y así dará seis hijos, pero las preces se cuentan por millones, ahora va a la casa del noviciado de la Compañía de Jesús, ahora a la parroquial de San Pablo, ahora hace la novena a San Francisco Javier, ahora visita la imagen de Nuestra Señora de las Necesidades, y ahora va al convento de San Bento dos Loios, y va a la iglesia parroquial de la Encarnación, y va al convento de la Concepción de Marvila, y va al convento de San Benito de la Salud, y va a visitar la imagen de Nuestra Señora de la Luz, y va a la iglesia del Cuerpo Santo, y va a la iglesia de Nuestra Señora de la Gracia, y a la iglesia de San Roque, y a la iglesia de la Santísima Trinidad, y al real convento de la Madre de Dios, y visita la imagen de

Nuestra Señora del Recuerdo, y va a la iglesia de San Pedro de Alcántara, y a la iglesia de Nuestra Señora de Loreto, y al convento del Buen Suceso, y cuando sale del palacio para ir a sus devociones, toca el tambor y suena el pífano, no ella, claro está, qué idea, una reina tamborileando y soplando, forman los alabarderos, y si están las calles sucias como siempre están, por más avisos y decretos para que las manden limpiar, van ante la reina dos ganapanes con unas tablas largas a cuestas, sale ella del coche y ellos colocan las tablas en el suelo, parece un juego, la reina sobre tablas, los ganapanes llevándolas de atrás a delante, ella siempre en lo limpio, ellos siempre en la inmundicia, parece la reina nuestra señora Nuestro Señor Jesucristo cuando caminó sobre las aguas, y de esta milagrosa manera va al convento de las Trinitarias, y al convento de las Bernardas, y al del Santísimo Corazón, y al de San Alberto, y a la iglesia de Nuestra Señora de las Mercedes, a ver si las hace, y a la iglesia de Santa Catalina, y al convento de los Paulistas, y al de la Buena Hora de los agustinos descalzos, y al de Nuestra Señora del Monte Carmelo, y a la iglesia de Nuestra Señora de los Mártires, que mártires somos todos, y al convento de Santa Juana Princesa, y al convento del Salvador, y al convento de las Mónicas, que fueron las tales, y al real convento del Desagravio, y al convento de las Comendadoras, pero adonde no se atreve a ir, bien lo sabemos nosotros, es al convento de Odivelas, todos adivinan por qué, es una triste y engañada reina que sólo de rezar no se desengaña, todos los días y todas las horas de ellos, unas veces con motivo, otras sin certeza de tenerlo, por el marido lujurioso, por los parientes tan lejanos, por la tierra que no es la suya, e hijos sólo por mitad, o aún menos, como jura el infante Don Pedro en el cielo, por el imperio portugués, por la peste que amenaza, por la guerra que acabó, por otra que empieza, por las infantas cuñadas, por los cuñados infantes, por Don Francisco también, y a Jesús María José, por las angustias de la carne, por el placer entrevisto, adivinado entre piernas, por la difícil salvación, por el infierno que ansía tenerla, por el horror de ser reina, por el dolor de ser mujer, por las dos penas juntas, por esta vida que se va, por esa muerte que viene.

Doña María Ana tiene ahora otros y más urgentes motivos para rezar. Anda el rey con achaques, sufre de flatos súbitos, debilidad que le sabemos antigua, pero agravada ahora, le duran los desmayos más que un vulgar vahído, ved ahí una excelente lección de humildad, tan gran rey sin dar acuerdo de sí, de qué le sirve ser señor de India, África y Brasil, no somos nada en este mundo, y cuanto tenemos acá se queda. Por costumbre y cautela le acuden en seguida con la extremaunción, no puede su majestad morir inconfeso como un vulgar soldado en el campo de batalla, allá donde no llegan capellanes ni quieren llegar, pero a veces ocurren dificultades, como estar en Setúbal viendo los toros desde la ventana y sobrevenirle sin aviso un desmayo profundo, acude el médico que le toma el pulso, y busca al sangrador, viene el confesor con los óleos, pero nadie sabe qué pecados habrá cometido Don Juan V desde la última vez que se confesó, que fue ayer, cuántos malos pensamientos y acciones malas se pueden tener y cometer en veinticuatro horas, aparte de la impropiedad de la situación de estar muriendo toros en la plaza mientras el rey, con los ojos en blanco, no se sabe si muere o no, y si muere no será de herida, como las que van desgarrando a los animales abajo, que aun así de vez en cuando pueden vengarse del enemigo, como ahora mismo aconteció con Don Henrique de Almeida, que fue por los aires con el caballo y se lo llevan con dos costillas rotas. Al fin el rey abrió los ojos, escapó, sale de ésta, pero queda con las piernas flojas, las manos trémulas, el rostro lívido, no parece aquel galán que revuelca monjas con un gesto, y quien dice monjas, dice las que no lo son, que aún el año pasado tuvo una francesa un hijo de su labra, si ahora lo viesen las amantes reclusas y las libertas, no reconocerían en este mustio y apagado hombrecillo al real e infatigable cubridor. Va Don Juan V hacia Azeitão, a ver si con medicinas y buenos aires se cura de esta melancolía, que así llaman los médicos a su dolencia, probablemente lo que tiene su majestad son los humores averiados, y de ello suelen resultar embarazos de tripa, flatulencias, obstrucciones de bilis, todo ello achaques segundos de la atrábilis, que ésa, sí, es la enfermedad del rey, y no sufrimiento de las partes pudendas, pese a sus excesos amatorios y a algunos riesgos de gálico, caso en que le aplicarían zumo de consuelda, remedio soberano para llagas de boca y de las encías, de los testículos y adyacencias superiores.

Doña María Ana se quedó en Lisboa rezando y luego fue a seguir sus rezos en Belem. Dicen que va disgustada por no querer Don Juan V confiarle el gobierno del reino, realmente no está bien que desconfíe así el marido de la mujer, son resistencias de ocasión, más adelante ya será regente la reina mientras el rey acaba de curarse en aquellos felices campos de Azeitão, teniendo para asistirlo a los frailes de la Arrábida, y el murmullo de las olas es el mismo, el mismo el color del mar, el olor del mar con el mismo sortilegio, y el bosque huele como antes, así queda el infante Don Francisco solo en Lisboa, haciendo corte, y empieza ya a urdir la trama y la tela, echando cuentas con la muerte del hermano y con su propia vida, Si de esta melancolía, que tan gravemente atormenta a su majestad, no hubiera remedio, y quisiera Dios que tan pronto acabe su vida terrenal para más pronto iniciar la eterna, podría yo, como hermano que le sigue, y por tanto su más próximo familiar, cuñado de su majestad y muy dedicado servidor de vuestra belleza y virtud, podría, oso decir, subir al trono y, de camino a vuestro lecho, casándonos en buena y canónica forma que por méritos de hombre puedo garantizar que no soy menos que mi hermano, Vaya, qué conversación tan impropia de cuñados, el rey está aún vivo y, por el poder de mis preces, si Dios las oye, no morirá, para mayor gloria del reino, tanto más que para la cuenta de los seis hijos que está escrito tendré de él, faltan aún tres, Pero vuestra majestad sueña conmigo casi todas las noches, que yo bien lo sé, Es verdad que sueño, son flaquezas de mujer guardadas en mi corazón y que ni al confesor confieso, pero, por lo visto, vienen al rostro los sueños, si así me los adivinan, Entonces, en muriendo mi hermano, nos casamos, Si ése es el interés del reino, y si de ahí no viene ofensa a Dios ni daño a mi honra, nos casaremos, Ojalá muera él, que yo quiero ser rey y dormir con vuestra majestad, que ya estoy harto de ser infante, Harta estoy yo de ser reina y no puedo ser otra cosa, pero, pese a todo, rezando estoy para

137

que se salve mi marido, no vaya a ser peor otro que venga, Cree entonces vuestra majestad que yo iba a ser peor marido que mi hermano, Malos son todos los hombres, la diferencia está sólo en la manera de serlo, y con esta sabia y escéptica sentencia concluyó la conversación en palacio, primera de las muchas con que Don Francisco fatigará a la reina, en Belem donde ahora está ella, en Belas adonde irá con demora, en Lisboa cuando al fin sea regente, en cámaras y en quintas discurriendo, hasta el punto de que ya no son los sueños de Doña María Ana lo que antes eran, tan deliciosos en general, tan arrebatadores del espíritu, tan pungidores del cuerpo, ahora el infante sólo le aparece para decir que quiere ser rey, buen provecho le haga, que para esto ni vale la pena soñar, lo digo yo que soy reina. Enfermó tan gravemente el rey, murió el sueño de Doña María Ana, luego el rey sanará, pero los sueños de la reina no resucitarán.

Aparte de la conversación de las mujeres, son los sueños los que sostienen al mundo en su órbita. Pero son también los sueños los que le ponen una corona de lunas, por eso el cielo es el resplandor que hay dentro de la cabeza de los hombres, si no es la cabeza de los hombres el propio y único cielo. Regresó el padre Bartolomeu Lourenço de Holanda, si trajo o no trajo el secreto alquímico del éter es algo que más tarde sabremos, o no tiene este secreto que ver con alquimias de tiempos pasados, quizá baste una simple palabra para llenar las esferas de la máquina voladora, por lo menos Dios no hizo más que hablar y con ese poco, se creó todo, así se lo enseñaron en el seminario de Belem da Bahía al padre Bartolomeu y así se lo confirmaron, con otras argumentaciones y estudios más avanzados, en la Facultad de Cánones de Coimbra, antes de hacer subir en el aire sus globos primeros, y, ahora que ha vuelto de tierras holandesas, regresará a Coimbra, que un hombre puede ser gran volador, pero también le es conveniente que salga bachiller, licenciado y doctor, y entonces, aunque no vuele, lo considerarán.

Bartolomeu Lourenço fue a la quinta de San Sebastián da Pedreira, tres años enteros habían pasado desde que partió, estaba el chamizo de las herramientas completamente abandonado, dispersos por el suelo los materiales que no había valido la pena ordenar, nadie adivinaría lo que allí andaban perpetrando. Dentro del caserón revoloteaban gorriones, habían entrado por un resquicio del tejado, dos tejas partidas, ínfimas aves aquellas que nunca volarían más alto que el más alto fresno de la quinta, el gorrión es un ave de la tierra y del terruño, del estiércol y del sembrado, y cuando muere, uno se da cuenta de que no podría volar más alto, tan frágil de alas, tan mezquino de huesos, mientras esta mi passarola volará hasta donde lleguen los ojos, véase el fortísimo andamiaje de la concha que me ha de llevar, con el tiempo se oxidan los hierros, mala señal, no parece que Baltasar haya venido como le recomendé, pero, sí, vino, aquí están las huellas de sus pies descalzos, no trajo a Blimunda, o Blimunda murió, y durmió en el jergón, está retirada la manta hacia atrás como si acabara de levantarse ahora mismo, en este mismo jergón me voy a acostar, me cubriré con esta manta, yo, padre Bartolomeu Lourenço que volví de Holanda adonde fui a averiguar si ya saben en Europa volar con alas, si los estudios de esta ciencia van más adelantados de lo que yo estoy en mi país de marineros, y en Zwolle, Ede y Nijkerk estudié con algunos sabios viejos y alquimistas, de esos que hacen nacer soles en retortas, pero luego mueren de muerte extraña, se van resecando hasta no tener más sustancia que una brizna de paja quebradiza, y entonces arden como la paja, que eso es lo que todos piden a la hora de la muerte, sólo cenizas dejo, por sí mismos se inflaman, y a mí me estaba esperando aquí esta máquina voladora que aún no vuela, éstas son las esferas que tendré que llenar con el éter celeste, la gente cree que sabe de qué habla, miran al cielo y dicen, Éter celeste, yo sí sé qué es, algo al fin tan sencillo como que Dios dijera, Hágase la luz, y la luz se hizo, es un modo de hablar, que entre tanto se ha hecho de noche, enciendo esta vela que Blimunda dejó, apago este sol pequeñísimo que de mí depende atizar o extinguir, a la candela me refiero, no a Blimunda, que ningún ser humano puede tener cuanto desea en esta su única vida terrestre, tal vez soñando, buenas noches.

Pasadas algunas semanas, con todas las disposiciones, licencias y matriculaciones necesarias, partió el padre Bartolomeu Lourenço para Coimbra, ciudad tan ilustre, de tan viejos sabios, que, si en ella hubiera alquimistas, en nada desmerecería ante Zwolle, y va el Volador por ahora cabalgando en remansada mula de alquiler, como conviene a sacerdote sin extremadas artes de jinete y sólo de medianos bienes provisto, llegando a su destino volverá la montura con otro caballero, tal vez recién doctorado, aunque a esta dignidad mejor conviene una litera de viaje, es como ir balanceándose sobre las aguas del mar, si no fuese el macho de la delantera tan incontinente de vientos. Hasta la villa de Mafra, adonde primero va, no tiene el viaje historia, salvo la de las personas que por estos lugares moran, pero no podemos detenernos en el camino a preguntar, Quién eres, o qué haces, dónde te duele, y si el padre Bartolomeu Lourenço se paró algunas veces fue todo parar y andar, no más que el tiempo de una bendición que le pedían, a cuántos de éstos les ocurrirá que se les retuerza la historia que tenían para entrar en esta que vamos contando, el simple encuentro con el padre es una señal, porque, yendo él a Coimbra, no sería éste el camino si no tuviese que ir a la villa de Mafra por estar allá Baltasar Sietesoles y Blimunda Sietelunas. No es verdad que el día de mañana sólo a Dios pertenezca, que tengan los hombres que esperar cada día para saber qué les trae, que sólo la muerte sea cierta pero no el día de ella, son dichos de quien no es capaz de entender los signos que nos vienen del futuro, como este de aparecer un cura en el camino de Lisboa, bendecir porque la bendición le han pedido, y seguir en dirección a Mafra, quiere esto decir que el bendecido ha de ir a Mafra también, trabajará en las obras del convento real y allí morirá por caer de pared, o de la peste que atrapó, o de una cuchillada que le dieron, o aplastado por la estatua de San Bruno.

Es pronto aún para estos accidentes. Cuando el padre Bartolomeu Lourenço, en la última vuelta del camino, empezó a descender hacia el valle, dio con una multitud de hombres, exageración será decir multitud, en fin, unos centenares, y primero no entendió lo que pasaba, por qué toda aquella gente corría hacia un lado, se oía tocar una trompeta, sería fiesta, sería guerra, empezaron entonces a estallar tiros de pólvora, tierra y piedras violentamente lanzadas al aire, fueron los tiros veinte, volvió a sonar la trompeta, ahora un toque diferente, y los hombres avanzaron hacia el terreno revuelto, con carretillas y palas, llenando aquí, en el monte, descargando más allá, en la cuesta de Mafra, al paso que otros hombres, azada al hombro, bajaban a los fosos ya profundos, en ellos desaparecían, mientras otros hombres lanzaban cestos adentro y después tiraban de ellos hacia arriba, los sacaban llenos de tierra, y los iban a vaciar lejos, donde otros hombres iban a su vez a llenar las carretillas, que lanzaban en la explanación, no hay ninguna diferencia entre cien hombres y cien hormigas, se lleva esto de aquí para allá porque las fuerzas no dan para más, y luego viene otro hombre que llevará la carga hasta la próxima hormiga, hasta que, como de costumbre, todo acaba en un agujero, en el caso de las hormigas es el lugar de vida, en el caso de los hombres el lugar de muerte, como se ve, no hay diferencia alguna.

Con los calcañares, el padre Bartolomeu Lourenço espoleó la mula, experto animal que ni con la artillería se había asustado, es lo que hace no ser de raza pura, estos animales ya han visto mucho, el mestizaje los hizo poco espantadizos, que es la mejor manera de vivir en este mundo las bestias y los hombres. Por el camino atascado por el barro, señal de que las fuentes de la tierra andaban perdidas en aquella conmoción y brotaban donde no podían aprovecharse, o en muy delgadas linfas que se dividían hasta separarse del todo los átomos del agua y quedar el monte seco, por ese camino, tocando suavemente a la mula, descendió el padre Bartolomeu Lourenço a la villa y preguntó al vicario dónde vivían los Sietesoles. El cura había hecho un buen negocio con los terrenos por ser suyas algunas de las tierras del alto de la Vela, y, por valer las tierras mucho, o por mucho valer el propietario, se hizo una valoración por lo alto, ciento cuarenta mil reales, nada que se pueda comparar con los trece mil quinientos que fueron pagados a João Francisco. Es un párroco feliz, con la promesa de tan gran convento, ochenta frailes confirmados, allí mismo en la puerta de

casa, con lo que mucho crecerá la villa en bautizos, casamientos y entierros, valiéndole cada sacramento su parte
material y espiritual, reforzándose así tanto la caja como
la esperanza de salvación, en la razón directa de los varios actos y prestaciones, Pues bien, padre Bartolomeu
Lourenço, es un gran honor para mí recibirlo en esta casa, los Sietesoles viven aquí cerca, tenían un terreno al
lado de los míos en el alto de la Vela, pero más pequeño,
ahora el viejo y la familia viven de las rentas de una casa
que tienen alquilada, quien volvió hace cuatro años fue
el hijo, Baltasar, que estuvo en la guerra y volvió manco,
manco de guerra, quiero decir, y trajo a la mujer, para mí
que no están casados conforme a la Santa Iglesia, y ella
tiene un nombre nada cristiano, Blimunda, dijo al padre
Bartolomeu Lourenço, La conoce, Fui yo quien los casó,
Ah, entonces sí están casados, Fui yo quien los casó, en
Lisboa, y agradeciendo el Volador, que allí no era conocido como tal, las efusiones del párroco que mucho tenían que ver con las particulares recomendaciones de
palacio, salió a buscar a los Sietesoles, contento por haber mentido así ante la faz de Dios y saber que a Dios no
le importaba, un hombre tiene que saber por sí mismo
cuándo las mentiras nacen ya absueltas.

Fue Blimunda quien abrió la puerta. Caía la tarde,
pero ella lo reconoció al desmontar, cuatro años no es
tanto tiempo, le besó la mano, si no anduvieran por allí
vecinos curiosos otro sería el saludo, que estos dos, estos tres cuando esté Baltasar, tienen razones del corazón
que los gobiernan, y, en tantas noches pasadas, una habrá habido, por lo menos, en que soñaron el mismo sueño, vieron la máquina de volar batiendo alas, vieron el

sol estallando en luz mayor, y el ámbar atrayendo al éter, el éter atrayendo al imán, el imán atrayendo al hierro, todas las cosas se atraen entre sí, la cuestión es saber colocarlas en el orden justo, y entonces se romperá el orden, Ésta es mi suegra, señor padre Bartolomeu, se había aproximado Marta María, intrigada por no oír palabras, siendo cierto que Blimunda había ido a abrir la puerta sin que nadie llamara a ella, y ahora estaba allí un cura joven que preguntaba por Baltasar, no es así como suelen aparecer visitas en estos tiempos, pero hay excepciones, como en todo tiempo se dijo, venir un cura de Lisboa a Mafra para hablar con un soldado manco y con una mujer que es visionaria de la peor manera, porque ve lo que existe, como ya secretamente sabe Marta Mafra que, quejándose de un tumor en la barriga, Blimunda le respondió que no lo tenía, pero era verdad que sí, y ambas lo sabían, Come tu pan, Blimunda, come tu pan.

Estaba el padre Bartolomeu Lourenço sentado al fuego, que la noche refrescaba, cuando llegaron Baltasar y su padre. Vieron la mula a la puerta, arreada aún, bajo el olivo, Quién habrá venido, preguntó João Francisco, y Baltasar no respondió, pero adivinó que sería cura, las mulas que cargan gente eclesiástica muestran cierta evangélica mansedumbre, quizá inducida, que contrasta con el vicio aún rebelde de las que sólo dan caballería a laicos, y siendo de cura la mula, con aire de venir de lejos, y no esperando allí legado de papa ni aviso del nuncio, tenía que ser Bartolomeu Lourenço, como luego se vio que era. Y a quien extrañe que tanto hubiera visto Baltasar cuando ya cerraba la noche, respóndasele que el resplandor de los santos no es espejismo vano del espíritu

145

perturbado de los místicos o mera propaganda de la fe en pintura al óleo, y que, de tanto dormir con Blimunda, y con ella casi todas las noches tener dares y tomares de la carne, empezaba a haber en Baltasar un lucero espiritual de visión doble que, no dando para más profundas penetraciones, bastaba para una observación sumaria como ésta. Fue João Francisco a sacarle los arreos al animal y volvió a tiempo, pues estaba el cura diciendo a Baltasar y a Blimunda que iba a cenar con el párroco, que le había convidado, y que en su casa pasaría la noche, primero por no haber comodidades suficientes en la morada de los Sietesoles, segundo, porque no faltaría quien se sorprendiera en Mafra de que un cura venido de lejos escogiera para albergue este suelo, poco más abrigado que el portal de Belén, en vez de los mimos parroquiales o el palacio de los vizcondes, donde no iban a negar alojamiento a un futuro doctor en cánones, y Marta María dijo, Si estuviéramos advertidos de que venía su reverencia, al menos mataríamos el gallo, el resto que tenemos no es cosa de presentar, De eso mismo que tiene yo comería a gusto, pero es mejor para todos que aquí no quede ni coma, y, en cuanto al gallo, señora Marta María, déjelo cantar, que por bien que supiera en la cazuela, más alegría es su canto en la garganta, y no debemos hacer ese desfavor a las gallinas. Rió João Francisco el chiste, Marta María no pudo porque le dio el vientre una punzada de dolor, Blimunda y Baltasar sonrieron sólo, no precisaban más, si bien sabían que los dichos del cura iban siempre a caer del lado de las palabras esperadas, como por estas otras nuevamente se averiguaba, Mañana, una hora antes de salir el sol, me lleváis la mula a la casa del cura, arreada ya, y vais los dos, porque tenemos que hablar antes de que salga para Coimbra, y ahora, señor João Francisco, señora Marta María, mi bendición os doy, si para algo sirve a los ojos de Dios, que es fuerte presunción creer que somos jueces de la bondad de las bendiciones, repito, no se os olvide, una hora antes de salir el sol, y dicho esto, se fue. Salió Baltasar a acompañarlo con una candela que poco alumbraba, era sólo como si fuera diciéndole a la noche, Soy una luz, y durante el breve camino no habló nadie, volvió Baltasar a oscuras, que ven los pies dónde se asientan, y cuando entró en la cocina preguntó Blimunda, Dijo el padre Bartolomeu lo que quería, No dijo nada, mañana lo sabremos, y João Francisco, acordándose, reía, Tuvo gracia lo del gallo. Marta María, por su parte, estaba adivinando el misterio ahora, Vamos a cenar, se sentaron los dos hombres a la mesa, las mujeres aparte, la costumbre de las familias.

Durmió cada cual como pudo, con sus propios y secretos sueños, que los sueños son como las personas, quizá parecidos, pero nunca iguales, tan poco riguroso sería decir, Vi un hombre, como Soñé con agua corriente, no basta esto para saber qué hombre era ni qué agua corría, el agua que corrió en el sueño es agua sólo del soñador, no sabremos qué significa al correr si no sabemos qué soñador es ése, y así vamos del soñador a lo soñado, de lo soñado al soñador, preguntando, Un día tendrán lástima de nosotros las gentes del futuro, por saber tan poco y tan mal, padre Francisco Gonçalves, esto dijo el padre Bartolomeu Lourenço antes de recogerse a su cuarto, y el padre Francisco Gonçalves como le competía respondió, Todo el saber está en Dios, Así es, respondió el Volador, pero el saber de Dios es como un río de agua que va a dar a la mar, es Dios la fuente, los hombres el océano, no valía la pena haber creado tanto universo si no fuera para ser así, y a nosotros nos parece imposible que pueda alguien dormir después de haber dicho y oído estas cosas.

De madrugada, llegaron Baltasar y Blimunda, llevaban la mula por la reata, pero el padre Bartolomeu Lourenço no precisó que lo llamaran, abrió la puerta apenas oyó batir las herraduras en las piedras, y salió luego, estaban ya hechas las despedidas, quedaba el cura de Mafra con materia para pensar, Si Dios era fuente y los hombres océano, y qué parte del saber general le cabrá de hoy en adelante, que del saber pasado lo ha olvidado casi todo, excepto, y eso gracias a una práctica continuada, el latín de la misa y de los sacramentos y el camino entre las piernas del ama, que esta noche, por mor del visitante, tuvo que dormir en el hueco de la escalera. Sostenía Baltasar la mula, y Blimunda estaba apartada unos pasos, con los ojos bajos, cubierta con el embozo, Buenos días, dijeron ellos, Buenos días, dijo el cura, y preguntó, Aún no ha comido Blimunda, y ella, desde la sombra de las ropas, respondió, No he comido, porque sí habían comentado algo Baltasar y el padre Bartolomeu, Dile a Blimunda que no coma, y así le fue dicho a ella, murmurado al oído, cuando ya estaban acostados, para que no los oyeran los viejos, que ya era misterio bastante.

Por las calles oscuras fueron subiendo hasta el alto de la Vela, aquél no era el camino para la aldea de Paz, obligado para el norte que el cura lleva, pero era como si tuvieran que alejarse de los lugares habitados, aunque en

148

todos estos chamizos esté la gente durmiendo, o despertándose ya, son construcciones de fábrica precaria, lo más que hay por aquí son cavadores, gente de mucha fuerza y poco regalo, volveremos a pasar por estos sitios de aquí a unos meses, mejor aún si fueran años, y encontraremos una gran ciudad de tablas, mayor que Mafra, quien viva lo verá, esto y otras cosas, por ahora bastan los toscos aposentos para en ellos descansar sus huesos los fatigados hombres del pico y el azadón, pronto sonarán las cornetas, que también aquí hay tropa, ya no anda muriendo en la guerra, y lo que hace es guardar a estas groseras legiones, o ayudar donde no sufra desdoro el uniforme, en verdad apenas se distinguen los guardas de los guardados, rotos unos, desgarrados los otros. El cielo está ceniciento y perla por el lado del mar, pero sobre las lomas de enfrente se extiende lentamente un color de sangre aguada, después viva y vivísima, y pronto vendrá otro día, oro y azul, que la estación corre hermosa. Blimunda nada ve, tiene los ojos bajos, en el bolsillo el mendrugo que aún no puede comer, Qué querrán de mí.

Es el cura el que quiere, no Baltasar, éste sabe tan poco como Blimunda. Abajo se distingue confusamente el trazado de los fosos de cimentación, negro sobre sombra, ahí estará la basílica. El terraplén empieza a llenarse de hombres, encienden hogueras, un bocado caliente para empezar el día, restos de ayer, pronto estarán bebiendo el caldo de la escudilla, mojando miga de pan, sólo Blimunda tendrá que esperar. Dice el padre Bartolomeu Lourenço, En el mundo te tengo a ti, Blimunda, y a ti, Baltasar, están mis padres en Brasil, en Portugal mis hermanos, padres y hermanos tengo pues, pero para esto no sirven hermanos ni padres, amigos se requieren, oíd pues, en Holanda supe que el éter no es eso que generalmente se cree y enseña, y no se puede alcanzar por las artes de alquimia, para ir a buscarlo allá donde está, en el cielo, tendríamos que volar, y aún no volamos, pero el éter, y ahora mucha atención a lo que digo, antes de subir a los aires para ser aquello de donde las estrellas cuelgan y el aire que Dios respira, vive dentro de los hombres y mujeres, Es el alma, concluyó Baltasar, No lo es, también yo, al principio, pensé que fuera el alma, también creí que el éter, en definitiva, estaba formado por las almas que la muerte libera del cuerpo antes de ser juzgadas en el fin de los tiempos y del universo, pero el éter no se compone de las almas de los muertos, se compone, oídlo bien, de las voluntades de los vivos.

En el tajo, empezaban los hombres a bajar a los fosos, donde apenas se veía nada. Dijo el cura, Dentro de nosotros existen voluntad y alma, el alma se retira con la muerte, y va allá donde las almas esperan el juicio, nadie sabe, pero la voluntad, o se separó del hombre estando vivo, o se separa de él con la muerte, ella es el éter, es, pues, la voluntad del hombre lo que sostiene las estrellas, y es la voluntad del hombre lo que Dios respira, Y yo qué hago, preguntó Blimunda, pero adivinaba la respuesta, Verás la voluntad dentro de las personas, Nunca la he visto, y tampoco vi nunca el alma, No ves el alma porque el alma no se puede ver, no veías la voluntad porque no la buscabas, Cómo es la voluntad, Es una nube cerrada, Qué es una nube cerrada, La reconocerás cuando la veas, prueba con Baltasar, para eso hemos venido aquí, No puedo, he jurado que nunca lo vería por dentro, Entonces, hazlo conmigo.

Blimunda alzó la cabeza, miró al cura, vio lo que siempre veía, más iguales las personas por dentro que por fuera, sólo cuando están enfermas no lo son, volvió a mirar, dijo, No veo nada. El cura sonrió, Quizá es que yo no tengo voluntad, mira mejor, Veo, veo una nube cerrada sobre la boca del estómago. El padre se santiguó, Gracias, Dios mío, ahora volaré. Sacó de la alforja un frasco de cristal que tenía presa en el fondo una pastilla de ámbar amarillo, Este ámbar, también llamado electro, atrae al éter, andarás siempre con él allá donde ande gente, en procesiones, autos de fe, aquí en las obras del convento, y cuando veas que la nube va a salir de uno de ellos, cosa que está ocurriendo siempre, acercas el frasco abierto, y la voluntad entrará en él, Y cuando esté lleno, Cuando hay una voluntad dentro, está lleno ya, pero ése es el indescifrable misterio de las voluntades, donde cabe una, caben millones, el uno es igual al infinito, Y qué haremos entre tanto, preguntó Baltasar, Voy a Coimbra, desde allá, a su tiempo, mandaré recado, entonces iréis los dos a Lisboa, tú construirás la máquina, tú recogerás voluntades, nos encontraremos los tres cuando llegue el día de volar, te abrazo, Blimunda, no me mires de tan cerca, te abrazo, Baltasar, hasta la vuelta. Montó en la mula y empezó a bajar por la ladera. El sol había aparecido sobre las lomas. Come el pan, dijo Baltasar, y Blimunda respondió, Aún no, primero quiero ver la voluntad de aquellos hombres.

Vinieron de misa y están sentados bajo el cobertizo del horno. Cae una lluvia blanda entre el sol, Otoño precoz, por eso, Inés Antonia dice a su hijo, Sal de ahí, que te mojas, y el chiquillo hace como que no oye, ya en estos tiempos es costumbre de los chiquillos, mientras no declaran desobediencias más radicales, e Inés Antonia, habiéndolo dicho ya una vez, no insiste, si aún no hace tres meses se murió el pequeño, por qué ha de atormentar ahora a éste, dejarlo jugar, allí, tan feliz, metiendo los pies descalzos en los charcos del huerto, Nuestra Señora lo proteja de las viruelas que se llevaran al hermano. Dice Álvaro Diego, Ya tengo promesa de trabajo en las obras del convento real, de esto estaban hablando, pero la madre piensa en su hijo muerto, así se dividen los pensamientos, y menos mal, para no sobrecargar tanto, que acabarían por resultar insoportables, como este dolor de Marta María, tenacísimo dolor que le traspasa el vientre como las espadas traspasaron el corazón de la Madre de Dios, por qué el corazón, si es en el vientre donde se generan los hijos, ahí está el horno de la vida, y cómo habría de alimentarse la vida, sino con trabajo, razón ésta por la que está Álvaro Diego tan contento, un convento así es obra para muchos y muchos años, garantía de pan para quien sabe las artes de cantero, trescientos reales de jornal, quinientos si se tercia, Y tú, Baltasar, estás decidido a volver a Lisboa, mira que haces mal, porque aquí no va a faltar trabajo, No querrán lisiados teniendo tanta gente donde escoger, Con ese gancho haces tú todo lo que otros hacen, Haría, si es que no lo dices por confortarme pero tenemos que volver a Lisboa, verdad, Blimunda, y Blimunda, callada hasta entonces, asintió con la cabeza. Un poco retirado el viejo João Francisco trenza una soga de cuero, oye hablar, pero no presta atención a lo que están diciendo, ya sabe que el hijo se irá una de estas semanas y está irritado por eso, irse otra vez, así, después de andar aquellos años en la guerra, Le estaría bien empleado si volviera sin la mano derecha, es tal el amor que llegan a pensarse cosas así. Blimunda se levantó, atravesó el patio y salió al campo, bajo los olivos que subían por la cuesta hasta los hitos de la obra, se le iban hundiendo las almadreñas en el barbecho que la lluvia había ablandado, si fuera descalza y pisara piedras agudas, no las sentiría, cómo es posible que le duela tan poco si toda ella está llena de horror por haberse atrevido a lo que esta mañana se atrevió, acercarse a la mesa de la comunión en ayunas, fingió comer su pan aún acostada, como de costumbre y necesidad, pero no lo comió, anduvo después siempre con los ojos bajos, fingiendo compunción y devoción en casa, y así entró en la iglesia, estuvo en el oficio como si la postrase la presencia de Dios, oyó el sermón sin levantar cabeza, aplastada, al parecer, por todas las amenazas de infierno que caían del púlpito, y al fin recibió la sagrada forma, y vio. Durante todos estos años, desde que se le había revelado su don, siempre había comulgado en

154

pecado, con alimento en el estómago, y hoy había decidido, sin decirle nada a Baltasar, que iría en ayunas, no para recibir a Dios, sino para verlo, si allí estaba.

Se sentó en la raíz alzada de un olivo, se veía desde allí el mar confundido con el horizonte, seguro que llovía con fuerza sobre las aguas, entonces se llenaron de lágrimas los ojos de Blimunda, un gran sollozo sacudió sus hombros, y Baltasar le tocó la cabeza, se había acercado y ella no lo oyó, Qué viste en la hostia, no lo había engañado, cómo sería posible si duermen juntos y todas las noches se buscan y encuentran, es decir, no serán todas, pero hace seis años que viven como marido y mujer, Vi una nube cerrada, respondió ella. Baltasar se sentó en el suelo, allí no había llegado la reja del arado, había hierbas secas, ahora húmedas de lluvia, pero esta gente del pueblo no tiene manías, se sienta o se acuesta donde le apetece, mejor si puede un hombre posar la cabeza en el regazo de la mujer, seguro que fue ése el último gesto cuando las aguas del diluvio estaban ya anegando el mundo. Y Blimunda dijo, Esperaba ver a Cristo crucificado, o resurrecto en gloria, y vi una nube cerrada, No pienses más en lo que viste, Pienso, cómo no voy a pensar, si lo que está dentro de la hostia es lo que está dentro del hombre, qué es la religión al fin, aquí nos falta el padre Bartolomeu Lourenço, tal vez él supiera explicarnos ese misterio, Tal vez no lo supiera, tal vez no todo tenga explicación, quién sabe, y, apenas dichas estas palabras, empezó la lluvia a caer con más fuerza, señal de que sí, señal de que no, el cielo ahora una nube compacta, mujer y hombre bajo un árbol, ningún hijo en los brazos, no es cierto que las situaciones se repitan, y los lugares son otros, y los tiempos también, diferente el árbol, pero de la lluvia diremos que es el mismo consuelo de la piel y de la tierra, vida que siendo excesiva mata, pero a eso nos acostumbramos desde el comienzo del mundo, siendo el viento manso muele el cereal, pero si es de tormenta, rasga las velas del molino, Entre la vida y la muerte, dijo Blimunda, hay una nube cerrada.

El padre Bartolomeu Lourenço escribió puntualmente tras instalarse en Coimbra, noticia sólo de haber llegado bien, pero ahora vino una nueva carta, que sí, que siguieran para Lisboa tan pronto como pudiesen, que él, aliviado su estudio, los iría a visitar, tanto más cuanto que tenía obligaciones eclesiásticas en la corte, y entonces se aconsejarían sobre la obra magna en que estaban ocupados, Y ahora decidme, cómo vamos de voluntades, pregunta inocente, parecía que se informaba de las voluntades de ellos, cuando de las otras quería saber, y de los que las perdían, pero lo decía sin contar con la respuesta, es como en las guerras, grita el capitán o manda decir el clarín por él, Adelante, y no va a quedarse a la espera de que los soldados se consulten y respondan, Vamos o no vamos, sino de que avancen, y sin demora, o van a dar en un consejo de guerra, Nos iremos la semana que viene, declaró Baltasar, y todavía pasaron dos meses porque entre tanto empezó a decirse en Mafra, y lo confirmó el párroco en el sermón, que vendría el rey a inaugurar la obra desde la raíz de los cimientos hacia arriba, colocando con sus reales manos la primera piedra. Primero se anunció que sería a tantos de octubre, pero no hubo tiempo de excavar los cimientos hasta la hondura conveniente por más que pusieron seiscientos hombres al trabajo, pese a los muchos tiros de pólvora que atronaban los aires a todas horas del día, será entonces en noviembre, a mediados, después no puede ser, que estaríamos ya en invierno, y no va a andar por ahí el rey enterrado en barro hasta las ligas de las piernas. Venga pues su majestad para que se inicien los días gloriosos de la villa de Mafra, para que sus moradores alcen las manos al cielo, ellos que con sus ojos perecederos van a ver a cuánto alcanza la grandeza de un rey monarca sublime, gracias a quien podremos gozar de estas antecámaras del paraíso mientras no accedemos a las moradas celestiales, y que sea tarde, que más apetece estar vivo que muerto, Veremos la fiesta y nos iremos luego, decidió Baltasar.

Ya está contratado Álvaro Diego, tiene que cortar la piedra que traen de Pêro Pinheiro, grandes bloques transportados en carros arrastrados por diez o veinte yuntas de bueyes, mientras otros obreros parten con los mazos el cascajo que ha de servir para los cimientos, éstos de casi seis metros de profundidad, metros es lo que decimos hoy, que entonces todo se medía por palmos, y por ellos siguen midiéndose los hombres, los grandes y los pequeños, por ejemplo, más alto es Baltasar Sietesoles que Don Juan V, y no fue rey, y Álvaro Diego, aun no siendo de flaca figura, es cantero de obra gruesa, ahí está a mazazos con la piedra, desbastando una cara, pero éste llegará a hacer más de lo que hace, habiendo ayudado a poner unas sobre otras, llegará a cantero de obra fina que ya es trabajo serio el poner una pared derecha, a hilo de plomada, no es ése oficio de clavos y listones, como los carpinteros que alzan la armazón de aquella iglesia de madera donde se celebrará el acto de bendición e inauguración cuando el rey venga. Lleva dicha iglesia unos altos y fuertes mástiles, dispuestos según la misma formalidad de los fundamentos, es decir, según el perímetro que tendrá la iglesia definitiva, y el techo será armado con velas de navíos, forradas de paño, planta de cruz, como iglesia que se precie, de madera sí, y provisional, pero con la dignidad de anunciadora de la que de piedra aquí se construirá, y para ver estos preparativos descuidan los moradores de la villa de Mafra menesteres y trabajos, convertidos en algo mezquino ahora por la gran fábrica que se yergue en lo alto de la Vela y esto es sólo el principio. Hay quien tiene mejores razones, es el caso de Baltasar y Blimunda, que llevan al sobrino a ver al padre, y siendo hora de almorzar, viene Inés Antonia con la tartera de las coles cocidas y el pedazo de tocino, aquí está una familia completa, sólo faltan los viejos, si esto no fuese lo que sabemos, resultado del voto piadoso por haber nacido un hijo al rey, diríamos que es todo romería, pago de promesas generales, cada cual la suya, Pero a mi hijo seguro que nadie me lo devuelve, pensó Inés Antonia, y casi llega a querer mal a este que anda jugando entre las piedras.

Unos días antes había ocurrido en Mafra un milagro, que fue el venir del mar una gran tempestad de viento que dio con la iglesia de madera en tierra, mástiles, tablas, vigas, listones, una confusión con los paños, fue como el soplo gigantesco de Adamástor*, si es que

* Adamástor, titán, hijo de la Tierra, aparece en el canto V de *Os Lusíadas* metamorfoseado en el Cabo de las Tormentas y amenazando a la armada de Gama por atreverse a penetrar en sus dominios. *(N. del T.)*

Adamástor sopló cuando le doblaban el cabo de sus y nuestros trabajos, y a quien se escandalice por que demos a esto nombre de milagro, siendo destrucción, qué otro nombre se le había de dar, sabiendo que el rey, llegado a Mafra e informado del suceso, se puso, él, a distribuir monedas de oro, así, con esta misma facilidad con que lo contamos, porque los oficiales de obra en dos días lo habían vuelto a alzar todo, se multiplicaron las monedas, que fue mucho mejor que si se hubieran multiplicado los panes. Es el rey un monarca providente que siempre lleva las arcas de oro allá donde va, en previsión de estos y otros temporales.

Al fin llegó el día de la inauguración, había dormido Don Juan V en el palacio del vizconde, guardándole las puertas el sargento-mayor de Mafra, con una compañía de soldados auxiliares, y no quiso Baltasar perder la ocasión y fue a hablar con los de la tropa, pero no valía la pena, nadie lo conocía, y qué quería él, qué idea era aquella de ir a hablar de guerras en tiempo de paz, Hombre, no se me ponga aquí, en medio de la puerta, que va a salir el rey, visto esto subió Baltasar al alto de la Vela, iba Blimunda con él, y tuvieron suerte, que pudieron entrar en la iglesia, no todos podrían presumir de eso, y era un pasmo allá dentro, el techo entoldado todo y forrado de tafetanes rojos y amarillos, repartidos en matices vistosos, y las paredes cubiertas de ricos tapices, guardando la forma de puertas y ventanas, a imitación de la verdadera iglesia, todo en igual correspondencia, armadas todas de cortinas de damasco carmesí, guarnecidas de galones y franjas de oro. Cuando llegue el rey, se encontrará primero con las tres grandes puertas de la fachada, que tienen encima un cuadro que representa a los santos Pedro y Juan en aquel acto de sanar al mendigo que les pidió limosna a la entrada del templo de Jerusalén, insinuada esperanza de que otros milagros vengan a producirse aquí, pero ninguno tan famoso como el ya relatado de las monedas de oro, y, sobre todo, aquel cuadro que representa a San Antonio, que a éste está dedicada la basílica por voto particular del rey, no sé si quedó dicho ya, siempre son seis años de cosas ocurridas y algo se puede olvidar. Allá dentro, como ya comenzamos a ser dicho, esto sí, el lujo es tal que ni parece barraca para echar abajo pasado mañana. Del lado del evangelio, es decir del izquierdo mirando al altar, que sólo no es mayor porque es único, y nadie se ofenda por estas explicaciones, que no somos unos ignorantes, y si se dan estas minucias es porque tras la ciencia y la fe siempre vienen tiempos incrédulos y ciencias diferentes, sabe Dios quién acabará leyéndonos, del lado del evangelio, pues, sobre seis escalones, hay un sitial decorado con tela blanca preciosa y encima un dosel, y lindando, del lado de la epístola, otro sitial, pero éste se asienta sólo en tres escalones, en vez de los seis que alzan el otro, lo que se repite para que se entienda bien la diferencia, y no tiene dosel, será para menos importante ocupación. Aquí es donde están los paramentos de que se revestirá Don Tomás de Almeida, el patriarca, y mucha plata para el servicio divino, demostrando todo la suma grandeza de este monarca que ya viene entrando. No falta nada en la iglesia, a la izquierda del crucero se montó un coro para los músicos, forrado de damasco carmesí, con un órgano que tocará en las ocasiones propias, y allí estarán también, en bancos reservados, los canónigos de la patriarcal y al lado derecho está la tribuna donde Don Juan V se encamina, desde allí asistirá a la ceremonia, los hidalgos y otras personas de merecimiento sentados abajo, en los bancos. El pavimento fue cubierto de juncos y espadañas, y encima se tendieron paños verdes, ya viene de muy lejos, como se ve, ese gusto portugués por el verde y por el rojo que, cuando venga una república, dará en bandera.

Se bendijo la cruz el primer día, enorme palo de cinco metros de altura que daría para un gigante, Adamástor u otro, o para el tamaño natural de Dios, y ante ella se prosternan todos los presentes, y máximamente el rey, derramando muy devotas lágrimas, y cuando acabó la adoración de la cruz, cuatro sacerdotes la alzaron a pulso, cada cual por su extremo, y la arbolaron sobre una piedra, allí dispuesta adrede, pero ésta no la cortó Álvaro Diego, con un agujero donde se encajó el pie, que, incluso siendo la cruz divino emblema, no se aguanta si no se entabla bien, es lo contrario de los hombres, que hasta sin piernas se mantienen derechos, la cuestión es que quieran. Tocaba airoso el órgano, soplaban los músicos, entonaban las voces los cantores, y, aquí fuera, el pueblo que no cabía o estaba sucio de más para entrar, el pueblo que había venido de la villa o de los alrededores, no admitido en el sacro interior, se contentaba con los ecos de las antífonas y de las salmodias, y así acabó el primer día.

Ay al día siguiente, pasado que fue aquel primer susto de repetirse la racha de viento del mar, que agitó todo aquel tablado, pero, en fin sopló y pasó, ay al día siguiente, volvamos a la exclamación y atentos a la fecha, diecisiete de noviembre de este año de gracia de mil setecientos diecisiete, se multiplicaron las pompas y ceremonias en el atrio desde las siete de la mañana, con un frío que partía las piedras, estaban reunidos los párrocos de todas las parroquias de alrededor, con sus clérigos y mucho pueblo, y está bien que se haya presentado esta ocasión de decirlo, para uso de los siglos y de las gacetas. Llegó el rey hacia las ocho y media, tomado ya el chocolate matinal, que se lo sirvió con sus propias manos el vizconde, y entonces se formó la procesión, delante sesenta y cuatro religiosos de la Arrábida, luego el clero del lugar, la cruz patriarcal, seis hombres con hopas rojas, los músicos, capellanes con sobrepellices, gran copia de clérigos varios, un espacio libre preparando lo que seguía, y eran los canónigos de pluviales de tela blanca y otras bordadas, delante de cada uno sus criados nobles, detrás, sustentándoles las colas, los caudatorios, y atrás el patriarca con preciosos paramentos y mitra de mayor coste, adornada con piedras del Brasil, después el rey con su corte, juez y alcaldes del lugar, corregidor de la comarca, y gran número de gente, más de tres mil, si no se engañó quien cuidó de contarla, y todo esto por una simple piedra, por eso se juntó aquí un poder inmenso, clarines y timbales atronando los aires superiores e inferiores, y la tropa de caballería y de infantería, más la guardia alemana, y otra vez el pueblo, mucho pueblo, tanto pueblo que jamás en la villa de Mafra se había visto ayuntamiento tal, pero, no cabiendo todos en la iglesia, entran los grandes, y de los pequeños sólo los que caben y tuvieron artes de colarse, antes hicieron los soldados salvas de ordenanza, ocurría esto aún por la mañana, se había serenado otra vez el viento fuerte, y el que corría era sólo una brisa que ondeaba las banderas y las faldas de las mujeres, vientecillo fresco propio de la estación, pero los corazones ardían de pura fe, exultaban las almas, y si, de tan extenuadas, algunas voluntades querían ya retirarse de los cuerpos, venía Blimunda y no se perdían ni subían a las estrellas.

Fue bendecida la primera piedra, luego la piedra segunda y la urna de jaspe, las tres cosas serían enterradas en los cimientos, y luego llevaron todo en procesión, en andas, dentro de una urna los dineros de la época, oro, plata y cobre, unas medallas, oro, plata y cobre, y el pergamino donde constaba el voto, dio la procesión una vuelta entera para mostrarse al pueblo, arrodillado al paso, y teniendo constantemente motivos para arrodillarse, ora la cruz, ora el patriarca, ora el rey, ora los frailes, ora los canónigos, la gente ya ni se levantaba, bien podremos decir que había mucha gente de rodillas. Al fin, el rey, el patriarca y los acólitos se dirigieron al sitio donde se había de colocar la piedra y las piedras, bajando por una espaciosa escalera de madera con treinta peldaños, quizá en recuerdo de los treinta dineros, y de más de dos metros de anchura. Llevaba el patriarca la piedra principal, ayudado por los canónigos, y otros de éstos la piedra segunda y la urna de jaspe, detrás el rey y el general de la Sagrada Orden de San Bernardo, como limosnero mayor, y que, por serlo, llevaba el dinero.

Así bajó el rey treinta peldaños tierra adentro, que parece una despedida del mundo, sería un descenso a los infiernos si no estuviera tan bien defendido por bendiciones, escapularios y oraciones, y se derrumbaran estas altas paredes que forman el foso, pero no tema vuestra majestad, fíjese cómo las hemos estibado con buena madera del Brasil, para mayor fortaleza, aquí hay un banco cubierto de terciopelo carmesí, es color que usamos mucho en ceremonias de estilo y de estado, con el pasar de los tiempos lo veremos en cenefas de teatro, y sobre el banco hay un cubo de plata lleno de agua bendita, y también dos escobillas de brezo verde con los cabos guarnecidos por cordón de seda y plata, y yo, maestro de obra, vierto una artesilla de cal, y vuestra majestad, con esta paleta de cantero de plata, perdón, señor, de plata de cantero, si es que los canteros la tienen, extiende la cal, pero antes la roció con la escobilla mojada en agua bendita, y ahora, ayúdenme aquí, podemos asentar la piedra, pero que sean las manos de vuestra majestad las últimas en tocarla, a ver, un toque más para que todos lo vean, ya puede vuestra majestad subir, cuidado no se caiga, que el resto del convento ya lo construiremos nosotros, y ahora pueden ser colocadas ya las otras piedras, cada una en su respectiva cabecera, y traigan los hidalgos doce más, número de buena fortuna desde los apóstoles, y cal en cestos de plata, así quedará más sujeta la piedra principal, y el vizconde del lugar quiere hacer como ve hacer a los ayudantes de cantero, lleva la artesilla de albañil en la cabeza, mostrando así mayor devoción, ya que no estuvo a tiempo de ayudar a Cristo a llevar la cruz, echa la cal que lo habrá de comer, no era malo el efecto de estilo, pero esta cal no está viva, señor mío, sino apagada, Como las voluntades, dirá Blimunda.

Al día siguiente, tras partir para la corte el rey, se vino abajo la iglesia sin ayuda del viento, sólo llovía agua a

Dios dar, se pusieron a un lado las tablas y los mástiles, para necesidades menos reales, andamios, por ejemplo, o tarimas, o camarotes, o mesas de comer, o almadreñas, y los tapices, tafetanes y damascos, las velas de los navíos, cada cosa volvió a su natural, las platas al tesoro, los hidalgos a la hidalguía, el órgano a otras solfas, y los cantores, los soldados a lucir semejantes paradas, quedaron sólo los frailes, con los ojos muy abiertos, y sobre la piedra horada, cinco metros de madera crucificada, la cruz. A los fosos inundados volvieron a bajar hombres, porque no en todos los lugares se había alcanzado la profundidad requerida, su majestad no lo vio todo, y sólo dijo, con otras palabras, cuando entraba en el coche que había de llevarlo, Ahora dense prisa con esto, hace ya más de seis años que hice el voto, no quiero andar lidiando con los franciscanos constantemente, y nuestro convento, por cuestión de dinero que no haya atrasos, gasten lo que sea necesario. Pero en Lisboa el guardalibros le dirá al rey, Sepa vuestra real majestad que en la inauguración del convento de Mafra se han gastado, en números redondos, doscientos mil cruzados, y el rey respondió, Ponlos en cuenta, lo dijo porque estamos aún en los comienzos de la obra, un día llegará en que querramos saber, En definitiva, cuánto habrá costado todo eso, y nadie dará satisfacción del dinero gastado, ni facturas, ni recibos, ni cédulas de registro de importación, sin hablar ya de muertes y sacrificios, que ésos son baratos.

Cuando se levantó el tiempo, pasada una semana, partieron Baltasar Sietesoles y Blimunda Sietelunas hacia Lisboa, en la vida cada uno tiene su fábrica, éstos se quedan aquí levantando paredes, nosotros vamos a tejer mimbres, alambres y hierros, y también a recoger voluntades, para que con todo junto nos levantemos, que los hombres son ángeles nacidos sin alas, y eso es lo más bonito, nacer sin alas y hacerlas crecer, lo mismo hicimos con el cerebro, y si con él lo hicimos, con ellas lo haremos, adiós madre, adiós padre. Sólo dijeron adiós, nada más, ni unos saben componer frases ni los otros entenderlas, pero, pasado el tiempo, siempre se encontrará a alguien para imaginar que estas cosas podrían haber sido dichas, o para fingirlas y, fingiendo, pasan entonces las historias a ser más verdaderas que los casos verdaderos que ellas cuentan, aunque ya sea difícil poner palabras diferentes en el lugar de éstas, que es cuando Marta María dice, Adiós, que no volveré a veros, y esto sí, esto va a ser verdad genuina, que aún no alzarán las paredes de la basílica un metro sobre el suelo y ya Marta María estará enterrada. Entonces, João Francisco, de pronto doblemente viejo, irá a sentarse bajo el cobertizo del horno, con la mirada vacía, como ahora está, viendo alejarse al hijo Baltasar, a la hija Blimunda, que nuera es nombre ingrato, aunque ahí tiene todavía cerca a Marta María, es cierto que ya ausente, con un pie al otro lado, las manos cruzadas sobre el vientre donde se generó vida y ahora se genera muerte. Le salieron por la mina del cuerpo hijos, unos murieron aquí, se libraron dos, éste no es hijo que nazca, es su muerte. Ya no se ven desde aquí, vamos adentro, dice João Francisco.

Es diciembre, los días son cortos, el cielo está cubierto de nubes, y anochece antes, por eso Baltasar y Blimunda dormirán una noche en el camino, en un pajar de Morelena, dijeron que vienen de Mafra y que van hacia

Lisboa, vio el casero que eran gente honrada y les dejó una manta para que se cubrieran, que a tanto puede llegar la confianza. Ya sabemos que de estos dos se aman las almas, los cuerpos y las voluntades, pero, estando acostados, asisten las voluntades y las almas al gusto de los cuerpos, o quizá se agarren aún más a ellos para tomar parte en el gusto, difícil es saber qué parte hay en cada parte, si está perdiendo o ganando el alma cuando Blimunda se alza las faldas y Baltasar se afloja los calzones, si está la voluntad ganando o perdiendo cuando ambos suspiran o gimen, si quedó el cuerpo vencedor o vencido cuando Baltasar descansa en Blimunda o ella descansa en él, ambos descansando. Éste es el aroma mejor del mundo, el de la paja removida, de los cuerpos bajo la manta, de los bueyes que rumian en el comedero, el olor del frío que entra por las rendijas del pajar, tal vez el olor de la luna, todo el mundo sabe que la noche tiene otro olor cuando hay luna, hasta un ciego, incapaz de distinguir la noche del día, dirá, Hay luna, se cree que fue Santa Lucía quien hizo el milagro, y al fin es sólo cuestión de aspirar, de olor, Sí señores, qué hermosa luna la de esta noche.

De madrugada, aún no había salido el sol, se levantaron. Blimunda ya ha comido el pan. Dobló la manta, era sólo una mujer repitiendo un gesto antiguo, abriendo y cerrando los brazos, sujetando bajo la barbilla los dobleces hechos, luego bajando las manos hasta el centro de su propio cuerpo y haciendo ahí el doblez final, quien la viera no diría que tiene extraños poderes de ver, que, si esta noche estuviera fuera de su cuerpo, a sí misma se vería bajo Baltasar, en verdad, de Blimunda se puede afirmar que ve sus propios ojos viendo. Cuando entre el casero, verá la manta doblada, como señal de agradecimiento, y, siendo hombre alegre, preguntará a los bueyes, A ver, decidme, hubo misa esta noche, y ellos volverán las cabezas mal armadas, sin sorpresa, los hombres siempre tienen algo que decir, y a veces aciertan, éste fue el caso, que entre el amor de los que allí durmieron y la santa misa no hay diferencia alguna, o, si la hubiera, la misa perdería.

Van ya Blimunda y Baltasar camino de Lisboa, bordeando las colinas donde se levantan molinos, el cielo está cubierto, apenas salió el sol se escondió, el viento del sur amenaza mucha lluvia, y Baltasar dice, Si empieza a llover no tendremos donde refugiarnos, luego alza los ojos hacia las nubes, es una placa sombría, pizarrosa, Si las voluntades son nubes cerradas, quién sabe si no quedarán presas en éstas, tan oscuras y gruesas que ni el mismo sol se ve tras ellas, y Blimunda respondió, Ojalá pudieras ver tú una nube cerrada que llevas dentro de ti, O de ti, O de mí, si pudieras verla tú, y sabrías que es muy poco una nube del cielo comparada con una nube que está dentro del hombre, Pero tú nunca has visto mi nube, ni la tuya, Nadie puede ver su propia voluntad, y de ti juré que nunca te vería por dentro, pero tú, Baltasar Sietesoles, mi madre no me engañó, cuando me das la mano, cuando te acercas a mí, cuando me abrazas, no necesito verte por dentro, Si yo muero antes que tú, te pido que me veas, Muriendo, se te va la voluntad del cuerpo, Quién sabe.

No llovió en todo el camino. Sólo el gran techo oscuro que se prolongaba hacia el sur y flotaba sobre Lisboa, raso como las colinas en el horizonte, parecía que alzando la mano se iba a tocar la primera flor del agua, a veces la naturaleza es buena compañía, va el hombre, va la mujer, las nubes se dijeron unas a otras, A ver si llegan a casa, después ya podremos llover. Entraron Baltasar y Blimunda en la quinta, en el cobertizo de los aperos, y al fin empezó el agua a caer, y como había algunas tejas partidas, el agua caía dentro, pero discretamente, sólo murmurando, Aquí estoy, han llegado bien. Y cuando Baltasar se acercó a la concha voladora y la tocó, crujieron los hierros, y los alambres, pero es difícil saber qué querían decir.

Se cubren de herrumbre alambres y hierros, se cubren de moho los paños, se destrenza el mimbre reseco, obra que ha quedado a medias no precisa envejecer para convertirse en ruina. Baltasar dio dos vueltas a la máquina voladora, nada contento de ver lo que veía, con el gancho del brazo izquierdo tiró violentamente del esqueleto metálico, hierro contra hierro, probándole la resistencia, y era poca, Me parece que mejor va a ser desmontarlo todo y volver a empezar, Desmontarlo, sí, respondió Blimunda, pero, sin que venga el padre Bartolomeu Lourenço, no vale la pena que empieces el trabajo, Podríamos habernos quedado en Mafra algún tiempo más, Si él dijo que viniéramos es porque no va a tardar, quién sabe si no ha estado aquí mientras esperábamos la fiesta, No estuvo, no hay señales, Ojalá, Dios lo quiera, Sí, que Dios lo quiera.

En menos de una semana dejó la máquina de ser máquina o su proyecto, cuanto allí se mostraba podría servir para mil diferentes cosas, no son muchas las materias de las que los hombres se sirven, todo está en la manera de componerlas, ordenarlas y juntarlas, véase el azadón, véase la garlopa, un poco de hierro, otro poco de madera, y lo que aquél hace no lo hace ésta. Dijo

Blimunda, Mientras el padre Bartolomeu Lourenço no llega, construiremos aquí la fragua, Y cómo vamos a hacer el fuelle, Vas a un herrero, ves cómo es y haces uno igual, si a la primera no te sale, saldrá a la segunda, si no lo consigues a la segunda, lo conseguirás a la tercera, nadie espera que hagamos otra cosa que no sea esto, No sería preciso tanto trabajo, con el dinero que el cura nos dejó, podemos comprar el fuelle, Y alguien se empeñaría en saber para qué quiere Baltasar Sietesoles un fuelle si no es ni herrero ni herrador, mejor es que lo hagas tú, aunque tengas que empezar cien veces.

Baltasar no fue solo. Aunque para esta diligencia no se necesiten visiones dobles, Blimunda tenía más rigor en la mirada, más precisión en el trazo, y no erraba tan desastrosamente en lo tocante a la proporción de las diferentes partes de la obra. Con el dedo mojado en el aceite fuliginoso del candil, dibujó en la pared las diversas piezas, el cuero según el corte que convenía, la punta agujereada por donde saldría el viento, la parte inferior y fija de la madera, la otra parte articulada, sólo faltaba un muñeco dándole al fuelle. En un rincón apartado dispusieron piedras regulares, formando con ellas cuatro muros en cuadrado, a la altura de los riñones de un hombre, y los afirmaron con alambres que iban de lado a lado, por dentro y por fuera ceñían toda la construcción, que luego llenaron de tierra y piedra menuda. A causa de esto quedó el duque de Aveiro con algunos muretes de su finca arruinados, pero esta obra, aunque no sea como el convento, tiene también licencia regia de su majestad, probablemente ya olvidada, ni siquiera se le ocurrirá a Don Juan V averiguar si el padre Bartolomeu Lourenço aún tiene esperanzas de volar un día, o si esto es sólo una manera de que tres personas vivan un sueño, cuando esas tres personas podrían ser más útiles en otro empleo, el cura predicando la palabra de Dios, Blimunda sondeando fuentes de agua, Baltasar pidiendo limosna para abrir las puertas del paraíso a quien se la diera, porque eso de volar está demostrado que sólo lo pueden hacer los ángeles y el diablo, aquéllos, como nadie ignora y por algunos fue testimoniado, éste por certificación de las propias Sagradas Escrituras, pues allá se dice que el diablo llevó a Jesús al pináculo del templo, luego por los aires lo llevó, no fueron por la escalera, y le dijo, Lánzate de aquí abajo, y él no se lanzó, no quiso ser el primer hombre en volar, Un día volarán los hijos del hombre, dijo el padre Bartolomeu Lourenço cuando llegó y vio la fragua hecha, más la pila de agua donde se templarían los hierros, falta sólo el fuelle, a su tiempo soplará el viento, que el espíritu ya sopló en este lugar.

Cuántas voluntades has recogido hasta hoy, Blimunda, preguntó el cura por la noche, mientras cenaban, Por lo menos treinta, dijo ella, Es poco, y la mayoría, son de hombre o de mujer, volvió a preguntar, De hombre, parece que las voluntades de mujer se resisten a separarse del cuerpo, por qué será. A esto no respondió el cura, pero Baltasar dijo, Cuando mi nube cerrada está sobre tu nube cerrada, falta a veces bien poco para que la tuya y la mía se junten, Entonces me pareces tú más vacío de voluntad que yo, respondió Blimunda, menos mal que el padre Bartolomeu Lourenço no se escandaliza con estas libres conversaciones, acaso tenga también su culpa en lo de las voluntades desfallecidas, en Holanda por donde anduvo, o aquí sin que lo sepa la Inquisición, o haciendo como que no lo sabe, por no andar la falta acompañada de pecados menos veniales.

Hablemos ahora en serio, dijo el padre Bartolomeu Lourenço, siempre que pueda vendré aquí, pero la obra sólo puede adelantarse con el trabajo de ambos, fue una buena idea construir la fragua, ya me las arreglaré para lo del fuelle, no te has de fatigar con ese trabajo, pero tendrás que cuidarlo muy bien porque va a ser preciso que sea grande, porque en la máquina, faltando viento en la atmósfera trabajarán los fuelles y volaremos, y tú, Blimunda, acuérdate de que necesitamos al menos dos mil voluntades, dos mil voluntades que hayan querido soltarse porque las almas no las merecen, o porque no las merecen los cuerpos, con esas treinta que tienes no se alzaría el caballo Pegaso a pesar de tener alas, pensad que grande es la tierra que pisamos, y que tira de los cuerpos hacia abajo, y que siendo el sol tan grande como es, ni siquiera así atrae a la tierra, y para que nosotros volemos en la atmósfera, son precisas las fuerzas concertadas del sol, del ámbar, de los imanes y de las voluntades, pero, de todo esto, lo más importante son las voluntades, sin ellas, la tierra no nos dejaría subir, y si quieres recoger voluntades, Blimunda, vete a la procesión del Corpus, en una multitud tan numerosa ha de haber forzosamente muchas que se retiren, porque las procesiones, y bueno es que lo sepas, son ocasiones en las que almas y cuerpos se debilitan hasta el punto de no ser capaces siquiera de sostener las voluntades, pero no sucede lo mismo en las corridas y en los autos de fe, hay en ellas y en ellos un furor que hace más cerradas las nubes cerradas que las

174

voluntades son, más cerradas y más negras, es como en la guerra, tiniebla general en el interior de los hombres.

Dijo Baltasar, Y la máquina de volar, cómo la haré, Como la habíamos empezado, la misma ave grande que está en mi dibujo, y éstas son las partes de que se compone, aquí tienes este otro dibujo, con las indicaciones de tamaño de las distintas piezas, y la irás construyendo de abajo arriba, como si estuvieras construyendo un barco, trenzarás el mimbre y el hierro, es como si estuvieras ligando plumas y hueso, ya te lo he dicho, vendré siempre que pueda, para comprar el hierro irás a este lugar, buscarás en los mimbrales de los alrededores el mimbre que precises, y en el matadero comprarás las pieles para los fuelles de la máquina, ya te diré cómo tienes que curtirlas y cortarlas, esos dibujos de Blimunda son buenos para fuelles de fragua, no para fuelles de volar, y aquí tienes más dinero, compra un burro, sin él no podrías transportar los materiales, y compra también unos serones grandes, pero tendrás siempre a mano hierba o paja para poder esconder lo que en ellos lleves, recordad que toda esta obra tiene que hacerse en absoluto secreto, no lo pueden saber ni parientes ni amigos, amigos, más de lo que lo somos nosotros tres no hay, y si alguien viene con preguntas, decidle que estáis guardando la quinta por orden del rey, y que ante el rey el responsable soy yo, el padre Bartolomeu Lourenço de Gusmão, De qué, preguntaron al mismo tiempo Baltasar y Blimunda, De Gusmão, fue así como pasé a llamarme, por vía de un sacerdote que me educó en Brasil, Bartolomeu Lourenço era cuanto bastaba, dijo Blimunda, no me voy a acostumbrar a llamarle Gusmão, Ni lo precisarás, para ti y para Baltasar seré siempre el mismo Bartolomeu Lourenço, pero la corte y las academias tendrán que llamarme Bartolomeu Lourenço de Gusmão, pues quien, como yo, va a ser doctor en cánones, precisa tener un nombre que corresponda a su dignidad, Adán no tuvo otro nombre, dijo Baltasar, Y Dios no tiene ninguno, respondió el cura, pero Dios, en verdad, no es nombrable, y en el paraíso no había ningún otro hombre de quien Adán hubiera de distinguirse, Y Eva no fue más que Eva, dijo Blimunda, Eva continúa siendo sólo Eva, creo que la mujer es una sola en el mundo, sólo múltiple en la apariencia, por eso no son necesarios otros nombres, y tú eres Blimunda que no necesitas el de Jesús, Soy cristiana, Quién lo duda, preguntó el padre Bartolomeu Lourenço, y terminó, Bien me entiendes, pero llamarse alguien de Jesús, creencia o nombre, no es más que viento de boca afuera, déjate ser Blimunda, no darás otra respuesta cuando seas preguntada.

Volvió el cura a los estudios, ya bachiller, ya licenciado, no tardará en ser doctor, mientras Baltasar acerca los hierros a la forja y los templa en el agua, mientras Blimunda raspa las pieles traídas del matadero, mientras ambos cortan el mimbre y trabajan en el yunque, sujetando ella la lámina con las tenazas, batiendo él con el mazo, y tienen que entenderse muy bien para que no se pierda ningún golpe, ella presentando el hierro al rojo, él pegando el golpe seguro, en fuerza y dirección, ni hablar necesitan. Así se fue el invierno, así la primavera, algunas veces venía el cura a Lisboa, llegaba, guardaba en el arca las esferas de ámbar amarillo que traía sin decir de dónde, preguntaba cómo iba lo de las voluntades, miraba por todos los lados la máquina, que iba ganando dimensión y forma, hasta el punto de exceder lo que era cuando Baltasar la desmontó, daba consejos y avisos, y se volvía a Coimbra, a las decretales y a los decretalistas, ahora no era ya estudiante, ya leía en las aulas, Iuris ecclesiastici universi libri tre, Colectanea doctorum tam veteram quam recentiorum in ius pontificum universum, Repertorium iuris civilis et canonici, et coetera, pero nada en lo que estuviera escrito, Volarás.

Ahí está junio. Corre por Lisboa la nada fausta noticia de que este año la procesión del Corpus no traerá las antiguas figuras de los gigantes, ni la sierpe silbadora, ni el flameante dragón, y que no saldrán las vaquillas ni habrá danzas en la ciudad, ni marimbas, ni charamelas, y no vendrá el rey David bailando ante el palio. Se pregunta el pueblo qué procesión va a ser ésa, si no pueden salir los foliones de Arruda atronando las calles con sus panderos, si se prohíbe a las mujeres de Frielas danzar la chacona, si no habrá tampoco danza de espadas, si no salen castillos, si no se toca la gaita y el tamboril, si no van saltando los sátiros y las ninfas bajo modos encubiertos de otros bailes, si no se hace ya la danza de la retorcida, si no va a navegar a hombros de los portantes la nao de San Pedro, qué procesión vamos a tener, qué placer nos quitan, si al menos nos dejaran el carro de los hortelanos, no volveremos a oír el silbido de la serpiente, primo, que tanto me horrorizaba cuando pasaba silbando, que ni sé explicar los temblores que sentía, ay.

Baja el pueblo al Terreiro do Paço, a ver los preparativos de la fiesta, y no está mal, no señor, con esa columnata de sesenta y una columnas y catorce pilares, que no tiene menos de ocho metros de altura, y en extensión excede los seiscientos metros, sólo los frontispicios son cuatro, y ni se cuentan las figuras, los medallones, las pirámides y demás ornatos. Empieza el pueblo a apreciar el nuevo aparato, que no queda aquí, basta ver esas calles, todas entoldadas, y los mástiles que sustentan los toldos, están adornados de seda y oro, y los medallones que de dichos toldos cuelgan, dorados, teniendo a un lado y a otro el blasón del patriarca, esto unos, que los otros llevan los blasones del Senado de la Cámara, Y las ventanas, mira las ventanas, tiene razón quien lo ha dicho, se regalan los ojos en las cortinas y cenefas de damasco carmesí franjado de oro, Nunca tal se vio, ya está el pueblo medio conforme, le han quitado una fiesta pero le van a dar otra, no es fácil decidir con cuál de ellas se pierde o gana, quizá valga la una por la otra, con razón dijeron los orfebres que van a iluminar todas las calles, y tal vez sea por igual razón por lo que están cubiertas de sedas y damascos las ciento cuarenta y nueve columnas de los arcos de la Rua Nova, quizá sean maneras de vender, hoy así, mañana peor. Pasa el pueblo, llega al fin de la calle y vuelve, pero no extiende siquiera la punta de los dedos para tocar tanta riqueza de paños, se contenta con gozar los ojos en ellos y en los otros de Arrás que adornan las tiendas bajo los arcos, parece que vivimos en el reino de la confianza, pero tiene cada tienda su esclavo negro a la puerta, con un palo en una mano y un espadín en la otra, si alguien se pasa va a llevarse un estacazo en el lomo, y si la osadía va a más no tardarán los cuadrilleros, que ya no llevan visera ni yelmo, ni escudo llevan, diciendo el corregidor, Alto al Limoeiro, qué remedio sino obedecer y perderse la procesión, tal vez por eso no hay muchos hurtos en el Corpus.

Tampoco se hurtarán voluntades. Es tiempo de luna nueva, Blimunda no tiene por ahora más ojos que el resto de la gente, igual es que ayune o que coma, y esto le da paz y alegría, dejar que las voluntades hagan lo que quieran, quedarse en el cuerpo o salir de él, sea éste mi descanso, pero de repente la conturba un pensamiento, Qué otra nube cerrada vería en el Cuerpo de Dios, en su carnal cuerpo, en voz baja se lo dijo a Baltasar, y él respondió, también en secreto, Pues sería tal que ella sola levantaría la passarola, y Blimunda añadió, Quién sabe si todo lo que vemos no es la nube cerrada de Dios.

Son dichos de manco y visionaria, él porque le falta, ella porque le sobra, hay que perdonarles que no tengan las medidas comunes y que hablen de cosas trascendentes mientras, de noche ya, van paseando por las calles entre Rossío y el Terreiro do Paço, en medio de mucha otra gente que hoy no se va a acostar y que como ellos, va pisando la arena roja y las hierbas que alfombran el pavimento, traídas por los aldeanos, de tal manera que nunca se vio la ciudad tan limpia, precisamente ésta, que, los otros días, no tiene igual en suciedad. Tras las ventanas acaban las damas de armar los peinados, enormes fábricas de lucimientos y postizos, pronto se pondrán en exposición en la ventana, ninguna va a querer ser la primera, es cierto que inmediatamente atraería las miradas de quien pasa o se muestra en la calle, pero este gusto que tan de prisa viene, se pierde pronto, porque al abrirse la ventana de la casa de enfrente aparece en ella una dama, que por ser vecina es rival, se desvían las miradas de quien me está contemplando, celos que no soporto, tanto más cuanto que es ella mezquinamente fea y yo divinamente bella, ella tiene la boca grande y la mía es un botón, y antes de que ella lo diga, digo yo, Va mote. Para este torneo están mejor servidas las que moran en los pisos bajos, los galanes se ponen a retorcer el mote en sus seseras, palpitando la métrica y la rima, pero entre tanto, de lo alto de la casa, ha bajado otra divisa buscando réplica, gritada para que la oigan bien, mientras el primer poeta dice hacia arriba la glosa al fin compuesta y los otros, de rabia y de despecho, miran fríos al competidor, que recibe ya las gracias de la dama, sospechando que están de acuerdo glosa y mote por haberse puesto también de acuerdo ella y él. Esto se sospecha, esto se calla, porque de esto se distribuyen por igual las culpas.

Está caliente la noche. Pasa gente tocando y cantando, los chiquillos corren unos tras otros, es una peste que anda haciendo esto desde el principio del mundo, incurable, se lían en las sayas de las mujeres, llevan puntapiés y capones de los hombres que las escoltan, y luego, lejos ya, responden con cortes de mangas y muecas, para dispararse más tarde en otra carrera, en otra persecución. Arman una corrida de improviso, con una vaquilla muy simple, dos cuernos de carnero, desparejados quizá, y un cabezal cortado, todo se clava en una tabla ancha, con un puño delante, la parte de atrás apoyada en el pecho, y el que así hace de toro embiste con magnífica nobleza, recibe bramando de fingido dolor las banderillas de palo que se clavan en el cabezal, pero si el banderillero marró el golpe y fue a la mano del que embiste, se pierde así la nobleza de la casta, es otra carrera que se desmanda calle arriba, perturbando a los poetas que se hacen repetir los motes, preguntando hacia arriba, Qué es lo que ha dicho, y ellas, con mucho dengue, Mil pajarillos me traen, y así en estos galanteos, ocios y tropiezos va pasando la noche fuera de las casas, dentro hay endechas y chocolate, y cuando la madrugada se anuncia, empiezan a reunirse las tropas que han de formar carrera a la procesión, estrenando uniformes en honor del Santísimo Sacramento.

En Lisboa no durmió nadie. Se acabaron los torneos, las damas se han retirado de los balcones para componer la pintura corrida o deslucida, pronto volverán a la ventana, otra vez gloriosas de carmín y albayalde. El pueblo llano de blancos, negros y mulatos de todos los colores, éstos, aquéllos y los de más allá, se dispersa por las calles aún turbias en las primeras horas del alba, sólo el Terreiro do Paço, abierto al río y al cielo, es azul en las sombras, y luego súbitamente rosa por el lado del palacio y de la iglesia patriarcal cuando el sol rompe sobre las tierras del otro lado y deshace la bruma con un soplo luminoso. Es entonces cuando empieza a salir la procesión. Vienen delante los pendones de los oficios de la Casa de los Veinticuatro, el primero el de los carpinteros, representando a San José, que de ese oficio fue oficial, y las otras enseñas, grandes pendones, cada uno con su santo pintado, hechos de brocado, de damasco y con bordados de oro, y tan excesivos de tamaño que se precisan cuatro hombres para sostenerlos, relevándose con otros cuatro, descansando unos ahora y otros después, menos mal que no hay viento, y al compás de la andadura se columpian los cordones de oro y seda, y las borlas del mismo metal, colgando de las puntas refulgentes de las varas. Detrás viene la imagen de San Jorge,

181

con toda su escolta, los tambores a pie, los trompeteros a caballo, redoblando unos, otros soplando, rataplán, rataplán, tataratá, tataratá, ta, tatá, no está Baltasar en el Terreiro do Paço, pero oye las trompetas desde lejos y se horroriza como si estuviera en el campo de batalla, viendo al enemigo dispuesto en línea de combate, atacan ellos, atacamos nosotros, y nota entonces que la mano le duele, hace ya mucho tiempo que no le dolía, quizá sea porque hoy no ha puesto ni gancho ni espigón, el cuerpo tiene estos y otros recuerdos e ilusiones, Blimunda, si no fueras tú, a quién tendría yo a mi derecha para ceñir con este brazo, eres tú, ciño con la mano buena tu hombro o tu cintura, aunque se asombre el pueblo por falta de costumbre de estar así hombre y mujer. Pasaron las banderas, atronaron las trompetas y los tambores, ahora viene el alférez de San Jorge, el rey de armas, el hombre-de-hierro, de hierro vestido y calzado, con plumas en el yelmo y visera caída, ayudante del santo en las batallas, para sostenerle la bandera y la lanza, para adelantarse a ver si ya ha salido el dragón o si duerme, excusada prudencia hoy, que no salió y no estará durmiendo, quejoso sí de no poder volver jamás a la procesión del Corpus, esto no es cosa que se le deba hacer ni a dragón, ni a tarascas, ni a gigantes, triste mundo este que así consiente que le roben las bellezas, en fin, algunas quedarán, o son de belleza tanta que no se atreven los reformadores de las procesiones a dejar, por hablar sólo de éstos, los caballos en las caballerizas, o a abandonarlos, míseros leprosos, en las amplias campiñas libremente, pastando lo que puedan, ahí vienen cuarenta y seis, negros y cenicientos, de hermosas

182

gualdrapas, lléveme Dios si no es verdad que mejor visten las bestias que los hombres que las ven pasar, y esto siendo Corpus, que se han puesto todos sobre el cuerpo lo mejor que en casa había, las galas de ver al Señor, que habiéndonos hecho desnudos sólo vestidos nos admite en su presencia, a ver quién entiende a este dios o a la religión que le han hecho, verdad es que desnudos no siempre somos bellos, se ve por la cara si no la pintan, imaginemos, por ejemplo, qué cuerpo tendrá el San Jorge que ahí viene si le quitamos la armadura de plata y el gorro de plumas, un muñeco lleno de bisagras, sin sombra de pelo en los lugares donde los hombres lo tienen, que puede un hombre ser santo y tener lo que otros hombres tienen, ni debía concebirse una santidad que no conociera la fuerza de los hombres y la flaqueza que a veces en esa fuerza hay, y aún más, cómo se explicará esto a San Jorge, que viene montado en su caballo blanco, si esto es caballo que merezca el nombre, siempre viviendo en las reales caballerizas, con su criado para tratarlo y pasearlo, caballo sólo para que lo monte el santo, caballo nunca montado por el diablo, ni por hombre siquiera, triste bestia que ha de morir sin haber vivido, Dios quiera que, muerto y desollado, seas piel de tambor, y alguien redoblando en ella despierte tu indignado corazón, tan viejo, sin embargo todo en este mundo se equilibra y compensa, como ya se comprobó con lo de las muertes del chiquillo de Mafra y del infante Don Pedro y aún más se comprueba hoy, es un niño escudero el paje de San Jorge, y viene montado en un caballo negro, alzando lanza y emplumado yelmo, cuántas madres, puestas a los lados de las calles, mirando la procesión por encima de los hombros de los soldados, van a soñar luego por la noche con que sobre aquel caballo es su hijo quien va, paje de San Jorge en la tierra, y quizá en el cielo, que sólo por esto valió ya la pena haberlo parido, y de nuevo San Jorge se aproxima ahora en un gran estandarte llevado por la hermandad de la Real Iglesia del Hospital Real, y en fin, para conclusión de esta primera gloria, avanzan timbaleros y trompeteros, de terciopelo vestidos y plumas blancas, ahora una pausa brevísima, porque ya de la capilla real están saliendo las hermandades, hombres y mujeres a miles, puestos en orden de pertenencia y sexo, aquí no se mezclan evas con adanes, mira, ahí va Antonio María, y Simón Nunes, y Manuel Caetano, y José Bernardo, y Ana da Conceição, y Antonio de Beja, y trivialmente José dos Santos, y Bras Francisco, y Pedro Caim, y María Caldas, tan variados son los nombres como los colores, capas rojas, azules, blancas, negras y carmesí, hopas cenicientas, mucetas pardas y azules y rojas, y blancas y amarillas, y carmesí y verdes y negras, como negros son algunos de los cofrades que pasan, lo peor es que esta fraternidad, incluso yendo en procesión, no llega a los grados de Nuestro Señor Jesucristo, pero promete, basta que Dios un día se disfrace de negro y proclame en las iglesias, Cada blanco vale medio negro, arréglenselas ahora para entrar en el paraíso, por eso un día las playas de este jardín, plantado por azar junto al mar, estarán llenas de postulantes ennegreciéndose el lomo, idea que hoy haría reír, algunos ni a la playa irán, se quedan en casa y se pringan con untos varios, y cuando salen no los reconoce ni el vecino, Qué hace aquí este loco, ésa es la gran dificultad de las hermandades de color, mientras tanto van saliendo éstas, la de Jesús María, la del Rosario, la de San Benito, el que come poco y anda gordito, la de Nuestra Señora de la Gracia, la de San Crispín, la de la Madre de Dios de San Sebastián da Pedreira, que es donde viven Baltasar y Blimunda, la de la Vía Sacra de San Pedro y San Pablo, otra también de la Vía Sacra, pero del Alecrim, la de Nuestra Señora da Ajuda, la de Jesús, la de Nuestra Señora del Recuerdo, la de Nuestra Señora de la Salud, sin ella cómo tendrá virtud Rosa María, y la Severa qué virtud tendría, y vienen luego la hermandad de Nuestra Señora del Olivo, a cuya sombra un día comió Baltasar, la de San Antonio de las Franciscanas de Santa Marta, la de Nuestra Señora de la Quietud de las Flamencas de Alcántara, la del Rosario, la del Santo Cristo y San Antonio, la de Nuestra Señora de la Cadena, la de Santa María Egipcíaca, si fuese Baltasar de la guardia real ésta sería su hermandad, qué pena que no haya una de mancos, y ahora la hermandad de la Piedad, ésta podría ser, otra de Nuestra Señora de la Cadena, pero del convento del Carmen, la primera era de las Terciarias de San Francisco, parece que faltan invocaciones y las repiten ya, vuelve el Santo Cristo, pero el de la Trinidad, que el otro era de los Paulistas, y la hermandad de la Buena Ayuda, a Baltasar de nada le ayudó la Oficina de Palacio, la de Santa Lucía, la de Nuestra Señora de la Buena Muerte, si es que la hay buena, la de Jesús de los Olvidos, por este detalle se descubre cómo anda perdida una religión que anda dejando por ahí olvidados y les manda un Jesús mal encomendado, si fuera él el auténtico se acababan los olvidos, y la de las

Almas de la Iglesia de la Concepción, sol haga y llueva no, la de Nuestra Señora de la Ciudad, la de las Almas de Nuestra Señora da Ajuda, la de Nuestra Señora de la Peña, la de San José de los Carpinteros, la del Socorro, la de la Piedad, la de Santa Catalina, la del Niño Perdido, unos perdidos y otros olvidados, ni encontrados ni recordados, que ni el Recuerdo les vale la de Nuestra Señora de las Candelas, otra de Santa Catalina, primero de los libreros, ahora de los calceteros, la de Santa Ana, la de San Eloy, santito rico de los orfebres, la de San Miguel y de las Almas, la de San Marcial, la de Nuestra Señora del Rosario, la de Santa Justa, la de Santa Rufina, la de las Almas de los Mártires, la de las Llagas, la de la Madre de Dios de San Francisco de la Ciudad, la de Nuestra Señora de las Angustias, que ya faltaban aquí, en fin, la de los Remedios, que los remedios vienen siempre después y a veces demasiado tarde, caso este en que las esperanzas, si es que aún quedan, son puestas en el Santísimo Sacramento que ahí viene, representado en estandarte, llevando al frente, por ser el precursor, a San Juan Bautista en figura de niño, vestido de pieles, con cuatro ángeles que van tirando flores, no existe otra tierra donde más circulen los ángeles por las calles del común, basta extender un dedo y se ve de inmediato qué reales son y verdaderos, volar no vuelan, eso es verdad, y qué, volar no es prueba suficiente de angelidad, si el padre Bartolomeu de Gusmão, o sólo Lourenço, llega a volar un día, no se volverá ángel por tan poco, se requieren otras cualidades, pero todavía es pronto para tales averiguaciones, aún no están recogidas todas las voluntades, por ahora va la procesión mediada, se nota el calor de la mañana adelantada, ocho de junio de mil setecientos diecinueve, quién viene ahora ahí, vienen las comunidades, pero la gente ya no está atenta, pasan frailes y, ni caso, ni siquiera fueron señaladas con el dedo todas las hermandades, Blimunda miraba al cielo, Baltasar a Blimunda, ella dudando de si sería luna nueva, si no aparecería sobre el convento del Carmen un leve creciente, curva navaja, afiladísimo alfanje que abriría a sus ojos todos los cuerpos, y en esto pasó la primera comunidad, quiénes eran aquéllos, no lo vi, no me he fijado, frailes eran, terciarios de San Francisco de Jesús, capuchinos, religiosos de San Juan de Dios, franciscanos, carmelitas, dominicos, cistercienses, jesuitas de San Roque y de San Antón, con tantos nombres y colores se le va a uno la cabeza y la retentiva, es hora de comer del fardel traído o el alimento comprado, y mientras se come se va hablando de lo que ha pasado, ya las cruces doradas, las mangas generosas, los lienzos blanquísimos, las casacas anchas, las medias altas, los zapatos de hebilla, los tufos, las tocas, las sayas rodadas, los mantos de fantasía, las golas de encaje, las casaquillas, sólo los lirios del campo no saben hilar ni tejer y por eso están desnudos, si Dios quisiera que así anduviésemos habría hecho hombres liliales, las mujeres afortunadamente lo son ya, pero lirios vestidos, Blimunda, vestida o no, qué pensamientos son ésos, Baltasar qué recuerdos pecadores, si ahora viene la cruz de la iglesia matriarcal, y luego la comunidad de la Congregación de las Misiones, y la del Oratorio, y la multitud innúmera de curas de las parroquias, oh señores, tanta gente preocupada por salvar nuestras almas y éstas aún extraviadas, no te preocupes tú, Baltasar, que por ser soldado, aunque inválido, eres de la feligresía de estos que pasan, ciento ochenta y cuatro caballeros de la Orden Militar de Santiago de la Espada, ciento cincuenta caballeros de la Orden de Avis, y otros tantos de la Orden de Cristo, éstos son frailes que eligen a los que han de ser sus hermanos, aparte de no querer Dios en sus altares animales con defectos, máxime si son de sangre vulgar, quédese así Baltasar donde está, viendo pasar la procesión, los pajes, los cantores, los cubicularios, los dos tenientes de la guardia real, uno, dos, con el uniforme principal, hoy diríamos de gala, y la cruz patriarcal llevando al lado las cintas bermejas, los capellanes de varas alzadas y haces de claveles en las puntas, ay el destino de las flores, un día las meterán en los cañones de los fusiles, los monaguillos, la basílica de Santa María Mayor, que lleva sombrilla y también la basílica patriarcal, ambas de gajos alternados, blancos y rojos, si dentro de doscientos o trescientos años empiezan a llamar basílicas a los paraguas, Mi basílica tiene una varilla rota, He olvidado mi basílica en el coche, He mandado poner un puño nuevo a mi basílica, Cuándo estará acabada mi basílica de Mafra, piensa el rey, que viene ahí detrás sosteniendo una vara del palio, pero antes pasó el cabildo, primero los canónigos diáconos de dalmática blanca, luego los presbíteros con casullas del mismo color, más tarde las dignidades, con amito, pluvial y formalio, qué sabrá este pueblo de estos nombres, de la mitra conoce la palabra y la forma, que tanto está en el culo de la gallina como en la cabeza de los canónigos, cada uno de éstos asistido por tres familiares de su casa, uno con antorcha encendida, otro llevando el sombrero, ambos trajeados a lo cortesano, y el caudatario lleva la cola y viste sotana y cota, ahora sí, ahora empieza el cortejo del patriarca, vienen primero seis hidalgos, parientes suyos, con antorchas encendidas, luego el beneficiado asistente con el báculo, otro capellán con la naveta del incienso, detrás dos acólitos bamboleando turíbulos de plata labrada, y dos maestros de ceremonias, y doce escuderos llevando también antorchas, Ah, gente pecadora, hombres y mujeres que condenados os obstináis en vivir esas vuestras transitorias vidas, fornicando, comiendo, bebiendo de más, faltando a los sacramentos y al diezmo, que del infierno osáis hablar con descaro y sin pavor, vosotros, hombres, que pudiendo palpáis el trasero a las mujeres en la iglesia, vosotras, mujeres, que sólo por un resto de vergüenza no tanteáis en la iglesia las partes a los hombres, ved lo que pasa ahora, el palio de ocho varas, y yo, patriarca, bajo él, con la sagrada custodia en la mano, arrodillaos, arrodillaos, pecadores, que ahora mismo debierais caparos para no fornicar más, ahora mismo debierais ataros las mandíbulas para no ensuciar más vuestras almas en comilonas y borracheras, ahora mismo debierais volver y vaciar vuestros bolsillos, porque en el paraíso no se requiere dinero, en el infierno tampoco, en el purgatorio se pagan las deudas con oraciones, aquí sí que el dinero es preciso, para el oro de otra custodia, para sustentar la plata de toda esta gente, a los dos canónigos que me levantan la cola de la pluvial y llevan las mitras, y los dos subdiáconos que me alzan la orla del faldón, los caudatorios que van atrás, por eso son caudatorios, este mi hermano, que es

conde y me sostiene la cola de la pluvial, los dos escuderos con los dos flabelos, los maceros con las varas de
plata, el primer subdiácono con el velo de la mitra auri-
frigiata, que no la pueden tocar manos, loco fue Cristo
que nunca puso mitra en su cabeza, sería hijo de Dios,
de eso no dudo, pero rústico era, porque desde siempre
se sabe que ninguna religión prosperará sin mitra, tiara
o sombrero hongo, si se lo hubiera puesto pasaba de inmediato a sumo sacerdote, habría sido gobernador en
vez de Poncio Pilatos, mira de lo que me he librado, así
está bien el mundo, si no lo hubieran hecho así yo no
me vería de patriarca, pagué, pues, lo debido, di al César lo que es de Dios, y a Dios lo que es del César, después haremos las cuentas y partiremos el dinero, un
chavo para ti, otro para mí, en verdad os digo y diré, Y
Yo, vuestro rey, de Portugal, los Algarves y el resto, que
devotamente voy sosteniendo una de estas varas sobre-
doradas, ved cómo se esfuerza un soberano por guardar,
en lo temporal y en lo espiritual, a la patria y al pueblo,
que bien podía yo haber mandado en mi lugar a un criado, un duque o un marqués haciendo las veces, pero
aquí estoy, y en persona, y también en persona están los
infantes mis hermanos y señores vuestros, arrodillaos,
arrodillaos, que pasa la custodia y paso yo, Cristo va en
ella, en mí la gracia de ser rey en la tierra, cuál de los
dos ganará, el que sea de carne para sentir, yo, rey y ve-
rraco, bien sabéis cómo las monjas son esposas del Señor, es una verdad santa, pues a mí, como al Señor, me
reciben en sus lechos, y por ser yo el Señor gozan y suspiran sosteniendo en la mano el rosario, carne mística,
mezclada, confundida, mientras los santos en el oratorio

aguzan el oído a las ardientes palabras que bajo el sobrecielo se murmuran, sobrecielo que sobre el cielo está, éste es el cielo y no lo hay mejor, y el Crucificado deja caer la cabeza hacia el hombro, pobrecillo, quizá dolorido por los tormentos, quizá para mejor poder ver a Paula cuando se desnuda, quizá celoso porque le están robando a esta esposa, flor de claustro perfumada de incienso, carne gloriosa, pero en fin, después yo me voy y ella queda para él, si quedó preñada, el hijo es mío, pero no vale la pena proclamarlo otra vez, ahí atrás vienen cantores entonando motetes e himnos sacros, y eso me da una idea, no hay como los reyes para tenerlas, las ideas, si no cómo iban a reinar, que vengan las monjas de Odivelas a cantar el Bendito al cuarto de Paula cuando estemos acostados, antes, durante y después, amén.

Tronaron salvas y descargas de las naos, disparó salvas también el baluarte del Terreiro do Paço, a dos pasos, y se fueron comunicando los ecos de aquí a allá, retumbaron los cañones de los fuertes y las torres, presentaron armas los regimientos de la corte, de Peniche y de Setúbal, formados en la plaza. Anda el Cuerpo de Dios paseándose por la ciudad de Lisboa, sacrificado cordero, señor de los ejércitos, contradicción insoluble, sol de oro, cristal y custodia derribadora de cabezas, divinidad devorada y hasta las heces digerida, quién se asombrará de verte carne y uña con estos habitantes, degollados carneros, soldados sin armas propias, osamentas blancas en el desierto, comedores por sí mismos comidos, por eso se arrastran por las calles mujeres y hombres, pegan bofetadas en sus caras y en las próximas, tienden las manos hacia las orlas que pasan, a los brocados y a los encajes, a los terciopelos y a los lazos, a las cintas, a los bordados y a las joyas, Pater noster que non estis in coelis.

Cae la tarde. En el cielo, luz sutilísima, casi invisible, está la primera señal de la luna. Mañana Blimunda tendrá sus ojos, hoy es día de ceguera.

Ya ha vuelto de Coimbra el padre Bartolomeu Lourenço, ya es doctor en cánones, confirmado como Gusmão por apelativo onomástico y firma escrita, y nosotros, quiénes somos nosotros para atrevernos a acusarlo de pecado de orgullo, mejor sería para el alma perdonarle su falta de humildad en nombre de las razones que dio, y que así puedan sernos perdonados nuestros propios pecados, ése y los otros, que aún lo peor de todo será mudar, no de nombre sino de cara, o de palabra. De palabra y de cara no parece que haya mudado, para Baltasar y Blimunda tampoco de nombre, y si el rey lo hizo hidalgo capellán de su casa y académico de su academia, son de quita y pon esas caras y palabras, que, con el nombre adoptado, quedan en el portalón de la quinta del duque de Aveiro, y no entran, aunque se adivine lo que harían los tres si llegaran a la vista de la máquina, diría el hidalgo que sus trabajos son mecánicos, conjuraría el capellán la obra diabólica allí manifiesta, y por ser eso cosa del futuro se retiraría el académico, para sólo volver cuando fuese cosa pasada. Pues bien, ese día es el día de hoy.

Vive el cura en los miradores del Terreiro do Paço, en casa de una mujer, viuda desde hace muchos años, cuyo marido fue portero de maza hasta que murió de una estocada en un riña, episodio ocurrido cuando aún reinaba Pedro II, caso, pues, antiguo, que sólo viene a cuento por vivir la mujer donde el cura está viviendo, y mal sería no mencionar de ella al menos este dato, no el nombre, que es lo mismo que nada, como explicado queda. Vive el cura cerca del palacio, menos mal, pues mucho lo frecuenta, no tanto por obligaciones firmes de su título de capellán hidalgo, más honorífico que efectivo, sino por quererle bien el rey, que aún no ha perdido del todo las esperanzas, y ya han pasado once años, por eso pregunta, benévolo, Va a volar la máquina algún día, a lo que el padre Bartolomeu Lourenço, honestamente, no puede responder más que esto, Sepa vuestra majestad que la máquina un día volará, Pero viviré para verlo, No tendrá su majestad que vivir tanto como vivieron los patriarcas del Antiguo Testamento, y no sólo verá volar la máquina sino que volará en ella. La respuesta parece tener un no sé qué de impertinente, pero el rey no repara en ello, o reparó y usa de indulgencia, o lo distrae el recordar que va a asistir a la lección de música de su hija, la infanta Doña María Bárbara, eso habrá sido, le hace una seña al padre para que se una al séquito, no todos pueden presumir de semejantes favores.

Está la niña sentada al clavicordio, tan jovencita aún, que no ha hecho nueve años y ya grandes responsabilidades pesan sobre su redonda cabeza, aprender a colocar los deditos cortos en las teclas correspondientes, saber, si es que lo sabe, que en Mafra se está construyendo un convento, muy verdad es el dicho de que a pequeñas causas grandes efectos, porque nace una niña en

Lisboa se levanta en Mafra un monte de piedra y viene de Londres contratado Domenico Scarlatti. A la lección asisten sus majestades, en pequeño estado, unas treinta personas, si llegan, contando con los camaristas de semana de él y de ella, ayas, azafatas varias, más el padre Bartolomeu de Gusmão, allá atrás, y otros eclesiásticos. Il maestro va corrigiendo la digitación, fa la do, fa do la, su alteza se pone muy nerviosa, muerde el labio, no se distingue en esto de cualquier otra chiquilla, nacida en palacio o en cualquier otro lugar, la madre intenta disimular cierta impaciencia, el padre está real y severo, sólo las mujeres, tiernos corazones, se dejan arrastrar por la música y por la chiquilla, incluso tocando ella tan mal, que nada tiene de extraño, qué esperaría Doña María Ana, milagros, está la pequeña empezando, el signor Scarlatti ha llegado hace sólo unos meses, y por qué tienen esos extranjeros nombres tan difíciles, si tan poco cuesta descubrir que es Escarlata el nombre de éste, y le queda bien, hombre de completa figura, rostro grande, boca ancha y firme, ojos separados, no sé qué tienen los italianos, como éste, nacido en Nápoles hace treinta y cinco años, Es la fuerza de la vida, hermana.

Terminó la lección, se deshizo el grupo, el rey fue para un lado, la reina para otro, la infanta no sé para dónde, todos observando precedencias y preceptos, haciendo múltiples reverencias, al fin se alejó el rumor de los guardainfantes y de las calzas de cintas, y en el salón de música quedaron sólo Domenico Scarlatti y el padre Bartolomeu de Gusmão. El italiano hizo una pasada de dedos por el teclado, primero sin objeto, luego, como si buscara un tema o quisiera enmendar los ecos, y de repente pareció encerrado en la música que tocaba, corrían sus manos por el teclado como un barco florido en la corriente, demorada aquí y allá por las ramas que de las márgenes se inclinan, luego velocísima, después deteniéndose en las aguas dilatadas de un lago profundo, bahía luminosa de Nápoles, secretos y sonoros canales de Venecia, luz refulgente y nueva del Tajo, allá va el rey, se recogió la reina en su cámara, la infanta se inclina sobre el bastidor, de pequeñita aprende, y la música es un rosario profano de sonidos, madre nuestra que estás en la tierra. Señor Scarlatti, dice el cura cuando termina la improvisación y todos los ecos quedan corregidos, señor Scarlatti, no es tanta mi vanidad que crea saber de ese arte, pero estoy seguro de que hasta un indio de mi país, que de ella sabe aún menos que yo, se sentiría arrebatado por esas armonías celestes, Quizá no, respondió el músico, pues sabido es que ha de estar el oído debidamente educado si quiere estimar los sonidos musicales, como los ojos tienen que aprender a orientarse en el valor de las letras y en su conjunción de lectura, y los mismos oídos en el entendimiento del habla, Son palabras ponderadas ésas, que enmiendan la liviandad de las mías, es un defecto común en los hombres el decir más fácilmente lo que quieren que sea oído por otro que ceñirse a la verdad, Pero, para que los hombres puedan ceñirse a la verdad, tendrán primero que conocer los errores, Y practicarlos, No sabría responder a la pregunta con un simple sí o un simple no, pero creo en la necesidad del error.

El padre Bartolomeu de Gusmão apoyó los codos en la tapa del clavicordio, miró demoradamente a

Scarlatti, y, mientras no hablan, digamos nosotros que esta fluida conversación entre un cura portugués y un músico italiano no será, probablemente, invención pura, sino transposición admisible de frases y cumplidos que sin duda cambiaron el uno con el otro durante estos años, en palacio o fuera de él, como se verá a continuación. Y si alguien se sorprende de que este Scarlatti en tan pocos meses sepa así hablar portugués, no olvidemos, primero, que era músico, y, luego, hay que decir que la lengua le es familiar desde hace siete años, pues en Roma entró al servicio de nuestro embajador, y en sus andanzas por el mundo, por cortes reales y episcopales, no olvidó lo que había aprendido. En cuanto al carácter erudito del diálogo, a la pertinencia y al redondeo de las frases, alguien ayudó.

Tenéis razón, dijo el cura, pero así no está el hombre libre de creer abrazar la verdad y hallarse ceñido por el error, Como tampoco está libre de creer que abraza el error y encontrarse ceñido a la verdad, respondió el músico, y luego dijo el cura, Recordad que cuando Pilatos preguntó a Jesús qué era la verdad, ni esperó la respuesta para esa pregunta, ni el Salvador se la dio, Tal vez supiesen ambos que no existe respuesta para tal pregunta, Entonces, en ese punto, sería Pilatos igual a Jesús, En última instancia, sí, Si la música puede ser tan excelente maestra de la argumentación, quiero ser músico y no predicador, Gracias por la cortesía, qué más quisiera, señor padre Bartolomeu de Gusmão, que mi música fuese un día capaz de exponer, contraponer y concluir como hace sermón y discurso, Aunque, reparando bien en lo que se dice y cómo, señor Scarlatti, es posible que se expongan y contrapongan, las más de las veces, humo y niebla, y nada se concluya. A esto no respondió el músico, y el cura remató, Todo predicador honrado lo nota al descender del púlpito. Dijo el italiano, encogiéndose de hombros, Queda el silencio después de la música y después del sermón, qué importa que se alabe el sermón y se aplauda la música, tal vez sólo el silencio exista verdaderamente.

Bajaron Scarlatti y Bartolomeu de Gusmão al Terreiro do Paço, allí se separaron, el músico fue a inventar músicas por la ciudad mientras no eran horas de empezar el ensayo en la capilla real, el padre volvió a casa, a su mirador desde donde se veía el Tajo, en la otra orilla las tierras bajas de Barreiro, las colinas de Almada y de Pragal, hasta la, ya invisible, Cabeza Seca de Bugio, qué día luminoso, cuando Dios estaba creando el mundo no dijo Fiat, si así fuera habría quedado el mundo por igual, una palabra y basta, sino que fue andando y haciendo, hizo el mar y navegó en él, luego hizo la tierra para poder desembarcar, y en algunos lugares se detuvo, pero por otros pasó sin mirar, aquí descansó, y, no habiendo nadie de la humana especie que lo viera, tomó un baño, y, porque aún recuerdan eso, las gaviotas se reúnen en tan grandes bandadas en la orilla, siguen esperando que Dios vuelva a bañarse en las aguas del Tajo, aunque sean otras, una vez al menos, como pago por haber nacido gaviotas. Y quieren saber también si Dios ha envejecido mucho. Vino la viuda del macero a decirle al cura que tenía servida la comida, pasó por abajo una compañía de alabarderos rodeando un coche. Desgarrada de sus hermanas, una gaviota se quedó parada sobre el alero del tejado, la sustentaba el viento que soplaba de tierra, y el cura murmuró, Bendita seas, ave, y en su corazón se encontró hecho de la misma carne y de la misma sangre, sintió un escalofrío, como si le estuvieran naciendo plumas en la espalda, y, al desaparecer la gaviota, se vio perdido en un desierto, En ese caso Pilatos sería igual a Jesús, esto pensó de repente y regresó al mundo, transido por sentirse desnudo, desollado como si hubiera dejado la piel dentro del vientre de su madre, y entonces dijo en voz alta, Dios es uno.

Durante todo este día permaneció el padre Bartolomeu Lourenço encerrado en su cuarto, gimiendo, suspirando, tardó en hacerse de noche, llamó a la puerta la viuda del macero y dijo que estaba dispuesta la cena, pero el cura no comió, parecía que estaba preparando su gran ayuno, aguzando ojos nuevos de entendimiento, aunque no sospechase que más cosas habría que entender después de haber proclamado la unidad de Dios a las gaviotas del Tajo, supremo arrojo, que sea Dios uno en esencia es punto que ni los herejes niegan, pero al padre Bartolomeu Lourenço le enseñaron que Dios, si es uno en esencia es trino en persona, y hoy las mismas gaviotas le han hecho dudar. Se cerró la noche por completo, la ciudad duerme y si no duerme se ha callado, sólo se oye a ratos el grito de alerta de los centinelas, no vayan a desembarcar los corsarios franceses, y Domenico Scarlatti habiendo cerrado puertas y ventanas, se sienta al clavicordio, qué sutil música es esta que sale hacia la noche de Lisboa por rendijas y chimeneas, la oyen los soldados de la guardia portuguesa y de la guardia alemana, y la entienden unos y otros, la oyen soñando los marineros que duermen a la fresca en los conveses y despertando, la reconocen, la oyen los vagabundos que reposan en la Ribeira, en las lanchas varadas en tierra, la oyen los frailes y las monjas de mil conventos, y dicen, Son los ángeles del Señor, tierra esta, para milagros, ubérrima, la oyen los embozados que van a matar y los apuñalados que, oyéndola, ya no piden confesión y mueren absueltos, la oyó un preso del Santo Oficio en su profunda celda, y estando cerca un guarda le echó las manos a la garganta y lo estranguló, por este asesinato no tendrá peor muerte, la oyen, tan lejos de aquí, Baltasar y Blimunda, que acostados preguntan, Qué música es ésta, la oyó, antes que nadie, Bartolomeu Lourenço, por vivir cerca, y, levantándose de la cama, encendió el candil y se asomó a la ventana para oírla mejor. También entraron grandes mosquitos que fueron a posarse en el techo y allí quedaron, oscilando primero en las altas piernas, inmóviles luego, como si la luz minúscula no pudiera atraerlos, tal vez hipnotizados por el rechinar de la pluma, se había sentado el padre Bartolomeu Lourenço a escribir, Et ego in illo, Y yo estoy en él, al amanecer aún estaba escribiendo, era el sermón del Corpus, y del cuerpo del cura no se alimentaron esta noche los mosquitos.

Días después, estando Bartolomeu de Gusmão en la capilla real, se acercó el italiano a hablarle. Cambiadas las palabras de saludo, salieron por una de las puertas que, bajo las tribunas del rey y de la reina, daban a la galería por donde se entraba en el palacio. Pasearon arriba y abajo, mirando de vez en cuando los tapices colgados de las paredes, la Historia de Alejandro Magno, los

Triunfos de la Fe y del Sacramento, según dibujos de Rubens, la Historia de Tobías, según dibujos de Rafael, la conquista de Túnez, si un día arden estos tapices, ni un hilo de seda se salvará. En tono que fácilmente daba a entender que no iba a ser ésta la materia importante que allí se trataría, dijo Domenico Scarlatti al cura, El rey tiene en su tribuna una copia de la Basílica de San Pedro de Roma, la armó ayer en mi presencia, fue un gran honor para mí, Honor con el que nunca me ha distinguido a mí pero no lo digo con envidia, sino que, más bien, me complazco en ver honrada en un hijo suyo a la nación italiana, Me han dicho que el rey es un gran constructor, será por eso este gusto por levantar con sus propias manos la cabeza arquitectónica de la Santa Iglesia, aunque en escala reducida, Muy distinta es la dimensión de la basílica que está construyendo en la villa de Mafra, gigantesca fábrica que será el asombro de los siglos, Cuán variadas se muestran las obras de la mano del hombre, son las mías de sones, Habla de las manos, Hablo de las obras, tan pronto nacen como mueren, Habla de las obras, Hablo de las manos, qué sería de ellas si les faltase la memoria y el papel en que las escribo, Habla de las manos, Hablo de las obras.

Parece sólo un gracioso juego de palabras, un juego con los sentidos que ellas tienen, como en esta época se usa, sin que importe demasiado el entendimiento, o bien oscureciéndolo adrede. Es lo mismo cuando un predicador grita hacia la imagen de San Antonio, y clama en la iglesia, Negro, ladrón, borracho, y, cuando ha escandalizado al auditorio, explica la intención y el artificio, muestra cómo todo apóstrofe fue apariencia, ahora sí va a decir por qué, Negro porque tuvo la piel tiznada por el demonio, que no consiguió ennegrecerle el alma, ladrón porque de los brazos de María robó a su divino hijo, borracho porque vivió embriagado en la divina gracia, pero yo te diré, Cuidado, oh predicador, que cuando vuelves el concepto de pies a cabeza, estás dando involuntaria voz a la tentación herética que duerme en ti y se revuelve en sueños, y clamas otra vez, Maldito sea el Padre, maldito sea el Hijo, maldito el Espíritu Santo, y luego añades, Braman los demonios en el infierno, y de esa manera crees escapar a la condenación, pero aquel que todo lo ve, no este ciego Tobías sino el otro para quien no existen tinieblas y ceguera, ése sabe que dijiste dos verdades profundas, y de las dos escogerá una, la suya, porque ni tú ni yo sabemos cuál es la verdad de Dios, mucho menos si es verdadero Dios.

Parecen juegos de palabras, las obras, las manos, el sonido, el vuelo, Me han dicho, padre Bartolomeu de Gusmão, que por obra de esas manos se levantó en el aire un ingenio y voló, Dijeron la verdad de lo que entonces vieron, después quedaron ciegos para la verdad que la primera ocultó, Me gustaría entender mejor, Esto ocurrió hace doce años, desde entonces la verdad ha cambiado mucho, Repito que me gustaría entender, Qué es un secreto, A esa pregunta responderé que, de cuanto imagino, sólo la música es aérea, Entonces iremos mañana a ver un secreto. Están parados ante el último tapiz de la Historia de Tobías, aquel donde la amarga hiel del pez devuelve la vista al ciego, La amargura es la mirada de los videntes, señor Domenico Scarlatti, Un día eso se pondrá en música, señor padre Bartolomeu de Gusmão.

202

Al día siguiente, cada uno en su mula, fueron a San Sebastián da Pedreira. Entre el palacio, de un lado, y el granero y el cobertizo de los aperos de otro, el patio aparecía barrido. Corría agua en una acequia, se oía girar una noria. Los planteles próximos estaban cultivados, habían sido podados los frutales, nada había a la vista que pudiera recordar la brava selva de diez años atrás, cuando entraron por primera vez aquí Baltasar y Blimunda. Más delante, la quinta continúa sin cultivar, por fuerza ha de ser así, si para trabajar la tierra sólo hay tres manos, y ésas ocupadas, gran parte del tiempo, en obra que de la tierra no es. Desde el cobertizo, puertas abiertas, vienen rumores de taller. El padre Bartolomeu Lourenço pidió al italiano que esperase, y entró. Baltasar estaba solo, desbastando un tronco ancho con una azuela. Dijo el cura, Buenas tardes, Baltasar, traigo conmigo hoy un visitante para ver la máquina, Quién es, Uno de palacio, No puede ser el rey, Un día vendrá, hace poco que me preguntó cuándo iba a volar la máquina, es otro quien viene, Pues se va a enterar de algo que era secreto, no fue ése nuestro acuerdo, tantos años que estuvimos callándolo, Yo soy el inventor de la passarola y decido lo que conviene, Pero somos nosotros quienes lo estamos construyendo, si quiere, nos vamos ahora mismo, Baltasar, no sé explicártelo, pero siento que la persona que viene conmigo es de toda confianza, pondría por ella las manos en el fuego o dejaría el alma en prenda, Es mujer, Es hombre, italiano de nación, lleva pocos meses en la corte, y es músico, maestro de clavicordio de la infanta, maestro de la capilla real, se llama Domenico Scarlatti, Escarlata, No es así exactamente como se

203

pronuncia, pero la diferencia es tan poca que puedes llamarle Escarlata, en definitiva es así como todos le llaman, hasta cuando creen estar pronunciándolo bien. Se dirigía el cura hacia la puerta, pero se detuvo para preguntar, Dónde está Blimunda, Anda en el huerto, respondió Baltasar.

El italiano se había abrigado a la sombra fresca de un gran plátano, no parecía interesarle lo que le rodeaba, miraba tranquilo las ventanas cerradas del palacio, la cornisa donde crecían hierbas, el canalón de agua por encima del cual pasaban golondrinas rasantes a la caza de insectos. El padre Bartolomeu Lourenço se acercó, llevaba en la mano un pañuelo que había sacado del bolsillo, Sólo con los ojos vendados se llega al secreto, dijo sonriendo, y el músico respondió, en tono igual, Cuántas veces así mismo se vuelve, No será éste el caso, señor Scarlatti, cuidado con el umbral, hay aquí un escalón, ahora, antes de quitarle la venda, quiero decirle que viven aquí dos personas, un hombre, llamado Baltasar Sietesoles, y una mujer, Blimunda, a quien, por vivir con Sietesoles, llamé Sietelunas, son ellos quienes están construyendo la obra que le voy a mostrar, yo les explico lo que deben hacer, ellos lo ejecutan, y, ahora, ya puede quitarse el pañuelo, señor Scarlatti. Sin precipitación, tan tranquilo como antes había estado mirando las golondrinas, el italiano se quitó la venda.

Ante él estaba un ave gigantesca, de alas abiertas, cola en abanico, cuello largo, la cabeza aún por trabajar, por eso no se sabía aún si iba a ser de halcón o de gaviota, Es éste el secreto, preguntó, Éste es, hasta hoy, de tres personas, ahora de cuatro, aquí está Baltasar

Sietesoles, y Blimunda no ha de tardar, anda en el huerto. El italiano hizo una leve reverencia dirigida a Baltasar, que respondió con otra más profunda, aunque torpe, que él era mecánico, y además estaba sucio, cubierto de hollín de la fragua, en él sólo brillaba el gancho, del mucho y constante trabajo. Domenico Scarlatti se acercó a la máquina, que se equilibraba sobre unos puntales a los lados, posó las manos sobre una de las alas, como si fuese un teclado, y, singularmente, toda el ave vibró, a pesar de su gran peso, osamenta de madera, laminillas de hierro, mimbre entrelazado, si hay fuerza que levante esto, es que para el hombre nada es imposible, Estas alas son fijas, Así es, Ningún ave puede volar sin batir las alas, A eso Baltasar respondería que basta tener forma de ave para volar, pero yo respondo que el secreto del vuelo no es en las alas donde está, Y no puedo saber yo ese secreto, No puedo hacer más que mostrarle lo que aquí se ve, Esto me basta para agradecérselo, pero, si el ave esta tiene que volar, cómo va a salir si no cabe por la puerta.

Baltasar y el padre Bartolomeu Lourenço se miraron perplejos, y luego hacia fuera. Blimunda estaba allí, en la puerta, con un cesto lleno de cerezas, y respondía, Hay un tiempo para construir y un tiempo para destruir, unas manos asentaron las tejas de este tejado, otras lo echarán abajo, y todas las paredes si es preciso. Ésta es Blimunda, dijo el cura, Sietelunas, añadió el músico. Llevaba ella pendientes de cerezas, las traía así para que lo viera Baltasar, y por eso se acercó a él sonriendo y tendiéndole el cesto, Es Venus y Vulcano, pensó el músico, perdonemos la obvia comparación clásica, qué sabe él cómo es el cuerpo de Blimunda bajo las ropas groseras

205

que viste, y Baltasar no es sólo el tizón negro que parece, aparte de no ser cojo, como Vulcano, sino manco, pero eso también lo es Dios. Y qué más quisiera Venus que tener los ojos que Blimunda tiene, vería así fácilmente en los corazones de los amantes, que en algo ha de prevalecer un simple mortal sobre las divinidades. Y eso sin contar que hay algo en lo que también Baltasar gana a Vulcano, porque si el dios perdió a la diosa, este hombre no perderá a su mujer.

Se sentaron todos en torno de la merienda, metiendo la mano en el cesto a la vez, sin mirar más conveniencias que no atropellar los dedos de los otros, ahora el cepo que es la mano de Baltasar, rasposa como un tronco de olivo, después la mano eclesiástica y blanda del padre Bartolomeu Lourenço, la mano exacta de Scarlatti, Blimunda al fin, mano discreta y maltratada, con las uñas sucias como quien vino de la huerta y anduvo cavando antes de coger cerezas. Tiran todos los huesos al suelo, el rey, si aquí estuviera, haría lo mismo, en pequeñas cosas como ésta se ve que los hombres son iguales. Las cerezas son gruesas, carnosas, algunas vienen picadas por los pájaros, qué cerezal habrá en el cielo para que también pueda ir allá a alimentarse, llegada la hora, este pájaro que aún no tiene cabeza, pero si llega a ser de gaviota o de halcón, pueden los ángeles y los santos confiar en que van a comer las cerezas intactas, pues, como se sabe, estas aves desprecian el vegetal.

Dijo el padre Bartolomeu Lourenço, No voy a revelar el secreto último del vuelo, pero, tal como escribí en la petición y en la memoria, toda la máquina se moverá por obra de una virtud atractiva contraria a la caída de los graves, si yo tiro este hueso de cereza, cae al suelo, ahora bien, la dificultad está en hallar lo que lo haga subir, Y lo ha encontrado, El secreto lo he descubierto yo, en cuanto a encontrar, coger y reunir es trabajo de nosotros tres, Es una trinidad terrestre, el padre, el hijo y el espíritu santo, Baltasar y yo tenemos la misma edad, treinta y cinco años, no podríamos ser padre e hijo naturales, es decir, según la naturaleza, pero sí fácilmente hermanos, aunque, siéndolo, tendríamos que ser gemelos, ahora bien, él nació en Mafra y yo en Brasil, y no nos parecemos en nada, En cuanto al espíritu, Ése sería Blimunda, quizá sea ella quien más cerca esté de ser parte en una trinidad no terrenal, Treinta y cinco años es también mi edad, pero nací en Nápoles, no podríamos ser una trinidad de gemelos, y Blimunda, qué edad tiene, Tengo veintiocho, y sin hermano o hermana, y diciendo esto alzó Blimunda los ojos, casi blancos en la semipenumbra del cobertizo, y Domenico Scarlatti oyó resonar en sí la cuerda grave de un arpa. Ostensivamente, Baltasar levantó el cesto casi vacío con su gancho, y dijo, Se acabó la merienda, vamos a trabajar.

El padre Bartolomeu Lourenço acercó una escalera al pájaro, Señor Scarlatti, venga si quiere ver por dentro mi máquina de volar. Subieron ambos, el cura llevaba el dibujo, y, allá dentro, andando sobre lo que parecía la cubierta de un barco, explicó las posiciones y funciones de las diversas partes, los alambres con el ámbar, las esferas, las laminillas de hierro, repitiendo que todo operaría por atracción mutua, pero no habló del sol ni de lo que contendrían las esferas, aunque el músico preguntó, Qué es lo que atraerá al ámbar, Quizá Dios, en quien toda fuerza reside, respondió el cura, Y el ámbar, a qué atraerá, A lo que habrá en las esferas, Éste es el secreto, Sí, éste es el secreto, Es mineral, vegetal o animal, No es ni mineral, ni vegetal, ni animal, Todo es mineral, vegetal o animal, No todo, hay cosas que no lo son, la música, por ejemplo, Padre Bartolomeu de Gusmão, no me dirá que esas esferas van a contener música, No, pero quién sabe si con ella ascendería también mi máquina, tengo que pensarlo, en realidad poco falta para que ascienda yo en el aire cuando le oigo tocar el clavicordio, Es un chiste, Menos de lo que parece, señor Scarlatti.

Atardecía cuando el italiano se retiró. El padre Bartolomeu Lourenço pasaría allí la noche, aprovechaba la venida para ensayar su sermón, faltaban ya pocos días para la fiesta del Corpus. Al despedirse, dijo, Señor Scarlatti, cuando se canse en palacio, recuerde este lugar, Lo recordaré, seguro, y si con eso no estorbo a Blimunda y Baltasar, traeré un clavicordio y tocaré para ellos y para su pájaro, tal vez mi música pueda conciliarse dentro de las esferas con ese misterioso elemento, Señor Escarlata, dijo Baltasar tomando bruscamente la palabra, venga cuando quiera, si el señor padre Bartolomeu lo autoriza, pero, Pero, En lugar de mi mano izquierda tengo este gancho, o un espigón, y sobre el corazón, una cruz de sangre, Sangre mía, añadió Blimunda, Soy hermano de todos, si me aceptan, dijo Scarlatti. Baltasar lo acompañó hasta fuera, le ayudó a montar en la mula, Señor Escarlata, si quiere que le ayude a traer el clavicordio, no tiene más que decírmelo.

Se hizo de noche, cenó el padre Bartolomeu Lourenço con Sietesoles y Sietelunas, sardinas saladas y una fritada de huevos, un cántaro de agua, pan grosero y duro. Dos candiles iluminaban precariamente el cobertizo. En los rincones, la oscuridad parecía cerrarse, avanzando y retrocediendo según las oscilaciones de las pequeñas y pálidas luces. La sombra de la passarola se movía sobre la pared blanca. Estaba la noche caliente. Por la puerta abierta, sobre el tejado del palacio frontero, se veían estrellas en el cielo ya cóncavo. El cura salió al patio, aspiró profundamente el aire, luego contempló el camino luminoso que atravesaba la bóveda celeste de un lado a otro, el camino de Santiago, si es que los ojos de los peregrinos, de tanto mirar al cielo, no dejaron en él su propia luz, Dios es uno en esencia y en persona, gritó Bartolomeu Lourenço súbitamente. Se asomaron Blimunda y Baltasar a la puerta para saber qué grito era aquél, no es que les extrañaran las declamaciones del cura, pero así, fuera, clamando violento contra el cielo, nunca había ocurrido. Hubo una pausa, pero los grillos no interrumpieron su chirriar, y luego se alzó otra vez la voz, Dios es uno en esencia y trino en persona. Nada había ocurrido antes, nada ocurrió ahora. Bartolomeu Lourenço volvió al cobertizo y dijo a los otros, que lo seguían, He hecho dos afirmaciones contrarias entre sí, respondedme, cuál es la verdadera según vosotros, No sé, dijo Baltasar, Tampoco yo, dijo Blimunda, y el cura repitió, Dios es uno en esencia y en persona, Dios es uno en esencia y trino en persona, dónde está la verdad, dónde está la falsedad, No sabemos, respondió Blimunda, y no entendemos esas palabras, Pero crees en la Santísima Trinidad, en el Padre, en el Hijo y en el Espíritu Santo, hablo de lo que enseña la Santa Madre Iglesia, no de lo que dijo el

209

italiano, Creo, Entonces, Dios, para ti, es trino en persona, Pues será, Y si yo te digo ahora que Dios es una sola persona, que era Él solo cuando creó el mundo y los hombres, lo creerás, Si me dice que es así, lo creo, Te digo sólo que creas lo que ni yo mismo sé, pero de estas palabras mías no hables con nadie y tú, Baltasar, qué piensas, Desde que empecé a construir la máquina de volar he dejado de pensar en estas cosas, tal vez Dios sea uno, quizá sea tres, puede muy bien ser cuatro, la diferencia no se nota, puede que Dios sea el único soldado vivo de un ejército de cien mil, por eso es al mismo tiempo soldado, capitán y general, y también manco, como me explicó ya, y eso, sí, lo creo, Pilatos le preguntó a Jesús qué era la verdad, y Jesús no respondió, Quizá fuera aún muy pronto para saberlo, dijo Blimunda, y fue a sentarse con Baltasar en una piedra al lado de la puerta, la misma piedra donde a veces se quitaban los piojos, ahora le liberó ella de las correas que prendían el gancho, luego le puso el muñón en el regazo para aliviarle de aquel grande e irreparable dolor.

Et ego in illo, dijo el padre Bartolomeu Lourenço en el cobertizo, pregonaba así el tema del sermón, pero hoy no buscaba efectos de voz, los trémulos rodados que conmoverían a los oyentes, la instancia de las inyunciones, la suspensión insinuante. Decía las palabras que había escrito, y otras que de improviso le venían ahora a la mente, y éstas negaban a aquéllas, o las ponían en duda, o hacían que expresaran sentidos diferentes, Et ego in illo, sí, y yo estoy en él, yo Dios, en el hombre, en mí, que soy hombre, estás tú, que eres Dios, Dios cabe dentro del hombre, pero cómo puede Dios caber en el hombre si es inmenso Dios y el hombre tan pequeña parte de sus criaturas, la respuesta es que queda Dios en el hombre por el sacramento, claro está, clarísimo, pero, quedando en el hombre por el sacramento, es preciso que el hombre lo tome, y así Dios no queda en el hombre cuando quiere, sino cuando el hombre lo desea tomar, de lo que se deduce que de algún modo el Creador se hizo criatura del hombre, ah, pero entonces grande fue la injusticia que se cometió contra Adán, dentro de quien no moró Dios porque aún no había sacramento, y Adán bien podrá argüir contra Dios que, por un solo pecado, le prohibió para siempre el árbol de la Vida y le cerró para siempre las puertas del paraíso, al paso que los descendientes del mismo Adán, con tantos y más terribles pecados, tienen a Dios en sí y comen del árbol de la Vida sin ninguna duda o impedimento, si a Adán castigaron por querer ser semejante a Dios, como tienen ahora los hombres a Dios dentro de sí y no son castigados, o no lo quieren recibir y castigados no son, que tener y no querer tener a Dios dentro de sí es el mismo absurdo, la misma imposibilidad, y, sin embargo, Et ego in illo, Dios está en mí, o en mí no está Dios, cómo podré encontrarme en esta selva de sí y no, de no que es sí, del sí que es no, afinidades contrarias, contrariedades afines, cómo atravesaré a salvo sobre el filo de la navaja, ahora bien, resumiendo, antes de haberse hecho hombre Cristo, Dios estaba fuera del hombre y no podía estar en él, después, por el sacramento, pasó a estar en él, así el hombre es casi Dios, o será en definitiva el mismo Dios, sí, sí, si en mí está Dios, yo soy Dios, Dios nosotros, él yo, yo él, Durus est hic sermo, et quis potest eum audire.

La noche iba refrescando. Blimunda se había quedado dormida con la cabeza apoyada en el hombro de Baltasar. Más tarde, él la llevó adentro, se acostaron. El cura salió al patio, estuvo allí toda la noche, de pie, mirando al cielo y murmurando en tentación.

Pasados unos meses, un fraile consultor del Santo Oficio, en su censura del sermón, escribió que, por tal papel, quedaban deudores al autor de más aplausos que censuras, de más admiraciones que dudas. Alguna sombra de incomodidad habrá experimentado este fray Manuel Guilherme, al tiempo que iba aprobando las admiraciones y reconociendo los aplausos, algún humillo herético le habrá pasado por la pituitaria para no conseguir acallar así los sustos y las dudas que la lectura del sermón le habría provocado en su piadoso espulgar. Y otro reverendo padre maestro, Dom Antonio Caetano de Sousa, llegada que le fue la vez de leer y censurar, confirma que el papel nada contiene contra la santa fe o las buenas costumbres, no muestra las dudas y los sustos que parece haber provocado en primera instancia, y, por argumento conclusivo, encarece las atenciones con que la corte por extenso distingue al doctor Bartolomeu Lourenço de Gusmão, blanqueando así por vía palaciega negruras doctrinales quizá exigentes de más hondo desbaste. Pero, la palabra última vendrá dada por el padre fray Boaventura de São Gião, censor de palacio, que, después de excederse en loores y pasmos, remata que sólo la voz del silencio podría ser mejor expresión de sus voces, que, dice él, suspensas quedarían más atentas, y enmudecidas, más reverentes. Caso es para preguntarnos, nosotros, que de la verdad conocemos la parte mayor, qué otras atronadoras voces o más terribles silencios responderían a las palabras que las estrellas oyeron en la quinta del duque de Aveiro, mientras Baltasar y Blimunda, cansados, dormían, y la passarola, en la oscuridad del chamizo, forzaba todos sus hierros para entender lo que estaba diciendo allá fuera su creador.

Tres, si no cuatro, vidas diferentes tiene el padre Bartolomeu Lourenço, y una sólo cuando duerme, que incluso soñando diversamente no sabe destrenzar, despierto ya, si en el sueño fue el cura que sube al altar y dice canónicamente la misa, si el académico tan estimado que va de incógnito el rey a oír su sermón tras un repostero, en el vano de la puerta, si el inventor de la máquina de volar o de los varios modos de achicar sin gente las naos que hacen agua, si ese otro hombre conjunto, lleno de miedos y de dudas, que es predicador en la iglesia, erudito en la academia, cortesano en palacio, visionario y hermano de gente mecánica y plebeya en San Sebastián da Pedreira, y que vuelve ansiosamente al sueño para reconstruir una frágil, precaria unidad, fragmentada apenas se abren sus ojos, que ni precisa estar en ayunas como Blimunda. Había abandonado la lectura consabida de los doctores de la Iglesia, de los canonistas, de las formas variantes de la escolástica sobre esencia y persona como si tuviera ya extenuada el alma de palabras, pero como el hombre es el único animal que habla y lee, cuando le enseñan, aunque entonces le falten aún muchos años para ascender a hombre, examina por menudo y estudia el padre Bartolomeu Lourenço el Viejo Testamento, sobre todo los cinco primeros libros, el Pentateuco, por los judíos llamado Tora, y el Corán. Dentro del cuerpo de cualquiera de nosotros podría Blimunda ver los órganos, y también las voluntades, pero no puede leer los pensamientos, ni ella los entendería, ver a un hombre pensando, como en un pensamiento solo, tan opuestas y enemigas verdades, y con eso no perder el juicio, ella si lo viera, él porque tal piensa.

La música es otra cosa. Domenico Scarlatti trajo a la quinta un clavicordio, no cargó él con el instrumento, sino dos faquines, a palo, cuerda, almohadilla y mucho sudor en la frente, desde la Rua Nova dos Mercadores donde fue comprado, hasta San Sebastián da Pedreira donde sería oído, vino Baltasar con ellos para indicar el camino, otra ayuda no le pidieron, que este transporte no se hace sin ciencia y arte, distribuir el peso, combinar las fuerzas como en la pirámide de la Danza da Bica, aprovechar el mollejo de cuerdas y palo para afirmar el paso, secretos del oficio que valen tanto como los otros, y cree cada cual que los del suyo son máximos. Los gallegos dejaron el clavicordio fuera del portalón, sólo faltaba que vieran la máquina de volar, y lo llevaron al cobertizo, con gran esfuerzo, Baltasar y Blimunda, no tanto por el peso, como porque les faltaban arte y ciencia, sin contar con que las vibraciones de las cuerdas parecían quejas lastimeras que les oprimían el corazón, también dubitativo y asustado de tan extrema fragilidad. Aquella misma tarde vino Domenico Scarlatti, se sentó a afinar el clavicordio mientras Baltasar trenzaba mimbre y Blimunda cosía lonas, trabajos silenciosos que no perturbaban la obra del músico. Y, afinado ya el instrumento, ajustadas las combas que el transporte había desacordado, comprobadas las plumas de pato una a una, Scarlatti empezó a tocar, primero dejando correr los dedos sobre las teclas, como si las liberara de sus prisiones, luego organizando los sonidos en pequeños segmentos, como si eligiera entre el bueno y el errado, entre la forma repetida y la forma perturbada, entre la frase y su corte, articulando al fin en discurso nuevo lo que antes había parecido contradictorio y fragmentario. De música sabían poco Baltasar y Blimunda, la salmodia de los frailes, raramente la estridencia operativa del Te Deum, tonadas populares, campesinas y urbanas, cada cual las suyas, pero nada que se pareciera a estos sonidos que el italiano extraía del clavicordio, que parecían unas veces un juguete infantil y otras una represión colérica, tanto parecían divertirse los ángeles como enfadarse Dios.

Al cabo de una hora se levantó Scarlatti del clavicordio, lo cubrió con una lona y dijo luego, hablando con Baltasar y Blimunda, que habían interrumpido su trabajo, Si la passarola del padre Bartolomeu de Gusmão llega a volar un día, me gustaría ir en ella y tocar en el cielo, y Blimunda respondió, Si vuela la máquina, todo el cielo será música, y Baltasar, acordándose de la guerra, Si no es infierno todo el cielo. No saben estos dos leer ni escribir, y, pese a ello, dicen cosas como éstas, imposibles en tal tiempo y lugar, si todo tiene su explicación, busquemos ésta, y si ahora no la encontramos, otro día será. Muchas veces volvió Scarlatti a la quinta del duque de Aveiro, no siempre tocaba, pero en ciertas ocasiones pedía que no se interrumpieran los trabajos ruidosos, la fragua rugiendo, el mazo retumbando en el yunque, el agua hirviendo en la tinaja, apenas se oía el clavicordio en medio de aquel gran clamor del cobertizo, y sin embargo el músico encadenaba serenamente su música, como si lo rodeara el gran silencio del espacio donde deseaba tocar un día.

Busca cada cual, por su propio camino, la gracia, sea ella lo que fuere, un simple paisaje con un poco de cielo encima, una hora del día o de la noche, dos árboles, tres si son los de Rembrandt, un murmullo, véase este cura que anda sacando de sí a un Dios y poniendo otro sin saber qué provecho habrá en el cambio, y, si provecho hay, quién se va a aprovechar al fin de él, véase este músico que no sabría componer otra música que no sea ésta, que no estará vivo de aquí a cien años para oír la primera sinfonía del hombre, erradamente llamada Novena, véase a este soldado manco que, por ironía del azar, es fabricante de alas, sin haber pasado nunca de la infantería, alguna vez sabe el hombre lo que le espera, éste menos que cualquier otro, véase esta mujer de ojos excesivos, que ha nacido para descubrir voluntades, no pasaban de menudencias e insignificancias sus demostraciones de tumor, feto estrangulado y moneda de plata, ahora sí, ahora se verán las obras mayores de su destino, cuando el padre Bartolomeu Lourenço llegue a la quinta de San Sebastián da Pedreira y diga, Blimunda, está Lisboa atormentada por una peste, muere gente en todas las casas, creo que no vamos a tener mejor ocasión de recoger las voluntades de los moribundos, si aún las conservan, pero mi deber es decirte que correrás grandes peligros, no vayas si no quieres, ni yo te obligaría aunque obligarte estuviera en mi mano, Qué enfermedad es ésa, Dicen que fue traída por una nave del Brasil y que se manifestó primero en Ericeira. Está cerca mi tierra, dijo Baltasar, y el cura respondió, No hay noticia de que haya muerto gente en Mafra, pero, sobre la enfermedad, por las señales, es vómito negro o fiebre amarilla, el nombre poco importa, el caso es que mueren como tordos, qué decides tú, Blimunda. Se levantó Blimunda del desmochado donde estaba sentada, alzó la tapa del arca y de allí dentro sacó el frasco de vidrio, cuántas voluntades habría allí, tal vez unas cien, casi nada para lo que necesitaban, e incluso así había sido una larga y difícil caza, mucho ayuno, a veces perdida en un laberinto, dónde está la voluntad, que no la veo, sólo vísceras y huesos, la red agónica de los nervios, el mar de sangre, la comida pastosa en el estómago, el excremento final, Irás, preguntó el cura, Iré, respondió ella, Pero no sola, dijo Baltasar.

Al día siguiente, muy temprano, estaba el día de lluvia, salieron Blimunda y Baltasar de la quinta, ella en ayuno natural, él llevando en la alforja el sustento de ambos, para cuando, por la extenuación del cuerpo o por llevar una recogida satisfactoria, ya Blimunda pudiera o tuviera que alimentarse. Durante muchas horas de ese día no verá Baltasar el rostro de Blimunda, ella siempre delante, avisando si tiene que volverse, es un extraño juego el de estos dos, ni uno quiere ver ni el otro quiere ser visto, parece tan fácil y sólo ellos saben cuánto les cuesta no mirarse. Por eso, acabando el día, cuando Blimunda ya haya comido y sus ojos regresen a la común humanidad, Baltasar podrá sentir despertar su propio y entorpecido cuerpo, menos cansado de la caminata que de no ser mirado.

Pero antes ha visitado Blimunda a los agonizantes. A donde llega la reciben con loores y gratitud, ni le preguntan si es parienta o amiga, si vive en aquella misma calle o en otro barrio, y como esta tierra está tan ejercitada en obras de misericordia, a veces ni en ella reparan, se ha llenado el cuarto del enfermo, está lleno el corredor, la escalera es un sube y baja, un remolino, el cura que dio o va a dar la extremaunción, el médico si valió la pena llamarlo y había con qué pagarle, el sangrador que va de casa en casa afilando las navajas, y nadie se fija si entra o sale una ladrona, con su frasco de vidrio envuelto en paños, pegado en el fondo de él el ámbar amarillo al que las hurtadas voluntades se quedan pegadas como pájaros a la liga. Entre San Sebastián da Pedreira y la Ribeira entró Blimunda en treinta y dos casas, cogió veinticuatro nubes cerradas, en seis enfermos ya no las había, tal vez las hubieran perdido mucho tiempo atrás, y las otras dos estaban tan agarradas al cuerpo que, probablemente, sólo la muerte sería capaz de arrancarlas de allí. En otras cinco casas que visitó ya no había ni voluntad ni alma, sólo el cuerpo muerto, algunas lágrimas y muchos gritos.

Por todas partes quemaban romero para alejar la epidemia, en las calles, en las entradas de las casas, principalmente en los cuartos de los enfermos, quedaba el aire azulado de humo, y oloroso, que no parecía aquella fétida ciudad de los días saludables. Buscaban todos lenguas de San Pablo, que son piedras con aspecto de lengua de pájaro, encontradas en las playas que de São Paulo van hasta Santos, será por la santidad propia de los lugares o por la santificación que los nombres les dan, lo que todos saben es que tales piedras, y otras, redondas, del tamaño de garbanzos, son de soberana virtud contra las fiebres malignas precisamente, porque, siendo hechas de sutilísimo polvo, pueden mitigar el excesivo calor, aliviar las arenas, y a veces provocar sudor. El mismo polvo, resultante de la molienda de las piedras, es conclusivo contra el veneno, cualquiera que sea y cualquiera que haya sido la forma de administración, máxime en caso de mordedura de bicho venenoso, basta colocar la lengua de San Pablo o el garbanzo sobre la herida, y en un instante absorbe el veneno. Por eso se llama también a estas piedras ojos de víbora.

Con todo esto, parece imposible que aún muera gente, habiendo tanto remedio y tanta salvaguarda, alguna irreparable falta a los ojos de Dios habrá cometido Lisboa para que mueran en esta epidemia cuatro mil personas en tres meses, lo que representa más de cuarenta cadáveres por enterrar cada día. Quedaron las playas sin piedras y calladas las lenguas de los que murieron, impedidos éstos de explicar que tal farmacia no iba a curarlos. Pero, aunque lo dijeran, eso mismo demostraría su impenitencia, pues no debía ser causa de asombro que curaran las piedras fiebres malignas sólo por reducirse a polvo y mezclarse en el cordial o en caldo, cuando tan divulgado fue lo acontecido con la madre Teresa de la Anunciación, que cuando estaba haciendo pastelillos y faltándole azúcar, la mandó pedir a una religiosa de otro monasterio, y habiendo contestado ésta que no valía la pena que se la mandara, pues era de mala calidad, quedó la madre en aflicción extrema, y qué voy a hacer ahora con mi vida, pues haré caramelos, que es obra menos fina, entendámonos bien, no fue con su propia vida con lo que hizo los caramelos, fue con azúcar, pero en cuanto ésta tomó el punto respectivo, se abatió tanto y quedó tan amarilla que más parecía resina que dulzor aprovechable, ay qué aflicción, a quién voy a reclamar, volvióse la madre al Señor y lo puso ante sus responsabilidades, el método suele resultar, recordemos lo de San Antonio y las lámparas de plata, Vos, Señor, sabéis muy bien que no tengo más azúcar ni de donde me venga, la obra no es mía, sino vuestra, disponed vos como bien entendáis, la virtud la pondréis vos, no yo, y habiendo dicho esto, recordando que quizá no bastara con la intimación, cortó una parte de la cuerda que el Señor llevaba en la cintura y la echó al tacho, y dicho y hecho, empieza el azúcar, de amarillenta y abatida, a volverse blanca y alzada, y de allí se hicieron caramelos como en tiempo alguno se había visto en toda la historia de los monasterios. Ya ven. Y si hoy no siguen haciéndose milagros de esta confitería es porque se le acabó la cuerda al Señor, partida en pedacitos y distribuida por cuantas congregaciones había de monjas confiteras, son tiempos que no volverán jamás.

Cansados de la caminata, de tanto subir y bajar escaleras, se recogieron Blimunda y Baltasar en la quinta, siete mortecinos soles, siete pálidas lunas, ella sufriendo de una insoportable náusea, como si volviera del campo de batalla, de ver mil cuerpos destrozados por la artillería, y él, si quisiera adivinar lo que vio Blimunda, le bastaría reunir en un solo recuerdo la guerra y el matadero. Se acostaron, y aquella noche no se quisieron sus cuerpos, no tanto por fatiga, que bien sabemos hasta qué punto es tantas veces buena consejera de los sentidos, sino por algo así como una consciencia excesiva de los órganos internos, como si éstos se les hubieran salido de la piel, tal vez sea difícil de explicar, pues es con la piel como los cuerpos se conocen, reconocen y aceptan, y si ciertas profundas penetraciones, ciertos íntimos contactos son entre mucosa y piel, casi no se nota la diferencia, es como si se hubiera buscado y encontrado una piel más remota. Duermen los dos, cubiertos por una manta vieja, ni se desnudaron, causa admiración ver tan grande empresa entregada a dos vagabundos, peor ahora, que ya se les ha apagado la lozanía de la juventud, son como piedras de fundamentos, sucias de tierra que refuerzan, y también como ellas aplastados bajo el peso de lo que ha de venir. La luna, esa noche, nació tarde, estaban durmiendo y no la vieron, pero su luz entró por las rendijas, recorrió lentamente todo el chamizo, la máquina de volar, y, al pasar, iluminó el frasco de vidrio, distintamente se veían dentro de él las nubes cerradas, quizá porque nadie estaba mirando, quizá porque la luz de la luna sea capaz de mostrar lo invisible.

Quedó el padre Bartolomeu Lourenço satisfecho con el lance, era el primer día, mandados así, a la ventura, en medio de una ciudad afligida por la enfermedad y el luto, ahí hay veinticuatro voluntades para asentar en el papel. Pasado un mes, calcularán haber guardado en el frasco un millar de voluntades, fuerza de elevación que el cura suponía suficiente para una esfera, con lo que entregó un segundo frasco a Blimunda. Ya en Lisboa se hablaba mucho de aquella mujer y de aquel hombre que recorrían la ciudad de punta a punta, sin miedo a la epidemia, él atrás, ella delante, siempre silenciosos, en las calles por donde andaban, en las casas donde no se entretenían más que un momento, ella bajando los ojos cuando tenía que pasar ante él, y si el caso, repetido todos los días, no causó mayores sospechas ni extrañeza, fue porque empezó a correr la noticia de que estaban cumpliendo una penitencia, patraña inventada por el padre Bartolomeu Lourenço cuando se oyeron las primeras murmuraciones. Con un poco más de imaginación habría hecho de la misteriosa pareja dos enviados del cielo, propiciatorios de un buen final para los moribundos, refuerzo de la extremaunción, quizá debilitada por el uso continuado. Un nada basta para deshacer reputaciones, un casi nada las hace y rehace, la cuestión es encontrar el camino cierto para la credulidad o para el interés de los que van a ser eco inocente o cómplice.

Cuando la epidemia terminó, ya iban rareando los casos mortales y de repente empezó la gente a morir de otra cosa, había ya en los frascos dos mil voluntades. Entonces enfermó Blimunda. No tenía dolores, fiebre no se le notaba, sólo una extrema delgadez, una palidez profunda que daba transparencia a su piel. Yacía en el jergón, con los ojos siempre cerrados, noche y día, pero no como si durmiera o reposara, sino con los párpados crispados y una expresión de agonía en el rostro. Baltasar no salía de su lado, a no ser para preparar la comida o para satisfacer necesidades expulsorias del cuerpo, que no quedaba bien hacerlo allí mismo. El padre Bartolomeu Lourenço, sombrío, se sentaba en el tronco y permanecía horas allí. De vez en cuando parecía rezar, pero nadie pudo nunca comprender las palabras que murmuraba y a quién las dirigía. Dejó de oírlos en confesión, y dos veces que Baltasar, sintiéndose obligado, hizo vaga mención a pecados que, por acumularse, se van olvidando, respondió que Dios ve en los corazones y no necesita que alguien absuelva en su nombre, y si los pecados son tan graves que no deben pasar sin castigo, éste vendrá por el camino más corto, si el mismo Dios lo quiere, o serán juzgados en lugar propio, cuando llegue el fin de los tiempos, si, entre tanto, las buenas acciones no han compensado por sí mismas las malas, pudiendo ocurrir también que acabe todo en un perdón general o en universal castigo, sólo está por saber quién ha de perdonar a Dios o castigarlo. Pero, mirando a Blimunda, consumida y retirada del mundo, el cura se mordía las uñas, se arrepentía de haberla mandado a las instancias vecinas de la muerte con tanta continuidad que su vida tendría que padecer, como se estaba viendo, esa otra tentación de pasar al lado de allá, sin ningún dolor, sólo como quien renuncia a la seguridad de las orillas del mundo y se deja ir al fondo.

Todas las noches, el cura, cuando volvía a la ciudad por caminos oscuros y senderos que bajaban hacia Santa Marta y Valverde, se ponía a desear, medio delirante, que le saliesen facinerosos al camino, quizá el mismo Baltasar, con la espada herrumbrosa y el espigón mortal, para vengar a Blimunda, y así acabaría todo. Pero Sietesoles, a esa hora, estaba ya acostado, cubría a Sietelunas con el brazo sano y murmuraba, Blimunda, y entonces el nombre atravesaba un ancho y oscuro desierto lleno de sombras, tardaba mucho tiempo en llegar a su destino, y luego, al regresar, las sombras penosamente apartadas, los labios se movían dificultosamente, Baltasar, allá fuera se oía el rumor de las ramas de los árboles, a veces el grito de un ave nocturna, bendita seas tú, noche, que cubres y proteges lo bello y lo feo con la misma capa indiferente, noche antiquísima e idéntica, ven. Cambiaba la cadencia de la respiración de Blimunda, señal de que se había quedado dormida, y Baltasar, extenuado por la ansiedad, podía también entrar en el sueño para reencontrar la risa de Blimunda, qué sería de nosotros si no soñásemos.

Muchas veces, durante la enfermedad, si enfermedad fue, si no fue sólo un largo regreso de la propia voluntad, refugiada en confines inaccesibles del cuerpo, muchas veces vino Domenico Scarlatti, primero sólo para visitar a Blimunda, para informarse de la mejoría que tardaba, después demorándose en la conversación con Sietesoles, y un día retiró la lona que cubría el clavicordio, se sentó y empezó a tocar, blanda, suave música que apenas osaba desprenderse de las cuerdas levemente heridas, vibraciones sutiles de insecto alado que, inmóvil, flota y de pronto pasa de una altura a otra, arriba abajo, no tiene esto nada que ver con los movimientos de los dedos sobre las teclas, como si unos a otros se anduvieran persiguiendo, no nace de ellos la música, cómo podría nacer de ellos si el teclado tiene una primera tecla y una última tecla, y la música no tiene ni fin ni principio, viene de este más allá que está a mi mano izquierda, y va a aquel otro que está a mi mano derecha, al menos la música tiene dos manos, no es como ciertos dioses. Quizá era ésta la medicina que Blimunda esperaba, o, dentro de ella, se esperase, que cada uno de nosotros conscientemente sólo espera lo que conoce, lo que para cada caso nos dijeron que era de utilidad, una sangría si la debilidad no fuera tanta, una lengua de San Pablo si la epidemia no hubiera dejado las playas escudriñadas, unas bayas de alquequenje, una raíz de cardo corredor, el elixir del Francés, si no fuera todo esto un inocente revoltijo que de bueno sólo tiene el no hacer ningún mal. No esperaría Blimunda que, oyendo la música, el pecho se le dilatase tanto, un suspiro así, como de quien muere o de quien nace, se inclinó Baltasar sobre ella temiendo que allí acabara quien, no obstante, estaba regresando. Aquella noche Domenico Scarlatti se quedó en la quinta, y tocó horas y horas, hasta la madrugada, ya Blimunda tenía los ojos abiertos, le fluían despacio las lágrimas, si hubiera aquí un médico diría que así purgaba los humores del nervio óptico ofendido, tal vez tuviera razón, quizá las lágrimas no sean más que eso, el alivio de una ofensa.

Durante una semana, todos los días, sufriendo el viento y la lluvia por los caminos encharcados de San Sebastián da Pedreira, fue el músico a tocar dos, tres horas, hasta que Blimunda tuvo fuerzas para levantarse, se sentaba junto al clavicordio, pálida aún, rodeada de música como si se sumergiera en un profundo mar, diremos nosotros, que ella nunca por ahí navegó, su naufragio fue otro. Después, la salud volvió de prisa, si es que realmente había faltado. Y, no regresando el músico, por discreto, o retenido al fin por sus obligaciones de maestro de capilla real, acaso descuidadas, y por las lecciones de la infanta, ésta seguramente nada quejosa de las ausencias, Baltasar y Blimunda echaron en falta al padre Bartolomeu Lourenço, y eso les inquietó. Una mañana, habiéndose aliviado el mal tiempo, bajaron a la ciudad, ahora uno al lado del otro, y, mientras iban hablando, podía Blimunda mirar a Baltasar y no ver más que él, afortunadamente, para alivio de ambos. La gente que encontraban en su camino eran arcas cerradas, cofres con candado, si por fuera sonreían o mostraban mala cara, era igual, el mirador no debe saber de aquel a quien mira más que el mismo mirado. Por eso Lisboa parecía tan quieta, pese a los pregones de las calles, las riñas de vecindad, los distintos sones de campanas, las oraciones gritadas ante las hornacinas, una trompeta a lo lejos, un redoble de tambor, un cañonazo de partida o llegada de naves del Tajo, la letanía y la campanilla de los frailes mendicantes. Quien tenga voluntad que la guarde y que la use, quien no la tenga, que se aguante, Blimunda no quiere saber más de cuentos, ya tiene su cuenta en la quinta del duque, sólo ella sabe lo que le costó.

El padre Bartolomeu Lourenço no estaba en casa, quizá haya ido al palacio, dijo la viuda del macero, o a la Academia, Si quieren dejar algún recado, pero Baltasar respondió que no, que volverían más tarde o se quedarían por la plaza a su espera. Al fin, hacia el mediodía, apareció el cura, enflaquecido por otra especie de enfermedad, por otras visiones, y, contra su costumbre, con el traje arrugado, como si hubiera dormido con él. Viéndolos allí, a la puerta de la casa, sentados en un poyo, se cubrió la cara con las manos, pero pronto las retiró y fue hacia ellos como si acabara de salvarse de un gran peligro, no este que parecía por sus primeras palabras, He pasado todo este tiempo esperando que viniera Baltasar para matarme, pensaríamos que temía por su vida, y no era verdad, No se haría justicia más justa contra mí,

227

Blimunda, si te hubieras muerto, El señor Escarlata sabía que estaba mejor, No quise ir a verlo, y cuando él me vino a ver, inventé mil pretextos para no recibirlo, y esperé mi destino, El destino llega siempre, dijo Baltasar, el que no muriera Blimunda fue mi y nuestro buen destino, y qué vamos a hacer ahora, si se ha ido ya la enfermedad, si están recogidas las voluntades, si está acabada la máquina, si no hay más hierro por batir, ni lonas que coser y embrear, ni mimbres que trenzar, si con el ámbar amarillo que tenemos se podrán hacer tantas bolas como alambres se cruzan en el techo, si está dispuesta la cabeza del ave, que no es gaviota, pero se parece, si en fin se ha terminado ya nuestro trabajo, cuál va a ser su destino y el nuestro, padre Bartolomeu Lourenço. El cura se puso aún más pálido, miró alrededor como si temiera que alguien estuviese oyendo, luego respondió, Tendré que informar al rey de que la máquina está construida, pero antes tenemos que probarla, no quiero que vuelvan a reírse de mí como hicieron hace quince años, y ahora volved a la quinta, que ya iré por allí un día de éstos.

Se alejaron los dos algunos pasos, luego se paró Blimunda, Está usted enfermo, padre Bartolomeu Lourenço, tiene la cara blanca, ojeras, ni siquiera le ha alegrado la noticia, Sí me alegró, Blimunda, me alegró, pero las noticias del destino son siempre medias noticias, lo que vale es lo que viene mañana, el hoy es siempre nada, Dénos su bendición, padre, No puedo, no sé en nombre de qué Dios os la iba a dar, bendecíos el uno al otro, eso basta, ojalá todas las bendiciones fuesen como ésa.

Dicen que anda el reino mal gobernado, que no hay justicia, y no comprenden que la justicia está como debe estar, con su venda en los ojos, su balanza y su espada, qué más quisiéramos, y era lo que faltaba, que ser los tejedores de la venda, contrastar las pesas y bruñir la espada, constantemente remendando los agujeros, restituyendo las pérdidas de peso, pasando el filo por la muela y, en definitiva, preguntando al ajusticiado si va contento de la justicia que le hacen, ganado o perdido el pleito. De los juicios del Santo Oficio no se habla aquí, que ése tiene los ojos bien abiertos, en vez de balanza, una rama de olivo, y una espada afilada que hace que la otra parezca roma y mellada. Hay quien cree que la ramita es oferta de paz, cuando está muy claro que se trata del primer garrancho de la futura hoguera, o te corto, o te quemo, por eso, puestos a faltar a la ley, más vale apuñalar a la mujer, por sospecha de infidelidad, que no honrar a los fieles difuntos, la cuestión es tener padrinos que disculpen el homicidio y mil cruzados que poner en la balanza, que para eso la lleva en la mano la justicia. Castíguese a los negros, y a los villanos, para que no se pierda el valor del ejemplo, pero hónrese a la gente de bien y de bienes, sin exigirle que pague las deudas contraídas, que renuncie

a la venganza, que enmiende el odio, y, corriendo pleitos, por no poderse evitar del todo, vengan embrollos,
trapacerías, apelaciones, pragmáticas, amaños y evasivas,
para que venza tarde quien por justa justicia debiera vencer pronto, para que tarde pierda quien debiera perder
de inmediato. Y, entre tanto, se van ordeñando las ubres
de la buena leche que es el dinero, requesón precioso,
supremo queso, manjar de alguaciles y procuradores, de
abogados y fiscales, de testigos y juzgadores, si falta alguien es porque lo olvidó el padre Antonio Vieira y no lo
recuerda ahora. Éstas son las justicias visibles. De las invisibles, lo menos que se podría decir es que son ciegas y
desastradas, como quedó definitivamente demostrado
con el naufragio del barco en el que venían de cazar de la
otra orilla del Tajo el infante Don Francisco y el infante
Don Miguel, hermanos ambos del rey, vino sobre ellos,
sin avisar, una racha de viento y viró la vela, el caso fue
que murió ahogado Don Miguel y se salvó Don Francisco, cuando en honrada justicia debería de ser lo contrario, conocidas como son las maldades de éste, intentando extraviar a la reina, codiciando el trono del rey,
disparando contra los marineros, al paso que del otro no
constan, o son inferiores en calidad. Pero no debemos
juzgar con liviandad, quién sabe si no se arrepintió ya
Don Francisco, quién sabe si no habrá pagado Don Miguel con la vida el haber puesto cuernos al patrón de la
barca, o revolcarle a la hija, que la historia de las familias
reales está llena de acciones de éstas.

Lo que sí se ha sabido al fin es que el rey ha perdido
el pleito en que andaba, no él en persona, sino la corona,
con el duque de Aveiro, desde mil seiscientos cuarenta,

durante más de ochenta años metidas en tribunales las dos casas, la casa de Aveiro y la casa real, y no se trataba de un quitamealláesaspajas, no era cuestión de aguas o servidumbres, doscientos mil cruzados de renta, imagínense, tres veces los derechos que el rey cobra por los negros que van a las minas del Brasil. Al fin siempre hay justicia en este mundo, y, por haberla, va a tener el rey que restituir ahora al duque todos sus bienes, incluyendo la quinta de San Sebastián da Pedreira, llave, pozo, pomar y palacio, que al padre Bartolomeu Lourenço poco importan, lo peor es el chamizo de los aperos. Pero no vienen juntos todos los males, ha llegado la sentencia en buen tiempo, pues está rematada y dispuesta la máquina de volar, ya puede dar cuenta al rey, que tantos años esperó sin que se alterase su real paciencia, siempre afable de modos, siempre benévolo, pero ahora está el cura en aquella conocida situación del creador que no sabe separarse de su criatura, del soñador que va a perder su sueño, Cuando vuele la máquina, qué voy yo a hacer luego, cierto es que no le faltan ideas de invención, el carbón hecho de barro y zarzas, un nuevo sistema de molienda para los ingenios de azúcar, pero la passarola era su suprema invención, jamás habrá alas que igualen a éstas, excepto, las más poderosas de todas, las que nunca fueron sometidas a prueba de vuelo.

En San Sebastián da Pedreira, Baltasar y Blimunda quieren saber qué rumbo han de dar a la vida, que no tardarán los criados del duque de Aveiro en tomar posesión de la finca, Lo mejor sería que nos volviéramos a Mafra. Pero el padre dice que no, que hablará al rey un día de éstos, se probará entonces la máquina, y, si todo va

231

bien, como espera, para todos habrá gloria y provecho, la fama llevará a todas las partes del mundo la noticia de la hazaña portuguesa, y con la fama vendrá la riqueza, Lo que sea mío es de los tres, que sin tus ojos, Blimunda, no habría passarola, ni sin tu mano derecha y tu paciencia, Baltasar. Pero el cura anda inquieto, se diría que no cree en lo que dice, o tiene lo que dice tan poco valor que no le alivia otras inquietudes, por eso Blimunda pregunta, en voz muy baja, es de noche, la fragua está apagada, la máquina sigue aún allí pero parece ausente, Padre Bartolomeu Lourenço, de qué tiene miedo, y el cura, así interpelado directamente, se estremece, se levanta agitado, va hasta la puerta, mira hacia fuera, y, habiendo vuelto, responde en voz baja, Del Santo Oficio. Se cruzan las miradas de Blimunda y Baltasar, y él dice, No es pecado, que yo sepa, querer volar, ni herejía, hace aún quince años hizo volar un globo en palacio, y de eso no le vino ningún mal, Un globo no es nada, respondió el cura, pero si vuela ahora la máquina, tal vez el Santo Oficio considere que hay en ello arte demoníaca, y cuando quieran saber qué partes hacen navegar la máquina por los aires, no podré responderles que hay voluntades humanas dentro de las esferas, para el Santo Oficio no hay voluntades, hay sólo almas, dirán que tenemos presas a las almas cristianas, impidiéndoles así subir al paraíso, bien sabéis que, en queriendo el Santo Oficio, son malas todas las razones buenas, y buenas todas las razones malas, y cuando unas y otras falten, allá están los tormentos del agua y del fuego, del potro y de la polea, para hacerlas nacer de la nada a discreción, Pero, estando el rey de nuestro lado, el Santo Oficio no va a ir contra el gusto y la voluntad de su majestad. El rey, siendo el caso dudoso, sólo hará lo que el Santo Oficio le diga que haga.

Volvió Blimunda a preguntar, De qué tiene más miedo, padre Bartolomeu Lourenço, de lo que pueda ocurrir o de lo que está ocurriendo, Qué quieres decir, Que quizá ya se esté acercando el Santo Oficio como se aproximó a mi madre, que conozco muy bien las señales, es como un aura que envuelve a quienes se han vuelto sospechosos a los ojos de los inquisidores, aún no saben de qué van a ser acusados y ya parecen culpables, Yo sí sé de qué me acusarán, si llega mi hora, dirán que me he convertido al judaísmo, y es verdad, dirán que me entrego a hechicerías, y es también verdad si hechicería es esta passarola y otras artes en las que no paro de meditar, y con lo que acabo de decir estoy en vuestras manos y perdido estaré si me denunciáis. Dijo Baltasar, Pierda yo la otra mano si tal hago. Dijo Blimunda, Si tal hago, que no pueda cerrar los ojos nunca y que siempre vean como en ayuno constante.

Encerrados en la quinta, Baltasar y Blimunda asisten al paso de los días. Ha acabado agosto, setiembre va mediado, ya andan las arañas tejiendo sus hilos en la passarola, levantando sus propias velas, añadiéndole alas, el clavicordio del señor Escarlata hace tiempo que no toca, no hay lugar más triste en el mundo que San Sebastián da Pedreira. Empieza a hacer frío ya, el sol se esconde muchas horas, cómo se ha de hacer la prueba de la máquina estando cubierto el cielo, si el padre Bartolomeu Lourenço ha olvidado que sin sol no se levanta la máquina del suelo y aparece con el rey, será la peor de las vergüenzas, capaz de ponerme la cara negra. No vino el rey, no vino el cura, el cielo apareció limpio otra vez, brilló el sol, y Blimunda y Baltasar volvieron a la misma ansiosa espera. Entonces llegó el cura. Oyeron fuera, en el portón, los cascos de la mula batiendo recio, insólito caso, que éste no es animal para arrebatos, habrá novedad, quizá al fin venga el rey a asistir al vuelo de la passarola pero así, sin aviso, sin que vengan primero criados de su casa a comprobar la limpieza del lugar, a asegurarse de las comodidades, a levantar pabellones, ha de ser otra cosa. Era otra cosa. El padre Bartolomeu Lourenço entró violentamente en el cobertizo, venía pálido, lívido, ceniciento, como alguien resucitado cuando ya iba medio podrido, Tenemos que huir, el Santo Oficio me busca, quieren cogerme, dónde están los frascos. Blimunda abrió el arca, apartó unas ropas, Aquí están, y Baltasar preguntó, Qué vamos a hacer ahora. El padre Bartolomeu Lourenço temblaba todo él, apenas podía sostenerse en pie, Blimunda lo sostuvo, Qué vamos a hacer, repitió, y gritó él, Huiremos en la máquina, después, como súbitamente asustado murmuró de manera casi inaudible indicando el artefacto, Huiremos en la máquina, Adónde, No lo sé, pero hay que escapar de aquí. Baltasar y Blimunda se miraron largamente, Estaba escrito, dijo él, Vamos, dijo ella.

Son las dos de la tarde y hay tanto que hacer, no se puede perder un minuto, retirar las tejas, cortar los tablones y los barrotes que no han podido arrancar, pero antes hay que colocar las bolas de ámbar en el cruce de los alambres, abrir las lonas superiores para que la luz del sol no caiga demasiado pronto sobre la máquina, transferir a las esferas las dos mil voluntades, mil a este lado, mil a aquél, que no suba de un lado más que del otro, con peligro de que la máquina dé un tumbo en el aire, y si al fin lo da, que sea por razones que no pudimos prever. Tanto trabajo aún, y tan escaso el tiempo. Baltasar está en el tejado, retirando las tejas y lanzándolas abajo, hay un montón de cascotes alrededor del chamizo, y el padre Bartolomeu Lourenço ha logrado vencer la postración en que estaba, y usa de sus flacas fuerzas para arrancar, desde dentro, las tablas más delgadas, que los barrotes requieren un vigor que le falta, ésos van a tener que esperar, mientras Blimunda, tranquila, como si en toda su vida no hubiera hecho más que volar, comprueba el estado de las lonas, si la brea está extendida por igual, y refuerza algunas vainas.

Y ahora qué harás tú, ángel custodio, nunca tan necesario fuiste desde que te nombraron para ese lugar, aquí tienes a estos tres que van a alzarse en los aires, hasta allá adonde nunca llegaron los hombres, y precisan de quien los proteja, ellos por sí ya hicieron cuanto podían, reunieron los materiales y las voluntades, conjugaron lo sólido y lo evanescente, unieron a todo su propia osadía, están dispuestos, sólo falta acabar de echar abajo este tejado, cerrar las velas, dejar entrar el sol, y, adiós, ahí vamos, si tú, ángel custodio, no ayudas al menos un poquito, ni eres ángel ni cosa que lo valga, claro está que no faltan santos invocables, pero ninguno es, como tú, aritmético, tú sí, que sabes las trece palabras, y de la una a la trece, sin falta, las enumeras, y siendo ésta una obra que requiere todas las geometrías y todas las matemáticas que se puedan reunir, puedes empezar ya por la primera palabra, que es la Casa de Jerusalén, donde murió Jesucristo por todos nosotros, es lo que dicen, y ahora las dos palabras, que son las dos Tablas de la Ley donde Jesucristo puso los pies, es lo que dicen, y ahora las tres palabras, que son las tres personas de la Santísima Trinidad, es lo que dicen, y ahora las cuatro palabras, que son los cuatro Evangelistas, Juan, Mateo, Marcos y Lucas, es lo que dicen, y ahora las cinco palabras, que son las cinco llagas de Jesucristo, es lo que dicen, y ahora las seis palabras, que son los seis cirios benditos que Jesucristo tuvo en su nacimiento, es lo que dicen, y ahora las siete palabras, que son los siete sacramentos, es lo que dicen, y ahora las ocho palabras, que son las ocho bienaventuranzas, es lo que dicen, y ahora las nueve palabras, que son los nueve meses que Nuestra Señora llevó a su bendito hijo en su purísimo vientre, es lo que dicen, y ahora las diez palabras, que son los diez mandamientos de la ley de Dios, es lo que dicen, y ahora las once palabras, que son las once mil vírgenes, es lo que dicen, y ahora las doce palabras, que son los doce apóstoles, es lo que dicen, y ahora las trece palabras, que son los trece rayos de la luna, y esto sí, no es preciso que lo digan, porque, por lo menos, está Sietelunas aquí, es aquella mujer que tiene en la mano un frasco de vidrio, cuida de ella, ángel custodio, que si se rompe el vidrio se acabó el viaje y no podrá huir ese sacerdote que por sus modos parece loco, y cuida también del hombre que está en el tejado, manco de la mano izquierda, fue culpa tuya, estabas desatento en la batalla, es posible que no supieras aún tu cometido.

Son las cuatro de la tarde, el chamizo es sólo paredes, parece inmenso, la máquina de volar en medio, la fragua minúscula cortada por una franja de sombra, en el otro extremo el jergón donde durante seis años durmieron Baltasar y Blimunda, el arca ya no está, la metieron dentro del artilugio, qué más nos falta, las alforjas, algo de comer, y el clavicordio, qué hacemos con el clavicordio, que se quede, es egoísmo que debemos comprender y disculpar, tanta es la aflicción, ninguno de estos tres recuerda que, dejando aquí el clavicordio, las justicias eclesiásticas y seculares sentirán su curiosidad despierta, por qué y para qué hay aquí un instrumento tan poco adecuado para este lugar, y si fue un tifón lo que arrancó las tejas y el entramado, cómo es posible que no haya destruido el clavicordio, tan delicado que incluso a hombros de los faquines se desconciertan sus teclas, No va a tocar el señor Escarlata en el cielo, dijo Blimunda.

Ahora, sí, ahora pueden partir. El padre Bartolomeu Lourenço mira el espacio celeste descubierto, sin nubes, el sol parece una custodia de oro, Baltasar sostiene la cuerda con que van a cerrar las velas, después, Blimunda, ojalá adivinaran sus ojos el futuro, Encomendémonos al Dios que haya, lo dijo en un murmullo, y otra vez, con un susurro estrangulado, Tira, Baltasar, no lo hizo de inmediato Baltasar, le tembló la mano, que esto será como decir Fiat, se dice y está hecho, qué, se tira y cambiamos de lugar, hacia dónde. Blimunda se acercó, puso sus dos manos sobre la mano de Baltasar y, con un solo movimiento, como si sólo así debiera ser, tiraron ambos de la cuerda. La vela corrió toda hacia un lado, el sol batió de lleno en las bolas de ámbar, y ahora, qué va a ser de nosotros. La máquina se estremeció, osciló como si buscara un equilibrio súbitamente perdido, se oyó un crujido general, eran las laminillas de hierro, los mimbres trenzados, y, de repente, como si la aspirara un torbellino luminoso, giró dos veces sobre sí misma mientras subía, apenas rebasada aún la altura de las paredes, hasta que, firme, de nuevo equilibrada, irguiendo su cabeza de gaviota, se lanzó en flecha, cielo arriba. Sacudidos por los bruscos volteos, Baltasar y Blimunda habían caído en el suelo de tablas, pero el padre Bartolomeu Lourenço se había agarrado a una de las argollas que sustentaban las velas, y así pudo ver alejarse la tierra a una velocidad increíble, apenas se distinguía ya la quinta, perdida pronto entre las colinas, y aquello de más allá, qué es, Lisboa, claro, y el río, oh, el mar, ese mar por el que yo, Bartolomeu Lourenço de Gusmão, vine en dos ocasiones del Brasil, el mar por donde viajé a Holanda, a qué más continentes de la tierra y del aire me llevarás tú, máquina, el viento ruge en mis oídos, nunca ave alguna subió tan alto, si me viera el rey, si me viera aquel Tomás Pinto Brandão que se rió en verso de mí, si el Santo Oficio me viera, sabrían todos que soy el hijo predilecto de Dios, yo, sí, que estoy subiendo al cielo por obra de mi genio, por obra también de los ojos de Blimunda, habrá en el cielo ojos como ellos, por obra de la mano derecha de Baltasar, aquí te llevo, Dios, a uno que tampoco tiene mano izquierda, Blimunda, Baltasar, venid a ver, levantaos de ahí, no tengáis miedo.

No tenían miedo, sólo estaban asustados de su propio valor. El cura se reía, daba gritos, había dejado ya la seguridad de la sonda de navegación y recorría el convés de la máquina de un lado a otro para poder mirar la tierra en todos sus puntos cardinales, tan grande ahora que estaban lejos de ella, al fin se levantaron Baltasar y Blimunda, agarrándose nerviosamente a las sondas, después a la amurada, deslumbrados de luz y viento, luego ya sin temor, Ah, y Baltasar gritó, Lo hemos conseguido, se abrazó a Blimunda y rompió a llorar, parecía un niño perdido, un soldado que anduvo en guerras, que en Pegões mató a un hombre con su espigón, y ahora solloza de felicidad abrazado a Blimunda, que le besa la cara sucia. El cura se acercó a ellos y se abrazó también, súbitamente perturbado por una analogía, así lo había dicho el italiano, Dios él mismo, Baltasar su hijo, Blimunda el Espíritu Santo, y estaban los tres en el cielo, Sólo hay un Dios, gritó, pero el viento le arrebató las palabras de la boca. Entonces, Blimunda dijo, Si no abrimos la vela, seguiremos subiendo, adónde iremos a parar, quizás al sol.

Nunca preguntamos si habrá algo de juicio en la locura sino que vamos diciendo que de loco todos tenemos un poco. Son maneras de asegurarnos desde nuestra perspectiva, imagínense, que la presenten los locos como pretexto para exigir igualdades con el mundo de los cuerdos, sólo un poco locos, el mínimo juicio que conserven, por ejemplo, salvaguardar su propia vida, como está haciendo el padre Bartolomeu Lourenço, Si abrimos la vela de repente, caeremos en la tierra como una piedra, y es él quien va a maniobrar la cuerda, darle la holgura precisa para que se extienda la lona sin esfuerzo, todo depende ahora de la habilidad, y la vela se abre lentamente, hace descender la sombra sobre las bolas de ámbar, y la máquina disminuye la velocidad, quién diría que con tanta facilidad se puede ser piloto en los aires, ya podemos ir en busca de nuevas Indias. La máquina ha dejado de subir, está parada en el cielo, con las alas abiertas, el pico virado hacia el norte, se está moviendo, no lo parece. El cura abre más la vela, tres cuartas partes de las bolas de ámbar están ya en sombra, y la máquina desciende suavemente, es como estar dentro de un bote en un lago tranquilo, un toque de timón, un leve impulso de remos, las cosas que un hombre es capaz de inventar. Lentamente se aproxima la tierra, Lisboa se distingue mejor, el rectángulo torcido del Terreiro do Paço, el laberinto de calles y travesías, el friso de los miradores donde el cura vivía, y donde ahora están entrando los familiares del Santo Oficio para prenderlo, tarde piaron, gente tan escrupulosa de los intereses del cielo y no se les ocurre mirar hacia arriba, aunque seguro que, a tal altura, la máquina es un puntito en el azul, y cómo van a levantar los ojos si están aterrados ante una Biblia desgarrada a la altura del Pentateuco, un Corán convertido en añicos indescifrables, y salen ya, van en dirección a Rossío, al palacio de los Estaus, para informar de que ha huido el padre Bartolomeu Lourenço, a quien iban a buscar para encarcelarlo, y no adivinan que lo protege la gran bóveda celeste adonde ellos nunca irán, es bien verdad que Dios elige a sus favoritos, locos, tarados, excesivos, pero no familiares del Santo Oficio. Baja la passarola un poco más, con algún esfuerzo se observa la quinta del duque de Aveiro, cierto es que estos aviadores son principiantes, les falta experiencia para identificar de un vistazo los accidentes principales, los ríos, las lagunas, los pueblos, como estrellas derramadas en el suelo, los bosques oscuros, pero allí están las cuatro paredes del chamizo, el aeropuerto de donde alzaron el vuelo, se acuerda el padre Bartolomeu Lourenço de que tiene unos anteojos en el arca, en dos tiempos los va a buscar y apunta, oh, qué maravilla es vivir e inventar, se ve claramente el jergón a un lado, la fragua, sólo el clavicordio ha desaparecido, qué habrá sido de él, nosotros lo sabemos y vamos a decirlo, que yendo Domenico Scarlatti a la quinta, vio, estando ya cerca, la máquina alzándose con gran soplo de alas, que haría si batieran, y, entrando, dio con todo aquel destrozo de tejas partidas, tablones caídos, barrotes cortados o arrancados, no hay nada más triste que una ausencia, corre el avión por la pista, se levanta en el aire, sólo queda una pungente melancolía, esta que obliga a sentarse a Domenico Scarlatti al clavicordio y tocar un poco, casi nada, sólo un pasar de dedos por las teclas como si estuvieran rozando un rostro cuando ya las palabras han sido dichas o son lo de menos, y luego, porque sabe muy bien que es peligroso dejar allí el clavicordio, lo arrastra afuera, sobre el suelo irregular, a trompicones, gimen desconcertadas las cuerdas, ahora sí que se van a desencajar los macillos, y para siempre, llevó Scarlatti el clavicordio hasta el brocal del pozo, por suerte es bajo, y, levantándolo a pulso, mucho le cuesta, lo lanza al fondo, tropieza por dos veces la caja en las paredes, todas las cuerdas gritan, y cae al fin al agua, nadie sabe el destino para que está guardado, un clavicordio que sonaba tan bien, hundiéndose ahora, borboteando como un ahogado hasta asentarse en el lodo. Desde lo alto ya no se ve el músico, va por ahí, por los senderos, quizá desviado del camino, quizá mirando para arriba, vuelve a ver el aparato, saluda con el sombrero, una vez sólo, es mejor disimular, fingir que no sabe nada, por eso no lo vieron desde la nave, quién sabe si volverán a encontrarse.

Viene el viento del sur, es una brisa que apenas agita los cabellos de Blimunda, con tan leve soplo no podrán ir a ningún sitio, sería lo mismo que atravesar el océano a nado, por eso pregunta Baltasar, Le doy al fuelle, todas las monedas tienen dos caras, primero dijo el cura, Sólo hay un Dios, y ahora quiere Baltasar saber, Le doy al fuelle, primero lo sublime, después lo trivial, cuando Dios no sopla, el hombre tiene que hacer fuerza. Pero el padre Bartolomeu Lourenço parece haber sido tocado por un punto de estupor, no habla, no se mueve, sólo mira el gran círculo de la tierra, una parte de río y mar, una parte de monte y llanura, si aquello no es espuma, más allá, será la vela blanca de una nave, si no es paño de niebla es humo de chimenea, y, pese a todo, se diría que el mundo se ha acabado, y los hombres con él, el silencio aflige, y el viento se calmó, ni un pelo de Blimunda se mueve, Dale al fuelle, Baltasar, dijo el cura.

Es como los pedales de un órgano, tiene unas zapatas para encajar los pies, y, a la altura del pecho, fijada al cavernamen de la máquina, una barra de apoyo para los brazos, no es ninguna invención complementaria del padre Bartolomeu Lourenço, bastó ir a la catedral a ver el órgano, aunque aquí no hay música que oír, sólo el resoplar del fuelle lanzando aire a las alas y a la cola de la passarola, que al fin empieza a moverse, despacio, tan despacio que sólo de verla así se cansa uno, y aún no ha llegado a volar un tiro de ballesta y ya está Baltasar cansado, tampoco así vamos a ninguna parte. Con la cara grave, mide el cura los esfuerzos de Sietesoles, comprende que su gran invento tiene un punto flaco, en el espacio celeste no se puede hacer como en el agua, meter los remos en el aire cuando falta viento, Para, no le des más al fuelle, y Baltasar, agotado, se sienta en el fondo de la máquina.

El temor, el júbilo, cada uno en su tiempo, pasaron ya, ahora viene el desánimo, subir y bajar saben hacerlo, están como un hombre que fuera capaz de levantarse y de acostarse, pero no de andar. El sol va bajando por el lado de la barra, ya se tienden las sombras sobre la tierra. El padre Bartolomeu Lourenço siente una inquietud cuya causa no consigue discernir, pero de ella lo distrae la súbita observación de que se orientan hacia el norte las nubes de humo de una quemada distante, esto quiere decir que, próximo a tierra, no ha dejado de soplar el viento. Maniobra la vela, la extiende un poco más para cubrir de sombra otra hilera de bolas de ámbar, y la máquina desciende bruscamente, pero no lo bastante como para coger viento. Otra hilera deja de recibir la luz del sol, la caída es tan violenta que el estómago parece querer salírseles por la boca, y, ahora sí, el viento coge la máquina con mano poderosa e invisible y la lanza hacia delante, a tal velocidad que de repente queda Lisboa atrás, ya en el horizonte, diluida en una bruma seca, es como si al fin hubieran abandonado el puerto y sus amarras para ir a descubrir caminos ocultos, por eso sienten oprimido el corazón, quién sabe qué peligros los esperan, qué adamástores, qué fuegos de santelmo, acaso se levantan del mar, que a lo lejos se ve, trombas de agua que van a absorber el aire y empaparlo en sal. Entonces Blimunda preguntó, Adónde vamos, y el cura respondió, Allá donde no pueda llegar el brazo del Santo Oficio, si es que existe ese lugar.

Este pueblo, que tanto espera del cielo, mira poco hacia lo alto, donde se dice que el cielo está. Anda la gente trabajando en los campos, en las aldeas, hombres y mujeres entran y salen de las casas, van al huerto, a la fuente, se ocultan tras un pino, sólo una mujer que está tumbada en una rastrojera con un hombre encima cree ver pasar algo por el cielo, pero considera que son visiones propias de quien tanto está gozando. Sólo las aves, curiosas, vuelan, y preguntan, dando vueltas ansiosas en torno de la máquina, qué es, qué es, quizá sea éste el mesías de los pájaros, comparada con él, el águila no pasa de ser un San Juan Bautista cualquiera, Después de mí vendrá quien es más fuerte que yo, la historia de la aviación no acaba aquí. Durante un tiempo volaron acompañados de un milano que asustó e hizo huir a todos los pájaros, iban sólo los dos, el milano, aleteando y planeando, se entiende que vuele, la passarola sin mover las alas, si no supiéramos que esto está hecho de sol, ámbar, nubes cerradas, imanes y laminillas de hierro, no creeríamos lo que nuestros ojos ven, aparte de que no tendríamos la disculpa de la mujer que estaba tumbada en la rastrojera y ya no está, se le ha acabado el gusto, desde aquí ni el sitio se ve ya.

El viento viró hacia el sudoeste, sopla con mucha fuerza, y la tierra pasa por debajo como la superficie móvil de un río que llevase en su caudal campos, bosques, aldeas, colores verde y amarillo, ocres y pardos, paredes blancas, aspas de molinos, y también ríos de agua sobre el agua, qué fuerzas serían capaces de hacer la separación de estas aguas, el gran río que pasa y lo lleva todo consigo, los arroyos que en él buscan camino, agua en el agua, y no lo saben.

Están los tres voladores en la proa de la máquina, van hacia el poniente, y el padre Bartolomeu Lourenço siente que la inquietud le ha vuelto y crece, es pánico ya, al fin va a tener voz, y esa voz será un gemido, cuando el sol se ponga descenderá irremisiblemente la máquina, tal vez caiga, quizá se haga añicos y mueran todos, Es Mafra, ahí, grita Baltasar, y parece el vigía gritando en la cofa, Tierra, nunca comparación alguna fue tan exacta, porque ésta es la tierra de Baltasar, la reconoce, aunque nunca la haya visto desde el aire, quizá llevemos en el corazón una orografía particular que, para cada uno de nosotros, acertará con el lugar particular en que nacimos, lo cóncavo mío en tu convexo, en mi convexo tu cóncavo, es lo mismo que hombre y mujer, mujer y hombre, tierra somos en la tierra, por eso grita Baltasar, Es mi tierra, la reconoce como un cuerpo. Pasan velozmente sobre las obras del convento, pero esta vez hay quien los ve, gente que huye despavorida, gente que se arrodilla y alza las manos implorando misericordia, gente que tira piedras, se apodera la inquietud de miles de hombres, quien no ha llegado a verlo, duda, quien lo vio, jura y pide el testimonio del vecino, pero pruebas ya nadie puede presentar, porque la máquina se ha alejado en dirección al sol, se ha vuelto invisible contra el disco refulgente, tal vez no haya sido más que una alucinación, los escépticos triunfan sobre la perplejidad de los que creyeron.

En pocos minutos la máquina alcanza la costa, parece que está tirando de ella el sol para llevársela al otro lado del mundo. El padre Bartolomeu Lourenço comprende que van a caer en el agua, tira violentamente de la cuerda, la vela corre toda hacia un lado, se cierra de golpe, y la subida es tan rápida que la tierra se ensancha de nuevo y surge el sol muy por encima del horizonte. Es demasiado tarde, sin embargo. Por oriente ya se avistan sombras, la noche se está acercando, no es posible huir de ella. Poco a poco, la máquina empieza a derivar hacia nordeste, en línea recta, oblicua en dirección a la tierra, sujeta a una doble atracción, la de la luz, que se debilita rápidamente, pero aún tiene fuerzas para sostenerla en el espacio, y la de la oscuridad nocturna, que oculta ya los valles distantes. No se nota ahora el viento natural, vencido por la violenta corriente de aire provocada por la caída, por el silbido agudo que el descenso hace vibrar en la cobertura de mimbres. El sol está posado en el horizonte del mar como una naranja en la palma de la mano, es un disco metálico retirado de la fragua para enfriarse, su brillo no hiere ya los ojos, fue blanco, cereza, rosa, rojo, fulge aún, pero sombríamente, está despidiéndose, adiós, hasta mañana, si hay mañana para los tres nautas aéreos que caen como un ave herida de muerte, mal equilibrada en las alas cortas, con su diadema de ámbar, en círculos concéntricos, caída que parece sin fin y va a acabar. Frente a ellos se yergue una silueta oscura, será el adamástor de este viaje, montes que se alzan redondos de la tierra, teñidos aún de luz roja en las cumbres. El padre Bartolomeu Lourenço mira indiferente, está fuera del mundo, más allá de la propia resignación, espera el fin que no va a tardar. Pero, de súbito, Blimunda se suelta de Baltasar, a quien se había agarrado

246

convulsa cuando la máquina precipitó su descenso, y rodea con los brazos una de las esferas que contienen las nubes cerradas, las voluntades, dos mil son pero no bastan, las cubre con el cuerpo como si las quisiera meter dentro de sí o unirse a ellas. La máquina da un salto brusco, levanta la cabeza como un caballo a quien tiraran de la brida, queda un segundo en suspenso, vacila, luego vuelve a caer, pero no tan de prisa, y Blimunda grita, Baltasar, Baltasar, no tuvo que llamar tres veces, ya él se había abrazado a la otra esfera, formaba cuerpo con ella, Sietelunas y Sietesoles sustentando con sus nubes cerradas la máquina en descenso, ahora lento, tan lento que apenas rechinan los mimbres cuando toca el suelo, sólo se bandeó hacia un lado, no había allí puntales para sostenerla. No se puede tener todo. Flojos los miembros, extenuados, los tres viajeros saltaron fuera, intentaron aún sostener la amurada, no lo consiguieron, y, rodando, se hallaron tendidos en el suelo, sin un rasguño siquiera, bien es verdad que aún no se han acabado los milagros, y éste ha sido de los buenos, que ni preciso fue invocar a San Cristóbal allí estaba él, vigilando el tráfico, vio aquel avión desgobernado, le echó la manaza y evitó la catástrofe, para ser su primer milagro aéreo, no estuvo nada mal.

Se despide el último aire del día, no tardará en cerrar la noche completamente, lucen en el cielo las primeras estrellas, ni llegando tan cerca pudieron alcanzarlas, a fin de cuentas qué fue esto, el salto de una pulga, subimos por el aire en Lisboa, sobrevolamos la villa de Mafra y la obra del convento, estuvimos a punto de caer al mar, y ahora, Dónde estamos, preguntó Blimunda, y gimió porque el estómago le dolía mucho, los brazos los tenía sin fuerza, inertes, de lo mismo se quejaba Baltasar mientras se ponía en pie e intentaba enderezarse, vacilando como los toros antes de caer con el cráneo perforado por el puntazo del descabello, mucha suerte la suya, que, al contrario de los toros, pasaba de casi la muerte a la vida, no le hizo mal ninguno el vacilar, para que sepa cuánto vale el poder asentar los pies en el suelo, No sé dónde estamos, nunca he estado aquí, a mí me parece una montaña, quizá el padre Bartolomeu Lourenço tenga información. El cura estaba levantándose, no le dolían los miembros ni el estómago, sólo la cabeza, era como si un estilete le perforara las sienes de lado a lado, Estamos en un peligro tan grande como si no hubiéramos salido de la quinta, si no nos encontraron ayer, nos encontrarán mañana, Pero, este lugar donde estamos, cómo se llama, Todo lugar en la tierra es la antecámara del infierno, unas veces se llega muerto, otras se va vivo y la muerte viene después, Por ahora aún estamos vivos, Mañana estaremos muertos.

Blimunda se acercó al cura, dijo, Pasamos por un gran peligro cuando descendíamos, si fuimos capaces de librarnos de ése, de otros también nos libraremos, díganos por dónde debemos ir, No sé dónde estamos, Cuando nazca el día veremos mejor, subiremos a uno de esos montes, y, desde allí, orientándonos por el sol, encontraremos el camino, y Baltasar añadió, Haremos subir la máquina, ya conocemos las maniobras, si no nos falta viento, en un día podemos llegar muy lejos, donde no nos alcance el Santo Oficio. El padre Bartolomeu Lourenço no respondió, apretaba la cabeza entre las manos, luego hacía gestos como si hablara con un ser invisible, y su silueta se volvía cada vez más imprecisa en la oscuridad. La máquina se había posado en un espacio cubierto de matorrales bajos, pero, a un lado y otro, a unos treinta pasos, había matojos que se alzaban contra el cielo. Por lo que desde allí se podía juzgar, no había señal de gente en los alrededores. Hacía frío, cosa nada rara, porque setiembre estaba llegando a su fin y el día no había sido caluroso. Protegido por la máquina, abrigado del viento, Baltasar encendió una pequeña hoguera, más por sentirse acompañados que para calentarse, por otra parte, no era conveniente hacer una hoguera grande que podría ser vista desde lejos. Se sentaron, él y Blimunda, a comer de lo que habían traído en la alforja, primero llamaron al cura, pero él no respondió ni se aproximó, se veía su silueta, en pie, quieto ahora, quizá estuviera mirando las estrellas, quizá el valle profundo, las tierras bajas donde no brillaba una sola luz, parecía que el mundo hubiera sido abandonado por sus habitantes, quizá no faltaran por ahí máquinas voladoras capaces de viajar con cualquier tiempo, hasta de noche, y se había ido toda la gente, quedando sólo estos tres con un pajarraco que no sabe adónde ir si le quitan el sol.

Tras haber comido se acostaron sobre el casco de la máquina, cubiertos con la capa de Baltasar y una lona que sacaron del arca, y Blimunda murmuró, El padre Bartolomeu Lourenço está enfermo, no parece el mismo hombre, Hace mucho tiempo que no es el mismo hombre, qué le vamos a hacer, Y nosotros, qué haremos, No sé, a ver si él toma mañana una resolución. Oyeron que el cura se levantaba, que arrastraba los pies por los matojos, lo oyeron murmurar, con eso se tranquilizaron, lo peor era el silencio, y, pese al frío y a la incomodidad, se quedaron dormidos, pero no profundamente. Soñaban ambos que viajaban por el aire, Blimunda en un coche tirado por caballos alados, Baltasar cabalgando un toro que llevaba una manta de fuego, de repente los caballos perdieron las alas y se prendió fuego en la mecha y empezaron a estallar los cohetes, y en la aflicción de la pesadilla despertaron ambos, no habían dormido mucho, había una luz como si el mundo estuviera ardiendo, era el cura que, con una rama encendida prendía fuego a la máquina, estaba estallando ya el casco de mimbres, y de un salto Baltasar se puso en pie, y echándole los brazos a la cintura intentó alejarlo, pero el cura se resistía, de modo que Baltasar lo apartó con violencia, lo tiró al suelo, apagó la rama con los pies mientras Blimunda golpeaba con la lona las llamas que habían prendido ya en los matorrales y ahora, poco a poco, se dejaban apagar. Vencido y resignado, se levantó el cura. Baltasar cubría la hoguera con tierra. Apenas conseguían verse en la oscuridad. Blimunda preguntó en voz baja, en un tono neutro, como si conociera de antemano la respuesta, Por qué ha prendido fuego a la máquina, y Bartolomeu Lourenço respondió, en el mismo tono, como si hubiera estado esperando la pregunta, Si he de arder en una hoguera, al menos que sea en ésta. Se alejó hacia la espesura que se alzaba por el lado del declive, lo vieron bajar rápidamente, y en la siguiente mirada, ya no estaba, alguna necesidad urgente del cuerpo, si es que aún las tiene un hombre que ha querido prender fuego a un sueño. Pasaba el tiempo y el cura no volvía. Baltasar fue a buscarlo. No estaba. Lo llamó, no tuvo respuesta. Empezaba a salir la luna cubriéndolo todo de alucinaciones y de sombras, y Baltasar sintió que se le erizaban los pelos de la cabeza y de todo el cuerpo. Pensó en hombres-lobo, en espectros de hechura y porte vario, quizás andaban por allí almas en pena, creyó firmemente que el cura había sido llevado por el diablo en persona, y antes de que el mismo diablo apareciera allí para llevárselo perneando también, rezó un padrenuestro a San Egidio, auxiliar e intercesor en casos y situaciones de pánico, epilepsia, locura y temores nocturnos. Quizá el santo oyó la invocación, al menos no vino el diablo a buscar a Baltasar, pero los temores no se disiparon, de repente, toda la tierra empezó a murmurar, o al menos eso parecía, quizá por efecto de la luna, mejor santa me será Sietelunas, por eso volvió a ella, temblando aún de susto, Ha desaparecido, y Blimunda dijo, Se fue, no volveremos a verlo.

Durmieron mal aquella noche. El padre Bartolomeu Lourenço no volvió. Al amanecer, cuando estaba a punto de salir el sol, dijo Blimunda, Si no tiendes la vela, si no tapas bien tapadas las bolas de ámbar, la máquina se irá sola, ni siquiera precisa de alguien que la gobierne, y quizá fuera mejor dejarla ir, a lo mejor se encontraba en algún lugar de la tierra o del cielo con el padre Bartolomeu Lourenço, y Baltasar respondió, con cierta violencia, O en el infierno, la máquina se queda donde está, y fue a extender la lona embreada, cubriendo de sombra el ámbar, pero no quedó satisfecho, la vela podía desgarrarse, ser apartada por el viento. Con el cuchillo cortó ramas de los brezales, cubrió con ellas la máquina y, pasada una hora, ya claro el día, quien de lejos mirara en aquella dirección no vería más que un montón de ramas en medio de un espacio de matorral enano, no queda mal así, lo malo será cuando las ramas se sequen. De lo que sobró de la víspera almorzó Baltasar un poco, Blimunda antes, es siempre la primera en comer, cerrados los ojos, ya lo recordamos, hoy hasta esconderá la cabeza bajo la capa de Baltasar. Ya no tienen nada que hacer aquí, Y ahora qué, preguntó uno, y el otro respondió, Ya no tenemos nada que hacer aquí, Entonces vámonos, Bajaremos por el sitio por donde el padre Bartolomeu Lourenço desapareció, tal vez encontremos el rastro. Durante toda la mañana buscaron por aquel lado de la sierra mientras iban bajando, grandes montes redondos y silenciosos, ni nombre tendrían, y no descubrieron ni rastro del cura, ni una huella, ni un andrajo negro desgarrado por los espinos, parecía como si el cura hubiera desaparecido en el aire, dónde estará, Y ahora, qué hacemos, fue la pregunta de Blimunda, Ahora seguimos hacia delante, el sol está más allá, a la derecha queda el mar, llegando a un sitio habitado sabremos dónde estamos, qué sierra es ésta, por si algún día queremos volver, Ésta es la sierra del Barregudo, les dijo un pastor, cuando llevaban andada una legua, y aquel monte de allí, muy grande, es Monte Junto.

Tardaron dos días en llegar a Mafra, después de un amplio rodeo, para fingir que venían de Lisboa. Andaba una procesión por la calle, todos dando gracias por el prodigio que Dios se había servido hacer mandando a su Espíritu Santo volar por encima de las obras de la basílica.

Vivimos en un tiempo en el que cualquier monja, como si fuera lo más natural del mundo, encuentra en el claustro al Niño Jesús o en el coro a un ángel tocando el arpa, y, si está encerrada en su celda, donde, por mor del secreto, son más corporales las manifestaciones, la atormentan los diablos agitando la cama, y sacudiéndole así los miembros, los superiores de modo que hasta los senos se le agitan, los inferiores, tanto que se estremece y transpira la hendidura de su cuerpo, ventana del infierno, si no puerta del cielo, ésta por estar gozando, aquélla porque gozó, y en todo esto se cree, sin embargo, no puede Baltasar Mateus, llamado Sietesoles, decir, Yo volé de Lisboa al Monte Junto, porque lo tomarían por loco, y eso si hay suerte, porque por tan poco no puede inquietarse el Santo Oficio, lo que sobran son locos en esta tierra barrida por la locura. Del dinero del padre Bartolomeu Lourenço habían vivido Baltasar y Blimunda hasta ahora, añadiéndole las coles y las habichuelas del huerto, un pedazo de carne cuando era tiempo de ella, sardina salada cuando no llegaba fresca, y cuanto se gastaba y comía, era mucho menos para sustentar el cuerpo propio que para alimentar el crecimiento de la máquina voladora, si entonces realmente creían que iba a volar.

Voló la máquina, si se cree tal cosa, y hoy está reclamando el cuerpo su alimento, para esto suben tan alto los sueños, ni siquiera el oficio de carretero puede tomar Sietesoles, fueron vendidos los bueyes, se rompió el carro, si no fuera Dios tan descuidado, los bienes de los pobres serían eternos. Con yunta de bueyes y carro suyo podría Baltasar ir a la veeduría general a ofrecerse para trabajar, y pese a ser manco lo aceptarían. Así, dudarían que fuese él capaz, con una sola mano, de gobernar los animales del rey o de los nobles y otros particulares que, para obtener gracias de la corona, los prestaban, En qué puedo trabajar yo, hermano, preguntó Baltasar a Álvaro Diego, su cuñado, la noche misma del día en que llegaron, moradores ahora todos de la casa paterna, habían acabado de cenar, pero antes oyeron de boca de Inés Antonia, él y Blimunda, el maravilloso caso del paso del Espíritu Santo por encima de la villa, Lo vi yo misma, con estos ojos que ha de comerse la tierra, hermana Blimunda, y lo vio también Álvaro Diego, que estaba en la obra, no es verdad que lo viste, marido, y Álvaro Diego, soplando un tizón de la fogata, respondió que sí, que pasó una cosa por encima de la obra, Fue el Espíritu Santo, insistió Inés Antonia, lo dijeron los frailes a quien quiso oírlo, y tanto fue el Espíritu Santo que hicimos una procesión, en acción de gracias, Pues sería, se resignó el marido, y Baltasar, con los ojos en Blimunda que sonreía, En el cielo hay cosas que no sabemos explicar, y Blimunda devolviéndole la intención, Si las conociéramos, las cosas del cielo tendrían otros nombres. Junto al lar dormitaba el viejo João Francisco, sin carro ni yunta de bueyes, sin tierra ni Marta María, parecía ajeno a la charla, pero dijo, e inmediatamente se ausentó de nuevo hacia sus sueños, En el mundo no hay más que muerte y vida, se quedaron todos a la espera del resto, por qué los viejos callan cuando debieran seguir hablando, de ahí que los jóvenes tienen que aprenderlo todo desde el principio. Hay aquí otro durmiendo, por eso no podría hablar aunque, si estuviese despierto, tal vez no se lo permitieran, porque sólo tiene doce años, puede la verdad estar en boca de niños, pero, para decirla, tienen primero que crecer, y entonces empiezan a mentir, éste es el hijo que quedó, llega por la noche deshecho del trabajo, andamio arriba, andamio abajo, acaba de cenar y se queda dormido, Queriendo, hay trabajo para todos, dice Álvaro Diego, puedes ir de peón y llevar piedras con la carretilla, basta tu gancho para sostener el varal, así son los tropezones de la vida, uno va a la guerra, vuelve de allá lisiado, vuela luego por artes misteriosas, confidenciales, y, al fin, si quiere ganar el pobre pan de cada día, ya ven, y puede darse por satisfecho, que hace mil años no fabricaban ganchos como éste para servir de mano, qué pasará de aquí a otros mil.

Por la mañana, muy temprano, partieron Baltasar y Álvaro Diego, más el chiquillo, está la casa de los Sietesoles, como ya dijimos, muy cerca de la iglesia de San Andrés y del palacio de los vizcondes, viven aquí en la parte más antigua de la villa, aún se ven los restos del castillo que los moros levantaron en sus tiempos, por la mañana temprano salieron, van encontrando por el camino a otros hombres de la tierra, gente a quien Baltasar conoce, todos camino de la obra, por eso, tal vez, están abandonados los campos, no bastan viejos y mujeres para trabajarlos y, como Mafra está en el fondo de un valle, tienen aquéllos que subir por senderos que ya no son los de antes, los cubrieron los escombros que arrojan desde el alto de la Vela. Mirando desde abajo, lo que de paredes se ve no promete ninguna torre de Babel, y, llegando más al pie de la vertiente, la construcción se oculta por completo, siete años llevan trabajando en esto, a este paso ni en el día del juicio, y entonces no valdrá la pena, La obra es grande, dice Álvaro Diego, cuando estés allí lo verás, y Baltasar, que se desdeña de canteros y picapedreros, tiene que callarse, no tanto por la cantería ya erguida, sino por la multitud de hombres que cubren el tajo, es un hormiguero de gente que acude de todas partes, si todos han venido a trabajar, entonces me muerdo la lengua, he hablado antes de tiempo. El chiquillo los ha dejado ya, fue a su trabajo, a carretar cubos de cal, y los dos hombres atraviesan la explanada hacia la izquierda, van a la veeduría, dirá Álvaro Diego que éste es mi cuñado, natural y vecino de Mafra, que ha vivido muchos años en Lisboa, pero ahora ha vuelto definitivamente a casa de su padre y quiere trabajo, no es que sea muy fuerte la recomendación, pero en fin Álvaro Diego está aquí desde los primeros días, es un operario capaz y cumplidor, y una ayuda siempre sirve. Baltasar abre la boca asombrado, viene de una aldea y entra en una ciudad, bien está que Lisboa sea lo que es, no podría ser menos la cabeza de un reino, no sólo señor de Algarve, que está cerca y es pequeño, sino también de otras partes grandes y distantes que son Brasil, África y la India, más un montón de sitios sueltos dispersos por el mundo, bien está, digo, que sea Lisboa aquella desmedida confusión, pero este ayuntamiento enorme de cobertizos y casas de muchos y muy variados tamaños es cosa en la que sólo cree uno si la ve de cerca, cuando hace tres días sobrevoló Sietesoles este lugar, llevaba tan agitada el alma que le pareció ilusión de los sentidos el caserío y la urbanización, y poco mayor que una capilla la iniciada basílica. Si Dios, que desde allá arriba lo ve todo, lo ve tan mal como lo vio él, entonces más le valía andar por el mundo, por su propio y divino pie, se ahorraban intermediarios y recados que nunca son de fiar, empezando por los ojos naturales, que ven pequeño a lo lejos lo que de cerca es grande, salvo si usa Dios anteojos como los del padre Bartolomeu Lourenço, ojalá me estuviera viendo ahora, si me dan trabajo o no.

Álvaro Diego se fue a lo suyo, poner piedra sobre piedra, si tardara más perdería un cuarto, gran perjuicio, ahora tiene Baltasar que acabar de convencer al escribano de la matrícula de que tanto vale un gancho de hierro como una mano de carne y hueso, pero el matriculador duda, no puede cargar con aquella responsabilidad, y pregunta dentro, qué pena que no pueda Baltasar presentar una credencial de constructor de aeronaves, o al menos explicar que anduvo en guerras, a ver si eso le servía de algo, han pasado ya catorce años, vivimos felizmente en paz, por qué tiene que venir éste ahora hablándonos de guerras, las guerras acabadas son como si nunca hubieran ocurrido. Volvió el matriculador, viene con buena cara, Cómo te llamas, y agarra la pluma de pato, la moja en la tinta parda, valió la pena que hablara Álvaro Diego, o por ser de la tierra el pretendiente, o por estar aún en la fuerza de la vida, treinta y nueve años, aunque con algunas canas, o simplemente porque, habiendo pasado por aquí hace tres días el Espíritu Santo, se podría ofender Dios si se negaba trabajo a quien lo pide, Cómo te llamas, Baltasar Mateus, de mote Sietesoles, Puedes venir a trabajar el lunes, empezarás la semana, vas a las carretillas. Baltasar dio las gracias como debía al matriculador y salió de la veeduría general, ni triste ni alegre, un hombre debe ser capaz de ganarse el pan de cualquier manera y en cualquier lugar, pero si ese pan no le alimenta también el alma, se satisface el cuerpo, el alma padece.

Sabía ya Baltasar que el lugar donde se encontraba era conocido por el nombre de Isla de Madeira, y bien puesto estaba el nombre, porque, fuera de unas pocas casetas de obra y cal, todo lo demás era tablado, pero construido para durar. Había talleres de herreros, bien podía Baltasar haber mencionado su experiencia en la fragua, uno no va a acordarse de todo, y de otras artes de las que nada sabía, más tarde llegarán los latoneros, los vidrieros, los pintores y muchos más. Muchas de aquellas casas de madera tenían piso alto, abajo se acomodaban las mulas y los bueyes, arriba las personas de cierta distinción, los capataces, los matriculadores, y otros señores de la veeduría general, y oficiales de guerra que gobernaban a los soldados. A esta hora de la mañana salían de las cuadras los bueyes y las mulas, otros habrían sido llevados más temprano, el suelo estaba empapado de orines y boñigas, y como en Lisboa, en la procesión del Corpus, los chiquillos corrían entre la gente y el ganado, se empujaban con violencia, y uno de ellos, queriendo huir de otro, cayó y fue rodando hasta parar bajo una yunta de bueyes, pero no lo pisaron, estaba allí el ángel custodio, se libró de una buena, sin más daño que quedar todo sucio de bosta y maloliente. Baltasar se rió como los otros, la obra tenía sus amenidades. Y su guardia también. Pasaban unos veinte soldados de infantería armados como para la guerra, serán maniobras, o irán a Ericeira, a rechazar un desembarco de piratas franceses, tantas veces lo intentan que un día van a aparecer por ahí abajo, muchos y muchos años después de estar concluida esta Babel, entrará Junot en Mafra, donde en el convento quedan sólo unos veinte frailes viejos, barrigones, y mandando avanzar al coronel Delagarde, o capitán, es igual, quiso éste entrar en el palacio y encontró la puerta cerrada, de modo que mandó llamar a fray Félix de Santa María da Arrábida, que era el guardián, pero el pobrecillo no tenía las llaves, que se las había llevado la familia real cuando escapó, y entonces el pérfido Delagarde, pérfido le llama el historiador, le soltó un tortazo al pobre fraile, el cual, oh evangélica mansedumbre, oh lección divina, le ofrece incontinenti la otra mejilla, si cuando Baltasar perdió la mano izquierda en Jerez de los Caballeros hubiera ofrecido la derecha, no podría ahora sostener los varales de la carretilla. Y, hablando de caballeros, también por allí pasan caballeros, armados como los infantes que están en la explanada, ahora se ve, colocando centinelas, no hay nada como trabajar con guardia a la vista.

En estos grandes barracones de madera duermen los hombres, en cada uno al menos doscientos, y desde aquí donde está no puede contar Baltasar los barracones todos, llegó a cincuenta y siete y se perdió, sin hablar de que a lo largo de estos años no ha mejorado en aritméticas, lo mejor sería ir con un balde de cal y una brocha, señal aquí, señal en este otro, señal en aquél, para no repetirse ni fallar, como quien pone cruces de San Lázaro en las puertas por el mal de la piel. En una estera o en un camarote como éstos dormiría Baltasar si no tuviera casa en Mafra y mujer para dormir acompañado, pobre gente ésta, venida de lejos, se dice que un hombre no es de palo, mucho peor y más costoso de aguantar es precisamente cuando se arma el palo en el hombre, seguro que no van a bastar las viudas de Mafra para satisfacer tanta urgencia, como será. Dejó Baltasar los barracones de acomodo y fue a ver el campamento militar, allí le dio un salto el corazón, tantas tiendas de campaña, fue como si el tiempo hubiera desandado, tal vez parezca imposible, pero hay momentos en los que un soldado retirado del servicio puede sentir añoranza hasta de la guerra, a Baltasar no es la primera vez que le pasa. Ya le había dicho Álvaro Diego que había en Mafra muchos soldados, unos para ayudar en los trabajos de minas y explosión de las cargas de pólvora, otros para guardar a los trabajadores y castigar los desórdenes, y, a juzgar por el número de tiendas de campaña, los muchos eran millares. Está un poco aturdido Sietesoles, qué nueva Mafra es ésta, cincuenta casas allá abajo, quinientas aquí arriba, sin hablar ya de otras diferencias, como esta hilera de casas de comida, barracones casi tan grandes como los dormitorios, con mesas y bancos corridos, sujetos al suelo, y largos mostradores, ahora no se ve gente por aquí, pero a media mañana se ponen al fuego los calderos para el almuerzo y, cuando la corneta toca a rancho, hay una carrera general por ver quién llega primero, vienen sucios como estaban en la obra, es una algazara ensordecedora, amigos llamando a amigos, siéntate aquí, guárdame el sitio, se sientan carpinteros con carpinteros, canteros con canteros, cavadores con cavadores, y la plebe del peonaje se acomoda allá en la punta, cada uno con su igual, menos mal que Baltasar va a comer a casa, con quién iba a hablar, si de carretillas nada sabe y de aviones es su único saber.

Diga Álvaro Diego lo que quiera, en abono suyo y de los demás operarios, la obra no está adelantada. Baltasar le ha dado la vuelta entera, con la calma de quien observa la casa donde vivirá, allá van aquéllos con las carretillas, otros subiendo a los andamios, unos llevando cal y arena, otros, a pares, transportando piedras a palo y cuerda por las rampas suaves, y los capataces empuñando un bastón, y los vigilantes con el ojo puesto en la diligencia del obrero y en la perfección del servicio. Las paredes no tienen más que tres veces la altura de Baltasar, y no abarcan todo el perímetro de la basílica, pero son gruesas como murallas de guerra, no llegan a tanto las que quedan del castillo de Mafra, eran también otros tiempos, sin artillería, sólo la piedra que esto lleva en anchura justifica la lentitud del crecimiento en altura. Allí, volcada, hay una carretilla, quiere probar Baltasar si se aprende fácilmente el oficio de llevarla, no cuesta nada, y si con una gubia le labra una medialuna en la parte inferior del varal izquierdo, va a poder medir fuerzas con cualquier par de manos.

Al fin baja por el mismo sendero que subió, detrás del talud quedan las obras y la Isla de Madeira, si no fuera que están constantemente rodando de lo alto piedras y tierra suelta, podría pensarse que no iba a haber allí basílica alguna, ni convento, ni palacio real, sólo Mafra otra vez, en su tamaño de tantos siglos, o poco más hasta hoy, como en tiempo de los romanos, que sembraron decretos, de los moros que vinieron después y plantaron huertos y pomares de los que apenas queda sombra y sitio, hasta nosotros, que nos volvimos cristianos por voluntad de quien mandaba, que, si Cristo en persona anduvo por el mundo, aquí no llegó, porque en ese caso habría sido en el alto de la Vela su calvario, ahora andan haciendo allá un convento, probablemente es lo mismo. Y, por pensar con más ahínco en estas cosas de religión, si en verdad son de Baltasar los pensamientos, de qué serviría preguntarle, se acuerda del padre Bartolomeu Lourenço, no es la primera vez, claro está, a solas con Blimunda casi no tienen otro tema, se acuerda y siente un dolor en el corazón, se arrepiente de haberlo maltratado brutalmente en la sierra, en aquella terrible noche, fue como si golpeara a un hermano enfermo, ya sé que es cura y yo ni soldado soy ya, pero tenemos la misma edad e hicimos la misma obra. Repite Baltasar para sí mismo, que en día favorable volverá a la sierra del Barregudo y al Monte Junto, a ver si está aún allí la máquina, que bien pudiera ser que hubiese vuelto el cura a escondidas y levantara el vuelo hacia tierras más propicias a invenciones, como, por ejemplo, Holanda, país por excelencia dado a fenómenos aeronáuticos, como comprobará un tal Hans Pfaall, quien, porque no le perdonaron ciertos delitos insignificantes, sigue aún hoy viviendo en la luna. Sólo faltaba que conociera Baltasar estos acontecimientos futuros, y otros más cabales, como el de que hayan ido dos hombres a la luna, que todos los vimos allá, sin dar con Hans Pfaall, será porque no lo buscaron bien. Por ser difíciles de hallar los caminos.

Éstos son más fáciles. Desde que el sol nace hasta que se pone, Baltasar, y con él muchos más, setecientos, mil, mil doscientos hombres, cargan las carretillas con tierra y piedras, en el caso de Baltasar, el gancho ampara el mango de la pala, el brazo derecho anda hace casi quince años triplicando la fuerza y la habilidad, y luego, infinita procesión de Corpus Homini, van uno tras otro a tirar los escombros por la cuesta abajo y no es sólo matorral lo que van cubriendo, también alguna tierra de cultivo, aparte de una huerta del tiempo de los moriscos, se le va a acabar la vida, pobrecilla, tantos siglos dando coles tiernas, lechugas que estallaban de frescor, oréganos, matas de perejil y menta, primicias y primores, y ahora adiós, ya no correrá más agua por estas acequias, ya no vendrá el hortelano a deshacer la barrera de tierra y desviar el agua para dar de beber al plantel sediento, mientras el de al lado se regala con la sed que mató. Y dando el mundo tantas vueltas, muchas más dan los hombres que en él viven, quizás aquel que allá arriba acaba de vaciar una carretilla, ahí vienen piedras a saltos y trompicones, la tierra resbalando, delante la más pesada, tal vez sea él el hortelano de la huerta, pero no debe de serlo, pues ni siquiera le caen las lágrimas.

Pasan los días, las semanas, y las paredes apenas crecen. Las cargas de pólvora van reventando la roca durísima que los soldados atacan ahora, buen provecho daría, y pago del trabajo que da, si pudiera servir, como la otra, para llenar las paredes, pero ésta, que agarrada al

263

monte sólo consiente en desprenderse de él con gran violencia, puesta al aire no tarda en deshacerse en lascas, en poco tiempo se convertiría en terrón si no viniera la carretilla a echarla al fondo. Andan también en el transporte carros mayores, con grandes ruedas y tirados por mulas, a veces los cargan en exceso y, como estos días ha llovido, se atascan los animales en el barrizal, de donde por fin salen a latigazos que caen en rociada sobre el lomo, o en la cabeza cuando Dios no está mirando, aunque todo esto sea para gloria y servicio del mismo Dios, y así no se sabe si no estará quizá desviando los ojos adrede. Los hombres de las carretillas, como llevan menos carga, no se atascan tanto, aparte de que han hecho, con tablas en desuso de andamios viejos, unos pasadizos firmes, pero, como no llegan éstos para todos, hay siempre una guerra de mira y corre a ver quién primero llega, y, si llegan a la par, a ver quién más empuja, y a partir de ahí pueden venir tortas y puntapiés, si es que no unos cuantos palos cortando el aire, momento en que avanza la patrulla de soldados, maniobra suficiente por lo general para enfriar los ánimos exaltados, o, en otro caso, dos estacazos o un zurriagazo en el lomo, como a las mulas.

Está lloviendo, pero no tanto como para que tenga que interrumpirse el trabajo, excepto el de los albañiles, pues el agua deshace la argamasa, y se encharca en las anchísimas paredes, por eso se refugian los obreros en los cobertizos, a la espera de que escampe, mientras los canteros, que son gente fina, baten los mármoles abrigados, tanto los sillares como la obra de labra, probablemente preferirían descansar. A éstos tanto les da que las paredes crezcan de prisa como lentas, tienen el dibujo que han de seguir en la piedra, acantos, festones, acroterios, guirnaldas, acanaladuras, cuando la obra está lista la llevan a los cargadores de palo y cuerda, y acaba en el cobertizo donde con otras quedará guardada hasta que, llegada la hora, la vayan a buscar del mismo modo, salvo si es tan pesada que requiera cabrestante y plano inclinado. Pero tienen los canteros el privilegio de trabajar al abrigo, llueva o haga sol, con el jornal siempre seguro, bajo teja, blancos del polvo del mármol, parecen hidalgos de peluquín empolvado, truque-truque, truque-truque, con el cincel y la maceta, trabajo de dos manos. Esta lluvia de hoy no ha sido tan fuerte como para que los vigilantes mandaran recoger, aunque los de las carretillas son menos afortunados que las hormigas, que éstas, cuando el cielo está metido en agua, levantan la cabeza, olfatean los astros y se recogen en sus agujeros, no son hombres que tengan que trabajar bajo lluvia. Al fin, viene del lado del mar, avanzando sobre los campos, una oscura cortina de agua, dejan los hombres las carretillas en pleno desorden, y corren a los cobertizos o se ponen al cobijo de las paredes, si vale la pena, más mojados de lo que estaban no van a acabar. Las mulas atrailladas se quedan quietas bajo el chaparrón, el pelo empapado en sudor está ahora empapado en agua, los bueyes rumian, uncidos e indiferentes, cuando cae más fuerte la lluvia sacuden las cabezas, quién habrá ahí capaz de decir lo que sienten estos animales, qué fibras se les estremecen, y hasta dónde, si en el movimiento que hacen tropiezan sus cuernos brillantes quizá sólo, Estás ahí. Cuando la lluvia se aleja o se volvió soportable, vuelven los hombres al tajo y comienza todo de nuevo, cargar y descargar, tirar y empujar, arrastrar y levantar, hoy no hay cargas de pólvora por culpa de la humedad, mejor para los soldados que huelgan bajo los cobertizos, charlando con los centinelas, al resguardo también, es la alegría de la paz. Y como ha vuelto la lluvia, cayendo de un cielo oscurísimo, y tan pronto no va a escampar, se ha dado orden para que dejen los hombres el trabajo, sólo los canteros continuaron labrando la piedra, truque-truque, truque-truque, son amplios los cobertizos, ni las salpicaduras traídas por el viento manchan el grano de los mármoles.

Bajó Baltasar a la villa por un caminillo resbaladizo, uno que descendía delante de él cayó en el barro y todos se echaron a reír, con la risa cayó otro, suerte de estas distracciones, que en esta tierra de Mafra no hay patios de comedias, no hay tonadilleras ni actores, ópera sólo en Lisboa, para el cine faltan aún doscientos años, cuando haya passarolas a motor, mucho le cuesta al tiempo pasar, hasta que llegue la felicidad, hola. El cuñado y el sobrino ya habrán llegado a casa, mejor para ellos, no hay nada que valga una hoguera cuando un hombre está empapado, calentarse las manos en la llamarada alta, los cueros de los pies descalzos rozando las brasas, y el frío retirándose de los huesos, despacio, como el hielo que se derrite al sol. Realmente, mejor que esto, que lo hay, sólo una mujer en la cama, y si la mujer es la que uno ama, no precisa más que aparecer en el camino, como ahora vemos a Blimunda, que ha venido a compartir el mismo frío y la misma lluvia, y trae una saya de las suyas que lanza sobre la cabeza del hombre, este olor a mujer que hace subir lágrimas a los ojos, Estás cansado, preguntó ella, basta esto para que el mundo resulte soportable, una saya cubre las dos cabezas, mal comparando es el cielo, así viviese Dios con nuestros ángeles.

A Mafra llegan noticias sueltas de que en Lisboa ha habido un terremoto sin más estragos que caídas de cornisas y chimeneas, algunas grietas en las paredes viejas, pero como no hay mal que por bien no venga, hicieron negocio magnífico los cereros, que fue un remolino de velas a las iglesias, con particular preferencia por los altares de San Cristóbal, santo de gran ayuda en casos de peste, epidemias, rayos, incendios y tempestades, inundaciones, malos viajes y temblores de tierra, en competencia con Santa Bárbara y San Eustaquio, que tampoco son parcos en estas protecciones. Pero los santos son como los hombres, estos que andan aquí construyendo el convento, y quien dice éstos dice otros, en otras construcciones y destrucciones, los santos se cansan, aprecian en mucho su reposo, que sólo ellos saben cuánto trabajo da tener de la brida a las fuerzas naturales, que si fueran fuerzas de Dios bastaría ir a Él y pedirle, Oiga, no sople ahora, no sacuda, no prenda fuego, no inunde, no suelte plagas ni ladrones en el camino, y sólo si fuera un dios de maldad dejaría de atender estos ruegos, pero, como las fuerzas son naturales y los santos se distraen, apenas acabamos de suspirar de alivio por haber sido benigna la conmoción cuando tenemos encima una tempestad como no hay memoria de otra, pero sin lluvia y sin granizo, ojalá hubiera sido así, que tal vez quebraran esta fuerza del viento que juega libremente con los navíos anclados como cáscaras de nuez, arrastrando, estirando y rompiendo las amarras, o arrancando las anclas del fondo, y luego arrastra los barcos hacia los remolinos, y van a chocar unos con otros, tumbándolos y yendo a pique con los marineros clamando, sólo ellos sabrán a quién piden socorro, o encallando en tierra, donde la fuerza de las aguas acaba de despedazarlos. Los muelles se desmoronan sobre el río, el viento y las olas arrancan de raíz las piedras y las lanzan contra tierra, arrancando ventanas y puertas como guijarros, qué enemigo es éste que hiere sin hierro y sin fuego. En presunción de que sea el demonio el autor del desaguisado, toda cuanta mujer hay, ama, criada o esclava, está de rodillas en las iglesias, María Santísima, Virgen Nuestra Señora, mientras los hombres, pálidos de muerte, sin moro ni indio en quien meter la espada, desgranan las cuentas del rosario, padre nuestro, ave-maría, en fin, si tanto llamamos por éstos es que nos faltan padre y madre. Las olas baten con tanta fuerza en la playa de este lugar de Boavista, que las salpicaduras levantadas y llevadas por el viento van a caer de plano, como un chaparrón, contra los muros del convento de las Bernardas y, más lejos aún, en el monasterio de San Benito. Si el mundo fuera barca y bogase en un gran mar, se iría esta vez al fondo, juntándose agua y aguas en un diluvio al fin universal, del que no se salvarían ni Noé ni la paloma. Desde la Fundición hasta Belem, casi legua y media, no se ven más que destrozos en las playas, maderos rotos, y de las cargas de los navíos lo que por su peso no iba al fondo, a las playas venía a dar, con lastimosa pérdida de sus dueños y mucho perjuicio para el rey. A algunos navíos les cortaron los mástiles para que no virasen, e, incluso así, tres naves de guerra fueron empujadas contra la playa, donde se hubieran perdido de no haber acudido prontamente socorro particular. Eran incontables las barcas, lanchas y barcazas que fueron lanzadas contra las playas y se despedazaron, ciento veinte embarcaciones de mayor porte encallaron y se perdieron, y en cuanto a los muertos, ni vale la pena hablar, Dios sabe cuántos cadáveres se llevó la marea barra afuera o quedaron aprisionados en el fondo, lo que se sabe es que en las playas, arrojados por el mar, se contaron ciento sesenta, cuentas de un rosario que andan por ahí llorando las viudas y los huérfanos, ay mi pobre padre, son pocas las mujeres ahogadas, algún hombre dirá, ay mi pobre mujer, después de muertos todos somos pobres. Siendo tantos los muertos, los entierran donde se puede, al azar, de algunos ni se llegó a saber quiénes eran, vivían lejos sus parientes, no llegaron a tiempo, pero, a grandes males, grandes remedios, si el terremoto hubiera sido mayor, y extensa la mortandad, igual habría que enterrar a los muertos y cuidar de los vivos, queda el aviso para el futuro, por si se repite la calamidad, Dios nos libre.

Han pasado más de dos meses desde que Baltasar y Blimunda llegaron de Mafra y viven aquí. En un día de fiesta, parado el trabajo en la obra, fue Baltasar a Monte Junto a ver la máquina de volar. Estaba en el mismo sitio, en la misma posición, caída para un lado y apoyada en el ala, bajo su cobertura de ramas, secas ya. La vela superior, embreada, toda abierta, daba sombra sobre las bolas de ámbar. A causa de la inclinación del casco, la lluvia no había encharcado las lonas, y así no había peligro de que se pudrieran. Alrededor, en el suelo pedregoso, crecían matas nuevas y altas, hasta zarzales, caso sin duda singular por no ser éste tiempo ni lugar adecuado, parecía estar el ave defendiéndose por artes propias, todo se puede esperar de una máquina de éstas. Por si acaso, echó Baltasar una ayuda al camuflaje cortando ramas de los brezos, como la primera vez, pero ahora más cómodo, porque llevó un podón, y, concluido el trabajo, dio la vuelta a esta otra basílica y vio que estaba bien. Después, subió a la máquina, y, en una tabla del convés, con la punta del espigón, que en los últimos tiempos no había tenido que utilizar, dibujó un sol y una luna, es un recado para el padre Bartolomeu Lourenço, si aquí vuelve un día verá esta señal de sus amigos, no hay confusión posible. Se puso Baltasar de nuevo en camino, había salido de Mafra al amanecer, llegó cuando era ya noche cerrada, entre ir y volver anduvo más de diez leguas, quien anda con gusto, no se cansa, dicen, pero Baltasar llegó cansado, y nadie le había obligado a ir, quizá quien inventó el refrán había encontrado una ninfa y se acostó con ella, así cualquiera.

Un día, mediado diciembre, volvía Baltasar para casa al anochecer cuando vio a Blimunda, que, como casi siempre, había venido a esperarlo al camino, pero había en ella una agitación y un temblor insólitos, sólo quien no conoce a Blimunda no sabe que ella anda por el mundo como si ya lo conociera de otras vidas anteriores, y acercándose, preguntó, Está peor mi padre, No, y luego, bajando mucho la voz, El señor Escarlata está en casa del señor vizconde, qué habrá venido a hacer aquí, Estás segura, lo has visto, Con estos ojos, Será quizá un hombre parecido, Es él, a mí me basta ver una vez a alguien, y lo vi muchas. Entraron en casa, cenaron, luego fue cada uno a su jergón, cada pareja al suyo, el viejo João Francisco con el nieto, tiene éste el sueño inquieto, toda la noche coceando, con perdón, pero al abuelo no le importa, siempre es compañía para quien no consigue dormir. Por eso sólo él oyó, a las tantas, muy tarde para quien se acuesta temprano, una frágil música que entraba por las rendijas de la puerta y del tejado, gran silencio habría aquella noche en Mafra para que un simple clavicordio, tocado en el palacio del vizconde, con puertas y ventanas cerradas por el frío, y aunque no hiciera frío así lo imponía la decencia, pudiese ser oído por un viejo a quien la edad iba ensordeciendo, aunque si fuesen Blimunda y Baltasar, éstos dirían, Es el señor Escarlata que está tocando, es bien verdad que por un dedo se conoce al gigante, esto lo decimos nosotros, ya que existe el refrán y viene a cuento. Al día siguiente, de madrugada, mientras se acomodaba en un rincón junto al hogar, dijo el viejo, Esta noche oí música, no le dieron importancia Inés Antonia ni Álvaro Diego, ni el nieto, que los viejos están siempre oyendo cosas, pero Baltasar y Blimunda quedaron tristes de celos, si allí había alguien que tenía derecho a oír músicas así eran ellos, y nadie más. Fue Baltasar al trabajo, y ella se quedó rondando el palacio durante toda la mañana.

Domenico Scarlatti había pedido licencia al rey para ir a ver las obras del convento. Lo recibió el vizconde en su casa, no porque fuera excesivo su amor por la música, sino porque, siendo el italiano maestro de la capilla real y profesor de la infanta Doña María Bárbara, resultaba, por así decirlo, una emanación corpórea del palacio. Nunca se sabe cuándo agasajos traen mercedes y, no siendo la casa del vizconde hospedería, vale la pena en todo caso hacer el bien mirando a quien. Tocó Domenico

Scarlatti en el clavicordio desafinado del vizconde, por la tarde lo oyó la vizcondesa teniendo en el regazo a su hija Manuela Xavier, de sólo tres años, de cuantos estaban en el salón la más atenta fue ella, agitaba los deditos como veía hacer a Scarlatti, cosa que acabó irritando a la madre, que la pasó a los brazos del ama. No va a haber mucha música en la vida de esta chiquilla, por la noche estará durmiendo mientras Scarlatti toca, morirá al cabo de diez años, y será enterrada en la iglesia de San Andrés, donde aún está, si en el mundo hay lugar y camino para prodigios y maravillas, tal vez bajo la tierra le lleguen las músicas que el agua estará tecleando en el clavicordio que fue tirado al pozo de San Sebastián da Pedreira, si sigue habiendo pozo, que el fin de los manantiales es secarse y después se llenan las minas de escombros.

Salió el músico a visitar el convento y vio a Blimunda, disimuló uno, el otro disimuló, que en Mafra no habría vecino que no se sorprendiera, y sorprendiéndose no hiciese luego juicios incómodos, si viese a la mujer de Sietesoles conversando de igual a igual con un músico que está en casa del vizconde, qué habrá venido este hombre a hacer aquí, habrá venido a ver las obras del convento, para qué, si no es ni albañil ni arquitecto, para organista todavía el órgano nos falta, la razón ha de ser otra, Vine a decirte, y a Baltasar, que el padre Bartolomeu de Gusmão ha muerto en Toledo, que es España, adonde había huido, dicen que loco, y como no se hablaba ni de ti ni de Baltasar decidí venir a Mafra para ver si estabais vivos. Blimunda unió las manos, no como si rezase, sino como quien estrangula sus dedos, Murió, Ésa es la noticia que ha llegado a Lisboa, Aquella noche,

cuando la máquina cayó en la sierra, el padre Bartolomeu Lourenço huyó de nosotros y nunca más volvió, Y
la máquina, Allí sigue, qué haremos con ella, Cuidadla,
cuidadla, puede que vuelva a volar un día, Y cuándo murió el padre Bartolomeu Lourenço, Dicen que el diecinueve de diciembre, como si fuera una señal, hubo en
Lisboa aquel día un gran temporal, si el padre Bartolomeu de Gusmão fuese santo, sería un signo de los cielos,
Qué es ser santo, señor Escarlata, Qué es ser santo, Blimunda.

Al día siguiente, Domenico Scarlatti partió para
Lisboa. En una revuelta del camino, fuera ya de la villa,
lo esperaban Blimunda y Baltasar, éste había perdido un
jornal por despedirlo. Se acercaron al coche como quien
va a pedir limosna, Scarlatti mandó parar y les tendió las
manos, Adiós, Adiós. A lo lejos se oía el estampido de las
cargas de pólvora, parece una fiesta, el italiano va triste,
no es extraño, si viene de la fiesta, pero tristes van los
otros también, quién lo diría si vuelven a la fiesta.

En su trono entre el brillo de las estrellas, con su manto de noche y soledad, tiene a sus pies el mar nuevo y las muertas eras el único emperador que en verdad tiene el globo del mundo en su mano, este tal fue el infante Don Enrique, conforme lo cantará un poeta no nacido aún*, cada uno tiene sus simpatías, pero si es del globo del mundo de lo que se trata, y de imperio y de lo que los imperios dan, hace el infante Don Enrique flaca figura comparado con este Don Juan, quinto ya se sabe de su nombre en el orden de los reyes, sentado en un sitial de palosanto, para más cómodo estar y con mayor sosiego atender al contador que va escriturando en un rol los bienes y riquezas, de Macao las sedas, las estofas, las porcelanas, las lacas, el té, la pimienta, el cobre, el ámbar gris, el oro, de Goa los diamantes en bruto, los carbunclos, las perlas, la canela, más pimienta, los paños de algodón, el salitre, de Diu las alfombras, los muebles de taracea, las colchas bordadas, de Melinde el marfil, de Mozambique negros, oro, de Angola más negros, pero éstos no tan buenos, marfil, ése sí, el mejor de la parte

* Fernando Pessoa, en *Mensagem*. (N. del T.)

275

occidental de África, de Santo Tomé la madera, la harina de mandioca, las bananas, los ñames, las gallinas, los carneros, los cabritos, el índigo, el azúcar, de Cabo Verde algunos negros, la cera, el marfil, los cueros, aclarando que no todo marfil es de elefante, de Azores y Madeira los paños, el trigo, los licores, los vinos secos, los aguardientes, las cascas de limón escarchadas, las frutas, y de los lugares que han de ser el Brasil, el azúcar, el tabaco, el copal, el índigo, la madera, los cueros, el algodón, el cacao, los diamantes, las esmeraldas, la plata, el oro, que sólo de éste llega al reino, un año por otro, el valor de doce a quince millones de cruzados, en polvo y amonedado, aparte del otro, y aparte también del que se va al fondo o se llevan los piratas, claro está que todo esto no es ingreso de la corona, rica sí, pero no tanto, no obstante, sumado todo, de dentro y de fuera, entran en las arcas del rey más de dieciséis millones de cruzados, sólo los derechos de paso de los ríos por donde se va a Minas Gerais rinden treinta mil cruzados, tanto trabajo tuvo Dios para abrir los cauces por donde las aguas habían de correr y viene ahora un rey portugués a cobrar un peaje gananioso.

Medita Don Juan V en lo que va a hacer con tan grandes sumas de dinero, con tan extrema riqueza, medita hoy y meditó ayer, y concluye siempre que el alma debe ser la primera consideración, por todos los medios debemos preservarla, sobre todo cuando la pueden consolar también las amenidades de la tierra y del cuerpo. Vaya pues al fraile y a la monja lo necesario, vaya también lo superfluo, porque el fraile me pone en primer lugar en todas sus oraciones, porque la monja me alegra las sábanas y otras partes, y a Roma, si con buen dinero le pagamos para tener el Santo Oficio, vaya más de lo que pide por menos cruentos beneficios, a cambio de embajadas y presentes, y si de esta pobre tierra de analfabetos, de rústicos, de toscos artífices no se pueden esperar supremas artes y oficios, búsquense en Europa para mi convento de Mafra, pagándoles con el oro de mis minas y haciendas, los rellenos y ornamentos que dejarán, como dirá el fraile historiador, ricos a los artífices de allá, y a nosotros admirados, viendo los ornamentos y rellenos. De Portugal no se requiere más que piedra, ladrillos y leña de quemar, y hombres para la fuerza bruta, ciencia poca. Si el arquitecto es alemán, si italianos los maestros de los carpinteros y de los albañiles y de los canteros, si mercaderes ingleses, franceses, holandeses y otras reses todos los días nos venden y nos compran, es muy lógico que vengan de Roma, de Venecia, de Milán y de Génova, de Lieja y de Francia, y de Holanda las campanas y los carillones, y las lámparas, los velones, los candelabros, los colgantes, los grandes veladores de bronce, y los cálices, las custodias de plata sobredorada, los sagrarios y las estatuas de los santos de que el rey es más devoto, y los paramentos de los altares, los frontales, las dalmáticas, las planetas, las pluviales, los cordones, los doseles, los palios, las albas de peregrinas, los encajes y tres mil tablones de nogal para los cajones de la sacristía y sillería del coro, por ser madera muy estimada para ese fin por San Carlos Borromeo, y de los países del norte navíos enteros cargados de madera para andamios, cobertizos y barracones, y cuerdas y amarras para los cabrestantes y roldanas, y del Brasil tablas de angelín, incontables, para las puertas y ventanas del convento, para el suelo de celdas, dormitorios, refectorio y demás dependencias, incluyendo las rejas de los espulgaderos, por ser madera incorruptible, no como este quebradizo pino portugués, que sólo sirve para hacer hervir las cazuelas y sentarse en él gente de poco peso y aliviada de bolsillos. Desde que en la villa de Mafra, va ya para ocho años, se puso la primera piedra de la basílica, ésa de Pêro Pinheiro, gracias a Dios, toda Europa se vuelve consolada hacia nosotros, hacia el dinero que recibieron por adelantado, mucho más aún hacia el que cobrarán vencido cada plazo y acabada la obra, él es los auríficies de oro y plata, él es los fundidores de campanas, él es los escultores de estatuas y relieves, él es los tejedores, él es las encajeras y bordadoras, él es los entalladores, él es los relojeros, él es los pintores, él es los cordoneros, él es los aserradores y madereros, él es los pasamaneros, él es los tenedores y repujadores de cueros, él es los tapiceros, él es los transportistas, él es los armadores de navíos, y, ya que la vaca que tan dócilmente se deja ordeñar no puede ser nuestra, o mientras no lo sea, dejémosla quedar con los portugueses, que poco tardarán en comprarnos de fiado un cuartillo de leche para hacer merengues y golosinas, Si quiere repetir su majestad, no tiene más que decirlo, advierte la madre Paula.

Van las hormigas a la miel, al azúcar derramada, al maná que viene del cielo, cuántas serán, al menos veinte mil, todas vueltas del mismo lado, como ciertas aves marinas que a centenares se reúnen en las playas para adorar al sol, es igual que el viento les dé en la cola, que les levante las plumas, lo que les importa es seguir el ojo viajero del cielo, y, en carreritas cortas, van pasando unas delante de las otras hasta que se acaba la playa y el sol se esconde, mañana volveremos a este mismo lugar, si no nosotras, serán nuestros hijos quienes vengan. De los veinte mil, casi todos son hombres, las escasas mujeres se quedan en la periferia de la congregación, no tanto por costumbre de separar los sexos en la misa, sino porque, perdiéndose ellas entre la multitud, vivas, sí, tal vez salgan, pero violadas, como hoy diríamos, que no tentarás al Señor tu Dios, y, si lo tentares, no vengas luego a quejarte de que quedaste preñada.

Ya se ha dicho que es esto una misa. Entre la obra y la Isla de Madeira hay un espacio amplio, pisado por el ir y venir de los obreros, surcado por las rodadas de los carros que vienen y van, afortunadamente está ahora seco, es la virtud de la primavera cuando empieza a acercarse a los brazos del verano, dentro de poco los hombres podrán arrodillarse sin temer demasiado por las rodilleras de los calzones, aunque no sea ésta una gente extremada en la limpieza, se lava con el propio sudor. En una eminencia al fondo hay una capillita de madera, si creen los asistentes que hay milagro capaz de meterlos a todos allí dentro, se engañan de medio a medio, más fácil fue multiplicar los panes y los peces o que cupieran dos mil voluntades en un frasco de vidrio, eso no es ningún milagro, sino la cosa más natural del mundo, lo que falta es querer. Entonces rechinan los cabrestantes, con este ruido, o semejante, se abren las puertas del cielo y del infierno, cada cual de su correspondiente calidad, de cristal las de la casa de Dios, de bronce las de la casa de Satán, se nota pronto por la diferencia de los ecos, pero el ruido aquí es sólo el del roce de las maderas, se alza lentamente el frontis de la capilla, se va levantando hasta transformar la pared en alpende, al tiempo que se abren las partes laterales, es como si manos invisibles estuvieran abriendo un sagrario, la primera vez que ocurrió esto aún no había tanta gente trabajando en la obra, pero fueron al menos cinco mil personas las que dijeron Ah, siempre ha de haber una novedad que asombre a la gente, luego se van acostumbrando, se abrió al fin la capilla de par en par, mostrando allá dentro al celebrante y el altar, será ésta una misa como otra cualquiera, parece imposible, pero toda esta gente ha olvidado ya que un día Mafra fue sobrevolada por el Espíritu Santo, diferentes son las misas que preceden a las batallas campales, cuando se cuenten y entierren los muertos quién sabe si no estaré yo entre ellos, aprovechemos bien el santo sacrificio, salvo si el enemigo ataca antes, o porque ha ido a misa más temprano o porque es de una religión que la dispensa.

Desde su púlpito de madera predicó el celebrante al mar de gente, si el mar fuera de peces, qué hermoso sermón se hubiera podido repetir aquí, con su doctrina muy clara, muy sana, pero, no siendo peces, fue la predicación como merecían los hombres, y sólo la oyeron los fieles que más cerca estaban. Sin embargo, si es cierto que el hábito no hace al monje, lo hace sin duda la fe, cuando los que asisten a la misa oyen hielo, ya saben que el predicador ha dicho cielo, si eterno infierno, si visto Cristo, si dos Dios, y si nada más oye, palabra o eco, es que se acabó el sermón y ya podemos irnos. Es sorprendente que haya acabado la misa y no se hayan quedado muertos allí mismo, no los ha matado ni el sol cuando dio de lleno en la custodia, destelleante, cuánto han cambiado los tiempos, ya hace mucho que estando una vez los betsamitas en el campo segando sus trigos, levantaron por casualidad los ojos del trabajo, y vieron que venía el Arca de la Alianza de la tierra de los filisteos, y esto fue lo que bastó para que cayeran allí redondos cincuenta mil setenta, ahora miraron veinte mil, estabas allí, no me di cuenta. Es ésta una religión de grandes holganzas, mayormente cuando están reunidos tantos fieles, dónde se iba a encontrar tiempo e instalaciones para que confesaran todos o comulgaran todos, van a andar entre tanto por ahí, a lo que salga, bostezando, peleándose, tentándole las carnes a una mujer tras un vallado o en lugares de más bellaquería, hasta mañana, que es de nuevo día laboral.

Baltasar atraviesa la explanada, hay hombres que organizan inocentes partidas de tejo, y otros juegos que el rey prohíbe, como el cara y cruz, si aparece por ahí el corregidor no van a librarse éstos del potro. Esperan a Baltasar, en el sitio acordado, Blimunda e Inés Antonia, y por allí aparecerán también, si es que no están ya, Álvaro Diego y su hijo. Bajan todos juntos al valle, en casa los espera el viejo João Francisco, que apenas puede mover las piernas, se contenta con la misa discreta que el párroco dice en la iglesia de San Andrés, asiste toda la casa del vizconde, precisamente por eso son los sermones menos aterradores, aunque tengan la desventaja de que hay que oírlos enteros porque se nota de inmediato la distracción de quienes oyen, faltas de atención naturales, por otra parte, cuando los años son muchos o mucho han fatigado. Acaban de comer, Álvaro Diego duerme la siesta, el hijo va a cazar pájaros con otros de su edad, las mujeres remiendan y repasan la ropa discretamente, porque ésta es fiesta de guardar y Dios no quiere que se trabaje, no obstante, si no se remienda hoy este desgarrón, mañana será mayor, y si es verdad que Dios castiga sin piedra ni palo, verdad es también que remendar es trabajo sólo de aguja e hilo, aunque no sea mucha mi maña, y no es extraño, que cuando Adán y Eva fueron creados tanto sabía uno como otro, y cuando los expulsaron del paraíso, no consta que hubieran recibido del arcángel una lista con los trabajos de hombre y los trabajos de mujer, a ésta sólo se le dijo, Parirás con dolor, pero hasta esto se acabará un día. Baltasar deja en casa el espigón y el gancho, va con el muñón a la fresca, quiere ver si vuelve a sentir aquel confortante dolor en la mano, ahora cada vez más raro, y aquella comezón en la parte interna del pulgar, la sensación voluptuosa de rascarlo con la uña del índice, y que no le digan que todo esto sólo ocurre en su cabeza, porque él responderá que en la cabeza no tiene dedos, Pero tú, Baltasar, no tienes ya la mano, De eso nadie puede estar seguro, para qué discutir con gente así, que es capaz de negar hasta la propia realidad.

Es sabido que Baltasar va a beber, pero no se embriagará. Bebe desde que supo de la muerte del padre Bartolomeu Lourenço, triste muerte, fue una conmoción muy grande, como un terremoto profundo que le hubiera rasgado los cimientos, dejando fuera, en la superficie, las paredes aplomadas. Bebe porque constantemente recuerda la passarola, allá en la sierra del Barregudo, en una ladera del Monte Junto, quién sabe si la habrán encontrado ya los contrabandistas o los pastores, y sólo de pensarlo sufre como si estuvieran torturándolo en el potro. Pero, bebiendo, llega siempre un momento en que siente en su hombro la mano de Blimunda, no precisa nada más, está Blimunda tranquila en casa, Baltasar coge la jarra del vino, cree que va a beberlo como bebió los otros, pero la mano le toca el hombro, y una voz le dice, Baltasar, y la jarra vuelve a la mesa intacta, los amigos saben que ese día no va a beber más. Se quedará callado, escuchando sólo, mientras el sopor del vino se desvanece lentamente y las palabras de los otros vuelven a tener sentido aunque sea el de la misma y repetida historia, Me llamo Francisco Marques, nací en Cheleiros, aquí, cerca de Mafra, a unas dos leguas, tengo mujer y tres hijos pequeños, toda mi vida la he pasado trabajando a jornal, y, como no veía modo de salir de la miseria, decidí venir a trabajar para el convento, que fue un fraile de allá, de mi tierra, quien me dijo que viniera, eso por lo que oí decir, que yo entonces era un chiquillo, más o menos como tu sobrino ahora, pero la verdad es que no tengo motivos de queja, Cheleiros no está lejos, de vez en cuando le doy un poco de movimiento a las piernas, las dos que andan y la de en medio, el resultado es que la mujer está preñada otra vez, el dinero que ahorro allá se queda, pero los pobres tenemos que comprarlo todo, no nos viene nada de la India o de Brasil, ni tenemos empleos ni encomiendas en palacio, qué puedo hacer con los doscientos reales de jornal, tengo que pagar lo que como aquí y la jarra de vino que me bebo, la buena vida es para los dueños de las posadas, y si es verdad que vinieron obligados de Lisboa muchos de ellos, yo por necesidad vivo y necesitado sigo, Mi nombre es José Pequeno, no tengo padre ni madre, ni mujer que sea mía, ni siquiera sé si éste es mi verdadero nombre o si tuve otro antes, aparecí en una aldea junto a Torres Vedras y el párroco me bautizó, José es mi nombre de pila, lo de Pequeno me lo pusieron después, porque no crecí mucho, con esta chepa a cuestas ninguna mujer me quiso para vivir, y todas me piden más por ponerme encima de ellas, no tengo otra compensación, ven aquí, y ahora, vete, cuando sea viejo ya ni para eso sirvo, si vine a Mafra es porque me gusta trabajar con los bueyes, los bueyes andan prestados en este mundo, como yo, no somos de acá, Me llamo Joaquim da Rocha, nací en el término de Pombal, y allá está la familia, sólo mujer, hijos tuve cuatro, pero todos murieron antes de cumplir diez años, dos de la viruela, los otros no sé de qué, con la sangre chupada, tenía allá una tierra en aparcería, pero no daba para comer, entonces le dije a la mujer, me voy a Mafra, es trabajo seguro y por muchos años, mientras dure, duró, ahora hace ya seis meses que no voy por casa, y puede que no vuelva más, mujeres no faltan, y la mía debía de ser de mala raza para parir así cuatro hijos y dejarlos morir a todos, Me llamo Manuel Milho, vengo de la parte de Santarem, un día pasaron por allá los oficiales del corregidor con un pregón de que había buen jornal en estas obras de Mafra, y aquí me vine, con algunos más, dos de los que vinieron conmigo se quedaron en aquel derrumbe de tierras que hubo el año pasado, no me gusta esto, y no porque hayan muerto dos paisanos, que el hombre no puede elegir dónde ha de morir, salvo si es él quien elige su propia muerte, sino porque echo en falta el río de mi tierra, bien sé que agua la hay en el mar de sobra, se ve desde aquí, pero a ver qué puede hacer un hombre en esa inmensidad, siempre las olas batiendo contra las piedras, siempre contra la arena, mientras que el río corre entre sus márgenes, es como una procesión penitente, él arrastrándose, y nosotros de pie, mirando, somos como los fresnos y los chopos, y cuando uno quiere ver cómo está su cara, si ha envejecido mucho, el agua es el espejo que pasa y está parado, y nosotros también estamos parados y vamos pasando, de dónde me vienen estas cosas a la cabeza, yo no sé decirlo, Mi nombre es João Anes, vine de Porto y soy tonelero, también para construir un convento se precisan toneleros, quién iba si no a concertar las duelas y a hacer cubas y tinas, si un albañil está en el andamio y le hacen llegar el cubo de la masa, tiene que mojar las piedras con la escobilla para que agarren bien, la que ya está y la que va a asentarse, y para eso tiene que tener el balde, y dónde van a beber los animales, pues beben en las tinas, y quién hace las tinas, pues los toneleros, no es por alabanza pero no hay oficio como el mío, hasta Dios fue tonelero, mirad esa gran tina que es el mar, si la obra no fuera perfecta, si las duelas no estuvieran bien ajustadas, entraría el mar tierra adentro y ya teníamos otro diluvio encima, sobre mi vida no tengo mucho que decir, dejé a la familia en Porto, y allá se las van arreglando, hace dos años que no veo a mi mujer, a veces sueño que estoy acostado con ella, pero si soy yo, no tengo mi cara, al día siguiente no adelanto en el trabajo, me gustaría verme completo en el sueño, en vez de aquella cara sin boca, sin ojos y sin nariz, qué cara estará mi mujer viendo ahora, no sé, pero me gustaría que fuera la mía, Mi nombre es Julián Maltiempo, soy del Alentejo y he venido a trabajar a Mafra por causa de las grandes hambres que hay en mi provincia, ni sé cómo queda allí nadie vivo, si no fuera porque nos hemos acostumbrado a comer hierbas y bellotas ya habría muerto todo el mundo, es una pena ver una tierra tan grande, eso sólo puede saberlo quien haya pasado por allí, y no hay más que un erial, pocas son las tierras trabajadas y sembradas, el resto sólo matojos y soledad, y es un país de guerras, con los españoles entrando y saliendo como de cacería, ahora está en paz todo aquello, a ver por cuánto tiempo, que los reyes y los hidalgos cuando no andan corriéndonos y matándonos a nosotros corren y matan la caza, por eso ay del pobre a quien cojan con un conejo en el saco, aunque lo haya encontrado ya muerto en el monte de enfermedad o de vejez, lo menos que le puede suceder es una docena de zurriagazos en las costillas, para que aprenda que Dios hizo los conejos para diversión y hartazgo de señores, y aún valdrían la pena los zurriagazos si pudiéramos quedarnos con la caza, si me vine a Mafra fue porque el párroco del pueblo predicaba en la iglesia que quien viniera a trabajar para el rey sería criado suyo, bueno, no exactamente, pero como si lo fuera, y que los criados del rey, decía el cura, no sufren privaciones de boca y andan siempre con las carnes tapadas, aún mejor que en el paraíso, porque si es cierto que Adán, no teniendo quien le disputara la pitanza, comía a su gusto y conforme a apetito, ya de vestidos andaba peor, al fin resultó que todo era mentira, no hablo del paraíso, que no soy de aquel tiempo, pero de Mafra sí, que si no muero de hambre es porque gasto cuanto gano, roto ando como andaba, y, en cuanto a ser criado del rey, aún espero no morir sin ver la cara de mi amo, a no ser que me muera de estar tanto tiempo lejos de la familia, un hombre, si tiene hijos, también se alimenta de verles la cara, ojalá se alimentaran ellos de ver la nuestra, es el destino, acabamos la vida mirándonos los unos a los otros, quién eres tú, qué has venido a hacer aquí, quién soy yo y qué hago, ya pregunté y no obtuve respuesta, no, ningún hijo mío tiene los ojos azules, pero tengo la seguridad de que todos son míos, esto de los ojos azules es cosa que aparece de vez en cuando en la familia, ya mi abuela los tenía así, Mi nombre es Baltasar Mateus, todos me conocen por Sietesoles, José Pequeno sabe por qué le llaman así, pero yo no sé desde cuándo y por qué nos metieron los siete soles en casa, si fuésemos siete veces más antiguos que el único sol que nos alumbra, entonces deberíamos ser nosotros los reyes del mundo, en fin éstas son charlas locas de quien ya estuvo cerca del sol y ahora ha bebido de más, si me oís decir cosas insensatas, o es del sol que llevo encima, o del vino que llevo dentro, lo que sí es cierto es que nací aquí, hace cuarenta años, mi madre ha muerto, se llamaba Marta María, mi padre apenas puede andar, creo que le están naciendo raíces en los pies, o es que el corazón busca ya descanso en la tierra, teníamos por ahí unas tierras, como Joaquim da Rocha, pero, con tanto terraplenar, ya ni el sitio sé, hasta yo llevé en mi carretilla alguna de aquella tierra que fue mía, quién habría de decirle a mi abuelo que un nieto suyo iba a tirar aquella tierra que fue cavada y sembrada, ahora le ponen un torreón encima, son vueltas que da la vida, la mía tampoco ha dado pocas, siendo mozo cavé y sembré para los labradores, nuestra tierra era tan pequeña que mi padre daba cuenta del trabajo y aún le quedaba tiempo de trabajar a jornal, bien, hambre, lo que se dice hambre, nunca pasamos, pero hartura o suficiencia nunca supimos lo que era, después fui a la guerra del rey, allá quedó mi mano izquierda, sólo más tarde supe que, sin ella, empezaba a ser igual a Dios, y como ya no servía para la guerra, volví a Mafra, pero antes estuve unos años en Lisboa, y sólo esto y nada más, Y en Lisboa, qué hiciste, preguntó João Anes, que era, de todos, el único oficial de oficio, Estuve en el matadero del Terreiro do Paço, pero era sólo para carretear la carne, Y cuándo estuviste cerca del sol, eso quiso saber Manuel Milho, probablemente por ser él quien solía contemplar el río pasando, Eso, fue una vez que subí a una sierra muy alta, tan alta que extendiendo el brazo tocaba el sol, ni sé si perdí la mano en la guerra o si el sol me la quemó, Y qué sierra era, en Mafra no hay sierras que lleguen al sol, y en el Alentejo tampoco, que el Alentejo lo conozco bien, preguntó Julián Maltiempo, Quizá haya sido una sierra que aquel día estaba alta y ahora está baja, Si para arrasar un monte de éstos son precisas tantas cargas de pólvora, para rebajar una sierra alta se gastaba toda la que hay en el mundo, dijo Francisco Marques, el que primero había hablado, y Manuel Milho insistió, Llegar cerca del sol, sólo volando como los pájaros, allá, a orillas del río, se ven a veces unos milanos que van subiendo, subiendo, dando vueltas, y luego desaparecen, quedan tan pequeños que ya no se pueden ver, y entonces van al sol pero nosotros no sabemos ni el camino por donde se llega, ni la puerta por donde se entra, pero tú eres hombre, no tienes alas, A no ser que seas brujo, dijo José Pequeno, como una de mi pueblo que se untaba con ungüentos, se ponía a caballo de una escoba e iba de noche de un sitio a otro, eso decían, que yo, ver, nunca la vi, No soy brujo, decid cosas como ésas y me lleva el Santo Oficio, y tampoco nadie me ha oído decir que volara, Pero has dicho que estuviste cerca del sol, y aún más, que

288

empezaste a ser igual a Dios después de haberte quedado sin mano, si esa herejía llega a oídos del Santo Oficio no hay quien te salve, Nos salvaríamos todos si nos hiciéramos iguales a Dios, dijo João Anes, Si nos hiciéramos iguales a Dios podríamos juzgarlo por no haber recibido de él esa igualdad, dijo Manuel Milho, y Baltasar explicó al fin, con gran alivio al ver que no se hablaba ya del volar, Dios no tiene mano izquierda porque es a su diestra donde sienta a sus elegidos, y como los condenados van al infierno, a la izquierda de Dios no queda nadie, ahora bien, si allá no queda nadie, para qué iba a querer Dios la mano izquierda si la mano izquierda no sirve, esto quiere decir que no existe, mi mano no sirve porque no existe, es la única diferencia, Tal vez la izquierda de Dios sea otro dios, quizá Dios esté sentado a la derecha de otro dios, quizá Dios sea sólo un elegido de otro dios, quizá seamos todos dioses sentados, de dónde me vienen estas cosas a la cabeza, no sé, dijo Manuel Milho, y Baltasar remató, Entonces soy yo el último de la fila, a mi izquierda no puede sentarse nadie, conmigo se acaba el mundo, De dónde vienen estas cosas a las cabezas de estos rústicos, analfabetos todos, menos João Anes, que tiene algunas letras, es cosa que no sabemos.

La campana de la iglesia de San Andrés, en el fondo del valle, tocó el Ave María. Sobre la Isla de Madeira, en las calles y plazas, dentro de las tabernas y en los barracones se oye un murmullo continuo, como el del mar a lo lejos. Veinte mil hombres estaban rezando la oración de la tarde, o contándose sus vidas unos a otros, quién sabe.

289

Tierra suelta, escombros, lascas que la pólvora o el pico arrancaron al pedernal profundo, y que transportan luego los hombres en carretillas llenando el valle con lo que se va arrasando del monte o extrayendo de los nuevos fosos. Para desechos de mayor porte y peso andan los carros grandes, chapeados de hierro, que los bueyes o las mulas arrastran sin más pausa que cargar y descargar. En los andamios, por las rampas de tablones, suben hombres las piedras suspendidas del yugo que les asientan sobre la nuca y los hombros, sea por siempre alabado quien inventó la almohadilla de apoyo, fue sin duda alguien a quien le dolía. Son trabajos ya dichos, fáciles de referenciar por ser de fuerza bruta, pero la causa de su reiteración es evitar que olvidemos lo que, por ser tan común y de tan mínima arte, se suele mirar sin más consideración que aquella con la que distraídamente vemos nuestros propios dedos escribiendo, así de un modo y otro va quedando oculto aquel que hace bajo aquello que es hecho. Mucho mejor veríamos, y mucho más, si mirásemos desde arriba, por ejemplo, planeando en la máquina voladora sobre este lugar de Mafra, el paseado monte, el conocido valle, la Isla de Madeira que las estaciones han oscurecido con lluvia o sol, y algunos tablones se pudren ya, la tala del pinar de Leiria y en los términos de Torres Vedras y Lisboa, los humos diurnos y nocturnos de las tejeras y hornos de cal que entre Mafra y Cascais son centenares, los barcos que traen otros ladrillos del Algarve y de Entre-Douro-e-Minho y los van a descargar, Tajo adentro, por un canal abierto a brazo hasta el desembarcadero de San Antonio do Tojal, los carros que por Monte Achique y Pinheiro de Loures traen estas y otras materias al convento de su majestad, y aquellos otros que cargan las piedras de Pêro Pinheiro, no hay mejor mirador que este donde estamos, no nos haríamos idea de la grandeza de la obra si el padre Bartolomeu Lourenço no hubiera inventado la passarola, a nosotros nos sustentan en el aire las voluntades que Blimunda juntó en las esferas de metal, por allá abajo andan otras voluntades, presas al globo de la tierra por la ley de la gravedad y de la necesidad, si pudiéramos contar los carros que se mueven por estos caminos de ida y vuelta próximos o lejanos, llegaríamos a los dos mil quinientos, vistos desde aquí parecen estar parados, es por ser tan pesada la carga. Mas a los hombres, si los quisiéramos ver, tendría que ser de más cerca.

Durante muchos meses, Baltasar arrastró y empujó carretillas hasta que un día se cansó de ser mula de litera, unas veces delante y otras detrás, y, habiendo prestado públicas y buenas pruebas ante los oficiales del oficio, pasó a andar con una yunta de bueyes, de las muchas que el rey había comprado. Fue de buena ayuda en el ascenso José Pequeno, cuya corcova caía en gracia al mayoral, hasta el punto de decir que el boyero quedaba con la cara a la altura del hocico de los bueyes, y era casi verdad, pero, si pensó que con esto le ofendía, muy engañado estaba, porque José Pequeno, por primera vez, tuvo consciencia del placer que le causaba poder mirar por derecho con sus ojos de hombre los inmensos ojos de los animales, inmensos y mansos, donde veía reflejada su propia cabeza, el tronco, y, allá abajo, hundiéndose en la orla inferior del párpado, las piernas, cuando un hombre cabe entero en el ojo de un buey se puede en fin reconocer que el mundo está bien construido. Fue de buena ayuda José Pequeno porque instó al mayoral para que pasara Baltasar Sietesoles a boyero, que si ya andaba con los bueyes un lisiado bien podrían ser dos, se hacen compañía uno al otro, y si no se entiende con el trabajo, no se pierde nada, vuelve a las carretillas, en un día se podrá ver la habilidad del hombre. De bueyes sabía Baltasar lo suficiente, no en vano había lidiado con ellos tantos años, y en dos trayectos se vio que el gancho no era defecto y que la mano derecha no había olvidado ninguna de las cláusulas del arte de la aguijada. Cuando llegó a casa por la noche, iba tan contento como cuando, de chiquillo, descubrió el primer huevo en un nido, cuando de hombre estuvo con la primera mujer, cuando soldado oyó el primer toque de trompeta, y de madrugada soñó con sus bueyes y la mano izquierda, nada le faltaba, hasta Blimunda iba montada en uno de los animales, y que entienda esto quien sepa de sueños soñados.

Llevaba Baltasar poco tiempo en esta su nueva vida cuando hubo noticia de que era necesario ir a Pêro Pinheiro a buscar una piedra muy grande que allí había, destinada al balcón que quedará sobre el pórtico de la iglesia, tan excesiva la tal piedra que se calcularon en doscientas las yuntas necesarias para traerla, y muchos los hombres que tendrían que ir para ayudar. En Pêro Pinheiro se construiría el carro que tendría que cargar el pedrusco, especie de nave de India con ruedas, esto decía quien ya había visto algunos de sus elementos e igualmente pusiera los ojos, alguna vez, en la nao de la compración. Exageración será, seguro, mejor es que juzguemos con nuestros propios ojos, con todos estos hombres que se están levantando aún de noche y van a salir para Pêro Pinheiro, ellos y los cuatrocientos bueyes, y más de veinte carros que llevan los pertrechos para la conducción, a saber, cuerdas y amarras, cuñas, palancas, ruedas de reserva hechas por la medida de las otras, ejes para el caso de que se partan algunos de los primitivos, escoras de tamaños diversos, martillos, alicates, chapas de hierro, guadañas para cortar heno para los animales, y van también las provisiones que han de comer los hombres, fuera de lo que pudiera ser comprado en los lugares, un mundo de cosas cargando los carros, que quien creyó hacer a caballo el viaje hacia abajo va a tener que hacerlo a pie, no es mucho, tres leguas para allá, tres para acá, cierto es que los caminos no son buenos, pero tantas veces habían hecho ya los bueyes y los hombres esta jornada con otras cargas, que sólo con poner en el suelo la pata y la suela en seguida ven que están en tierra conocida, aunque costosa de subir y peligrosa de bajar. De aquellos hombres que conocimos el otro día, van en el viaje José Pequeno y Baltasar, llevando cada cual su yunta, y, entre el personal de a pie, sólo llamado para hacer fuerza, va el de Cheleiros, aquel que tiene allá mujer e hijos, Francisco Marques es su nombre, y también va Manuel Milho, el de las ideas que le vienen de no sabe dónde. Van otros Josés, y Franciscos, y Manueles, serán menos los Baltasares, y habrá Juanes, Álvaros, Antonios y Joaquines, tal vez Bartolomés, pero ninguno el ya sabido, y Pedros, y Vicentes, y Benitos, Bernardos y Cayetanos, todo cuanto es nombre de varón va aquí, todo cuanto es vida también, sobre todo si es atribulada, principalmente si es miserable, ya que no podemos hablarles de las vidas, por ser tantas, dejemos al menos aquí escritos sus nombres, ésa es nuestra obligación, sólo para eso escribimos, para hacerles inmortales, pues aquí están, si de nosotros depende, Alcino, Blas, Cristóbal, Daniel, Egas, Firmino, Gerardo, Horacio, Isidro, Juvino, Luis, Marcolino, Nicanor, Onofre, Paulo, Quiterio, Rufino, Sebastián, Tadeo, Ubaldo, Valerio, Xavier, Zacarías, una letra de cada uno para que queden todos aquí representados, quizá no todos esos nombres sean propios del tiempo y del lugar, menos aún de las personas, pero, mientras no se acabe quien trabaje, no se acabarán los trabajos, y algunos de éstos estarán en el futuro de alguno de aquéllos, a la espera de quien venga a tener el nombre y la profesión. De cuantos pertenecen al alfabeto de la muestra y van a Pêro Pinheiro, nos pesa dejar ir sin vida contada a aquel Blas que es pelirrojo y camões* del ojo derecho, no faltaría quien empezara a decir que es ésta una tierra de tarados, un jiboso, un manco, un tuerto, y que estamos cargando las tintas, que para héroes hay que elegir a los bellos y hermosos, a los esbeltos y galanes, a los enteros

---

* Tuerto, como Camões. (N. del T.)

y completos, así lo habríamos querido, pero, la verdad es la verdad, y que nos agradezcan al menos que no hayamos metido en esta historia a todos los belfos y tartamudos, a los cojos y prognáticos, a los zambos y a los epilépticos, a los orejudos y a los tontos, a los albinos y canos, los de la sarna y los de la llaga, los de la tiña y los de la roña, entonces sí, se vería el cortejo de lázaros y quasimodos que está saliendo de la villa de Mafra, de madrugada aún, suerte que de noche todos los gatos son pardos y bultos todos los hombres, si Blimunda hubiera venido a la despedida sin haber comido su pan, qué voluntad vería en cada uno, la de ser otra cosa.

Apenas nació el sol, sube la temperatura del día, cosa nada rara pues estamos en julio. Tres leguas, para este pueblo de andarines, no es jornada matadora, tanto más cuanto que el común del personal regula el paso por la andadura de los bueyes, y éstos no tienen ningún motivo para ir de prisa. Sueltos de carga, sólo uncidos a pares, van incómodos con tanta holgura, y casi sienten envidia de los hermanos que tiran de los carros de los pertrechos, es como estar en la ceba antes del matadero. Los hombres, ya se dijo, van lentamente, callados unos, otros conversando, cada cual buscando los amigos que tiene, pero a uno de ellos pareció picarle una avispa y, apenas salió de Mafra, se largó con trote corto, parecía como si fuera a Cheleiros a librar al padre de la horca, era Francisco Marques, que aprovechaba la ocasión para ir a ahorcarse entre las piernas de su mujer, ahora que ha parido ya, o no será tal la idea quizá, sino sólo la de estar con los hijos, charlar un rato con la esposa, cortejarla sólo, sin pensar en fornicios que tendrían que ser apresurados porque vienen ahí atrás los compañeros, y por lo menos a Pêro Pinheiro conviene que llegue al mismo tiempo que ellos, ya están pasando por nuestra puerta, a ver si nos da tiempo, el pequeño está durmiendo, no se entera de nada, a los otros los mandamos que vayan a ver si llueve, y ellos entienden que el padre quiere estar con la madre, qué sería de nosotros si el rey hubiera mandado hacer el convento en el Algarve, y ella preguntó, Ya te vas, y él respondió, Qué remedio, pero, a la vuelta, si acampamos cerca me quedo contigo toda la noche.

Cuando Francisco Marques llegó a Pêro Pinheiro, echando los bofes por la boca, con las piernas temblándole, ya estaba armado el campamento, aunque no había barracas, no había tiendas, los soldados eran sólo los de la vigilancia acostumbrada, más parecía aquello una feria de ganado, con más de cuatrocientas cabezas, y los hombres andando entre los bueyes, apartándolos a un lado, y con eso se espantaban algunos animales, daban cabezadas, aparatosas pero sin malicia, después los dispusieron para comer el heno que descargaban de los carros, iban a tener que esperar mucho, ahora comían a toda prisa los hombres de la pala y el pico, que serán precisos más adelante. Estaba mediada la mañana, batía el sol con fuerza en el suelo duro y seco, cubierto de menudos fragmentos de mármol, lascas, esquirlas, y, a un lado y otro del rebaje del fondo de la cantera, grandes bloques esperaban su vez para ser llevados a Mafra. Tenían seguro el viaje, pero no hoy.

Algunos hombres se habían reunido en medio del camino, los de atrás intentaban ver por encima de las cabezas de los otros, o forcejeaban por abrirse paso entre éstos, y Francisco Marques se acercó, compensando el retraso con el empeño de saber, Qué están mirando ahí, quizá fue el pelirrojo quien le respondió, Es la piedra, y otro añadió, Nunca vi cosa semejante en mi vida, y movía la cabeza, asombrado. En esto llegaron los soldados y con órdenes y empujones disolvieron la reunión, A ver, apartaos, los hombres son tan curiosos como los chiquillos, y vino el oficial de la veeduría encargado de este transporte, Apártense, dejen sitio, los hombres se apartaron atropellándose, y ella apareció, bien había dicho el Blas pelirrojo y tuerto, La piedra.

Era una laja rectangular, enorme, una barbaridad de mármol rugoso asentado sobre troncos de pino, si nos acercáramos más, oiríamos sin duda el gemido de la savia, como oímos ahora el gemido de asombro que salió de la boca de los hombres, en este instante en que la piedra apareció en su real tamaño. Se acercó el oficial de la veeduría y le puso la mano encima, como si estuviera tomando posesión de ella en nombre de su majestad, pero si estos hombres y estos bueyes no hicieran la fuerza necesaria, todo el poder del rey sería viento, polvo, nada. Pero harán la fuerza. Para eso han venido, para eso dejaron tierras y trabajos suyos, trabajos que eran también de fuerza en tierras que la fuerza apenas amparaba, puede estar tranquilo el veedor, que aquí nadie va a negarse.

Los hombres de la cantera se aproximan, van a terminar de apurar el corte de la pequeña elevación por donde la piedra había sido arrastrada, para hacerle una pared vertical por el lado más estrecho de la laja. Es aquí donde vendrá a colocarse la nao de la India, pero, primero, los hombres venidos de Mafra tendrán que abrir una larga avenida por donde bajará el carro, una rampa que suavemente vaya hasta la carretera, sólo después podrá empezar el viaje. Armados de picos y azadones, los hombres de Mafra avanzaron, el oficial marcó en el suelo el trazado del rebaje, y Manuel Milho, que estaba al lado del de Cheleiros, midiéndose con la laja ahora tan próxima, dijo, Es la madre de la piedra, no dijo que era el padre de la piedra, sí la madre, tal vez porque venía de las profundidades, manchada aún por el barro de la matriz, madre gigantesca sobre la que podrían acostarse cuántos hombres, o ella aplastarlos, a cuántos, que haga las cuentas quien quiera, que la laja tiene una anchura de treinta y cinco palmos, una longitud de quince, y un grosor de cuatro, y, para ser completa la noticia, después de labrada y pulida, allá en Mafra, quedará sólo un poco más pequeña, treinta y dos palmos, catorce, tres, por el mismo orden y partes, y cuando un día se acaben los palmos y los pies por haberse encontrado metros en la tierra, irán otros hombres a sacar otras medidas, y encontrarán siete metros, tres metros, sesenta y cuatro centímetros, tomen nota, y como los pesos viejos llevaron el mismo camino de las medidas viejas, en vez de dos mil ciento doce arrobas, diremos que el peso de la piedra del balcón de la casa a la que se llamará de Benedictiones es de treinta y un mil veintiún kilos, treinta y una toneladas en números redondos, señoras y señores visitantes, y ahora pasemos a la sala siguiente, que aún tenemos mucho que andar.

Entre tanto, durante todo el día, los hombres cavaron la tierra. Vinieron los boyeros a echar una mano, Baltasar Sietesoles volvió a la carretilla, sin desdoro, es bueno no olvidar los trabajos pesados, nadie está libre de volver a necesitar de ellos, imaginemos que mañana se pierde el sentido de la palanca, no habrá más remedio que arrimar el hombro y el brazo, hasta que resucite Arquímedes y diga, Dadme un punto de apoyo para que ustedes muevan el mundo. Cuando se puso el sol estaba abierto el camino en una extensión de cien pasos hasta la carretera pavimentada, que habían recorrido durante la mañana con más comodidad. Cenaron los hombres y se fueron a dormir, dispersos por los campos, bajo los árboles, al abrigo de los bloques de piedra, blanquísimos, que se volvieron fulgurantes cuando salió la luna. Estaba cálida la noche. Si ardían algunas hogueras era sólo como compañía de los hombres. Los bueyes rumiaban, dejando caer un hilo de baba que devolvía al suelo los jugos de la tierra, adonde todo vuelve, hasta las piedras con tanto trabajo alzadas, los hombres que las yerguen, las palancas que las soportan, los calzos que las amparan, no imaginan ustedes la suma de trabajo que es este convento.

Oscuro aún, sonó la corneta. Los hombres se levantaron, enrollaron las mantas, los boyeros uncieron los bueyes, y de la casa donde había dormido bajó el veedor a la cantera con sus ayudantes, más los vigilantes, para que éstos supieran qué ordenes tenían que dar y para qué. Se descargaron de los carros las cuerdas y los amarres, se dispusieron las yuntas camino arriba, en dos hileras. Pero aún no había llegado la nao de la India. Era una plataforma de gruesos maderos asentada sobre seis ruedas macizas, de ejes rígidos, de tamaño un poco mayor que la losa que tendría que transportar. Venía arrastrada a brazo, con gran alarido de quien hacía fuerza y de quien la mandaba hacer, un hombre se distrajo, dejó un pie

bajo la rueda, se oyó un chillido, un grito de dolor inso-
portado, empezaba mal el viaje. Baltasar estaba cerca con
sus bueyes, vio brotar la sangre, y de repente se halló en
Jerez de los Caballeros, quince años atrás, cómo pasa el
tiempo. Con él suele pasar el dolor, pero para que pase
éste es aún pronto, el hombre ya va allí, sin parar de gritar, lo llevan en una parihuela a Morelena, donde hay
enfermería, tal vez escape con un trozo de pierna menos,
mierda. También en Morelena durmió Baltasar una noche con Blimunda, así es el mundo, reúne en el mismo
lugar el gran placer y el gran dolor, el buen olor de los
humores sanos y la podredumbre fétida de la herida gan-
grenada, para inventar cielo e infierno sólo sería necesario conocer el cuerpo humano. Ya no se ve señal de la
sangre que quedó en el suelo, pasaron las ruedas del carro, pisaron los pies de los hombres, las patas hendidas
de los bueyes, la tierra absorbió y confundió el resto, sólo un guijarro que fue apartado a un lado conservaba todavía algún color.

La plataforma bajó muy lentamente, amparada en
el declive por los hombres que prudentemente iban dando holgura a las cuerdas hasta llegar finalmente a la pared de tierra que los albañiles habían alisado. Ahora sí, se
verían ciencia y arte. Con grandes piedras calzaron las
ruedas todas del carro, para que no se alejara de la pared
cuando la laja fuera elevada de su lecho de troncos y cayera y se deslizase sobre la plataforma. Toda la superficie
de ésta fue cubierta de barro para reducir el roce de la
piedra contra la madera, y al fin empezaron a pasar las
amarras, de modo que abrazaran la laja en sentido de la
anchura, una de cada lado, por fuera de los troncos, otro

amarre la ceñía en longitud, formando así seis cabos que se juntaron en la delantera del carro y ataron a un recio madero reforzado con agarres de hierro, de donde nacían otras dos amarras, más gruesas, que eran los tirantes principales, sucesivamente acrecentados con ramas de menor grosor, por los que deberían tirar los bueyes. No es éste el caso de emplear menos tiempo haciéndolo que explicándolo, al contrario, el sol ya nació, se levantó por encima de los montes que vemos allá, y todavía están reforzando los últimos nudos, echaron agua sobre el barro que se había secado, pero antes es preciso disponer las yuntas a buena distancia, tensas todas las cuerdas lo suficiente como para que no se pierda la fuerza de arrastre por culpa de un desajuste, tiro yo, tiras tú, tanto más cuanto que, en definitiva, no hay espacio que llegue para las doscientas yuntas y la tracción tiene que hacerse por derecho, de frente y hacia arriba, Menuda obra, dijo José Pequeno, que era el primero del cordón de la izquierda, si de Baltasar salió alguna opinión no llegó a oírse porque estaba más lejos. Allá, en lo alto, va a dar la voz el capataz de maniobra, un grito que empieza arrastrado y luego acaba secamente como una carga de pólvora, sin ecos, Eeeeeiiiiiii-ó, como los bueyes tiren más de un lado que del otro, apañados estamos, Eeeeeiiiiiii-ó, ahora salió el grito, doscientos bueyes se agitaron, tiraron, primero de un estirón, luego con fuerza continua, después interrumpida, porque algunos resbalan, otros se inclinan hacia fuera o hacia dentro, cuestión de ciencia del boyero, las cuerdas rozan ásperamente los costados, al fin, entre clamores, insultos, palabras de aliento, se acertó la tracción por unos segundos y la losa avanzó un palmo, triturando los troncos. El primer impulso fue bueno, el segundo, no, el tercero tuvo que ajustar los dos anteriores, ahora sólo tiran éstos y los otros aguantan, al fin la losa empezó a avanzar sobre la plataforma, mantenida aún encima de ella por la altura de los troncos, hasta que se desequilibró, bajó bruscamente y cayó sobre el carro, la arista rugosa mordió los maderos y ahí se inmovilizó la piedra, tener o no tener extendido allí el barro sería igual que nada si no apareciesen otras providencias. Subieron hombres a la plataforma con largas y fortísimas palancas, esforzadamente alzaron la piedra aún inestable, y otros introdujeron por debajo unos calzos para que pudiera deslizarse sobre el barro, ahora va a ser fácil, Eeeeeeiiii-ó, Eeeeeeeiiii-ó, Eeeeeeeiiii-ó, todo el mundo tira con entusiasmo, hombres y bueyes, la pena es que no esté aquí Don Juan V en lo alto de la subida, no hay pueblo que tire mejor que éste. Ya han soltado las amarras laterales, toda la tracción se ejerce sobre aquella que abraza la piedra a lo largo, es cuanto basta, parece leve la losa, tan fácilmente se desliza por la plataforma, sólo cuando al fin cae por entero se oye retumbar el peso, todo el armazón del carro rechina, si no estuviera calzado, piedras sobre piedras, se enterrarían las ruedas hasta los cubos. Retiraron los grandes bloques de mármol que servían de calzos, ya no hay peligro de que el carro huya. Ahora avanzan los carpinteros, con mazos, taladros y formones, abren espacios, en la espesa plataforma, en el mismo borde de la laja, ventanas rectangulares donde van encajando y batiendo cuñas, luego las fijan con clavos gruesos, es un trabajo que lleva tiempo, el resto del personal anda por allí, descansando por las sombras, los bueyes rumian y espantan a los moscardones con el rabo, hace mucho calor. Cuando los carpinteros acabaron su tarea, la corneta tocó a comer, y el veedor vino a dar orden de que ataran la losa al carro, es operación que está a cargo de los soldados, tal vez porque es cosa de disciplina y responsabilidad, tal vez por estar habituados con la artillería, en menos de media hora queda la piedra fija, atada sólidamente, cuerdas y más cuerdas, como si formara cuerpo con la plataforma, a donde vaya una, va la otra. No hay nada que enmendar, la obra está bien hecha. Visto de largo, el carro es un animal de caparazón, una tortuga amarrada con fuerza, sobre piernas cortas y, como está sucio de barro, parece como si acabara de salir de las profundidades de la tierra, la misma tierra que prolonga la elevación en que aún está apoyado. Los hombres y los bueyes están ya comiendo, luego habrá que echar una siesta, si la vida no tuviera estas cosas tan buenas como comer y descansar, no valía la pena construir conventos.

Se dice que el mal no persevera, aunque, por la fatiga que trae consigo, parezca a veces que sí, pero de lo que no hay duda es de que el bien no dura siempre. Está un hombre en suavísima modorra, oyendo las cigarras, no fue la comida de mucha abundancia, pero un estómago advertido sabe encontrar mucho en lo escaso y además tenemos el sol, que también alimenta, de pronto resuena la corneta, si estuviéramos en el valle de Josafat mandábamos despertar a los muertos, aquí no hay más remedio que levantarse los vivos. Se guardan en los carros los pertrechos diversos, que de todo hay que dar cuenta en el inventario, se comprueban los nudos, se atan las amarras al carro, y, a la nueva voz de Eeeeeeiii-ó, los bueyes, en desajustada agitación, empiezan a tirar, hincan las pezuñas en el suelo irregular de la cantera, las aguijadas pican en las cervices, y el carro, como si fuera arrancado del horno de la tierra, se mueve lentamente, las ruedas trituran los fragmentos de mármol que alfombran el suelo, losa como ésta no salió jamás de aquí. El veedor y algunos de sus ayudantes graduados han montado ya en las mulas, otros de ellos harán el camino a pie, por necesidad de la obligación, son subalternos, pero todos tienen una parte de ciencia y otra de mando, la ciencia por causa del mando, el mando por causa de la ciencia, no es éste el caso de esta multitud de hombres y bueyes, que sólo son mandados, unos y otros, y el mejor es siempre el que más fuerza es capaz de hacer. A los hombres se les pide, por añadidura, alguna habilidad, no tirar al revés, meter a tiempo el calzo en la rueda, decir las palabras que estimulan a los animales, saber unir fuerza a la fuerza y multiplicar ambas, lo que, en fin, no es ciencia despreciable. El carro ha subido ya hasta media rampa, cincuenta pasos, si llegan, y sigue, oscilando duramente en los resaltes de las piedras, que esto no es coche de alteza ni calchona de eclesiástico, ésos llevan amortiguadores como Dios manda. Aquí los ejes son rígidos, las ruedas macizas, no lucen arreos en las lomeras de los bueyes ni los hombres visten libreas en los estribos, es una tropa de andrajosos que no iría en triunfales cortejos ni sería admitida en la procesión del Corpus. Una cosa es transportar la piedra para el balcón donde el patriarca, de aquí a unos años, nos bendecirá a todos, otra, y mejor sería, que fuéramos nosotros la bendición y el que bendice, lo mismo que sembrar pan y comerlo.

Va a ser una gran jornada. De aquí a Mafra, aunque el rey haya mandado arreglar las calzadas, es camino difícil, siempre subir y bajar, unas veces bordeando los valles, otras empinándose a las alturas, otras hundiéndose en el fondo, quien calculó los cuatrocientos bueyes y seiscientos hombres, si se equivocó, fue por falta, no porque estén de sobra. Los vecinos de Pêro Pinheiro bajaron al camino para admirar el aparato, nunca se vio tanta yunta desde que empezó la obra, nunca se oyó tanto griterío, y hay quien empieza a sentir que se vaya aquella hermosa piedra, criada aquí, en esta tierra nuestra de Pêro Pinheiro, Dios quiera que no se parta por el camino, para eso no valía la pena haber nacido. El veedor está al frente, es como un general en batalla con su estado mayor, sus ayudantes de campo, sus ordenanzas van a reconocer el terreno, medir la curva, calcular el declive, disponer la acampada. Luego regresan al encuentro del carro, cuánto anduvo, si de Pêro Pinheiro salió, en Pêro Pinheiro está aún. En este primer día, que fue sólo la tarde, no avanzaron más que quinientos pasos. El camino era estrecho, se atropellaban las yuntas, una hilera a cada lado, sin espacio de maniobra, la mitad de la fuerza de tracción se perdía por no haber igualdad en el arranque, las órdenes se oían mal. Y allá estaba el peso asombroso de la piedra. Cuando el carro tenía que pararse, o porque una rueda se metía en un bache o porque el esfuerzo acompasado de los bueyes se midiera de repente con una subida y obligara a una pausa, parecía que ya no iba a ser posible moverlo más. Y cuando, al fin, avanzaba, todos los maderos rechinaban como si fueran a liberarse de las ataduras y de los garfios de hierro. Y ésta era la parte más fácil del viaje.

Aquella noche fueron descargados los bueyes, pero los dejaron en el camino, no los reunieron en un hato. La luna salió más tarde, muchos hombres dormían ya con la cabeza sobre las botas, los que las tenían. A algunos les atraía aquella luz fantasmal, se quedaban mirando al astro y en él veían distintamente la silueta de un hombre que fue a cortar zarzales un domingo y a quien el Señor castigó, obligándole a cargar por toda la eternidad el haz que había juntado antes de que le fulminara la sentencia, quedando así, en destierro lunar, sirviendo de emblema visible de la justicia divina, para escarmiento de irreverentes. Baltasar buscó a José Pequeno, los dos encontraron a Francisco Marques, y, con algunos más, se sentaron alrededor de una hoguera, pues hacía frío en la noche. Más tarde se les acercó Manuel Milho, que contó una historia, Érase una vez una reina que vivía con su real marido en palacio, y con ellos los hijos, que eran un infante y una infanta, así de este tamaño, y se dice que al rey le gustaba mucho ser rey, pero la reina no sabía si le gustaba o no le gustaba ser lo que era, porque nunca le habían enseñado otra cosa, por eso no podía escoger y decir, me gusta más ser reina, aunque si ella fuera como el rey, que a ése sí le gustaba ser lo que era porque otra cosa tampoco le habían enseñado, pero la reina era diferente, si fuera igual no habría cuento, entonces ocurrió que allá en el reino había un ermitaño que había corrido muchas aventuras y, después de llevar años y años corriéndolas, fue a meterse en aquella cueva, él vivía en una cueva del monte, no sé si lo había dicho ya, y no era ermitaño de esos de rezos y de penitencias, le llamaban ermitaño porque vivía solo, su comida era lo que cogía por ahí, si le daban otra, no la rechazaba, pero, pedir, nunca pidió, pues bien una vez fue la reina a dar una vuelta por el monte con su séquito y le dijo al aya más antigua que quería hablar con el ermitaño para hacerle una pregunta, y el aya respondió, sepa su majestad que ese ermitaño no es de iglesia, es hombre como los otros, la diferencia es que vive solo en un agujero, eso dijo el aya, pero nosotros lo sabíamos ya, y la reina contestó, la pregunta que quiero hacerle no es de religión, entonces fueron andando, y cuando llegaron a la boca de la cueva un paje gritó para dentro y el ermitaño apareció, era un hombre ya mayor, pero robusto, como un árbol en una encrucijada, y cuando apareció, preguntó, quién me llama, y el paje dijo, su majestad la reina, pero bueno, basta ya, por hoy se ha acabado la historia, todos a dormir. Protestaron los otros, querían saber el resto de la historia de la reina y el ermitaño, pero Manuel Milho no se dejó convencer, que mañana también era día de trabajo duro, tuvieron que conformarse, fue cada cual a su sueño, cada cual pensando, antes de adormecerse de acuerdo con sus conocidas inclinaciones, José Pequeno que el rey ya no se atrevía con la reina, pero si el ermitaño es viejo, cómo van a hacer, Baltasar que la reina es Blimunda, y él mismo el ermitaño, esto se confirma por ser la historia de hombre y mujer, aunque las diferencias sean tantas, Francisco Marques que bien que sé yo cómo acaba la historia, en cuanto llegue a Cheleiros la explico. La luna ya va allí, no es que pese mucho un haz de zarzas, lo peor son las espinas, que parece que se vengara Cristo de la corona que le pusieron.

El día siguiente fue de gran aflicción. La carretera se ensanchaba un poco, podían, pues, las yuntas maniobrar con más comodidad sin atropellos, pero el carro, por su tamaño, por la rigidez de los ejes, y también por la carga soportada, giraba con dificultad en las curvas, por eso tenían que arrastrarlo lateralmente, primero hacia delante, luego hacia atrás, las ruedas se resistían, las frenaban las piedras, que había que hacer añicos a mazazos, y aun así no se quejaban los hombres si había espacio para desuncir y volver a uncir los bueyes suficientes para desplazar el carro y llevarlo nuevamente al camino. Las subidas, si no había curvas, se resolvían a base de fuerza bruta, tirando, los bueyes echando el cuello hacia delante, tocando casi con el morro los cuartos traseros del que los precede, resbalando a veces en el fiemo y en los orines, que formaban arroyos en las regueras abiertas por la presión de las patas y el desplazamiento de las ruedas. Con cada dos yuntas iba un hombre, se veían las cabezas y las aguijadas hasta lejos, entre los yugos, sobre los lomos pardos, sólo José Pequeno no se veía, nada extraño es, que estaría hablándoles al oído a sus bueyes, hermanos en altura, Tira, pequeño, tira.

Pero la aflicción se convertía en agonía si el camino era de bajada. Constantemente el carro se escapaba, había que meterle los calzos a toda prisa, desuncir las yuntas, casi todas, tres o cuatro de cada lado bastaban para mover la piedra, pero entonces tenían los hombres que agarrar las cuerdas de detrás de la plataforma, centenares de hombres como hormigas, con los pies hincados en el suelo, los cuerpos inclinados hacia atrás, los músculos tensos, sosteniendo el carro que amenazaba arrastrarlos hacia el valle,

309

lanzarlos fuera de la curva como un trallazo. Los bueyes, más allá, rumiaban sosegadamente mirando aquella agitación, las carreras de los hombres que daban órdenes, el veedor en su mula, los rostros congestionados y empapados en sudor, y ellos allí, quietos, a la espera de su turno, tan tranquilos que ni la aguijada se movía, apoyada contra el yugo. A alguien se le ocurrió la idea de uncir bueyes en la parte trasera de la plataforma, pero tuvieron que dejarlo porque el buey no entiende una aritmética del esfuerzo que acabe en dos pasos adelante y tres atrás. El buey, o vence la rampa y hace subir lo que debería descender, o es arrastrado sin resistencia y llega destrozado a donde debería poder descansar.

Aquel día, desde el amanecer hasta la caída de la tarde, hicieron unos mil quinientos pasos, menos de media legua de las nuestras, o, si queremos juzgar por comparación, el equivalente a doscientas veces la anchura de la laja. Tantas horas de esfuerzo para tan poco andar, tanto sudor, tanto miedo, y aquel monstruo de piedra resbalando cuando debía estar parado, inmóvil cuando debería moverse, maldito seas, pero quién mandó sacarte de la tierra y a nosotros arrastrarte por estos yermos. Los hombres se tumban en el suelo, sin fuerzas, arqueando la barriga hacia arriba, mirando al cielo que se va oscureciendo lentamente, primero de un modo que parece que está naciendo el día y no acabando, luego haciéndose transparente a medida que disminuye la luz, y de repente donde había un cristal surge un espesor profundo y aterciopelado, es la noche. La luna, hoy, vendrá mucho más tarde, ya menguante, todo el campamento estará durmiendo. Cenan a la luz de las fogatas y la tierra está haciendo competencia al cielo, donde allá hay estrellas hay aquí fuegos, quizás alrededor de ellas, en el inicio de los tiempos, se habían sentado también los hombres que arrastraron las piedras con que se hizo la bóveda terrestre, quién sabe si tendrían estos mismos rostros fatigados, estas barbas crecidas, estas manos callosas y deformes, sucias, las uñas de luto, como se suele decir, este intenso sudor. Entonces Baltasar pidió, Cuenta aquello, Manuel Milho, qué fue lo que la reina le preguntó al ermitaño cuando apareció en la boca de la cueva, y José Pequeno se tumbó a adivinarlo, Mandaría que se fueran las ayas y los pajes, este José Pequeno es malicioso, en fin, dejémoslo entregado a la penitencia que le impondrá el confesor, si es que es hombre de buena y recta confesión, cosa de la que hay que dudar, y prestemos atención a Manuel Milho que está diciendo, Cuando el ermitaño apareció en la boca de la cueva, la reina avanzó tres pasos y preguntó, si una mujer es reina, si un hombre es rey, qué han de hacer para sentirse mujer y hombre y no sólo reina y rey, esto fue lo que preguntó, y el ermitaño respondió con otra pregunta, si un hombre es ermitaño, qué tendrá que hacer para sentirse hombre y no sólo ermitaño, y la reina lo pensó un rato y dijo, dejará la reina de ser reina, el rey no será rey, el ermitaño saldrá de su ermita, eso es lo que tendrán que hacer, pero ahora haré yo otra pregunta, qué mujer y qué hombre son esos que no son reina ni ermitaño, y sólo mujer y hombre, qué es ser hombre y ser mujer no siendo éstos ermitaño y reina, qué es ser no siendo lo que se es, y el ermitaño respondió, nadie puede ser no siendo, hombre y mujer no existen, sólo existe lo que son y la rebelión contra lo que son, y la reina dijo, yo me rebelo contra lo que soy, dime ahora tú si te rebelas contra lo que eres, y él respondió, ser ermitaño es lo contrario de ser piensan los que viven en el mundo, pero aún es ser algo, y ella, entonces dónde está el remedio, y él, tienes que ser la mujer que quieres ser, deja de ser reina, el resto lo sabrás sólo después, y ella, si quieres ser hombre, por qué continúas siendo ermitaño, y él, porque lo que más se teme es ser hombre, y ella, qué sabes tú lo que es ser hombre y ser mujer, y él, nadie lo sabe, con esta respuesta se retiró la reina, llevando tras ella el séquito que murmuraba, mañana diré el resto. Bien hizo Manuel Milho en callarse, porque dos de los oyentes, José Pequeno y Francisco Marques, ya estaban roncando envueltos en las mantas. Las hogueras se iban apagando. Baltasar se puso a mirar a Manuel Milho, insistentemente, Esa historia no tiene ni pies ni cabeza, no se parece nada a las que oímos contar siempre, la de la princesa que guardaba los patos, la de la chiquilla que tenía una estrella en la frente, la del leñador que encontró una doncella en el bosque, la del toro azul, la del diablo del Alfusqueiro, la de la sierpe de siete cabezas, y Manuel Milho dijo, Si en el mundo hubiese un gigante tan grande que llegara al cielo, dirías que los pies eran montañas y la cabeza la estrella de la mañana, para un hombre que ha dicho que ha volado y que es igual a Dios, es ésa mucha desconfianza. Con esta censura quedó Baltasar mudo, después dio las buenas noches, se volvió de espaldas al fuego y en poco tiempo se quedó dormido. Manuel Milho aún permaneció despierto, pensando en la mejor manera de salir de la historia en que se había metido, si hacer rey al ermitaño, si

312

hacer a la reina ermitaña, por qué será que los cuentos tienen siempre que acabar así.

Tan grande había sido el sufrimiento durante este arrastrado día, que todos decían, Mañana no puede ser peor, y sin embargo sabían que sería peor mil veces. Recordaban el camino que bajaba hacia el valle de Cheleiros, aquellas curvas cerradas, aquellos declives terroríficos, aquellas empinadas cuestas que caían casi a pico sobre la carretera, A ver cómo lo pasamos, murmuraban para sí. En todo aquel verano no hubo día de más calor, la tierra parecía un brasero, el sol una espuela clavada en la espalda. Los aguadores recorrían las filas con cántaros al hombro, iban a buscar el agua a los pocos pozos que por allí había, en las tierras bajas, a veces muy alejados, y tenían que trepar monte arriba por senderuelos empinados para llevar los cántaros, no pueden ser peores que esto las galeras. Cerca de la hora de comer, llegaron a un alto desde el que se veía Cheleiros, en el fondo del valle. Con esto contaba ya Francisco Marques, consiguieran bajar o no, una noche en compañía de la mujer nadie se la iba a quitar. Llevando consigo a los ayudantes, el veedor bajó hasta el río que pasaba allí abajo, fue de camino señalando los lugares más peligrosos, los sitios donde el carro debería ser detenido para garantizar el reposo y la mayor seguridad de la piedra, y al fin tomó la decisión de mandar desuncir los bueyes y conducirlos a un espacio desahogado, después de la tercera curva, lo bastante alejados como para no dificultar la maniobra, y lo bastante próximos para ser traídos sin mayor demora si la maniobra lo requería. Así, la plataforma iba a bajar a pulso. No había otra manera. Mientras llevaban las yuntas, los

313

hombres, dispersos por la cima del monte, tostándose al sol, miraban el valle sosegado, los huertos, las sombras frescas, las casas que parecían irreales, tan aguda era la impresión de calma que irradiaba de ellas. Pensarían en eso o no, quizá sólo esta simpleza, Si llego allá abajo, me va a parecer mentira.

Cómo fue, que lo digan otros que más sepan. Seiscientos hombres agarrados desesperadamente a las doce amarras que habían sido fijadas a la trasera de la plataforma, seiscientos hombres que sentían, con el tiempo y el esfuerzo, que se les iba yendo poco a poco la fuerza de los músculos, seiscientos hombres que eran seiscientos miedos de ser, ahora sí, lo de ayer había sido un juego de niños, y la historia de Manuel Milho una fantasía, qué es realmente un hombre cuando se le va la fuerza que tiene, y menos aún cuando le domina el miedo de que no baste esta fuerza para retener al monstruo que implacablemente lo arrastra, y todo por una piedra que no precisaría ser tan grande, con tres o diez más pequeñas se haría del mismo modo el balcón, sólo que no tendríamos el orgullo de poderle decir a su majestad, esto es una sola piedra, y a los visitantes, antes de pasar a la otra sala, Es una sola piedra, por vía de éste y de otros locos orgullos se va difundiendo el escarnio general, con sus formas nacionales y particulares, como la de afirmar en los compendios e historias, Se debe la construcción del convento de Mafra al rey Juan V, por un voto que hizo si le nacía un hijo, van aquí seiscientos hombres que no le hicieron ningún hijo a la reina y son ellos quienes pagan el voto, que se jeringuen, con perdón de la anacrónica voz.

Si bajara el camino derecho hacia el valle, todo se reduciría a un juego alternado, acaso divertido el juego, de liberación y retención de esta cometa de piedra, darle cuerda y enrollarla, dejarla deslizarse mientras la aceleración no la hiciera indominable, y frenarla a tiempo para que no se precipitara en el valle, aplastando de camino a los hombres que no hubieran conseguido soltarse, cometas ellos de estos y otros cordeles, pero está la pesadilla de las curvas. Mientras el camino era llano, los bueyes fueron utilizados como quedó explicado, tirando algunos lateralmente por la delantera del carro hasta conseguir alinearlo con la recta, breve o extensa, en que la curva se prolongaba. Era sólo un trabajo de paciencia, que de tan repetido se volvía rutinario, desuncir, uncir, desuncir, uncir, la fatiga era para los bueyes, los hombres poco más hacían que gritar. Ahora gritarían éstos de desesperación ante la diabólica combinación de curva y declive que van a tener que vencer muchas veces, pero gritar, en tal caso, no es más que perder huelgos, que ya no son muchos los que les quedan. Estúdiese antes la manera de hacerlo, dejemos los gritos para cuando puedan ser de alivio. El carro va bajando hasta la entrada de la curva, lo más ceñido posible a su parte interior, y ahí se calza la rueda de delante de ese lado, pero no ha de ser el calzo tan sólido que frene el carro entero, ni tan frágil que lo aplaste el peso, si alguien cree que esto no tiene demasiadas dificultades es porque no ha llevado esta piedra de Pêro Pinheiro a Mafra y sólo asistió sentado, o se limita a mirar de lejos, desde el lugar y el tiempo de esta página. Así peligrosamente frenado, el carro puede tener el demoníaco capricho de quedarse tan quieto como si tuviera todas las ruedas clavadas en el suelo. Es lo más común. Sólo en rarísimas condiciones conjuntas de inclinación de la curva hacia el lado de fuera, mínimo roce del terreno, acentuación conveniente del declive, todo a un tiempo y favorable, sólo así la plataforma cederá sin dificultad al impulso lateral que será dado en su parte de atrás, o, milagro aún mayor, rodará por sí propia sobre su único punto de apoyo, allá delante. Lo normal es otra cosa, lo normal es la enorme fuerza que va a ser preciso aplicar en los sitios óptimos, y por el tiempo rigurosamente necesario para que el movimiento no sea demasiado amplio, y fatal en consecuencia, o a Dios gracias por el mal menor, exigiendo nuevo y penoso esfuerzo en sentido contrario. Se aplican las palancas a las cuatro ruedas posteriores, se intenta desplazar el carro, aunque sólo sea medio palmo, hacia el lado exterior de la curva, los hombres que trabajan en las cuerdas ayudan tirando en la misma dirección, es una confusión inmensa, con los de las palancas de fuera entre una selva de amarras tensas como filos de espada, con los de las cuerdas a veces dispuestos por la cuesta abajo, muchas veces resbalando y cayendo, por ahora sin mal mayor. Cedió al fin el carro, se desplazó unos dos palmos, pero, allá delante, durante el tiempo que duró la maniobra, la rueda del lado de fuera fue sucesivamente calzada y descalzada, para prevenir el peligro de que se desmandara la plataforma en medio de uno de estos movimientos, en el mismo segundo en que está como suspendida y sin apoyo, y sin hombres suficientes para sostenerla, pues la mayoría, con todas estas confusas operaciones, ni espacio tienen para moverse. Sobre un vallado muy cómodo, asiste el diablo al espectáculo, pasmado de su propia inocencia y misericordia por no haber imaginado jamás suplicio como éste para la coronación de los castigos de su infierno.

Uno de los hombres que trabajan en los calzos es Francisco Marques. Demostró ya su destreza, una curva mala, dos pésimas, tres peores que todas, cuatro sólo para locos, y en cada una de ellas veinte movimientos, tiene conciencia de que está haciendo bien el trabajo, quizás ahora ni piensa en la mujer, cada cosa en su tiempo, toda la atención clavada en la rueda que va a empezar a moverse, que será preciso frenar, no tan pronto como para hacer inútil el esfuerzo que allá atrás están haciendo los compañeros, no tan tarde como para que el carro gane velocidad y se escape del calzo. Como acaba de ocurrir ahora. Se distrajo tal vez Francisco Marques, o se secó con el antebrazo el sudor de la frente, o miró desde aquí arriba su pueblo, Cheleiros, acordándose al fin de su mujer, se le escapó el calzo de la mano en el preciso momento en que la plataforma se deslizaba, no se sabe cómo fue, sólo que el cuerpo está debajo del carro, aplastado, le pasó la primera rueda por encima, más de dos mil arrobas sólo de piedra, si no recordamos mal. Se dice que las desgracias nunca vienen solas, y suele ser verdad, cualquiera de nosotros puede decirlo, pero esta vez el que manda las desgracias encontró que ya era bastante que hubiera muerto un hombre. El carro, que bien podría haberse precipitado a saltos por la cuesta abajo, se paró inmediatamente, presa una rueda en un bache de la calzada, no siempre la salvación está donde debería estar.

Sacaron a Francisco Marques de debajo del carro. La rueda le había pasado por el vientre, que quedó hecho un amasijo de vísceras y huesos, casi tenía separadas las piernas del tronco, hablamos de su pierna izquierda y de su pierna derecha, que de la otra, la tal del medio, la inquieta aquella, por cuya satisfacción hizo Francisco Marques tantas caminatas, de ésa no hay señal, ni vestigio, ni un simple andrajo. Trajeron una camilla, pusieron el cuerpo encima, envuelto en una manta que quedó empapada en sangre, dos hombres cogieron los varales, otros dos los acompañaron para relevarlos, los cuatro para decirle a la viuda, Aquí traemos a su hombre, se lo van a decir a esta mujer que asomó ahora al postigo, que mira hacia el monte donde está su marido, y les dice a los hijos, Vuestro padre esta noche duerme en casa.

Cuando la piedra llegó al fondo del valle, las yuntas volvieron a ser uncidas, quizá el mandador de las desgracias se arrepintió de su primera parsimonia, pues fue el caso que la plataforma cedió hacia atrás sobre un afloramiento de roca y apresó a dos animales contra la ladera cortada a pico, partiéndoles las piernas. Fue preciso acabar con ellos, a hachazos, y cuando se difundió la noticia vinieron los vecinos de Cheleiros al reparto, allí mismo fueron descuartizados los bueyes, corría la sangre por el camino, en regueros, de nada sirvieron a los soldados los varazos que repartieron, mientras hubo carne agarrada a los huesos estuvo el carro parado. Entre tanto, anocheció. Armóse el campamento en aquel lugar, unos en el camino, otros dispersos por la orilla del río. El veedor y algunos de sus auxiliares fueron a dormir bajo techado, los demás, en la forma de costumbre, enrollados en las mantas, extenuados por el descenso al centro de la tierra, sorprendidos aún por estar vivos, y algunos resistiéndose al sueño, por miedo a que viniera la muerte. Los más amigos de Francisco Marques fueron a velarlo, Baltasar, José Pequeno, Manuel Milho, unos cuantos más, Bras, Firmino, Isidro, Onofre, Sebastián, Tadeo, y otro de quien no he hablado, Damián. Entraban, miraban al muerto, cómo es posible que muera un hombre de muerte tan violenta y parezca tan sereno, como si durmiera, sin pesadillas, sin molestias, después murmuraban una oración, ésa es la viuda, no sabemos cómo se llama, y de nada serviría a nuestra historia que la preguntásemos, si es que de algo sirvió escribir el nombre de Damián, sólo por escribir. Al día siguiente, antes de salir el sol, reanudará la piedra su viaje, en Cheleiros quedó un hombre por enterrar, queda también la carne de dos bueyes para comer.

No se nota su falta. El carro va cuesta arriba, tan lentamente como vino, si Dios tuviera piedad de los hombres hubiera hecho un mundo raso como la palma de la mano, tardarían las piedras menos en llegar. Ésta ya lleva cinco días, ahora por mejor camino, cuando esté vencida la cuesta, pero siempre en desasosiego de espíritu, que del cuerpo ya no vale la pena hablar, les duelen a los hombres todos los músculos, pero quién se queja si para esto precisamente les fueron dados. La boyada no discute ni se queja, sólo se niega, hace que tira y no tira, el remedio es dejarlos descansar un rato, acercarles un puñado de paja al hocico, al cabo de un rato están como si holgaran desde ayer, ondulan las grupas camino adelante, es un gusto verlos. Mientras no aparece otra bajada, otra subida. Entonces se agrupan las huestes, se reparten los esfuerzos, tantos para aquí, tantos para allá, tiren, Eeeeiiii-ó, grita la voz, tataratatá, sopla la corneta, realmente, esto es un campo de batalla, no faltan ni los muertos y heridos, no siendo todos de la misma calidad, cómo diríamos, cuatro cabezas, que es buena manera de contar.

Por la tarde cayó un aguacero, y bienvenido fue. Volvió a llover cuando ya había cerrado la noche, pero nadie protestó. Ésta es la mejor sabiduría, no dar importancia a lo que el cielo manda, lluvia o sol, salvo si pasa a más, e incluso así, que no bastó un diluvio para ahogar a todos los hombres, ni la sequía es nunca tan grande que no se salve una brizna de hierba o la esperanza de encontrarla. Llovió como una hora, si llegó a tanto, después las nubes se alejaron, que hasta las nubes se sienten humilladas si no se les da importancia. Se atizaron las hogueras, hombre hubo que se quedó en pelota para secar los andrajos, se diría que era ésta una juntanza de paganos, cuando sabemos que es la más católica de las acciones, llevar la piedra a García, la carta a Mafra, el esfuerzo avante, la fe a quien pudiese merecerla, condición sobre la que discutiríamos sin fin si no fuera porque está Manuel Milho contando su historia, falta aquí un oyente, sólo yo, y tú, y tú, notamos su ausencia, otros ni sabían que existiera Francisco Marques, algunos lo vieron muerto, la mayor parte ni eso, no vayamos a pensar que desfilaron seiscientos hombres ante el cadáver en un último y conmovido homenaje, ésas son cosas que sólo acontecen en las epopeyas, vamos, pues, con nuestra historia, Un día, la reina desapareció del palacio donde vivía con su marido rey y con sus hijos infantes, y, como habían corrido rumores de que la charla en la cueva no

320

había sido la cabal entre reinas y ermitaños, que más bien pareció paso de danza y cola de pavo real, le entraron al rey unos celos furiosos y fue a la cueva, imaginándose ya con su honra manchada, que los reyes son así, tienen una honra mayor que la de los otros hombres, se nota en seguida por la corona, y, cuando llegó, no vio ni al ermitaño ni a la reina, y eso le puso aún más furioso, porque era señal cierta de que habían huido los dos, por lo que mandó al ejército en busca de los fugitivos por todo el reino, y mientras los buscan, vámonos a dormir, que ya es hora. José Pequeno protestó, Nunca se ha oído una historia así, a trocitos, y Manuel Milho enmendó, Cada día es un trozo de historia, nadie puede contarla toda, y Baltasar iba pensando, A quien le gustaría este Manuel Milho era al padre Bartolomeu Lourenço.

Al día siguiente, que fue domingo, hubo misa y sermón. Para ser oído con más provecho, predicó el cura desde encima del carro, tan airoso como si estuviera en el púlpito, y no se daba cuenta el imprudente de que estaba cometiendo la mayor de las profanaciones, ofendiendo con las sandalias esta piedra de altar, que lo es por haberle sido sacrificada sangre inocente, la sangre del hombre de Cheleiros que tenía hijos y mujer, el que quedó sin un pie en Pêro Pinheiro cuando aún no se había puesto en marcha el cortejo, y los bueyes, no debemos olvidar a los bueyes, por lo menos no los olvidarán tan pronto los vecinos que fueron al reparto y que hoy mismo, domingo, tienen comida mejorada. Predicó el fraile y dijo, como dicen todos, Amados hijos, desde el cielo nos ve Nuestra Señora y su Divino Hijo, desde el cielo nos contempla también nuestro padre San Antonio, por cuyo amor llevamos esta piedra a Mafra, piedra pesada, cierto es, pero mucho más pesados son vuestros pecados, y sin embargo andáis con ellos en el corazón como si no os pesaran, por eso debéis tomar este transporte como penitencia, y amorosa oferta también, singular penitencia, oferta extraña, pues no sólo os pagan el salario del contrato, sino que también os la remunerará la indulgencia del cielo, porque en verdad os digo que llevar esta piedra a Mafra es obra tan santa como fue la de los antiguos cruzados cuando partieron para liberar los Santos Lugares, sabed que todos cuantos allá murieron gozan hoy de la vida eterna, y junto a ellos contemplando la faz del Señor, está allí ya ese vuestro compañero que murió anteayer, precioso suceso fue que su muerte ocurriera en viernes, sin duda murió sin confesión, no hubo tiempo de que se acercara un sacerdote a su cabecera, ya estaba muerto cuando fuisteis por él, pero lo salvó el ser cruzado de esta cruzada, como a salvo están los que en Mafra han muerto en las enfermerías o cayeron de las paredes, excepto aquellos irredimibles pecadores que fueron llevados por enfermedades vergonzosas, y es tanta la misericordia del cielo que se abren las puertas del paraíso incluso para aquellos que mueren de cuchilladas, en esas peleas en que siempre andáis metidos, que nunca se ha visto gente tan creyente y tan díscola y turbulenta, pero, así y todo, la obra sigue, Dios nos dé paciencia a nosotros, a vosotros fuerza y al rey dinero para llevarla a buen fin, que muy necesario es este convento para el fortalecimiento de la orden y triunfo prolongado de la fe, amén. Se acabó el sermón, bajó del carro el fraile y como era domingo, fiesta santa y de guardar, no había nada más que hacer, algunos fueron a confesarse, otros comulgaron, no todos, no sería bastante la reserva de sagradas formas, salvo si se diera allí el milagro de la multiplicación de las hostias, caso no verificado. A la caída de la tarde se armó una pelea entre cinco cruzados de esta cruzada, episodio que pasa sin más detallado relato, no hubo más que puñetazos y sangre en alguna nariz. Si hubiera muertos, iban todos directos al paraíso.

Aquella noche contó Manuel Milho el final de la historia. Le había preguntado Sietesoles si los soldados del rey habían conseguido encontrar a la reina y al ermitaño, y él respondió, No los atraparon, recorrieron el reino de punta a punta, buscaron casa por casa, y no los encontraron, y tras decir esto, se calló. Preguntó José Pequeno, Bueno, y ésa es una historia para andarla contando toda una semana, y Manuel Milho respondió, El ermitaño dejó de ser ermitaño, la reina de ser reina, pero no se ha averiguado si el ermitaño llegó a hacerse hombre y si la reina llegó a hacerse mujer, para mí que no fueron capaces, si no, nos habríamos enterado, si un día pasa una cosa así no será sin que haya una gran señal, pero con éstos no, ya hace tantos años que ocurrió el caso que no pueden estar vivos ni el uno ni el otro, y con la muerte siempre se acaban las historias. Baltasar golpeó con el gancho de hierro una piedra suelta. José Pequeno se frotó la mandíbula, áspera de barba, y preguntó, Cómo se hace hombre un boyero, y Manuel Milho respondió, No lo sé. Sietesoles tiró el guijarro a la hoguera y dijo, Tal vez volando.

Durmieron aún otra noche en el camino. Entre Pêro Pinheiro y Mafra emplearon ocho días completos.

Cuando entraron en la explanada fue como si llegaran de una guerra perdida, sucios, andrajosos, sin riquezas. Todos quedaron asombrados ante el tamaño desmedido de la piedra, Qué grande. Pero Baltasar murmuró, mirando la basílica, Qué pequeña.

Desde que la máquina voladora descendió en las laderas del Monte Junto, se contaban por seis, o quizá siete, las veces que Baltasar Sietesoles se puso en marcha para ver y remediar en lo posible los estragos que el tiempo iba causando, pese a la protección del bosque y de los brezos. Cuando vio que empezaban a oxidarse las planchas de hierro, llevó una cazuela con sebo y las untó cuidadosamente, renovando la operación cada vez que volvía por allí. También se había acostumbrado a cargar a cuestas un haz de mimbres, que cortaba en una tierra medio pantanosa que le quedaba de camino, y con ellos remendaba los fallos y desgarrones del trenzado, no siempre de causa natural, como cuando encontró dentro de la carcasa una camada de seis raposillos. Los mató como si fuesen conejos, dándoles con el gancho en lo alto de la cabeza, y luego los tiró lejos, unos aquí, otros allá, al azar. El padre y la madre encontrarían a los hijos muertos, olerían la sangre, lo más seguro es que nunca volvieran a aquel lugar. Durante la noche les oyó los chillidos. Le habían seguido el rastro. Cuando encontraron los cadáveres soltaron alaridos, pobrecillos, y, como no sabían contar, o, sabiendo, no tenían la seguridad de que estuvieran muertas todas las crías, se acercaron a lo que había sido refugio suyo y era máquina de volar ajena, aunque posada en tierra, prudentemente se fueron acercando, temerosos del olor del hombre, y, al fin, olfatearon otra vez la sangre derramada de su sangre y retrocedieron con el pelo erizado, roznando. No volvieron a aparecer. Sin embargo, el remate del caso podría haber sido diferente si en vez de raposos hubieran sido lobos. Y por pensarlo así, Sietesoles, desde aquel día, llevaba la espada, con el filo bastante comido de herrumbre, pero aún muy capaz de degollar lobos y lobas.

Iba siempre solo, solo está pensando que de nuevo irá, pero hoy Blimunda le dice, en tres años es la primera vez, Yo voy también, y él se sorprendió, Hay mucho que andar, te cansarás, Quiero conocer el camino por si alguna vez tengo que ir allá sin ti. Era una buena razón, aunque Baltasar no olvidara la probabilidad del lobo, Pase lo que pase, no irás nunca sola, los caminos son malos, el sitio es un desierto, aún lo recordarás, y no estás libre de que te ataque una alimaña, y Blimunda respondió, Jamás hay que decir pase lo que pase, porque siempre pueden ocurrir primero cosas con las que no contábamos cuando dijimos pase lo que pase, Pues sí, te pareces a Manuel Milho hablando, Quién es ese Manuel Milho, Andaba conmigo en la obra, pero resolvió volverse a su tierra, dijo que prefería morir ahogado en una crecida del Tajo antes que quedar aplastado por una piedra de Mafra, porque al contrario de lo que se suele decir, la muerte no es toda igual, lo que es igual es estar muerto, y se iba para su tierra, donde las piedras son pequeñas y pocas y es dulce el agua.

No quiso Baltasar que hiciera Blimunda aquella caminata a pie, y alquiló un burro, y, hechas las despedidas, se pusieron en marcha dejando sin respuesta las preguntas de Inés Antonia y del cuñado, Adónde vais, que por ese viaje vas a perder dos jornales, y si ocurre algo malo no sabremos dónde avisar, probablemente la fatalidad de que hablaba Inés Antonia era la muerte de João Francisco, que ya andaba rondándole la puerta, daba un paso para entrar, se arrepentía, tal vez le intimidara el silencio del viejo, cómo se va a decir a un hombre, Ven conmigo, si él no pregunta ni responde, sólo mira, con una mirada así hasta la muerte se acobarda. No sabe Inés Antonia, no sabe Álvaro Diego, el hijo de ellos está en la edad de sólo querer saber de sí mismo, que a João Francisco le dijo Baltasar adónde iban, Padre, voy con Blimunda al Monte Junto, a la sierra del Barregudo, a ver cómo está la máquina en que volamos desde Lisboa, se acuerda, cuando dijeron por aquí que el Espíritu Santo había pasado por el aire, sobre la obra, no fue el Espíritu Santo, fuimos nosotros, con el padre Bartolomeu Lourenço, se acuerda, aquel cura que estuvo aquí en casa cuando madre aún vivía, y ella quiso matar el gallo, pero él no la dejó, y dijo que mucho mejor que comer el gallo era oírlo cantar, y que no podíamos hacerles una cosa así a las gallinas. Oyó estos recuerdos João Francisco, y él, que solía no hablar, dijo, Me acuerdo de todo, y tú vete tranquilo, que aún no estoy para morirme, si llega la ocasión ya daré contigo donde estés, Pero padre, cree de verdad que yo volé, Cuando somos viejos es cuando las cosas del porvenir empiezan a ocurrir, y una razón de que sea así es que ya somos capaces de creer en aquello de que dudábamos, e, incluso no creyendo que haya ocurrido, creemos que ocurrirá, Yo he volado, padre, Y yo te creo, hijo.

Toque-toque-toque, lindo borriquito, de éste no podría el verso decir tal cosa, que tiene, él, no el verso, no pocas mataduras bajo la albarda, pero camina contento el asno, la carga es leve y se hace ligera, dónde queda ya la esbeltez aérea de Blimunda, dieciséis años pasaron desde que la vimos por primera vez, pero de esta madurez se harían admirables mocedades, no hay nada que conserve tanto la juventud como guardar un secreto. Llegaron a la zona encharcada, Baltasar cortó un haz de mimbres, entre tanto cogía Blimunda lirios de agua, con ellos tejió un ramillete que colocó en las orejas del burro, y qué gracioso quedó, que nunca tales fiestas le habían hecho, parece esto un episodio de la Arcadia, el pastor, aunque manco, la zagala, guardadora de voluntades, el asno, que normalmente no entra en historias de éstas, pero ahora sí, vino alquilado, porque no quiso el pastor que se cansara la zagala, y quien crea que éste es alquiler común, es porque no sabe cómo tantas veces andan los burros contrariados con erradas cargas, por eso les crecen las mataduras y atormentan los afanes. Atados los mimbres en haz, aumentó la carga, pero carga con gusto no pesa, menos aún si Blimunda decide bajar del burro y seguir a pie, son tres que van de paseo, uno lleva las flores, los otros lo acompañan.

El tiempo es de primavera, se cubre el campo de blancas margaritas, si para atajar cortan camino los viajeros entre ellas, rozan las duras cabezas de las flores los pies descalzos de Blimunda y Baltasar, tienen ambos zapatos o botas, pero las llevan guardadas en la alforja para cuando el camino sea de piedras, y del suelo asciende un olor acre, es la savia de las margaritas, perfume del mundo en su primer día, antes de que Dios hubiera inventado la rosa. Hace un tiempo hermoso para ir a ver la máquina de volar, pasan por el cielo grandes nubes blancas, qué bonito sería volar en la máquina aunque sólo fuese una vez más, subir por los aires, rodear esos castillos suspendidos, atreverse a lo que las aves no se atreven, entrar por ellos gloriosamente, temblar de miedo y de frío, y salir luego para el azul y para el sol, ver la tierra hermosa y decir, Tierra, qué bella es Blimunda. Pero este camino es pedestre, Blimunda menos bella, hasta el burro dejó caer los lirios, muertos, marchitos por la sed, vamos a sentarnos aquí a comer el duro pan del mundo, comemos y seguimos luego, que aún tenemos mucho por andar. Va Blimunda tomando nota del camino en su memoria, aquel monte, aquellos matorrales, cuatro piedras alineadas, seis colinas alrededor, los pueblos cómo se llaman, pasamos por Codeçal y Gradil, Cadriceira y Furadoiro, Merceana y Pena Firme, tanto hemos andado que llegamos ya, Monte Junto, la passarola.

Era así en los cuentos antiguos, se decía una palabra secreta y ante la gruta maravillosa se alzaba un bosque de robles, impenetrable para quien no supiese la otra palabra mágica, aquella que pondría en lugar del bosque un río, y en el río una barca con sus remos. En este lugar también fueron dichas las palabras, Si tengo que morir en una hoguera, que sea al menos ésta, les dijo, loco, el padre Bartolomeu Lourenço, quizá sean estos zarzales el bosque de robles, este brezo florido los remos y el río, será barca esta ave herida, qué palabra se dirá que dé sentido a esto. Le quitaron la albarda al burro, le puso Baltasar una traba en las patas de delante, para que no se alejara demasiado, y ahora que coma lo que quiera, si alguna elección hay en lo que es simplemente posible, y, entre tanto, fue Baltasar abriendo camino entre las zarzas que protegían la máquina, es un trabajo que tiene que hacer siempre que allí va, porque, apenas vuelve la espalda, avanzan los brotes, los zarcillos, mucho trabajo cuesta mantener aquí un paso, un túnel por dentro y alrededor, sin él cómo se iban a restaurar los entramados de mimbre, cómo se ampararían las alas que el tiempo aflojó, la erecta cabeza caída, la sustentación de la cola, hay que afinar los timones, es verdad que estamos, nosotros y la máquina, caídos en el suelo, pero preparados. Trabajó Baltasar mucho tiempo, hiriéndose la mano en los espinos, y cuando el acceso estuvo fácil, llamó a Blimunda, incluso así tuvo ella que avanzar arrastrándose sobre las rodillas, llegó al fin, estaban inmersos en una sombra verde, translúcida, tal vez por las ramas jóvenes que pasaban por encima de la vela negra sin esconderla, tiernas hojas que aún dejaban pasar la luz, y sobre esta cúpula, otra de silencio, y sobre el silencio, una bóveda de luz azul, vista a trozos, a desgarrones, confidencias. Subiendo por el ala que se apoyaba en el suelo, se llegaba al convés de la máquina. Allí estaban el sol y la luna, grabados en una tabla, ninguna otra señal se les había unido, era como si no hubiera nadie más en este mundo. En algunos lugares el piso se había podrido, otra vez tendría Baltasar que traer unas tablas de la obra del convento, desechos de los andamios, de nada valdría cuidar las laminillas de hierro y del cesto exterior si bajo los pies se deshacían las maderas. Lucían mortecinas las bolas de ámbar bajo la sombra de la vela, como ojos que no pudieran cerrarse o que resistieran al sueño para no perderse la hora de la partida. Pero hay en todo esto un aire de abandono, las hojas muertas oscurecen el agua que se estancó y aún aguanta los primeros calores, si no fuese por la constancia de Baltasar, encontraríamos aquí una triste ruina, los huesos de un pájaro muerto.

Sólo las esferas, fabricadas de materia misteriosa, brillan como en el primer día, foscas pero luminosas, nítidas las nervaduras, preciosos los encajes, no se creería que llevan aquí cuatro años. Blimunda se acercó a una, le puso la mano encima, no estaba caliente, no estaba fría, fue como si hubiera juntado las dos manos, no siente frío, no siente calor, sólo que ambas están vivas, Aún viven las voluntades aquí dentro, no han salido si veo enteras las esferas, incorrupto el metal, pobrecillas, encerradas desde hace tanto tiempo, esperando qué. Baltasar ya estaba trabajando abajo, oyó una parte cualquiera de la pregunta, o la adivinó, Si las voluntades salieran de las esferas, la máquina no serviría para nada, ni valdría la pena volver aquí, y Blimunda dijo, Mañana lo sabré.

Trabajaron los dos hasta que el sol se puso. Con ramas de brezo Blimunda hizo una escoba para barrer las hojas y los detritus, luego ayudó a Baltasar a sustituir los mimbres partidos, a untar con sebo las laminillas. Cosió, su trabajo de mujer, la lona que se rompía por dos lados, como Baltasar había hecho otras veces su trabajo de soldado, y ahora remataba cubriendo de pez la superficie restaurada. Cayó la noche entre tanto. Baltasar fue a liberar al burro de las trabas para que el pobre no anduviera por allí tan incómodo, y lo ató cerca de la máquina, de paso daría señal si se acercaba una alimaña. Ya antes había inspeccionado el interior de la passarola, bajando por una abertura del convés, escotilla de esta nave aérea, o aeronave, nombre que fácilmente podrá formarse en el futuro cuando sea preciso. No había señal de vida, ni una culebra, ni la simple lagartija que en todo lo oculto corre, de arañas ni un hilo de tela, qué moscas iba a haber allí. Era como el interior de un huevo, la cáscara, el silencio que allí hay. Allí se acostaron, en un lecho de hojas, sirviéndoles sus propias ropas de abrigo y de colchón, en profunda oscuridad se buscaron, desnudos, ansioso entró él en ella, ella lo recibió ansiosa, después, el ansia de ella, el ansia de él, al fin, los cuerpos encontrados, los movimientos, la voz que viene del ser profundo, aquel que no tiene voz, el grito nacido, prolongado, interrumpido, el sollozo seco, la lágrima inesperada, y la máquina estremeciéndose, vibrando, es posible que no esté ya en la tierra, se desgarró la cortina de zarzales y trepadoras, planeó en la alta noche, entre las nubes, Blimunda, Baltasar, pesa el cuerpo de él sobre el de ella, y ambos pesan sobre la tierra, al fin están aquí, fueron y vinieron.

Cuando apareció la primera luz del día filtrándose entre los mimbres, Blimunda, desviando los ojos de Baltasar, se levantó lentamente, desnuda como había dormido, y salió por la escotilla. La estremeció el aire frío de la mañana, la estremeció tal vez más la ya casi olvidada visión de un mundo hecho de transparencias sucesivas, tras la amurada de la máquina y la red de zarzas y trepadoras, la silueta irreal del asno, y a través de él matojos y árboles que parecían fluctuar, al fin, la más sólida espesura del monte próximo, si allí no estuviera, veríamos los peces del mar distante. Blimunda se aproximó a una de las esferas y miró. Allá dentro, circularmente, se movía una sombra, como un torbellino de viento visto a gran distancia. En la otra esfera había una sombra igual. Blimunda volvió a bajar por la escotilla, se hundió en la penumbra del huevo, buscó entre las ropas su pedazo de pan. Baltasar no se había despertado aún, tenía el brazo izquierdo medio oculto por el follaje, a la vista el hombre entero. Blimunda se quedó dormida otra vez. Era día claro cuando sintió que despertaba con el contacto instantáneo de Baltasar. Antes de abrir los ojos, dijo, Puedes venir, ya he comido el pan, y entonces Baltasar entró en ella sin miedo, porque ella no entraría en él, así fuera prometido. Cuando salieron del interior de la máquina, mientras se iban vistiendo, preguntó Baltasar, Has ido a ver las voluntades, Sí, respondió ella, Y están ahí, Están, A veces pienso que deberíamos abrir las esferas y dejarlas ir, Si las dejamos ir, será igual que si no hubiera ocurrido nada, sería como si no hubiéramos nacido, ni tú, ni yo, ni el padre Bartolomeu Lourenço, Siguen pareciendo nubes cerradas, Son nubes cerradas.

Mediada la mañana acabaron el trabajo. Más por haberla cuidado hombre y mujer que por haber sido dos los cuidadores, la máquina parecía renovada, tan despierta como en su primer vuelo. Tirando de los zarzales y enredándolos, Baltasar cerró el paso de entrada. A fin de cuentas, esto es un cuento de hadas. Ante la gruta hay un bosque de robles, si lo que vemos no es más bien un río sin barca ni remos. Sólo desde lo alto se vería el singular techo negro de la gruta, sólo una passarola que pasase por encima, pero la única que existe está derrumbada aquí, y las aves comunes, las que Dios hizo o mandó hacer, pasan y vuelven a pasar, miran y vuelven a mirar, y no lo entienden. Tampoco el burro sabe a lo que vino. Bestia alquilada, va a donde lo llevan, carga cuanto le pongan encima, todos los viajes son iguales para él, pero ojalá todos los de su vida fuesen como éste que la mayor parte del camino vino sin carga, con lirios en las orejas, algún día había de ser la primavera de los burros.

Bajaron la sierra, tomaron por prudencia otros caminos, Lapaduços y Vale Benfeito, siempre bajando, y porque cuanta más gente hubiera menos se fijarían en ellos, ladearon Torres Vedras, luego hacia el sur, por la ribera de Pedrullos, si no hubiera tristeza ni miseria, si en todo lugar corriesen las aguas sobre las piedras, si cantasen aves, la vida podría ser siempre estar sentado en la hierba, coger una margarita y no arrancarle los pétalos por ser ya sabidas las respuestas o por ser éstas de tan poca importancia que descubrirlas no valdría la vida de una flor. Hay también otros simples y rústicos placeres, como lavarse Baltasar y Blimunda los pies en el agua, ella levantando la saya hasta la curva de la pierna, va a ser mejor que la baje, porque por cada ninfa que se baña, hay siempre un fauno al acecho, y éste está cerca y arremete. Blimunda huye del agua riendo, él la agarra por la cintura, caen ambos, cuál debajo, cuál encima, ni parecen personas de este siglo. El burro levanta la cabeza, aguzando las largas orejas, pero no ve lo que nosotros vemos, sólo una agitación entre las sombras, los árboles cenicientos, el mundo de cada uno es los ojos que tiene. Baltasar levanta a Blimunda en brazos, va a posarla en la albarda, arre burro, toque-toque. Es la hora del atardecer, no corre viento, ni brisa, ni un soplo mínimo, siente en la piel el suspiro del aire como otra piel, no se encuentra diferencia alguna entre Baltasar y el mundo, entre el mundo y Blimunda qué diferencia podría haber. Es de noche cuando llegan a Mafra. Arden hogueras en el alto de la Vela. Si las llamas se prolongan y se ensanchan se ven los muros de la basílica, irregulares, las hornacinas vacías, los andamios, los agujeros negros de las ventanas, más ruina que construcción nueva, siempre es así cuando se ausenta el trabajo de los hombres.

Fatigosos días, mal dormidas noches. En estos barracones reposan los obreros, pasan de veinte mil, acomodados en cubículos toscos, para muchos, no obstante, mejor cama que la que en sus casas no tienen, sólo la estera en el suelo, el dormir vestido, la capa por único agasajo, al menos en tiempo de fríos se calientan aquí los cuerpos unos a otros, peor es cuando viene el calor con rebaños de pulgas y de chinches chupando sangre, y también los piojos de cabeza, los otros del cuerpo, los pruritos torturadores. Y la comezón del sexo, el tragarse los humores, las descargas seminales del sueño, el vecino del camastro refocilándose, si no hay mujeres, qué vamos a hacer. Es cierto que hay mujeres, pero no llegan para todos. Los más afortunados son los de la primera leva, que pudieron juntarse con viudas y abandonadas, pero Mafra es pequeña, en poco tiempo no quedó mujer vacante, ahora la preocupación de los hombres es defender de tentaciones y asaltos su jardín, aunque sea de pocos o ningunos encantos. Algunas cuchilladas ha habido por razones de este tipo. En caso de muerte, viene el corregidor del crimen, vienen los cuadrilleros, si es preciso echa una mano la tropa, va el matador para la cárcel, caso en el que, de dos una, si el criminal fue el hombre de la mujer, en poco tiempo tiene sucesor, si de la mujer era el hombre muerto, en menos tiempo aún sucesor tiene.

Y los otros, qué hacen los otros. Éstos rondan por estas calles siempre cenagosas de las aguas perdidas, van a ciertos rincones donde las casas son también de tablas, tal vez construidas por previsión de la veeduría, que no ignora lo que son necesidades de hombre, tal vez por la usura de un contratista de burdeles, quien hizo la casa, la vendió, quien la compró, la alquiló, quien la alquiló, se alquiló, más afortunado fue el burro que Baltasar y Blimunda llevaron al monte, que le pusieron lirios en la cabeza, a estas mujeres nadie les lleva flores por detrás de sus postigos, sólo un sexo impaciente que a oscuras entró y salió, cuántas veces llevando consigo el principio de podredumbre, el gálico, y entonces gimen los pobres, tan desgraciados como las desgraciadas que los contaminaron, corre el pus por las piernas abajo en flujo sin fin, no es enfermedad que los cirujanos admitan en las enfermerías, el remedio, si lo hay, es aplicar en las partes un zumo de consuelda, que es planta milagrosa que da para todo y no cura nada. Aquí llegaron chicarrones que hoy, pasados tres o cuatro años, están podridos de pies a cabeza. Vinieron limpias mujeres que cuando acabaron de morir tuvieron que ser enterradas en lo más profundo porque se deshacían en pura purulencia y envenenaban el aire. Al día siguiente, la casa tiene nueva inquilina. El jergón es el mismo, los trapos ni siquiera han sido lavados, un hombre llama a la puerta y entra, no hay preguntas que hacer ni respuestas que dar, el precio es conocido, se afloja él los calzones, levanta ella las sayas, gimió él su goce, ella no precisa fingir, estamos entre gente seria.

Pasan de largo los frailes del hospicio, por apariencia de virtud, no tengamos lástima de éstos, que jamás se ha visto congregación tan conocedora de cómo se alternan y compensan mortificaciones y consuelos. Van con los ojos bajos, tintineando las camándulas, las del rosario que llevan a la cintura, las de la parte que ocultamente dan a besar a las penitentes, y si algún cilicio de crines les ciñe los riñones, o de púas en caso extravagante, podemos apostar que a ellos no les ciñen los riñones ciliciosamente, y léase esto con mucha atención para que no escape su entendimiento. Si no acuden a otras obras y obligaciones, van a asistir a las dolencias del hospital, a soplar y acercar el caldo, a encomendar a los moribundos, que días hay en que mueren dos o tres, sin que les valgan los santos de invocación de las enfermerías, a saber, San Cosme y San Damián patrones de los médicos, San Antonio, tan capaz de pegar huesos como de remendar botijas, San Francisco, por saber de estigmas, San José, por carpintear muletas, San Sebastián, que mucho resistió a la muerte, San Francisco Xavier, por ser entendido en medicinas orientales, Jesús María José, la sagrada familia, pero en todo apartada la ralea de las personas de distinción y de los oficiales militares, que ésos tienen enfermería aparte, y por esa desigualdad, sabiendo los frailes de dónde les viene el convento, se pueden evaluar las diferencias de trato y extremaunción. Tíreles la segunda piedra quien no cayó nunca en pecados afines, el mismo Cristo favoreció a Pedro y animó a Juan, y eran doce los apóstoles. Un día se averiguará que Judas traicionó por celos y abandono.

En una hora de éstas murió João Francisco Sietesoles. Esperó a que el hijo bajara de la obra, primero entró Álvaro Diego, que tenía prisa por comer y volver al cobertizo de los albañiles, estaba migando pan en la sopa cuando entró Baltasar, Buenas noches, déme su bendición, padre, esta noche parecía igual a cualquier otra, sólo faltaba el más joven de la familia, que es siempre el último en aparecer, quizás anda ya zascandileando por las calles de mujeres, a escondidas, cómo se las arreglará para pagar si tiene que dar a su padre el jornal entero, sin quiebra de un real, y es Álvaro Diego quien justamente está preguntando, No ha llegado aún Gabriel, imagínense, hace tantos años que conocemos al mozo y hasta ahora no sabíamos su nombre, tuvo que esperar a hacerse hombre para que lo supiéramos, e Inés Antonia responde, encubridora, No tardará, es una noche como las otras, son las mismas palabras, y nadie repara en el espanto que apareció en la cara de João Francisco, sentado junto al fuego pese al calor que hace, ni Blimunda distraída con Baltasar que acaba de entrar, dio las buenas noches al padre y le pide la bendición sin ver siquiera si se la daba, cuando durante muchos años se es hijo se cae en estas desatenciones, y así fue, Déme su bendición, padre, y el viejo levanta lentamente la mano, la lentitud de quien para eso aún tiene fuerzas, fue su último gesto, no concluido, no rematado, cayó la mano junto a la otra, sobre las dobleces de la manta, y cuando al fin Baltasar se vuelve hacia el padre, va a recibir la bendición, lo ve apoyado en la pared, con las manos abiertas, la cabeza caída en el pecho, Está enfermo, es una pregunta inútil, qué sorpresa ahora si João Francisco respondiera, Estoy muerto, y ésta sería la mayor de las verdades. Se lloraron las lágrimas normales, Álvaro Diego no fue a trabajar, y cuando Gabriel entró en casa no tuvo más remedio que mostrarse triste, él que tan contento venía del paraíso, ojalá no le queme el infierno entre las piernas.

João Francisco Mateus dejó un huerto y una casa vieja. Tenía unas tierras en el alto de la Vela. Pasó años limpiándolas de piedras hasta que la azada pudo entrar en tierra blanda. No ha valido la pena, las piedras están allí otra vez, en definitiva, para qué viene un hombre a este mundo.

San Pedro de Roma no ha salido muchas veces de las arcas en estos años pasados. Y es que, muy al contrario de lo que piensa el vulgo ignaro, los reyes son exactamente como los hombres comunes, crecen, maduran, cambian sus gustos con la edad, cuando por complacer al público no los ocultan de propósito, al tiempo que por necesidad política se fingen otros. Aparte de eso, la sabiduría de las naciones y la experiencia de los particulares dice que la repetición trae la saciedad. La basílica de San Pedro ya no tiene secretos para Don Juan V. Podría armarla y desarmarla con los ojos cerrados, sólo o con ayuda, empezando por el norte o por el sur, por la columnata o por el ábside, pieza por pieza o en partes conjuntas, pero el resultado final es siempre el mismo, una construcción de madera, un lego, un mecano, un lugar de ficción donde nunca se dirán misas verdaderas, aunque Dios esté en todas partes.

La suerte, pese a todo, es que un hombre se prolongue en los hijos que tiene, y si es cierto que, por despecho de viejo o por vecindad de ese estado, no siempre aprecia el ver continuados sus actos cuando éstos han sido piedra de escándalo o defecto por demás visible, igualmente ocurre que el hombre se deleita cuando convence a los hijos para que repitan algunos gestos suyos, algunos pasos de su vida, incluso palabras, recuperando en apariencia así nuevo fundamento lo que él mismo fue e hizo. Los hijos, claro está, fingen. Por decirlo de otro modo, y ojalá más claro, no sintiendo ya Don Juan V gusto que valga el trabajo de armar y desarmar la basílica de San Pedro, encontró modo indirecto de recobrarlo, probando con un mismo gesto su amor paternal y real, al llamar, para que vinieran a auxiliarlo, a sus hijos Don José y Doña María Bárbara. De ambos hemos hablado ya, de ambos volveremos a hablar, ahora de ella, pobrecilla, sólo diremos que la desfiguraron mucho las viruelas, pero tienen las princesas tanta suerte que no pierden casamiento por verse comidas de viruelas y feas, si así conviene a la corona de su señor padre. Claro que, en esto de armar San Pedro de Roma, no hacen los infantes mucha fuerza. Si Don Juan V tenía gentileshombres de cámara que le ayudaban a levantar y asentar la cúpula de Miguel Ángel, recordando, con relación a esto, cuán proféticamente resonó la gran arquitectura en la noche en que el rey fue al cuarto de la reina, mayor ayuda necesitan los pobres niños, ella de diecisiete años, él de catorce. No obstante, aquí, lo que cuenta es el espectáculo, está media corte reunida para asistir al juego de los infantes, sus majestades sentadas bajo dosel, los frailes cuchicheando goces conventuales, los hidalgos componiendo la expresión para que ella exprese, al mismo tiempo, el respeto debido a los príncipes, el enternecimiento ante la poca edad suya, la devoción por el santo lugar que en copia allí se muestra, todo esto en una cara sólo, y todo esto al unísono, no es de sorprender que

342

parezcan estar sufriendo de un dolor oculto y tal vez impropio. Cuando Doña María Bárbara lleva con sus propias manos una de las estatuillas que ornamentan la cornisa, la corte aplaude. Cuando con sus propias manos coloca Don José la cruz cimera del cimborrio, poco falta para que se arrodillen cuantos allí están, que este infante es el heredero. Sus majestades sonríen, después, Don Juan V llama a sus hijos, alaba su habilidad y los bendice, bendición que ellos reciben de rodillas. El mundo vive en una armonía tal, que parece, al menos en esta sala, reflejo de ese espejo de perfección que es el cielo. Cada gesto es aquí noble, podríamos decir divino en su gravedad y pausa, y las palabras se dicen como partes de una frase que no tiene prisa en acabar ni motivo para acabarse. Así hablan y proceden los moradores de los aposentos celestes cuando salen a las diamantinas calles, cuando los recibe en audiencia el padre de los universos en su palacio dorado, cuando en corte reunidos asisten al juego del hijo, que hace, deshace y vuelve a hacer una cruz de palo.

Dio Don Juan V orden de que no fuese desarmada la basílica, y así entera la mantienen. La corte salió, se retiró la reina, se fueron los infantes, los frailes tras ellos, con sus letanías, ahora está el rey midiendo gravemente con la mirada la construcción, mientras los hidalgos de semana intentan imitar su gravedad, es siempre lo más seguro. No menos de media hora permanecieron el rey y sus acompañantes en esta contemplación. Librémonos de averiguar los pensamientos de los camaristas, sabe Dios lo que pasará por aquellas cabezas, el calambre que le ha cogido un pie, el recuerdo de la perra preferida que ha de parir mañana, la apertura en la aduana de los fardos llegados a Goa, un súbito apetito de caramelos, la manecita blanda de la monja del convento, la comezón bajo la cabellera, todo cuanto se quiera excepto la sublimidad del pensamiento real, que era éste, Quiero tener una basílica igual en mi corte, esto sí que no lo esperábamos.

Al día siguiente, Don Juan V mandó llamar al arquitecto de Mafra, un tal João Frederico Ludovice, que es alemán escrito a la portuguesa, y le dijo sin más rodeos, Es mi voluntad que sea construida en la corte una iglesia como la de San Pedro de Roma, y, dicho esto, miró severamente al artista. Ahora bien, a un rey nunca se le dice que no, y este Ludovice que mientras vivió en Italia se llamó Ludovisi, abandonando así ya por dos veces el nombre familiar Ludwig, sabe que una vida, para que sea afortunada, tiene que ser conciliadora, sobre todo para quien la viva entre las gradas del altar y las del trono. No obstante, hay límites, y este rey no sabe lo que pide, está loco, es necio si cree que la simple voluntad, aunque sea real, hace nacer un Bramante, un Rafael, un Sangallo, un Peruzzi, un Buonarotti, un Fontana, un Della Porta, un Maderno, cree que es suficiente con venir y decirme, Ludwig, o Ludovisi, o Ludovice, si es para orejas portuguesas, Quiero San Pedro, y San Pedro aparece hecho, cuando yo lo que sé hacer es sólo Mafras, artista soy, es verdad, y muy vanidoso, como todos, pero conozco el pie que calzo, y también las maneras de esta tierra donde vivo desde hace veintiocho años, mucha arrogancia, poca perseverancia, lo que hay que hacer es llevarle la corriente, ese no que lisonjea más que el sí lisonjearía, trabajoso por otra parte, Dios me libre de él, La voluntad de vuestra majestad es digna del gran rey que ha mandado construir Mafra, pero las vidas son breves, majestad, y San Pedro, entre la bendición de la primera piedra y la consagración, consumió ciento veinte años de trabajos y riquezas, vuestra majestad, que yo sepa, nunca estuvo allí, juzga por el modelo de armar que tiene, quizá de aquí a doscientos cuarenta años lo consiguiéramos, estaría vuestra majestad muerto, muertos estarían vuestros hijos, nieto, bisnieto y tataranieto, y, con todo respeto, me pregunto si vale la pena construir una basílica que no va a terminarse hasta el año dos mil, suponiendo que para entonces haya aún mundo, no obstante, vuestra majestad decidirá, Que haya aún mundo, No, majestad, que se haga otro San Pedro en Lisboa, aunque a mí me parece que va a ser más fácil que llegue el mundo a su fin que repetir la basílica de Roma, Eso quiere decir que no he de satisfacer esta mi voluntad, Su majestad va a vivir eternamente en el recuerdo de sus súbditos, eternamente vivirá en la gloria de los cielos, pero la memoria no es buen terreno para abrir cimientos en ella, más bien van cayendo las paredes poco a poco, y los cielos son una sola iglesia donde San Pedro de Roma no haría más bulto que un grano de arena, Si es así, para qué construimos iglesias y conventos en la tierra, Porque no comprendemos que la tierra era ya una iglesia y un convento, lugar de fe y de responsabilidad, lugar de clausura y de libertad, No entiendo bien lo que dice, Yo no entiendo bien lo que estoy diciendo, pero, volviendo al caso, si vuestra majestad quiere llegar al fin de su vida viendo al menos levantado un palmo de pared, tiene que

345

dar ya las órdenes necesarias, si no, nunca pasará de los fundamentos, Es que voy a vivir tan poco, Es que la obra es larga, y la vida corta.

Podían quedarse hablando el resto del día, pero Don Juan V, que en general no admite resistencias a su arbitrio, cayó en melancolía al ver, en la imaginación, el mortuorio cortejo de sus descendientes hijo, nieto, bisnieto, tataranieto, muriendo todos sin ver la obra acabada, para eso no vale la pena empezarla. João Frederico Ludovice disimula su contento, ha entendido que no habrá ya San Pedro de Lisboa, bastante trabajo tiene con la capilla mayor de la catedral de Évora y las obras de San Vicente de Fora, que son cosas a escala portuguesa, todo se queda en su según. Están en una pausa, el rey no habla, el arquitecto tampoco, así se desvanecen en el aire los grandes sueños, y nunca llegaríamos a saber que Don Juan V quiso un día construir San Pedro de Roma en el Parque Eduardo VII, de no ser por la incontinencia de Ludovice, que lo dijo a su hijo, y éste en secreto lo transmitió a una monja amiga, de quien era visita, que a su vez se lo dijo al confesor, que se lo dijo al general de la orden, que se lo dijo al patriarca, que fue a preguntarle al rey, que le respondió que si alguien volvía a hablarle del asunto incurriría en su cólera, y así ocurrió, todos se callaron, y si hoy sale a luz el proyecto es porque la verdad camina siempre en la historia por su propio pie, no hay más que darle tiempo, y un día aparece y declara, Aquí estoy, no tenemos más remedio que creer en ella, viene desnuda y sale del pozo como la música de Domenico Scarlatti, que aún vive en Lisboa.

En fin, el rey se da una palmada en la cabeza, le resplandece la frente, le rodea el nimbo de la inspiración, Y si aumentáramos el convento de Mafra hasta dar cabida a doscientos frailes, y quien dice doscientos dice quinientos, dice mil, estoy convencido de que sería algo no menor en grandeza que la basílica que no puede haber. El arquitecto ponderó, Mil frailes, quinientos frailes, es mucho fraile, majestad, acabaríamos por hacer una iglesia tan grande como la de Roma para que cupieran todos, Entonces, cuántos, Digamos trescientos, e incluso así ya va a ser pequeña para ellos la basílica que proyecté y está siendo construida, muy lentamente, si se me permite la observación, Sean trescientos, no se discuta más, ésta es mi voluntad, Así se hará, dando vuestra majestad las órdenes necesarias.

Fueron dadas. Pero primero se reunieron, otro día, el rey y el provincial de los franciscanos de la Arrábida, el almojarife y nuevamente el arquitecto. Ludovice llevó sus planos, los tendió sobre la mesa, explicó la planta, Aquí está la iglesia, hacia el norte y el sur estas galerías y estos torreones son el palacio real, por la parte de atrás quedan las dependencias del convento, ahora bien, para satisfacer las órdenes de su majestad, tendremos que construir, más atrás aún, otros cuerpos, hay aquí un monte de piedra compacta que va a haber que minar y allanar, con lo que nos costó ya morderle la falda para hacer la explanación. Al oír que quería el rey ampliar el convento para tan gran número de frailes, de ochenta a trescientos, imagínense, el provincial, que había ido allí sin saber de la novedad, se derrumbó en el suelo dramáticamente, besó con exuberancia las manos de su majestad, y declaró al fin con voz estrangulada, Señor, podéis estar seguro de que en este mismo momento está Dios mandando preparar nuevos y más suntuosos aposentos en su paraíso para premiar a quien en la tierra lo engrandece y loa en piedras vivas, estad seguro de que por cada nuevo ladrillo que sea colocado en el convento de Mafra, será dicha en vuestra intención una plegaria, no por la salvación de vuestra alma, que está ya garantizadísima por las obras, pero sí como flores de la corona con que habéis de presentaros ante el supremo juez, quiera Dios que de aquí a muchos años, para que no mengüe la felicidad de vuestros súbditos y perdure la gratitud de la Iglesia y de la orden a la que sirvo y represento. Don Juan V se levantó de su sitial, besó la mano del provincial, humillando el poder de la tierra ante el poder del cielo, y cuando volvió a sentarse se le repitió el halo en torno de la cabeza, este rey, si no anda con cuidado, va a acabar santo. El almojarife seca sus ojos húmedos de copiosas lágrimas, Ludovice conserva la punta del dedo índice de la mano derecha sobre el lugar del plano que representa aquel monte que tanto va a costar arrasar, el provincial alza los ojos al techo, que se supone representa aquí el empíreo, y el rey los va mirando sucesivamente a los tres, grande, pío, fidelísimo que ha de ser, no todos los días se ordena la ampliación de un convento de ochenta frailes a trescientos, el mal y el bien a la cara vienen, dice el pueblo, en este caso de hoy, vino lo mejor.

Se retiró repitiendo reverencias João Frederico Ludovice para ir a modificar los planos, se recogió el provincial a la provincia para ordenar los actos congratulatorios adecuados y dar la buena nueva, se quedó el rey, que está en su casa, esperando ahora a que regrese el almojarife que ha ido a por los libros de contabilidad y cuando vuelve, le pregunta, después de colocados sobre la mesa los enormes infolios, Hablemos ahora de cómo estamos de debe y haber. El contador se lleva la mano a la barbilla pareciendo que va a entrar en meditación profunda, abre uno de los libros como para mostrar un registro decisivo, pero enmienda ambos movimientos y se contenta con decir, Sepa vuestra majestad que haber, habemos cada vez menos, y deber, debemos cada vez más, Ya me dijiste lo mismo el mes pasado, Y el otro mes, y el año pasado, a este paso, majestad, vamos a ver el fondo del saco, Está lejos de aquí el fondo de nuestros sacos, uno en el Brasil, otro en la India, cuando se agoten lo sabremos con un retraso tan grande que podremos decir, éramos pobres y no lo sabíamos, Si su majestad me perdona la osadía, me atrevería a decir que somos pobres y lo sabemos, Pero, gracias sean dadas a Dios, el dinero no nos falta, Pues no, y mi experiencia contable me recuerda todos los días que el peor pobre es aquel a quien no falta el dinero, eso es lo que pasa en Portugal, que es un saco sin fondo, le entra el dinero por la boca y le sale por el culo, con perdón de vuestra majestad, Ja, ja, ja, se rió el rey, eso tiene mucha gracia, sí señor, quieres decir que la mierda es dinero, No, majestad, es el dinero lo que es mierda, y estoy en muy buena posición para saberlo, en cuclillas, que es como siempre debe estar quien hace cuentas del dinero de los otros. Este diálogo es falso, apócrifo, calumnioso, y también profundamente inmoral, no respeta al trono ni al altar, pone al rey y a un tesorero hablando como arrieros en taberna, sólo faltaba que les inflamaran ardores de maritornes, sería el colmo, pero esto que se ha leído es sólo la traducción moderna del portugués de siempre, y luego dijo el rey, A partir de hoy, te doblo el sueldo para que no te cueste tanto hacer fuerza, Beso las manos de su majestad, respondió el contador.

Aun antes de terminar João Frederico Ludovice los planos del convento ampliado, galopó un correo real a Mafra con órdenes imperiosas de que, inmediatamente, se empezara a allanar el monte, ganándose así algún tiempo. Se apeó el correo a la puerta de la veeduría general, más la escolta, se sacudió el polvo, subió por la escalera, entró en el salón, El doctor Leandro de Melo, éste era el nombre del veedor, Yo soy, le dijo el tal señor, Traigo cartas urgentes de su majestad, aquí están, y páseme vuesa merced recibo y quitanza, que vuelvo inmediatamente a la corte, no tarde. Así se hizo, se fueron el correo y la escolta, ahora al paso, y el veedor abrió las órdenes, después de haber besado reverentemente el sello, pero, cuando acabó de leerlas, se quedó pálido, tanto que el subveedor creyó que allí venía la destitución de su cargo, cosa que quizá podría beneficiar a su carrera, pero pronto se desengañó, el doctor Leandro de Melo se levantaba ya y decía, Vamos a la obra, vamos a la obra, y en pocos minutos se reunieron el tesorero, el maestro de los carpinteros, el de los albañiles, el de los canteros, el carrero mayor, el ingeniero de las minas, el capitán de la tropa, todos cuantos en Mafra tenían vara de mando y estando reunidos les habló el veedor general, Señores, su majestad ha determinado, en su piedad y amplia sabiduría, que se aumente la capacidad del convento a trescientos monjes, y que de inmediato empiecen las obras de explanación del monte situado a levante, por ser ahí donde se erigirá el nuevo cuerpo de la construcción, de acuerdo con medidas aproximadas que vienen en estas cartas, y como las órdenes de su majestad hay que cumplirlas, vamos todos a la obra a ver cómo hay que poner mano a la empresa. Dijo el tesorero que para pagar los gastos consiguientes no precisaba tasar el monte, dijo el maestro de los carpinteros que su oficio era la madera y la aserradura, dijo el maestro de los albañiles que lo llamaran cuando se tratara de levantar paredes y asentar pavimentos, dijo el de los canteros que él sólo trabajaba con piedra arrancada, no por arrancar, dijo el carrero mayor que los bueyes y las mulas irían allí si eran precisos, y estas respuestas, que parecen de gente insumisa, son de gente sensata, de qué serviría que fuera todo el personal al monte cuando bien sabía lo que iba a costar aquello. Dio el veedor por buenas las explicaciones, y al fin salió llevando consigo al ingeniero de las minas, que era el que cargaba con la mayor responsabilidad, y al capitán de la tropa, por ser el desmonte principalmente tarea de soldados.

En una parte del terreno, tras las paredes alzadas por el lado de levante, ya el fraile hortelano del hospicio había plantado frutales, y planteles diversos, unos de legumbres con flores en los bordes, alguna promesa de pomar y huerto, un suspiro de jardín. Todo tendría que arrancarse. Los trabajadores vieron pasar al veedor general y al español de las minas, luego miraron el fantasma del monte, pues ya había corrido la noticia de que iba a prolongarse el convento por aquel lado, parece imposible la rapidez con que se divulgan órdenes que deberían ser de alguna confidencia, al menos mientras el destinatario no las hace públicas, es como para creer que, antes de escribir al doctor Leandro de Melo, mandó Don Juan V aviso al Sietesoles, o a José Pequeno diciendo, Tened paciencia, se me ha ocurrido la idea de meter ahí trescientos frailes en vez de los ochenta acordados, por otra parte, es bueno para todos los que trabajan ahí, que quedan por más tiempo con el empleo garantizado, que el dinero, aún me lo dijo hace unos días mi almojarife, es seguro, ése no falta, somos la nación más rica de Europa, a ver si se enteran, no debemos nada a nadie y pagamos a todos, y con esto no os molesto más, recuerdos a mis queridos treinta mil portugueses que andan ahí haciendo por la vida, esforzándose por dar a su rey el supremo placer de ver alzado en los aires y en los tiempos el mayor y más hermoso monumento sacro de la historia, que hasta me han dicho ya que, comparado con él, San Pedro de Roma es una capilla, adiós, hasta un día de éstos, saludos a Blimunda, de lo que no he vuelto a saber nada es de la máquina voladora del padre Bartolomeu Lourenço, tanto como lo protegí, tanto dinero gastado, el mundo está lleno de ingratos, adiós.

El doctor Leandro de Melo está abrumado al pie del monte, desmedido accidente que se empina más alto que las paredes que aún han de ser, y siendo su oficio sólo corregidor de Torres Vedras, se acoge al amparo del ingeniero de las minas, que por ser andaluz e hiperbólico, habla claro, Aunque fuera la Sierra Morena, yo la arrancaría con mis brazos y la precipitaría al mar*, que traducido viene a ser, Déjenme a mí, que en poco tiempo armo aquí una plaza que va a dejar pálida a la del Rossío de Lisboa. Durante todos estos años, once van ya vencidos, se han sobresaltado los ecos de las quebradas de Mafra con las continuas cargas de pólvora, espaciadamente en los últimos tiempos, sólo cuando un renitente espolón de piedra se interpone en el suelo ya rendido. Un hombre nunca sabe cuándo la guerra acaba. Dice, Mira, se acabó, y de repente no se acabó, vuelve a empezar, y viene diferente, la muy puta, aún ayer eran floreos de espada y son hoy cañonazos, aún ayer se derrumbaban murallas y hoy se desmoronan ciudades, aún ayer se exterminaban países, y hoy se revientan mundos, aún ayer morir era una tragedia y hoy es una banalidad el que se evapore un millón, no va a ser éste el caso de Mafra, donde nunca veremos reunida tanta gente, que si ya era mucha, más, y para quien se había habituado a oír unos cincuenta, cien estampidos por día, resulta ahora el fin del mundo el tremebundo resonar de mil cargas entre el amanecer y la puesta del sol, en rosarios de veinte, con tal violencia tirando tierras y piedras al aire que tenían los trabajadores de la obra que abrigarse tras las paredes o acogerse a la protección de los andamios, e incluso así algunos quedan heridos, por no hablar de aquellas cinco minas que hicieron explosión inesperadamente y destrozaron a tres hombres.

* En español en el original. (N. del T.)

Sietesoles no le ha respondido aún al rey, lo va aplazando siempre, le molesta tener que pedirle a alguien que escriba la carta, pero, si un día vence la vergüenza, dirá esto, Mi querido rey, recibí su carta y vi todo lo que me dice, aquí no falta trabajo, sólo paramos cuando le da por llover y hasta los patos dicen basta, o cuando se atrasó la piedra en el camino, o cuando salieron malos los ladrillos y tenemos que esperar a que vengan otros, ahora anda por aquí todo muy liado con la idea esa de agrandar el convento, lo que pasa es que mi querido rey no puede ni imaginar el tamaño del monte ese y la cantidad de hombres que tendrán que ponerse a la obra, han tenido que dejar la del palacio y la de la iglesia, va a ser un atraso, hasta canteros y carpinteros andan acarreando piedra, yo unas veces con los bueyes, otras con la carretilla, me dieron pena los limoneros y los melocotoneros que arrancaron, a las flores fue un aire que les dio, que no valía la pena haberlas sembrado para tratarlas luego con tanta crueldad, pero, en fin, como mi querido rey dice que no debemos nada a nadie, siempre es una satisfacción, es lo que decía mi madre, paga la deuda bien y no mires a quién, pobrecilla, muerta ya, no verá el mayor y más hermoso monumento sacro de la historia, como me dice en su carta, aunque, para serle franco, en las historias que conozco nunca se habla de monumentos sacros, sólo de moras encantadas y tesoros escondidos, y hablando de tesoros y de moras, Blimunda está muy bien, gracias, ya no es tan bonita como fue, pero lo que darían muchas mozas por estar como ella, José Pequeno me manda preguntarle que para cuándo es la boda del infante Don José, que le va a mandar un regalo, a lo mejor es por llevar los dos el mismo nombre, y los treinta mil portugueses le saludan y agradecen, de salud van así así, el otro día hubo aquí una cagalera general, Mafra apestaba en tres leguas a la redonda, algo que comimos nos sentó mal, que eran los gusanos más que la harina, o las moscas que la carne, pero tuvo gracia ver un montón de gente culo al aire, con el frescor que venía del mar, muy aliviador él, y cuando unos acababan había otros tantos, a veces era tal la urgencia que aliviaban allí donde estaban, ah, es verdad, me olvidaba, tampoco he vuelto a oír nada de la máquina voladora, quizá se la haya llevado el padre Bartolomeu Lourenço para España, quién sabe si la tendrá ahora el rey de allí, que, según oigo decir, va a ser su compadre, ojo con él, y no le molesto más, recuerdos a la reina, adiós, mi querido rey, adiós.

Esta carta nunca fue escrita, pero los caminos de la comunicación de las almas son muchos, y aún misteriosos, y de tantas palabras que Sietesoles no llegó a dictar, algunas fueron a herir el corazón del rey, tal como aquella fatal sentencia que, para aviso de Baltasar, apareció grabada a fuego en una pared, pesado, contado, dividido, ese Baltasar no es el Mateus que conocemos, sino aquel otro que fue rey de Babilonia y que, habiendo profanado en un festín los vasos sagrados del templo de Jerusalén, fue castigado, muerto a manos de Ciro, que para ejecución de esa divina sentencia había nacido. Las culpas de Don Juan V son otras, si algunos vasos profana son los de las esposas del Señor, pero a ellas les gusta y a Dios no le importa, adelante pues. A los oídos de Don Juan V lo que sonó como un redoble fue aquel párrafo, cuando Baltasar, hablando de su madre, con mucho sentimiento porque ya no va a poder ver el mayor y más hermoso de los monumentos sacros, Mafra. Súbitamente, el rey comprende que su vida será corta, que cortas son todas las vidas, que mucha gente murió y morirá antes de que se acabe de construir Mafra, que él mismo podría cerrar los ojos mañana para todo y para siempre. Se acuerda que desistió de edificar San Pedro de Roma, justamente por haberle convencido Ludovice de esta misma cortedad de las vidas, y que el mismo San Pedro, palabras dichas, entre la bendición de la primera piedra y la consagración, consumió nada menos que ciento veinte años de trabajos y riquezas. Mafra lleva engullidos ya once años de trabajo, de riquezas no se debe hablar, Quién me asegura que estaré vivo cuando se haga la consagración, si aún hace pocos años nadie daba nada por mí, con aquella melancolía que me iba llevando antes de tiempo, el caso es que la madre de Sietesoles, pobrecilla, vio el principio, pero no verá el fin, y un rey no está libre de que le ocurra lo mismo.

Don Juan V está en una sala del torreón, cara al río. Mandó salir a los gentileshombres, a los secretarios, a los frailes, a una cantante de comedia, no quiere ver a nadie. Tiene dibujado en la cara el miedo a morir, vergüenza suprema en monarca tan poderoso. Pero ese miedo a morir no es el de que un día el cuerpo se abata y se le vaya el alma, y sí el de que no estén abiertos y relucientes sus propios ojos cuando, consagradas, se alcen las torres y la cúpula de Mafra, es el de que no sean ya sensibles y sonoros sus propios oídos cuando suenen gloriosamente los carillones y las músicas, es el no poder palpar con sus manos los ricos paramentos y los paños de fiesta, es el de que no llegue a oler su nariz el incienso de los turíbulos de plata, es el de ser sólo el rey que mandó hacer y no el que lo ve hecho. Va allá un barco, quién sabe si llegará a puerto, Pasa una nube por el cielo, puede que la veamos en lluvia derramada, Bajo aquellas aguas nada el cardumen al encuentro de las redes. Vanidad de vanidades, dijo Salomón, y Don Juan V repite, Todo es vanidad, vanidad es desear, tener es vanidad.

Pero la victoria sobre la vanidad no es la modestia, y menos aún la humildad, es más bien su exceso. De esta meditación y agonía no salió el rey para vestir sayal de la penitencia y renuncia, sino para hacer volver a los gentileshombres, a los secretarios y a los frailes, la cantante vendría más tarde, para preguntarles si era verdad, según creía saber, que la consagración de las basílicas debe hacerse los domingos, y ellos respondieron que sí, de acuerdo con el Ritual, y entonces el rey mandó que miraran cuándo caería en domingo el día de su cumpleaños, veintidós de octubre, los secretarios, tras cuidadosa comprobación del calendario, respondieron que tal coincidencia se daría dentro de dos años, en mil setecientos treinta, Pues en ese día quiero que se haga la consagración de la basílica de Mafra, así lo quiero, ordeno y determino, y cuando esto oyeron, los gentileshombres de cámara besaron la mano de su señor, ya me diréis qué es mejor, si ser del mundo rey, o de esta gente.

Echaron reverentemente en aquel entusiasmo un jarro de agua fría João Frederico Ludovice y el doctor Leandro de Melo, llamados a toda prisa de Mafra, adonde el primero había ido y el segundo estaba, quienes con la memoria fresca de lo que allí veían, dijeron que el estado de la obra no permitía tan feliz previsión, tanto en lo referente al convento, cuyo segundo cuerpo se iba levantando lentamente de paredes, como a la iglesia, por su naturaleza de delicada construcción, una conjunción de piedras que no podía realizarse a la ligera, vuestra majestad lo sabe mejor que nadie, cuando tan armoniosamente concilia y equilibra las partes que forman la nación. Se cargó el ceño de Juan V, porque la forzada lisonja en nada le había aliviado, y cuando iba a abrir la boca para responder desabrido, prefirió llamar otra vez a los secretarios y preguntarles en qué fecha volvería a caer en domingo el día de su cumpleaños, pasada la de mil setecientos treinta, que, por lo visto, era plazo que no bastaba. Trabajaron los secretarios afanosamente en sus aritméticas, y con alguna duda respondieron que el acontecimiento se repetiría diez años después, en mil setecientos cuarenta.

Estaban allí ocho o diez personas, entre rey, Ludovice, Leandro, secretarios e hidalgos de semana, y todos asintieron gravemente con la cabeza, como si Halley en persona acabara de explicarles la periodicidad de los cometas, las cosas que son capaces de descubrir los hombres. Pero, Don Juan V tuvo un negro pensamiento, se le vio en la cara, e hizo cuentas rápidas, mentalmente, con ayuda de los dedos, En mil setecientos cuarenta tendré cincuenta y un años, y añadió lúgubre, Si estoy vivo. Y durante unos terribles minutos volvió a subir este rey al Monte de los Olivos, y agonizó allí con el miedo a la muerte y el pavor del robo que le harían, ampliado ahora con un sentimiento de envidia, imaginar a su hijo ya rey, con la reina nueva que va a venir de España, gozando ambos de las delicias de inaugurar y ver consagrar Mafra, mientras él va a estar pudriéndose en San Vicente de Fora, junto al pequeño infante Don Pedro, muerto, tan niño aún, a causa del brutal destete. Estaban los circunstantes mirando al rey, Ludovice con cierta curiosidad científica, Leandro de Melo indignado contra la severidad de la ley del tiempo que ni a las majestades respeta, los secretarios dudando si habrían acertado en los bisiestos, los camaristas evaluando sus propias posibilidades de supervivencia. Todos esperaban. Y entonces Don Juan V dijo, La consagración de la basílica de Mafra se hará el veintidós de octubre de mil setecientos treinta, me da igual que falte o que sobre tiempo, haga sol o llueva a cántaros, caiga nieve o sople el viento, aunque se inunde el mundo o le dé un tembleque.

Dejando aparte las expresiones enfáticas, esta misma orden ya la había dado antes, y no parece más que una declaración solemne para la historia como aquélla, tan conocida, Padre, en tus manos entrego mi espíritu, o sea que Dios no es manco, no señor, por ahí anduvo el padre Bartolomeu Lourenço en domésticos sacrilegios, apartando a Baltasar Sietesoles del camino recto, cuando bastaría con preguntarle al Hijo, que tiene la obligación de saber cuántas manos tiene el Padre, pero, a lo que Don Juan V dijo ya, deberá añadirse ahora lo que resulta de saber nosotros cuántas manos tienen los hijos súbditos y para qué sirven ellos y ellas, Ordeno a todos los corregidores del reino se mande que reúnan y envíen a Mafra cuantos operarios se encuentren en sus jurisdicciones, sean ellos carpinteros, albañiles o peones, retirándolos, aunque sea mediante violencia, de sus menesteres, y que bajo ningún pretexto los dejen quedar, no valiendo para ello consideraciones de familia, dependencia o anterior obligación, porque nada está por encima de la voluntad real, salvo la voluntad divina, y a ésta nadie podrá invocar, que lo hará en vano, porque precisamente para servicio de ella se ordena esta providencia, he dicho. Ludovice movió la cabeza gravemente, como quien acaba de comprobar la regularidad de una reacción química, los secretarios escrituraron velocísimas notas, los gentileshombres de cámara se miraron y sonrieron, esto es un rey, el doctor Leandro de Melo estaba a salvo de esta nueva obligación porque en su comarca ya no había quien trabajara en oficios que no sirvieran al convento por vía directa o indirecta.

Fueron las órdenes, vinieron los hombres por su voluntad algunos, atraídos por la promesa de un buen salario, otros por gusto de la aventura, por desprendimiento de afectos también, a la fuerza casi todos. Se pregonaba la orden en las plazas, y, siendo escaso el número de voluntarios, iba el corregidor por las calles, acompañado por los cuadrilleros, entraba en las casas, empujaba las cancelas de los huertos, salía al campo a ver dónde se ocultaban los relapsos, al cabo del día juntaba diez, veinte, treinta hombres, y cuando eran más que los carceleros, los ataban con cuerdas, variando el modo, presos por la cintura unos a otros, o con una improvisada cogotera, o atados por los tobillos, como lazarinos o esclavos. En todos los lugares se repetía la escena, Por orden de su majestad vais a trabajar en las obras del convento de Mafra, y si el corregidor era hombre de celo, era igual que estuviera el requisado en la fuerza de la vida o que ya no pudiera con los calzones, o que fuese aún un niño. Se negaba el hombre primero, intentaba escapar, alegaba pretextos, la mujer fuera de cuentas, la madre vieja, una camada de hijos pequeños, la pared a medio alzar, el arca por reforzar, la barbechera, y si empezaba a explicar sus razones, no acababa, le echaban la mano encima los cuadrilleros, lo golpeaban si se resistía, muchos iniciaban la marcha sangrando.

Corrían las mujeres, lloraban, y los niños aumentaban el alarido, era como si anduvieran los corregidores cogiendo gente para la tropa o para las naves de la India. Reunidos en la plaza de Celorico da Beira, o de Tomar, o en Leiria, en Vila Pouca o en Vila Muita, en la aldea sin más nombre que el saberlo sus moradores, en las tierras de la frontera o en la orilla de la mar, alrededor de las picotas, en el atrio de las iglesias, en Santarem y Beja, en Faro y Portimao, en Portalegre y en Setúbal, en Évora y en Montemor, en las montañas y en la llanura, y en Viseu, y en Guarda, en Bragança, en Vila Real, en Miranda, Chaves, Amarante, en Vianas y Póvoas, en todos los lugares adonde puede llegar la justicia de su majestad, los hombres, atados como reses, sin más holgura que la bastante para que no se atropellasen, veían a sus mujeres y a los hijos implorando al corregidor, procurando sobornar a los cuadrilleros con algunos huevos, una gallina, míseros expedientes que de nada servían, pues la moneda con que el rey de Portugal cobra sus tributos es el oro, es la esmeralda, es el diamante, la pimienta y la canela, es el marfil y el tabaco, es el azúcar y la sucupira del Brasil, las lágrimas no entran en la aduana. Y si para ello tuvieron tiempo, cuadrilleros hubo que gozaron a las

361

mujeres de los presos, que a tanto se sujetaron las pobres para no perder a sus maridos pero, desesperadas, los veían partir luego, mientras los aprovechados se reían de ellas. Maldito seas hasta la quinta generación, de lepra se te cubra todo el cuerpo, puta veas a tu madre, puta a tu mujer, puta a tu hija, empalado seas por el culo hasta la boca, maldito, maldito, maldito. Ya va avanzando la recua de los hombres de Arganil, los acompañan hasta fuera del pueblo las infelices, que van clamando, ésta con el pelo suelto, Oh dulce y amado esposo, y otra protestando, Oh hijo, a quien tenía por consuelo y dulce amparo de esta fatigada vejez mía, no se acaban las lamentaciones, tantas que los montes más cercanos respondían, casi movidos por alta piedad, en fin ya los llevados se alejan y desaparecen en la revuelta del camino, arrasados en lágrimas, cayéndoles los lagrimones a los más sensibles, y entonces se alza una gran voz, es un labriego de tanta edad que ya no lo quisieron, y grita subido a una cerca que es el púlpito de los rústicos, Oh gloria de mandar, oh vana codicia, oh rey infame, oh patria sin justicia, y habiendo así clamado le dio el cuadrillero un golpe en la cabeza y allí mismo lo dejó por muerto.

Cuánto puede un rey. Está sentado en su trono, se alivia conforme a la necesidad en el orinal o en el vientre de las madres, y de aquí, de allí o de más allá, si lo requieren los intereses del Estado, que es él, despacha órdenes para que de Penamacor vengan los hombres válidos, o no tanto, para trabajar en este mi convento de Mafra, levantado porque lo pedían los franciscanos desde mil seiscientos veinticuatro, y por al fin haber quedado la reina preñada de una hija que ni reina de Portugal va a ser, sino de España, por intereses dinásticos y particulares. Y los hombres, que nunca verán al rey, los hombres que el rey nunca vio, los hombres incluso no queriéndolo ver, vienen, entre soldados y cuadrilleros, sueltos si son de ánimo pacífico o si ya se han resignado, atados como fue explicado, si rebeldes, atados siempre si por malicia villana mostraron ir de grado y luego intentaron huir, peor aún si alguno consiguió escapar. Atraviesan los campos, de comarca en comarca, por los pocos caminos reales, a veces por aquellos que los romanos hicieron construir, casi siempre por senderos de cabras, y el tiempo es lo variable, sol que asa las piedras, lluvia que inunda los campos, frío que hiela, en Lisboa su majestad espera que cada uno cumpla su deber.

A veces hay encuentros. Venían unos de más al norte, otros más bien de levante, aquellos de Penela, estos de Proença-a-Nova, se juntaron en Porto de Mos, ninguno de ellos sabe qué lugares son éstos en el mapa, ni qué forma tiene Portugal, si es cuadrado, o redondo, o con picos, si es puente de paso o cuerda de horca, si grita cuando le pegan o si se esconde por los rincones. De las dos levas se hace una, y teniendo ya sus refinamientos las artes carceleras, se emparejan los hombres al modo místico, uno de Proença, otro de Penela, dificultándose así las subversiones, con el evidente beneficio de dar a conocer Portugal a los portugueses, Y cómo es tu tierra, y mientras hablan de esto no piensan en otra cosa. A no ser que muera alguno por el camino. Puede caer fulminado de un ataque echando espumarajos por la boca, o ni siquiera eso, sólo cayendo y arrastrando en la caída al compañero de delante y al de detrás, súbitamente y con pánico atados a un muerto, puede uno enfermar en un descampado, y hay que llevarlo en la sillita de la reina, bamboleando piernas y brazos, hasta morir un poco más allá y ser enterrado al borde del camino, con una cruz de palo hincada por el lado de la cabeza, o, si tiene suerte, recibe en poblado los últimos sacramentos, mientras los desterrados esperan sentados en el suelo que se aclare el caso, Hoc est enim corpus meum, este cuerpo cansado de tantas leguas andadas, este cuerpo desollado por los tirones de la cuerda, este cuerpo gastado por la comida aún más escasa que la ya mínima de costumbre. Pasan las noches en pajares, en porterías de conventos, en almacenes vacíos, y, si Dios lo quiere y el buen tiempo, al raso, uniéndose así la libertad del aire y la prisión de los hombres, extensas filosofías que debatiríamos aquí si tuviéramos tiempo para ello. De madrugada, mucho antes de que salga el sol, y menos mal, porque esas horas son más frescas, se levantan los trabajadores de su majestad, entumecidos y hambrientos, afortunadamente los habían liberado de las cuerdas los cuadrilleros porque hoy entraremos en Mafra y sería de pésimo efecto aquel cortejo de andrajosos, atados como esclavos del Brasil o recua de cabalgaduras. Cuando de lejos ven los muros blancos de la basílica, no gritan Jerusalén, Jerusalén, por eso es mentira lo que dijo aquel fraile que predicó cuando llevaron la losa de Pêro Pinheiro a Mafra, que todos estos hombres son cruzados de una nueva cruzada, qué cruzados son éstos que tan poco saben de su cruzadía. Hacen alto los cuadrilleros para que desde esta eminencia puedan los traídos apreciar el amplio panorama en medio del cual van a vivir, a la derecha el mar por el que navegan nuestras naves, señoras del líquido elemento, enfrente, hacia el sur, está la hermosísima sierra de Sintra, orgullo de nacionales y envidia de extranjeros, que daría un buen paraíso si Dios hiciera otra tentativa, y esa ciudad, allá abajo, hundida, es Mafra, que dicen los eruditos que es eso precisamente lo que quiere decir, pero un día habrán de rectificar y en ese nombre leerán letra por letra, muertos, asados, fundidos, robados, arrastrados, y no soy yo, simple cuadrillero, un mandado, quien se atreva a tal lectura, sino un abad benedictino a su tiempo, y ésa será la razón que tiene para no asistir a la consagración de aquel exceso, pero no nos anticipemos que aún hay mucho trabajo por hacer, para eso habéis venido de luengas tierras donde vivíais, no reparéis en la falta de concordancia, que a nosotros nadie nos ha enseñado a hablar, aprendimos con las faltas de nuestros padres, y, aparte de eso, estamos en tiempos de transición, y ahora que han visto ya lo que les espera, sigan adelante, que nosotros, cuando los hayamos entregado, tenemos que ir a buscar más.

Para llegar a la obra, venidos de donde vienen, tienen que atravesar la villa, pasan a la sombra del palacio del vizconde, bordean la casa de los Sietesoles, y tanto saben de éstos como saben de aquél, pese a genealogías y memoriales, Tomás da Silva Teles, vizconde de Vila Nova da Cerveira, Baltasar Mateus, fabricante de aviones, ya veremos con el paso del tiempo quién va a ganar esta guerra. Las ventanas del palacio no se abren para ver pasar el cortejo de los miserables, sólo el olor que dejan, señora vizcondesa. Se abrió, sí, el postigo de la casa de los Sietesoles y asomó Blimunda, no es ninguna novedad, cuántas levas han pasado ya por aquí, pero, estando ella en casa, siempre sale a ver, es una manera de recibir a quien llega, y cuando vuelve Baltasar, por la noche, ella dice, Por aquí pasaron hoy más de cien, perdónese la imprecisión de quien no aprendió más rigurosas cuentas, fueron muchos, fueron pocos, es como cuando se habla de años, pasé ya de los treinta, y Baltasar dice, He oído decir que en total llegaron quinientos, Tantos, se asombra Blimunda, y ni uno ni otro saben exactamente cuántos son quinientos, sin hablar ya de que el número es, de todas las cosas que hay en el mundo, la menos exacta, se dice quinientos ladrillos, se dice quinientos hombres, y la diferencia que hay entre un ladrillo y un hombre es la diferencia que se cree no hay entre quinientos y quinientos, quien no entienda esto la primera vez no merece que se lo expliquen la segunda.

Se reúnen los hombres que han entrado hoy, duermen donde pueden, mañana los escogerán. Como los ladrillos. Los que no sirven, si fue de ladrillos la carga, quedan por ahí, y acabarán por servir en obras de menos fuste, no faltará quien los aproveche, pero, si fueron hombres, los largan, en buena o mala hora, No sirves, vuélvete a tu tierra, y ellos se van, por caminos que no conocen, se pierden, vagabundean, mueren en los caminos, a veces roban, a veces matan, a veces llegan.

No obstante, hay aún familias felices. La real de España es una. La de Portugal es otra. Se casan hijos de aquélla con hijos de ésta, de allá viene Mariana Victoria, de aquí va María Bárbara, los novios son José el de acá y Fernando el de allá, respectivamente, como se suele decir. No son combinaciones improvisadas, las bodas están pactadas desde mil setecientos veinticinco. Mucha charla, mucha conversa, mucho embajador, mucho regateo, muchas idas y venidas de plenipotenciarios, discusiones sobre las cláusulas de los contratos de matrimonio, las prerrogativas, las dotes de las novias y, como no pueden estas uniones hacerse a la ligera, ni a matacaballo, ni a la puerta de la taberna, donde se dice que las hacen los tratantes, sólo ahora, cuando ha pasado casi un lustro, se hará el intercambio de princesas, ésta para ti, ésa para mí.

María Bárbara tiene diecisiete años cumplidos, cara de luna llena, picada de viruelas como se dijo, pero es una buena chica, musical al máximo que pueda serlo una princesa, por lo menos no cayeron aquí en saco roto las lecciones de su maestro Domenico Scarlatti, que la seguirá a Madrid, de donde no volverá. La espera un novio que tiene dos años menos que ella, el tal Fernando, que será el sexto del orden real de España y de rey poco más tendrá que el nombre, información apenas de paso dicha, para que no se insinúe que estamos interfiriendo en cuestiones internas del país vecino. Del cual, y queda así excelentemente expuesta la vinculación a la historia de este nuestro, del cual, repetimos, vendrá Mariana Victoria, una chiquilla de once años que, pese a su escasa edad, tiene ya una dolorosa experiencia de la vida, basta decir que estuvo a punto de casarse con Luis XV de Francia y fue por él repudiada, palabra que parece excesiva y nada diplomática, pero qué otra se ha de usar si una criatura, a la tierna edad de cuatro años, va a vivir a la corte francesa a fin de educarse para dicho casamiento, y dos años después es enviada a casa porque de repente le dio la fiebre al prometido, o a los intereses de quien lo orientaba, de tener rápidamente herederos de la corona, necesidad que la pobrecilla, por dificultades fisiológicas, no podría satisfacer hasta transcurridos unos ocho años. Vino devuelta la infeliz, flacucha y delicada, que comía como un pajarito, con el mal inventado pretexto de visitar a los padres, el rey Felipe y la reina Isabel, y se quedó en Madrid, a la espera de que le buscaran novio con menores urgencias, y resultó ser nuestro José, ahora con quince años por cumplir. De los placeres de María Victoria no hay mucho que decir, le gustan las muñecas, adora los confites, nada raro, está en la edad, pero es ya habilísima cazadora y, creciendo, apreciará la música y la lectura. Hay quien gobierna más sabiendo menos.

La historia de los casamientos está llena de gente que se quedó en el lado de fuera de la puerta, por eso, para evitar humillaciones, se avisa que a boda, y también a bautizo, vas sólo si convidado. Convidado no fue, seguro, aquel João Elvas, amigo de Sietesoles en los tiempos en que éste vivió en Lisboa antes de conocer a Blimunda y juntarse con ella, llegó a darle abrigo en la barraca donde dormía, con otros vagabundos como él, allí junto al convento de la Esperanza, como todos recordamos. Ya entonces no era joven, hoy es viejo, sesenta años súbitamente mordidos por la añoranza de volver a la tierra donde nació y de la que tomó nombre, son deseos que asaltan a los viejos precisamente cuando ya no pueden tener otros. Dudaba no obstante en lanzarse al camino, no por flaqueza de sus piernas, recias aún para la edad, sino por aquellos grandes descampados del Alentejo, que nadie está libre de malos encuentros, recordemos lo que le ocurrió a Baltasar en el pinar de Pegões, si bien en este caso hay que decir que el mal encuentro fue el del salteador que allí quedó, expuesto a los cuervos y a los canes, si no lo enterró luego el camarada. Pero, en verdad, un hombre nunca sabe para qué está guardado, qué parte del bien y del mal le espera. Quién le iba a decir a João Elvas, en sus antiguos tiempos de soldadía, y en éstos ahora de vagabundo, aunque pacífico, que iba a llegarle la hora de acompañar al rey de Portugal en su ida al río Caia, para llevar una princesa y traer otra, sí, quién lo diría. Nadie lo dijo, nadie lo previó, sólo lo sabía el azar que de lejos venía eligiendo y atando los hilos del destino, diplomáticos y dinásticos los de las dos cortes, de añoranza de la tierra y desamparo por lo que al viejo soldado se refiere. Si un día llegáramos a descifrar estas mallas cruzadas, enderezaríamos el hilo de la vida y alcanzaríamos la sabiduría suprema, si en la existencia de tal cosa insistimos en creer.

Claro está que João Elvas no fue en coche ni a caballo. Ya quedó dicho que tiene buenas piernas para andar, pues que se sirva de ellas. Pero, más por delante o retrasado, siempre Don Juan V le hará compañía, como igualmente se la harán la reina y los infantes, el príncipe y la princesa, y todo el poder del mundo que en el viaje va. Nunca la suma grandeza de estos señores sospechará que va escoltando a un vagabundo, asegurándole vida y bienes, tan cerca de acabarse. Pero, para que no se acaben demasiado pronto, sobre todo la vida, bien precioso, no conviene a João Elvas entrometerse en el cortejo, sabido es cuán ligera tienen la mano los soldados, y pesada, Dios los bendiga, si piensan que corre peligro la también preciosa seguridad de su majestad.

Así precavido, salió João Elvas de Lisboa y pasó Aldeagalega en los primeros días de este mes de enero de mil setecientos veintinueve, y allí se demoró asistiendo al desembarco de los carruajes y cabalgaduras que van a servir en el camino. Para su ilustración iba haciendo preguntas, qué es esto, de dónde vino, quién lo hizo, quién lo va a usar, parecen desatinadas indiscreciones, pero a este viejo de aspecto venerando, aunque sucio, cualquier servidor de caballeriza cree que debe responder, y, creciendo la confianza, hasta al carrero mayor se le pregunta, basta con que João Elvas se muestre piadoso, por más que, aunque de rezos sabe poco, tiene fingimiento de sobra. Y si, en vez de respuesta plausible, recibe un empujón, malos modos o un revés, por ahí mismo se adivinará lo que no fue dicho, y al fin se acertarán las cuentas de los errores con que se hace la historia. Así, cuando Don Juan V atravesó el río, el ocho de enero, para iniciar su gran viaje, había en Aldeagalega, a su espera, más de doscientas carrozas, entre estufas, calesas, coches de campo, galeras, carromatos, andas, unos venidos de París, otros hechos de propósito en Lisboa para esta ocasión, sin hablar de los coches reales, con los dorados frescos, los terciopelos renovados, las borlas y las cenefas bien peinadas. De la real caballeriza, sólo en mulas, eran casi dos mil, sin incluir los caballos de la guardia y de los regimientos de tropa que acompañaban al cortejo. Aldeagalega, que, por ser punto obligado de paso para el Alentejo, ha visto mucho, nunca vio tanto, hasta este pequeño registro de servidores, los cocineros son doscientos veintidós, los encargados de las arcas reales, doscientos, setenta los reposteros, ciento tres los mozos de plata, más de mil mozos de cuadra, y una multitud de otros criados y esclavos de diversos tonos de negro. Aldeagalega es un mar de gente, y mucho mayor sería si aquí estuviesen los hidalgos y otros señores que ya van delante, camino de Elvas y de Caia, otro remedio no tenían, que si todos salieran al mismo tiempo, se casaban los príncipes y aún el último invitado estaría entrando en Vendas Novas.

Pasó el rey en su bergantín, primero había ido a visitar la imagen de la Señora de la Madre de Dios, y con él desembarcaron el príncipe Don José, el infante Don Antonio, más los criados que lo servían, que eran el señor duque de Cadaval, el señor marqués de Marialva, el señor marqués de Alegrete, un gentilhombre del señor infante, y otros señores, no nos extrañemos de que les llamen criados, porque serlo de la familia real es honra. João Elvas estaba entre el pueblo que aclamaba real, real, real, por Don Juan V, rey de Portugal, que si no era esto lo que decían qué sería entonces ese vocerío que sólo por el tono permite distinguir entre el aplauso y el abucheo, líbrese cualquiera de lanzar un denuesto, nadie se imagina que sea posible faltar al respeto que se debe a un rey, mayormente siendo portugués. Don Juan V se alojó en las casas del escribano de cámara, João Elvas había sufrido ya su primer desengaño cuando descubrió que no faltaban pedigüeños y otros vagabundos para acompañar al cortejo, con la vista puesta en sobras y limosnas. Paciencia. Donde éstos comiesen también él comería, pero, de todas, era la razón de su viaje la más merecedora.

De madrugada, oscuro aún, serían las cinco y media, salió el rey para Vendas Novas, pero antes que él salió João Elvas, porque quería, con sus ojos, ver pasar la comitiva en aparato completo, no la confusa turba de partida, con los coches buscando sus lugares, a las órdenes del maestro de ceremonias, entre gritos de pajes y cocheros, gente suelta de lengua, como es conocido. No sabía João Elvas que aún tenía el rey que oír misa en la Señora de la Atalaya, por eso, tardándole el cortejo, ya de mañana clara, aflojó el paso y se paró al fin, dónde rayos se habrán metido ésos, se sentó en una cerca, abrigado de la brisa matinal por un seto de pitas. Estaba el cielo cubierto, con nubes bajas, prometiendo lluvia, el frío cortaba. João Elvas se envolvió en su capote, bajó las alas del sombrero y se quedó a la espera. Pasó así una hora, tal vez más, eran raros los que transitaban el camino, ni parecía día de fiesta.

Pero la fiesta viene ahí. Ya se oyen a lo lejos toque de trompetas y resonar de atabales, se acelera la vieja sangre militar de João Elvas, son emociones olvidadas que vuelven de repente, es como ver pasar a una mujer cuando de ellas no hay más que recuerdos, y, o por una sonrisa, o por el balance de una saya, o por un movimiento del pelo, siente un hombre que se le derriten los huesos, llévame, haz de mí lo que quieras, como si la guerra nos llamase. Y ahí está el triunfal cortejo, João Elvas sólo ve caballos, gente y carruajes, no sabe quién va dentro ni quién va fuera, pero a nosotros no nos cuesta nada imaginar que a su lado se sentó un hidalgo caritativo y filantrópico, que los hay, y como este hidalgo es de esos que todo lo saben de corte y cargos, oigámoslo con atención, mira, João Elvas, después del teniente y de las trompetas y atabales que han pasado ya, pero a ésos ya los conocías, que fuiste del arte, viene ahora el aposentador de la corte con sus subalternos, es él quien tiene la responsabilidad de los acomodos, aquellos seis de a caballo son correos de gabinete, llevan y traen informaciones y órdenes, ahora pasa la berlina con los confesores del rey, del príncipe y del infante, no imaginas la carga de pecados que ahí va, pesan mucho menos las penitencias, después aparece la berlina de los mozos del guardarropa, por qué tanto asombro, su majestad no es un pobretón como tú, que sólo tienes lo que llevas sobre el cuerpo, cosa extraña tener sólo lo que uno lleva sobre el cuerpo, y no te asombres de nuevo con esas berlinas llenas de clérigos y padres de la Compañía de Jesús, ni siempre gallina, ni siempre sardina, unas veces compañía de Jesús y otras veces compañía de Juan, reyes ambos, pero estas acolitancias no son de sabor menor, y, hablando de esto, ahí tienes la berlina del estribero menor, las tres que vienen detrás son del corregidor de corte y de los hidalgos de la casa del rey, sigue la estufa del estribero mayor, después los coches de los camaristas de los infantes, y ahora atención, ahora empieza a valer la pena, estos coches y estufas vacíos son los coches y estufas de respeto de las reales personas, luego, a caballo, sigue el estribero menor, al fin ha llegado el momento, pon la rodilla en tierra, João Elvas, que están pasando el rey y el príncipe Don José, y el infante Don Antonio, es tu rey quien pasa, papagayo real que va de caza, mira qué majestad, qué presencia incomparable, qué gracioso y severo semblante, así estará Dios en el cielo, no lo dudes, ay João Elvas, João Elvas, por muchos años de vida que tengas aún, nunca olvidarás este momento de felicidad perfecta, cuando viste a Don Juan V pasando en su coche, estando tú de rodillas al pie de estas pitas, guarda bien en la memoria estas imágenes, oh privilegiado, y ahora puedes levantarte, ya han pasado, allá van, iban también seis mozos de estribos, a caballo, estas cuatro estufas llevan la cámara de su majestad, después viene el coche del cirujano, si van tantos de los que curan almas, alguien había de venir para cuidar del cuerpo, de ahí hacia atrás ya no hay mucho que ver, seis coches de reserva, siete caballos de mano, la guardia de caballería con su capitán, y otros veinticinco coches que son los del barbero real, de los coperos, de los mozos de cámara, de los arquitectos, de los capellanes, de los médicos, de los boticarios, de los oficiales de secretaría, de los reposteros, de los sastres, de las lavanderas, del cocinero mayor, del menor, y más y más y más, dos galeras que llevan el guardarropa del rey y del príncipe, y, cerrando la comitiva, veintiséis caballos de mano, viste alguna vez un cortejo como éste, João Elvas, ahora únete al rebaño de mendigos, que es ése tu lugar, y no me agradezcas la caridad de habértelo explicado todo, todos somos hijos del mismo Dios.

Se unió João Elvas a la tropa de vagabundos, más sabedor de cortes que todos ellos, y no fue muy bien recibido, limosna dividida por cien no es igual a limosna que entre ciento uno se divida, pero el gran cayado que lleva al hombro como una lanza, y cierta marcialidad de paso y gesto, acabaron por intimidar a la cuadrilla. Andada media legua, todos eran hermanos. Cuando llegaron a Pegões ya el rey estaba comiendo, un tentempié, pato estofado con membrillo, unos pastelillos de tuétano, olla mora, lo que basta para llenar el hueco de un diente. Entre tanto cambiaron los caballos. La turba de pordioseros se juntó a la puerta de las cocinas, armó su coro de padrenuestros y avemarías, y al fin comió de un caldero. Algunos, sólo porque comieron hoy, se quedaron allí, tumbados, imprevisores. Otros, aunque hartos, sabiendo que el pan de ahora no mata el hambre de ayer, y mucho menos la de mañana, siguieron la pitanza que ya iba de camino. João Elvas, por sus propias razones, puras e impuras, se fue con ellos.

Hacia las cuatro de la tarde llegó el rey a Vendas Novas, hacia las cinco, João Elvas. Pronto se hizo de noche, el cielo se cargó, parecía que alzando el brazo se llegaba a las nubes, creo que esto ya lo dijimos una vez y cuando, a la hora de la cena, distribuyeron la manduca, prefirió el antiguo soldado proveerse de alimentos sólidos para ir a comerlos solo y en paz bajo un alpendre, o al abrigo de un carro de labor, si es posible lejos de la charla de los pedigüeños. Parece no tener que ver la amenaza de lluvia con el deseo de aislamiento de João Elvas, es no pensar en cuánto hay de extraño en algunos hombres, solos toda la vida y que aman la soledad, mucho más si está lloviendo y es duro el mendrugo.

A las tantas, no sabía João Elvas si estaba despierto o si se había quedado dormido, sintió un rumor en la paja, alguien que se acercaba llevando un candil en la mano. Por el color y calidad de la media y el calzón, por la tela de la capa, por la lacería de los zapatos, comprendió João Elvas que el visitante era hidalgo, y pronto reconoció a aquel que tan seguras informaciones le había dado desde lo alto de la cerca. Jadeante y quejumbrosa, se sentó la noble persona, Estoy cansado de buscarte, recorrí todo Vendas Novas, dónde está João Elvas, dónde está João Elvas, nadie me sabía dar respuesta, por qué los pobres no se dicen unos a los otros quiénes son, en fin, ya te he encontrado, venía a contarte cómo es el palacio que el rey mandó hacer para pasar la noche, durante diez meses han estado trabajando en él noche y día, sólo para el trabajo nocturno se gastaron más de diez mil antorchas, y por aquí deben de andar más de dos mil hombres entre pintores, herreros, entalladores, ensambladores, sirvientes, soldados de infantería y caballería, y sabes tú que la piedra de los muros vino de tres leguas de distancia, las carretas de transporte pasaron de quinientas, y hubo otras de menor porte, así vino todo lo necesario, cal, vigas, tablas, sillares, ladrillos, tejas, clavijas, herrajes, y los caballos de tiro fueron más de doscientos, mayor que esto sólo el convento de Mafra, no sé si lo conoces, pero ha valido la pena y el trabajo, y también el dinero, te digo, en confianza, pero no se lo digas a nadie, que en este palacio y en la casa que viste en Pegões se gastó un millón de cruzados, sí, un millón, claro, tú no imaginas lo que es un millón de cruzados, João Elvas, pero no seas mezquino, ni siquiera sabrías qué hacer con tanto dinero, pero el rey lo sabe muy bien, aprendió desde niño, los pobres no saben gastar, los poderosos sí, lo que ahí han metido en pinturas y adornos, con alojamientos para el cardenal y para el patriarca, y tiene camas con dosel, gabinete y cámara para el señor Don José, y aposentos iguales para la infanta Doña María Bárbara, para cuando pase por aquí, y las dos alas, una es para la reina, otra para el rey, así estarán a gusto, no tienen por qué dormir apretados, en todo caso, amplitud de cama como la tuya raramente se ve, parece que tienes la tierra entera para tu uso, ahí roncando como un puerco, con perdón, con los brazos y las piernas abiertos sobre la paja, el capote encima, y no hueles a rosas precisamente, João Elvas, como nos volvamos a encontrar te traigo un frasquito de agua de Hungría, y éstas son las noticias todas que quería darte, no olvides que el rey sale para Montemor a las tres y media de la mañana, si quieres ir con él, no te quedes dormido.

Se quedó dormido João Elvas, cuando despertó pasaba ya de las cinco y llovía a cántaros. Por la luz de la mañana entendió que el rey, si había salido puntualmente, ya iría lejos. Se enrolló en el capote, encogió las piernas como si aún estuviera en la barriga de su madre, y se durmió de nuevo al calor de la paja, al buen olor que da cuando abriga un cuerpo humano. Hay gente hidalga, o no tanto, que no soporta olores, así disimulan si pueden sus propios olores naturales, y aún llegará el tiempo en que con falso perfume de rosa se aromen rosas falsas, y dirá la gente, Qué bien huelen. No sabía João Elvas el motivo de que le vinieran a la mente estos pensamientos, y dudaba si dormía aún o si estaba divagando despierto. Abrió los ojos al fin, salió del sueño. La lluvia caía con fuerza, vertical y sonora, pobres de sus majestades, obligadas a viajar con un tiempo así, los hijos nunca podrán agradecer los sacrificios que los padres hacen por ellos. Camino de Montemor iba Don Juan V, sabe Dios con qué valor luchando contra las dificultades, los chaparrones, los barrizales, los ríos en crecida, se le oprime a uno el corazón sólo con pensar en el miedo de aquellos señores, los camaristas y los confesores, los clérigos y los hidalgos, apuesto a que metieron los trompeteros las trompetas en el saco para que no se atragantaran y que los atabales no precisan de macetas para oírles el redoble, tan fuerte cae la lluvia. Y la reina, qué le habrá ocurrido a la reina, a estas horas habrá salido ya de Aldeagalega, viene con la infanta Doña María Bárbara y con el infante Don Pedro, éste es otro, con el mismo nombre que el primero, frágiles mujeres, frágiles criaturas, expuestas a los agravios del mal tiempo, y aún dicen que el cielo está con los poderosos, mirad, mirad cómo la lluvia, cuando cae, cae para todos.

João Elvas pasó todo este día al cálido abrigo de las tabernas, adobando con el cuenco de vino las viandas de la alforja, pródigamente abastecida por la despensa de su majestad. En general, los pordioseros se habían quedado en la villa, esperando que escampara para alcanzar luego al cortejo. Pero la lluvia no paró. Caía la noche cuando los primeros coches de la comitiva de Doña María Ana empezaron a entrar en Vendas Novas, con más apariencia de ejército en desbandada que de cortejo real. Las cabalgaduras, derrengadas, apenas podían arrastrar las berlinas y los coches, algunas doblaban las manos y morían allí mismo, sujetas aún por los arreos. Los criados y los mozos de cuadra agitaban las antorchas, el griterío era ensordecedor, y fue tal la confusión que resultó imposible encaminar a sus respectivos aposentos a todos los acompañantes de la reina, de modo que muchos de ellos tuvieron que volver a Pegões, donde se instalaron al fin, sabe Dios en qué deplorable estado. Fue una noche de gran desastre. Al día siguiente, echaron cuentas y se vio que habían muerto decenas de mulas, sin contar las que quedaron por el camino, con el pecho reventado o los miembros partidos. A las damas les daban vahídos y desfallecimientos, los señores disimulaban la fatiga rodando la capa por los salones, y la lluvia continuaba inundándolo todo, como si Dios, por enfado particular no comunicado a la humanidad, hubiera decidido repetir el diluvio universal, ahora definitivo.

La reina quería seguir hacia Évora aquella misma madrugada, pero le expusieron el peligro de la empresa, aparte de que muchos carruajes venían retrasados, cosa que resultaría en perjuicio de la dignidad del cortejo, Y los caminos, sepa vuestra majestad, están que no se puede avanzar, ya cuando el rey pasó por ellos fue una calamidad, qué hará ahora, con la interminable lluvia que está cayendo, día y noche, noche y día, pero ya han dado orden al alcalde de Montemor para que reúna hombres que reparen los caminos, cieguen los atolladeros y aplanen las quebradas, descanse su majestad este día once en Vendas Novas, en el majestuoso palacio que el rey mandó construir, aquí tiene todas las comodidades, se distrae con la princesa y aprovecha para darle los últimos consejos de madre, Mira, hija mía, los hombres son siempre unos brutos la primera noche, en las otras también, pero ésta es peor, siempre dicen que van a tener mucho cuidado, que no va a doler nada, pero luego no sé qué les pasa por la cabeza, empiezan a gruñir, a gruñir, como perros, y nosotras, pobrecillas, no tenemos más remedio que aguantar las embestidas hasta que consiguen lo que quieren, que, a veces, se queda en nada, y una entonces no debe reírse de ellos, no hay cosa que los ofenda más, lo mejor es fingir que no nos dimos cuenta, porque si no es en la primera noche, es en la segunda, o en la tercera, de sufrir nadie nos libra, y ahora llamo al señor Scarlatti para que nos distraiga de los horrores de esta vida, la música es un gran consuelo, hija mía, la oración también, creo que todo es música, si no es oración todo.

Mientras eran dados los consejos, y se tocaba el clavicordio, ocurrió que João Elvas fue contratado como peón caminero, son azares a los que no siempre se puede escapar, va uno a la carrera, de un abrigo a otro, huyendo de la lluvia, y oye una voz, Alto, es un cuadrillero, se conoce en seguida por el tono, y tan supitaña fue la interpelación que ni le dio tiempo a João Elvas para fingirse viejo caduco, la autoridad incluso vaciló al ver más canas de las que esperaba, pero al fin prevaleció la agilidad de la carrera, quien es capaz de correr así, bien puede con la pala y el azadón. Cuando João Elvas, con otros atrapados, llegó al descampado donde el camino desaparecía entre charcos y lodazales, ya andaban por allá muchos hombres cargando tierra y piedras de los ribazos más secos, era un trabajo de negros sacar de allí y tirar aquí, otras veces abrían canales para que fluyeran las aguas, cada hombre era un fantasma de barro, un fantoche, un espantajo, en poco tiempo quedó João Elvas como los otros, mejor le hubiera sido quedarse en Lisboa, por más que uno se esfuerce, no puede volver a la infancia. Todo el día lo pasaron en dura faena, fue menguando la lluvia, y ésa fue la mejor ayuda, pues así ganaron las nivelaciones cierta consistencia, eso si no viene de noche otro temporal a deshacerlo todo. Doña María Ana durmió bien, bajo su alto edredón de plumas, que siempre lleva consigo, arrullada en su suave sueño por la lluvia que caía, pero, como no siempre las mismas causas producen los mismos efectos, depende de las personas, de las ocasiones, de los cuidados que uno lleva a la cama, le ocurrió a la princesa Doña María Bárbara que se le prolongaron hasta la madrugada los ecos de los chaparrones que caían del cielo, o serían las palabras inquietantes que oyó a su madre. De los que anduvieron trabajando por los caminos, unos durmieron bien, otros mal, depende del cansancio, que en cuanto a agasajo y alimento no se podían quejar, su majestad no había regateado abrigo y comida caliente, como estimación del mérito de los trabajadores.

Por la mañana temprano salió al fin de Vendas Novas la comitiva de la reina, ya con los carruajes que habían quedado rezagados, pero no todos, perdidos algunos para siempre, o de más demorada reparación, pero todo lleva un aire triste, empapados los paños, deslucidos los oros y el color, si no viene un rayo de sol va a ser ésta la boda más triste que se haya visto jamás. Ahora no llueve, pero el frío aprieta y quema las carnes, no faltan sabañones para esas manos, pese a los ungüentos y al abrigo, hablamos de las damas, claro está, tan ateridas y resfriadas que dan pena. Al frente del cortejo va una partida de peones camineros, en carretas de bueyes y, en cuanto ven un atolladero, un arroyo desbordado o un alud, saltan y ponen remedio al caso, mientras queda parado el cortejo, esperando en medio de la gran desolación de la naturaleza. De Vendas Novas y otros lugares próximos habían venido yuntas de bueyes, no una o dos, sino decenas, para sacar de los barrizales las carrozas, las berlinas, las galeras, los coches que constantemente quedaban presos en ellos, con esto se pasaba el tiempo, desuncir mulas y caballos, atraillar bueyes, tirar, desuncir los bueyes, uncir caballos y mulas, en medio de griterío y zurriagazos, y cuando el coche de la reina se atascó hasta los cubos de las ruedas y fue preciso sacarlo del atolladero con seis yuntas de bueyes, un hombre que allí estaba, y que había venido de su tierra por mandado del alcalde, dijo hablando consigo mismo, aunque estaba cerca João Elvas y lo oyó, Parece como si estuviéramos tirando de la piedra de Mafra. Siendo hora de esforzarse los bueyes, holgaban un poco los hombres, por eso João Elvas preguntó, Qué piedra fue ésa, y el otro respondió, Era una piedra del tamaño de una casa que llevamos de Pêro Pinheiro a Mafra, sólo la vi cuando llegó, pero aún eché una mano, andaba yo entonces por allá, Y era grande, Era la madre de la piedra, eso dijo un amigo que la trajo de la cantera y que luego se fue a su tierra, yo me vine también, no quise seguir allí. Los bueyes, atascados hasta la barriga, tiraban sin esfuerzo aparente, como si quisieran, por las buenas, convencer al fango de que dejara de hacer presa. Al fin se asentaron en firme las ruedas del coche, y entre aplausos la máquina fue arrancada del atolladero, mientras la reina sonreía, la princesa saludaba y el infante Don Pedro, un chiquillo, intentaba ocultar su enfado porque no le dejaban patinar en el barro.

Fue así todo el camino hasta Montemor, menos de cinco leguas que costaron casi ocho horas de continuo trabajo, de esfuerzo hasta la extenuación de hombres y animales, cada uno según su especialidad. Deseaba la princesa Doña María Bárbara dormir, reposar de aquel insomnio lacerante, pero las sacudidas del coche, el griterío de los forzudos, el ir y venir de los caballos llevando órdenes, aturdían su pobre cabecita, la angustiaban, qué trabajos, Dios mío, tanta confusión para casar a una mujer, cierto es que princesa. La reina va murmurando oraciones, menos para conjurar los limitados peligros que para pasar el tiempo, y como lleva ya no pocos años en este ejercicio, se ha habituado y de vez en cuando se desliza hacia el sueño, del que regresa pronto, y vuelve a las oraciones desde el principio, como si no ocurriera nada. Del infante Don Pedro por ahora no hay más que decir.

Pero la conversación entre João Elvas y el hombre que había hablado de la piedra continuó poco después, y dijo el viejo, De Mafra era un amigo mío de hace muchos años, nunca más tuve noticia de él, vivía en Lisboa, un día desapareció de allí, cosas que pasan, quizá haya vuelto a su tierra, Si volvió, quizá lo conozca, cómo se llamaba, Se llamaba Baltasar Sietesoles y era manco de la mano izquierda, la perdió en la guerra, Sietesoles, Baltasar Sietesoles, claro que lo conocí, fuimos compañeros en la obra, Hombre, me alegro, qué pequeño es el mundo, mira que encontrarnos los dos en este camino, y ser los dos amigos de Sietesoles, Era un buen hombre, Habrá muerto, No sé, creo que no, con una mujer como la suya, una tal Blimunda, que tenía unos ojos de los que nunca sabías el color, con una mujer como ésa, digo yo, se agarra uno a la vida y no la suelta aunque sólo tenga una mano, A la mujer no la conocí, Sietesoles tenía a veces ideas raras, un día dijo que había estado cerca del sol, Habría bebido, Bebíamos todos, pero nadie estaba borracho, o estaríamos y lo he olvidado, pero lo que él quería decir es que había volado, Volado Sietesoles, nunca oí nada igual.

Vino el río Canha a cruzarse en la conversación, caudaloso, espumeante, al otro lado se había reunido fuera de puertas el pueblo de Montemor a esperar a la reina y, con el trabajo de todos, más el auxilio de unos barriles que ayudaron a la flotación de los carruajes, al cabo de una hora estaban comiendo en la ciudad, los señores en los lugares propios de su distinción, los braceros al azar, unos comiendo callados, otros conversando como João Elvas que decía en el tono de quien continúa dos conversaciones, una con su interlocutor, otra consigo mismo, Me estoy acordando de que Sietesoles, cuando vivía en Lisboa, se trataba con el Volador, y que fui yo quien le dije quién era, un día en el Terreiro do Paço, me acuerdo como si fuera ayer, Quién era el Volador, El Volador era un cura, Bartolomeu Lourenço, que luego murió en España, hace ahora cuatro años, fue un caso del que se habló mucho, el Santo Oficio metió las narices, quién sabe si estaría Sietesoles en el asunto, Pero, llegó a volar el Volador, Hubo quien dijo que sí, hubo quien dijo que no, vete tú a saber, Lo que sí es seguro es que el Sietesoles dijo que estuvo cerca del sol, eso lo oí yo, Debe haber un secreto, Lo habrá, y con esta respuesta que preguntaba, se calló el hombre de la piedra, y ambos acabaron de comer.

Se habían levantado las nubes, planeaban alto, la lluvia ya no amenazaba tanto, los hombres que habían venido de los pueblos entre Vendas Novas y Montemor no continuaron. Les pagaron su trabajo, jornal doble por bondad interventora de la reina, que siempre tiene su compensación cargar con los poderosos. João Elvas seguía viaje, ahora tal vez con más comodidad porque lo conocían los cocheros y los mozos de cuadra, quizá lo dejaran ir sentado en una galera, con las piernas colgando, balanceándolas encima de las boñigas y del barro. El hombre que había hablado de la piedra estaba al borde del camino, mirando con sus ojos azules al que se acomodaba entre dos arcones. No volverán a verse más, o eso suponemos, que el futuro ni Dios lo sabe, y cuando la galera empezó a andar, dijo João Elvas, Si un día encuentras a Sietesoles dile que has hablado con João Elvas, seguro que se acuerda de mí, y dale un abrazo de mi parte, Se lo diré y se lo daré, pero no creo que lo vuelva a ver, Y tú, cómo te llamas, Me llamo Julián Maltiempo, Entonces, adiós, Julián Maltiempo, Adiós, João Elvas.

De Montemor a Évora no faltarán trabajos. Volvió a llover, volvieron los barrizales, se partieron ejes, se rompían como palillos los radios de las ruedas. La tarde caía rápidamente, se iba poniendo fría la noche, y la princesa Doña María Bárbara, que se había quedado al fin dormida, auxiliada por el sopor emoliente de los caramelos con que halagó el estómago y por quinientos pasos de camino sin baches, despertó estremecida, como si un dedo helado hubiera rozado su frente, y, volviendo los ojos ensoñados hacia los campos crepusculares, vio parado un pardo grupo de hombres alineados al borde del camino y atados unos a otros con cuerdas, serían quizá unos quince.

Se espabiló la princesa, no era sueño ni delirio, y se turbó ante el lastimoso espectáculo de los grilletes, en vísperas de su boda, cuando todo debería ser contento y regocijo, no era suficiente ya el tiempo pésimo que llevaban, esta lluvia, este frío, mejor habría hecho casándome en primavera. Cabalgaba al estribo un oficial a quien Doña María Bárbara ordenó que se enterase qué hombres eran aquéllos y qué habían hecho, qué crímenes, y si iban para el Limoeiro o para África. Fue el oficial en persona, quizá por amar mucho a la infanta, ya sabemos que fea, picada de viruelas, y qué, y va llevada a España, va lejos de su puro y desesperado amor, amar un plebeyo a una princesa, qué locura, fue y volvió, no la locura, él, y dijo, Sepa vuestra alteza que esos hombres van a trabajar a Mafra, en las obras del convento real, son del término de Évora, gente de oficio, Y por qué van atados, Porque no van por gusto, si los sueltan, huyen, Ah. Se recostó la princesa en las almohadas, pensativa, mientras el oficial repetía y grababa en su corazón las dulces palabras intercambiadas, será viejo, caduco y jubilado, y aún recordará el maravilloso diálogo, cómo estará ella entonces, pasados tantos años.

La princesa no piensa ya en los hombres que vio en el camino. Recuerda ahora que nunca ha ido a Mafra, qué raro, se construye un convento porque nació María Bárbara, se cumple el voto porque María Bárbara nació, y María Bárbara no vio, no sabe, no tocó con su dedito gordezuelo la primera piedra, ni la segunda, no sirvió con sus manos el caldo a los albañiles, no alivió con un bálsamo los dolores que Sietesoles siente en el muñón cuando se quita el gancho, no enjugó las lágrimas de la mujer que vio a su hombre aplastado, y ahora va María Bárbara a España, el convento es para ella como un sueño soñado, una niebla impalpable, no puede siquiera representarlo en su imaginación, si a otro recuerdo no serviría la memoria. Ay las culpas de María Bárbara, el mal que ha hecho ya, sólo por nacer, y no es preciso ir muy lejos, bastan aquellos quince hombres que allí van, mientras pasan los coches con los frailes, las berlinas con los hidalgos, las galeras con los guardarropas, las estufas con las damas, y de éstas las arcas con joyas, y el resto del ajuar, zapatitos bordados, frascos de agua de flores, cuentas de oro, cinturones bordados de oro y plata, los justillos, las pulseras, los opulentos manguitos, las borlas de los polvos, las pieles de armiño, oh, cuán deliciosamente pecadoras son las mujeres, y hermosas, incluso cuando están picadas de viruela y son feas como esta infanta a quien vamos acompañando, bastaría la seductora melancolía, el semblante pensativo, ni precisa del pecado, Señora madre y reina mía, aquí estoy, camino de España, de donde no volveré, y en Mafra sé que están construyendo un convento por causa de un voto en que fui parte, y nunca nadie me ha llevado a verlo, en esto hay muchas cosas que no entiendo, Hija mía y futura reina, no pierdas un tiempo que ha de ser de oración en vanos pensamientos como éstos, la real voluntad de tu padre y señor nuestro quiso que se construyera el convento, la misma real voluntad quiere que te vayas a España y que no veas el convento, sólo la voluntad del rey prevalece, el resto es nada, Entonces es nada esta infanta que soy yo, nada los hombres que ahí van, nada este coche que nos lleva, nada aquel oficial que va bajo la lluvia y que me mira, nada, Así es, hija, y cuanto más se vaya prolongando tu vida, mejor verás que el mundo es como una gran sombra que va adentrándose en nuestro corazón, por eso el mundo se vuelve vacío y el corazón no resiste, Oh, madre, qué es nacer, Nacer es morir, María Bárbara.

Lo mejor de los viajes largos son estos filosóficos debates. El infante Don Pedro, cansado, duerme con la cabeza apoyada en el hombro de la madre, un bonito cuadro familiar, ya ven cómo este chiquillo es igual a cualquier otro, duerme, deja caer la barbilla, en confiado abandono, y un hilillo de baba le corre hacia los huelgos del cabezón bordado. La princesa se seca una lágrima. A lo largo del cortejo empiezan a encenderse las antorchas, son como un rosario de estrellas caído de las manos de la Virgen y que, por azar, si no por especial preferencia, vino a posarse en tierra portuguesa. Entraremos en Évora ya con noche cerrada.

Está el rey a la espera, con los infantes Don Francisco y Don Antonio, está el pueblo de Évora dando vivas, la luz de las antorchas se ha vuelto esplendoroso sol, los soldados disparan las salvas de ordenanza, y cuando la reina y la princesa pasan al coche de su marido y padre, el entusiasmo alcanza el delirio, nunca se vio tanta gente feliz. João Elvas ha saltado ya de la galera en que vino, le duelen las piernas, a sí mismo se promete darles en el futuro el uso para que fueron hechas, en vez de dejarse ir en el balanceo de la carreta, no hay nada mejor para un hombre que andar por su pie. Durante la noche no se le apareció el hidalgo, y de aparecérsele, qué iba a decir, noticias de banquetes y doseles, de visitas a conventos y distribución de títulos, de limosnas y besamanos. De todo eso, sólo una limosnilla le serviría de algo, pero no han de faltar oportunidades. Dudó João Elvas al día siguiente si acompañaría al rey o a la reina, y acabó por elegir a Don Juan V, e hizo bien, porque la pobre Doña María Ana, que salió un día más tarde, apañó una ventisca que ni en sus tierras de Austria, cuando en realidad lo que hacía era dirigirse a Vila Viçosa, lugar de señalados calores en otra estación, como todos estos espacios que vamos atravesando. Al fin, en la madrugada del día dieciséis, ocho días después de haber salido el rey de Lisboa, partió completo el cortejo para Elvas, rey, capitán, soldado, ladrón, son irreverencias de chiquillos que nunca han visto tanta magnificencia junta, imagínense, sólo los carruajes de la casa real son ciento setenta, añadan ahora los de los muchos nobles que van también, y los de las comunidades de Évora, y los de los particulares que no quieren perder la ocasión de ilustrar la historia de la familia, tu tatarabuelo acompañó a la familia real a Elvas cuando lo del cambio de princesas, nunca lo olvides, oíste.

Al camino salía el pueblo menudo de aquellas tierras y de rodillas imploraba la piedad real, parece como si los míseros adivinaran que a sus pies llevaba Don Juan V un baúl de monedas de cobre, que iba lanzando a manos llenas, a un lado y a otro, en gestos amplios de sembrador, lo que causaba gran alboroto y gratitud, violentamente se deshacían las filas y se disputaban los dineros arrojados, y era de ver cómo viejos y jóvenes se revolcaban en el barro allá donde se enterrara un real, cómo tanteaban ciegos el fondo de las aguas lodosas donde un real se hundió, mientras las reales personas iban pasando, graves, severas, majestuosas, sin abrir una sonrisa, porque tampoco Dios sonríe, él sabrá por qué, quizás avergonzado del mundo que creó. João Elvas anda por ahí, cuando tendió el sombrero al rey, sólo por saludar, como era su obligación de súbdito, le cayeron dentro unas monedas, es hombre de suerte este viejo, ni tiene que agacharse, le llevan la felicidad a la puerta y las monedas a la mano.

Eran más de las cinco cuando el cortejo llegó a la ciudad. Disparó sus salvas la artillería, y tan combinadas parecían estas cosas, que del otro lado de la frontera resonaron también unos tiros, era la entrada de los reyes de España en Badajoz, quien estuviera inadvertido creería que estaba a punto de trabarse una gran batalla, y que, contra lo que era costumbre, iban al combate el rey y el ladrón, aparte del soldado y el capitán, que siempre van. Pero son tiros de paz, fuegos de otro artificio, las luminarias nocturnas y las artes pirotécnicas, ahora bajaron del coche el rey y la reina, el rey quiere ir a pie, de la puerta de la ciudad a la catedral, pero el frío es tanto, corta las manos heladas, corta la cara aterida, hasta el punto que el rey Don Juan V se resigna a perder esta primera escaramuza, vuelve a subir al coche, luego, por la noche, tal vez diga dos palabras secas a la reina, pues ella fue quien se negó, quejosa del aire helado, cuando al rey daría gusto y satisfacción recorrer por su pie las calles de Elvas, tras el cabildo que lo esperaba con cruz alzada y Santo Leño, besado sí, pero no acompañado, este vía crucis no lo medirá paso a paso Don Juan V.

Probado está que Dios ama a sus criaturas. Después de, por espacio de tantos kilómetros y tiempo de tantos días, probarles la paciencia y la constancia, mandándoles fríos insoportables y lluvias como el diluvio, conforme queda relatado por menudo, quiso ahora premiar su resignación y su fe. Y como para Dios nada es imposible, le bastó hacer subir la presión atmosférica, poco a poco se alzaron las nubes, apareció el sol, y todo esto ocurrió mientras los embajadores estudiaban la forma en que los reyes se habían de tratar, espinosa negociación, fueron precisos tres días para rematar el acuerdo, estudiados al fin todos los pasos, gestos y decires, minuto por minuto, para que nada fuese en desdoro de ninguna de las dos coronas en actitud o palabra de menor precio en comparación con la vecina. Cuando, el día diecinueve, salió el rey de Elvas camino de Caia, que está ahí mismo, llevando a la reina y a los príncipes, con los infantes todos, hacía el más hermoso tiempo que se podía desear, lleno de sereno y agradable sol. Imagine, pues, quien allá no estuvo, las galas del extensísimo cortejo, los frisones de trenzadas crines tirando de las carrozas, el centelleo del oro y de la plata, las trompetas y atabales a porfía, las insignias de la religión, las deslumbrantes pedrerías, ya habíamos visto todo esto bajo la lluvia, ahora juraremos que no hay nada como el sol para alegrar la vida a los hombres y dar lustre a las ceremonias.

El pueblo de Elvas y de muchas leguas alrededor asiste desde la carretera, después echa a correr a través de los campos para colocarse, espectador, a lo largo del río, es un mar de gente de uno y otro lado, portugueses de éste, españoles del otro, dando vivas y felicitándose, nadie diría que llevamos tantos siglos matándonos unos a otros, visto esto, quizá fuera el remedio casar a los de allá con los de aquí, guerras, de haberlas, sólo serán domésticas, que ésas no se pueden evitar. João Elvas lleva aquí tres días, ha cogido un buen sitio, que sería de anfiteatro si lo hubiera. Por singular capricho no quiso entrar en la ciudad donde nació, que acabó la añoranza en esta abstención. Ya irá cuando se hayan ido todos, cuando pueda andar solo por las calles silenciosas, sin más júbilo que el suyo propio, si es que aún lo siente si no ha visto antes convertirse en dolorosa amargura el repetir de viejo los pasos dados de joven. Gracias a esta decisión pudo, para dar ayuda al transporte de materiales, entrar en la casa donde se encontrarán los reyes y los príncipes, casa que fue construida sobre el puente de piedra que atraviesa el río. Tiene esta casa tres salas, una a cada lado para los soberanos de cada país, y otra central para las entregas, toma Bárbara, dame Mariana. De lo que nada se sabe es de los arreglos finales, lo que João Elvas tenía que hacer era sólo cargar con la obra gruesa, pero apareció aquel filantrópico hidalgo, providencia de João Elvas en este viaje, Si vieras cómo ha quedado aquello, no lo reconocías, por nuestro lado todo son tapicerías y cortinajes de damasco carmesí con cenefas de brocado de oro, e igualmente la mitad de la sala de en medio que nos pertenece, y en lo tocante a Castilla los adornos son de tiras de brocado blanco y verde, teniendo en medio un gran ramo de oro de donde aquéllas salen, y en el centro de la sala de los encuentros hay una gran mesa con siete sillas del lado de Portugal y seis del lado de España, forradas de tisú de oro las nuestras, y de plata las de ellos, esto es lo que te puedo decir, que más no vi, y ahora me voy, pero no me envidies, porque tampoco a mí me dejan entrar, cuanto menos a ti, imagínate lo que seas capaz, y si un día volvemos a encontrarnos, ya te contaré cómo fue, si es que a mí me lo cuentan antes, para saber las cosas tendrá que ser así, que nos las vayamos diciendo los unos a los otros.

Fue todo muy conmovedor, lloraron las madres y las hijas, los padres cargaron el ceño para disfrazar el sentimiento, los prometidos se miraban de soslayo, gustándose o no, ellos sabrán, ellos lo callarán. Amontonado en las márgenes del río, el pueblo no veía nada de lo que estaba ocurriendo, pero se servía de sus propias experiencias y recuerdos de boda, e imaginaba los abrazos de los consuegros, las efusiones de las consuegras, las malicias insinuadas de los novios, los rubores calculados de las novias, al fin y al cabo, tanto hace rey como carbonero, y nada hay mejor que un buen revuelque, la verdad es que somos un pueblo de patanes.

Duró su tiempo la ceremonia. A las tantas acabó por callar la multitud, apenas se movían las oriflamas y los estandartes en los mástiles, los soldados miraron todos hacia el puente y la casa. Había empezado a oírse una música tenue, suavísima, un tintineo de campanillas de cristal y plata, un arpegio a veces ronco, como si la emoción oprimiera la garganta de la armonía, Qué es esto, preguntó una mujer al lado de João Elvas, y el viejo contestó, No lo sé, alguien debe de estar tocando para diversión de sus majestades y altezas, si estuviera aquí mi hidalgo, le preguntaría, él lo sabe todo, es de ellos. Acabará la música, se irán todos a donde tengan que ir, sigue fluyendo sosegadamente el río Caia, de banderas no queda un hilo, de tambores ni un redoble, y João Elvas nunca llegará a saber que oyó a Domenico Scarlatti tocando su clavicordio.

Delante, por ser ambos de mayor grandeza corporal y caberles por tanto justa capitanía, van San Vicente y San Sebastián, mártires los dos, aunque del martirio de aquél no haya más señal que la simbólica palma, el resto son atavíos de diácono y emblemático cuervo, mientras que el otro santo se presenta en su conocida desnudez, atado al árbol, con aquellos mismos horribles agujeros de las heridas de donde por prudencia desencajaron las flechas, que no se partieran en el viaje. Luego, vienen las damas, tres gracias preciosas, la más bella de todas Santa Isabel Reina de Hungría, que murió a los veinticuatro años, y después Santa Clara y Santa Teresa, mujeres apasionadas, que ardieron en fuego interior, es lo que se presume de sus acciones y palabras, cuánto más presumiríamos si supiésemos de qué está hecha el alma de las santas. También van llegando Santa Clara y San Francisco que no es de extrañar la preferencia, se conocen de Asís y se encontraron ahora en este camino de Pinteus, de poco valdría la amistad, o lo que fuera que los unió, si no continuasen la conversación interrumpida, como íbamos diciendo. Si éste es el lugar que realmente mejor convendría a San Francisco, por ser, entre todos los santos de esta leva, el de más femeniles virtudes, de más manso corazón y alegre voluntad, también en lugar cabal vienen Santo Domingo y San Ignacio, ambos ibéricos y sombríos, incluso demoníacos, si no es esto ofender al demonio, y si, en definitiva, no sería justo decir que sólo un santo sería capaz de inventar la inquisición y otro santo la modelación de las almas. Es evidente, para quien conozca a estos policías, que San Francisco está bajo sospecha.

Pero, en esto de santidades, las hay para todos los gustos. Si se quiere un santo dedicado a trabajos de hortelano y al cultivo de la letra, tenemos a San Benito. Si se quiere uno de vida austera, sabia y mortificada, que se adelante San Bruno. Si se quiere uno para predicar cruzadas viejas y reunir cruzados nuevos, no lo hay mejor que San Bernardo. Vienen los tres juntos, tal vez por semejanzas del rostro, tal vez porque sumadas las virtudes de todos formarían un hombre honesto, tal vez por tener en sus nombres la misma primera letra, no es raro que se junten las personas por azares como éstos, quién sabe si no fue por esta razón por lo que se unieron algunas personas a quienes conocemos bien, como Blimunda y Baltasar, que, dígase de paso, y hablando de Baltasar, es boyero de una de las yuntas que va arrastrando a San Juan de Dios, único santo portugués de la cofradía desembarcada de Italia en San Antonio do Tojal, y que anda, como casi todo lo que aparece en esta historia, camino de Mafra.

Detrás de San Juan de Dios, cuya casa en Montemor fue visitada, hace ya más de año y medio, por Don Juan V, cuando llevó a la princesa a la frontera, y de esa visita no se habló en la ocasión propia, lo que demuestra la poca importancia que damos a las glorias nacionales, ojalá el santo nos perdone esta ofensa de omisión, detrás de San Juan de Dios, decimos, vienen media docena de otros bienaventurados de menos relumbrón, sin menosprecio de los muchos atributos y virtudes que los adornan, pero la experiencia nos enseña todos los días que, si no ayuda la fama en el mundo, no se alcanza la celebridad en el cielo, desigualdad flagrante de que son víctimas todos estos santos reducidos, por su menor significación, a los simples nombres, Juan de Mata, Francisco de Paula, Cayetano, Félix de Valois, Pedro Nolasco, Felipe Neri, que enunciados así parecen nombres comunes, pero no se pueden quejar, va cada cual en su carro, y no de cualquier manera, tumbaditos como los otros de cinco estrellas en blando lecho de estopa, lana y sacos de hojas, de este modo no se arruga el pliegue ni se tuerce la oreja, son éstas las fragilidades del mármol, tan duro que parece, y con dos golpes pierde Venus los brazos. Y nosotros vamos perdiendo la memoria, aún ahora juntamos a Bruno, Benito y Bernardo con Baltasar y Blimunda, y olvidamos a Bartolomeu, de Gusmão o Lourenço, como quieran, pero despreciado no. Bien verdad es el dicho, ay de quien muere, y dos veces ay si no había santidad verdadera o fingida que lo salvara.

Pasamos ya Pinteus, vamos camino de Fanhões, dieciocho estatuas en dieciocho carros, yuntas de bueyes a proporción, hombres a las cuerdas en la cuenta de lo ya sabido, pero ésta no es aventura comparable con la de la piedra de Benedictione, son cosas que sólo pueden ocurrir una vez en la vida, si el ingenio no ingeniara maneras de hacer fácil lo difícil más valía haber dejado el mundo en su barbarie primigenia. La gente de los pueblos sale a los caminos a festejar el paso, sólo se sorprende al ver a los santos tumbados, y tienen razón, que más hermoso y edificante espectáculo darían las sacras figuras viajando de pie sobre los carros como si fuesen en andas, hasta los más bajitos, que no llegan a tres metros, medida nuestra, serían vistos de lejos, y qué no harían los dos de delante, San Vicente y San Sebastián, de casi cinco metros de altura, gigantones atléticos, hércules cristianos, campeones de la fe, mirando desde lo alto el vasto mundo, por encima de las cercas y de las copas de los olivos, entonces sí, sería esto religión que en nada desmerecería frente a la griega y la romana. En Fanhões se paró el cortejo porque los vecinos quisieron saber, nombre por nombre, quiénes eran los santos que allí iban, pues no todos los días se recibe, aunque sea de paso, a visitantes de semejante tamaño corporal y espiritual, que una cosa es el cotidiano tránsito de materiales de construcción, y otra, pocas semanas hace, el interminable cortejo de campanas, más de cien, que han de resonar en las torres de Mafra para imperecedera memoria de estos acontecimientos, y otra, aún, este panteón sagrado. Fue el párroco del pueblo llamado como cicerone pero se lió, porque no todas las estatuas tenían visible el nombre en el pedestal, y, en muchos casos, de ahí no pasaba la ciencia identificadora del cura, una cosa es ver de inmediato que éste es San Sebastián, y otra sería decir, de coro y salteado, Amados hijos, el santo que aquí veis es San Félix de Valois, que fue educado por San Bernardo, que va allí delante, y fundó, con San Juan de Mata, que viene ahí atrás, la orden de los Trinitarios, instituida para rescatar a los esclavos de manos de los infieles, ved qué admirables historias se cuentan en nuestra santa religión, Ah, ah, ah, ríe el pueblo de Fanhões, y cuándo vendrá una orden para rescatar a los esclavos de manos de los fieles.

Vistas las dificultades, fue el cura al gobernador de este transporte y pidió consulta de los papeles de exportación que habían venido de Italia, sutileza que le valió recuperar su quebrantada credibilidad, y entonces pudieron ver los vecinos de Fanhões a su ignorante pastor, alzado sobre el muro del atrio, pregonando los benditos nombres por el orden en que iban pasando los carros, hasta el último, que por casualidad era San Cayetano, conducido por José Pequeno, que tanto sonreía de los aplausos como reía de quien los daba. Pero este José Pequeno es criatura malvada, por eso lo castigó Dios, o el diablo lo castigó, con la corcova que lleva encima, habrá sido Dios el del castigo, porque no consta que tenga el diablo esos poderes en vida del cuerpo. Se acabó el desfile, sigue el santerío camino de Cabeço de Monte Achique, buen viaje.

Menos bueno lo tienen los novicios del convento de San José de Ribamar, cercano a Algés y Carnaxide, que andan a estas horas pateando el camino hacia Mafra, por orgullo o vicaria mortificación de su provincial. Fue el caso que, aproximándose la fecha de la consagración del convento, se empezó a acomodar y a poner en buen orden los cajones que de Lisboa se iban enviando con los paramentos para el culto divino y las cosas necesarias para el servicio de la comunidad que en dicho convento iba a habitar. Fueron éstas las órdenes dadas por el provincial, quien en el momento oportuno dio otras, a saber, que siguieran camino los novicios hasta la nueva casa, lo que, llegado a conocimiento del rey, movió el corazón de este piadosísimo señor, que quiso fuesen los novicios en sus falúas hasta el puerto de San Antonio do Tojal, reduciéndoles así el trabajo y la fatiga del camino. Sin embargo, estaban tan alterados los mares, tan agitados por la furia de los vientos, que sería locura suicida intentar tal navegación, visto lo cual propuso el rey entonces que los novicios viajasen en sus coches, a lo que el provincial respondió, ahora sí, ardiendo en santo escrúpulo, Qué es esto, señor, exagerar comodidades a quien se debe a los cilicios, procurar ocios a quien ha de ser vigilante centinela, mullir cojines a quien se prepara para sentarse en espinos, nunca vea yo tal cosa, señor, o dejo de ser provincial, irán a pie, para ejemplo y edificación de la gente de esos pueblos, no son más que Nuestro Señor, que sólo anduvo en burro una vez.

Ante argumentos de tanta sustancia retiró Don Juan V la oferta de los coches, como había retirado la de las falúas, y los novicios, llevando consigo sólo los breviarios, salieron del convento de San José de Ribamar por la mañana, treinta aturdidos y bisoños adolescentes, con su maestro fray Manuel da Cruz, y otro fraile de guardia, fray José de Santa Teresa. Pobres muchachos, pobres pajarillos implumes, no bastaba que fueran los maestros de novicios, por infalible regla, los más temibles tiranos, con aquella obstinación de las disciplinas diarias, seis, siete, ocho, hasta quedar los pobres con el lomo en carne viva, no bastaba esto, y aun cosas peores, como tener que cargar sobre sus espaldas llagadas y heridas todos los pesos para que no llegasen a sanar, y tenían ahora que caminar seis leguas descalzos, por montes y valles, sobre piedras y barro, caminos tan malos que, comparados con ellos, fue suave prado el suelo pisado por el burro que llevó a la Virgen en su fuga a Egipto, de San José ya no hablamos por ser modelo de paciencia.

Andada media legua, por causa de tropezones, de esos que abren boca en la yema del dedo gordo, o arista asesina, o el roce continuo de las plantas en la aspereza del suelo, ya los pies de los más delicados iban sangrando, rastro de pías y bermejas flores, sería un bello cuadro católico si no fuera tanto el frío, si no mostraran los novicios los labios agrietados, los ojos lagrimeantes, cuánto cuesta ganar el cielo. Iban rezando en los breviarios, anestésico prescrito para todos los dolores del alma, pero éstos son del cuerpo, y un par de sandalias sustituiría con provecho a la más eficaz de las oraciones, Dios mío, si te empeñas en esto, aparta de mí las tentaciones, pero primero aparta esa piedra del camino, ya que eres el padre de las piedras y de los frailes, y no padre de ellas y padrastro mío. No hay vida peor que la de novicio, a no ser, dentro de muchos años, la de mozo recadero, y hasta nos sentimos tentados a decir que el novicio es como un mozo recadero de Dios, que lo diga si no un tal fray Juan de Nuestra Señora, novicio que fue de esta misma orden franciscana y que ha de ir ahora como predicador a Mafra en el tercer día de la consagración, pero no llegará a hablar porque es sólo sustituto, que lo diga este fray Redondo, así llamado por la mucha gordura que de fraile ganó, que en tiempos de su noviciado y delgadez anduvo por el Algarve pidiendo borregos para el convento, tres meses pasó en esto, roto, descalzo, mal comido, imaginen el tormento, juntar los animales, ir de lugar en lugar con el rebaño, pedir por el amor de Dios un borreguito más, llevarlos todos a pastar, y, mientras practicaba tan religiosos actos, sentir que el estómago le da saltos de pura hambre, sólo pan y agua, y con la tentación de un estofado ante los ojos. Vida mortificada es toda una, sea la del novicio, el recluta o el mancebo de comercio.

Son muchos los caminos, pero a veces se repiten. Partiendo de San José de Ribamar, los novicios siguieron en dirección a Queluz, luego por Belas y Sabugo, pararon algún tiempo descansando en Morelena, restauraron como pudieron los atormentados pies en la enfermería, y luego, sufriendo al principio dolores multiplicados hasta acostumbrarse al nuevo sufrimiento, continuaron camino hacia Pêro Pinheiro, el peor tramo de todos, por estar los caminos cubiertos de esquirlas de mármol. De bajada hacia Cheleiros, vieron una cruz de madera al borde del camino, señal de que allí había muerto alguien, normalmente son asesinados, éste sería el caso, o quizá no, pero en todo caso vamos a rezar un padrenuestro por su alma, se arrodillaron frailes y novicios, rezaron a coro la oración, pobrecillos, ésta sí que es caridad suprema, rezar por quien no conocen, así de rodillas se les ven las plantas de los pies, tan castigadas, tan ensangrentadas, tan doloridas y sucias, son la parte más conmovedora de todo el cuerpo humano, si está uno de rodillas, vueltas las plantas hacia el cielo por donde nunca caminarán. Terminado el padrenuestro, bajaron al valle, atravesaron el puente, entregados de nuevo a la lectura del breviario, y no vieron a una mujer que se asomó al postigo de su casa, y no oyeron lo que dijo, Malditos sean los frailes.

Quiso el azar, agenciador de buenos y malos sucesos, que se encontraran las estatuas con los novicios en el cruce del camino que viene de Cheleiros con el que viene de Alcaínça Pequena, y ésa fue ocasión de grandes demostraciones de regocijo por parte de la congregación, por el afortunado augurio. Pasaron los frailes al frente del convoy de carros, como batidores y espantadiablos, entonando sonoras jaculatorias, y si no alzaron cruz es porque no la llevan, que bien lo hubieran hecho de consentirlo el ritual. Entraron así en Mafra, recibidos triunfalmente, tan dolidos de pies, tan transportados de fe en el desvarío de la mirada, o será hambre, que desde San José a Ribamar vienen caminando y sólo comieron pan duro mojado en agua de las fuentes, pero ahora seguro que van a tener mejor trato en el hospicio, donde por hoy se acomodan, apenas pueden andar, es como las hogueras, pasa la gran llamarada, quedan las cenizas, se acaba la exaltación, queda la melancolía. Ni a la descarga de las estatuas asistieron. Vinieron ingenieros y faquines, trajeron cabrestantes, poleas, cabrias, calabrotes y almohadas, cuñas, calzos, funestos instrumentos que de repente escapan, por eso la mujer de Cheleiros dijo, Malditos sean los frailes, y con mucho sudor y rechinar de dientes fueron bajadas las figuras, aunque alzadas ahora en toda su altura, puestas en círculo, vueltas hacia dentro como si estuvieran reunidas en asamblea o partida, entre San Vicente y San Sebastián están las tres santas, Isabel, Clara, Teresa, parecen gallinas junto a ellos, pero las mujeres no se miden en palmos, aun en el caso de que no sean santas.

Baja Baltasar al valle, va para casa, cierto es que aún no ha acabado el trabajo en la obra, pero viniendo él tan esforzado y de tan lejos, desde San Antonio do Tojal en un solo día, no lo olvidemos, tiene derecho a recogerse antes, una vez descargados los bueyes y tras darles el pienso. El tiempo, a veces, parece no pasar, es como una golondrina que hace nido en el alero, sale y entra, va y viene, pero siempre a nuestra vista, y nos parece que nosotros y ella vamos a estar así hasta la eternidad, o la mitad de ella al menos, lo que ya no estaría nada mal. Pero, de repente, estaba y ya no está, la acabo de ver ahora mismo, dónde se habrá metido, y, si tenemos un espejo a mano, Dios santo, cómo ha pasado el tiempo, qué viejo estoy, si aún ayer era la flor del barrio y hoy ni barrio ni flor. Baltasar no tiene espejos, a no ser estos ojos nuestros que lo están viendo bajar por el camino embarrado hacia el pueblo, y son ellos los que le dicen, Tienes la barba blanca, Baltasar, tienes la frente cargada de arrugas, Baltasar, tienes el cuello como cuero seco, Baltasar, se te caen ya los hombros, Baltasar, no pareces el mismo, Baltasar, pero esto es defecto de los ojos que usamos, porque ahí viene una mujer, y donde nosotros veíamos un hombre viejo, ve ella un hombre joven, el soldado a quien preguntó un día, Cuál es su gracia, o ni ve siquiera a ése, sólo a este hombre que baja, sucio, canoso y manco, Sietesoles de apodo, si lo merece tanto cansancio, pero es un constante sol para esta mujer, no porque siempre brille, sino por existir, escondido de nubes, tapado de eclipses, pero vivo, Santo Dios, y le abre los brazos, quién, los abre él a ella, los abre ella a él, ambos, son el escándalo de Mafra, que se agarren así en la plaza pública, y con edad de sobra, quizá es porque nunca han tenido hijos, o tal vez se ven más jóvenes de lo que son, pobres ciegos, o puede que sean estos dos los únicos seres humanos que como son se ven, es ése el modo más difícil de ver, ahora que están juntos hasta nuestros ojos son capaces de ver que se han vuelto hermosos.

Durante la cena, dijo Álvaro Diego que las estatuas van a quedar donde fueron descargadas, no hay tiempo para colocarlas en las hornacinas respectivas, la consagración será el domingo, y todos los cuidados y trabajos serán pocos para dar a la basílica un aire compuesto de obra acabada, está concluido el edificio de la sacristía, pero con las bóvedas sin revoque, y, como aún conservan el primero, mandarán cubrirlas con paño de dril enyesado, fingiendo guarnición de cal, para que aparezca más lucida, y en la iglesia, como falta la linterna, habrá que disimular la ausencia del mismo modo. Álvaro Diego sabe mucho de estas menudencias, de albañil pelado pasó a cantero, de cantero a cantero de obra fina, y bien visto por oficiales y maestros de obra, siempre puntual, siempre diligente, siempre cumplidor, tan hábil de manos como dócil de palabra, muy distinto de esa pandilla de boyeros, turbulentos muchas veces, oliendo a estiércol y con la suciedad que del estiércol viene, en vez de esta blancura del polvo de mármol que cubre los pelos de las manos y de la barba y se agarra a la ropa para toda la vida. Así ocurrirá con Álvaro Diego, precisamente para toda la vida, aunque corta, que pronto caerá de una pared a la que no tenía que subir, no se lo exigía ya el oficio, se encaramó para ajustar una piedra que había salido de sus manos y sólo por eso no podía estar mal tallada. Casi treinta metros de caída, y de ella morirá, y esta Inés Antonia, tan orgullosa ahora del favor de que su hombre goza, se convertirá en una viuda triste, ansiosa por si se cae ahora el hijo, no se acaban las tribulaciones del pobre. Dice más Álvaro Diego, que antes de la consagración se mudarán los novicios para dos construcciones terminadas ya encima de la cocina, y, a propósito de esta información, recordó Baltasar que, estando los revoques aún húmedos y siendo tan fría la estación, no iban a faltar enfermedades a los frailes, y Álvaro Diego respondió que había ya braseros ardiendo noche y día dentro de las celdas acabadas, aunque, incluso así, la humedad chorreaba por las paredes, Y las estatuas de los santos, Baltasar, fue mucho trabajo el traerlas, No mucho, lo peor fue cargarlas, luego, con un poco de maña y fuerza, más la paciencia de los bueyes, fuimos haciendo camino. Decaía la conversación, decaía el fuego en el hogar, Álvaro Diego e Inés Antonia se fueron a dormir, de Gabriel no hablemos, que ya estaba dormido cuando masticaba el último bocado de la cena, entonces Baltasar preguntó, Quieres ir a ver las estatuas, Blimunda, el cielo debe de estar limpio y no tardará en salir la luna, Vamos, respondió ella.

Estaba la noche clara y fría. Mientras subían la ladera hacia el alto de la Vela apareció la luna, enorme, roja, recortando primero los campanarios, los alzados irregulares de las paredes más altas, y, allá atrás, el rebaje del monte que tantos trabajos causó y tanta pólvora había consumido. Y Baltasar dijo, Mañana voy a ver cómo está la máquina, han pasado seis meses desde la última vez, Iré contigo, No vale la pena, salgo temprano, si no tengo mucho que remendar estaré de vuelta por la noche, es mejor ir ahora, después empiezan las fiestas de la consagración, y si le da por llover quedan imposibles los caminos, Ten cuidado, No te preocupes, a mí no me asaltan ladrones ni me muerden lobos, No hablo de ladrones ni de lobos, Entonces, de qué, Hablo de la máquina, Siempre me dices que vaya con cuidado, más cuidado no puedo tener, Tengámoslo todos, no te olvides, Calma, mujer, que mi día no ha llegado aún, No me calmo, porque ése es día que llega siempre.

Habían subido a la gran explanada ante la iglesia, cuyo cuerpo rompía la línea del suelo, cielo arriba aislado de la restante obra. Lo que había de ser palacio era todavía, y apenas, piso de tierra a un lado y otro, donde se ven unas construcciones de madera que servirán para las ceremonias que allí van a celebrarse. Parecía imposible que tantos años de trabajo, trece, mostraran tan poco resultado, una iglesia inacabada, un convento que, en las dos alas, está levantado hasta el segundo piso, el resto poco más que la altura de los portales del primero, en total cuarenta celdas acabadas, en vez de las trescientas que hay que hacer. Parece poco y es mucho, si no demasiado. Una hormiga va a la era y coge una pajita. De allí al hormiguero hay diez metros, menos de veinte pasos de hombre. Pero quien va a llevar la paja es una hormiga, no un hombre. Pues bien, el mal de esta obra de Mafra es haber puesto en ella hombres a trabajar y no gigantes, y si con estas y otras obras pasadas y futuras se quiere probar que también el hombre es capaz de hacer trabajo de gigantes, entonces acéptese que tarde el tiempo que tardan las hormigas, todas las cosas tienen que ser entendidas en su justa proporción, los hormigueros y los conventos, la losa y la pajita.

Blimunda y Baltasar entran en el círculo de las estatuas. La luna ilumina de frente las dos grandes figuras de San Sebastián y San Vicente, las tres santas en medio, después, hacia los lados, empiezan los rostros y los cuerpos a llenarse de sombras, hasta la oscuridad completa en que se ocultan Santo Domingo y San Ignacio, e, injusticia grave, si ya lo han condenado, San Francisco de Asís, que merecía estar a plena luz, al pie de su Santa Clara, no se vea en esta insistencia una insinuación de comercio carnal, y si lo hubiera habido, qué importa, no por eso dejan las personas de ser santas, y con eso los santos se hacen personas. Blimunda va mirando, intenta adivinar las imágenes, a unas las reconoce a primera vista, con otras acierta después de mucho pensar, de otras no llega a tener la certeza, otras son como arcas cerradas. Comprende que aquellas letras, aquellos signos, en la base en que se asienta San Vicente, están explicando, claramente para quien sepa leer, qué nombre tiene. Con el dedo acompaña las curvas y las rectas, es como un ciego que aún no aprendió a descifrar los relieves de su alfabeto, Blimunda no puede preguntar a la estatua, Quién eres, el ciego no puede preguntarle al papel, Qué dices, sólo Baltasar, entonces, pudo responder, Baltasar Mateus, el Sietesoles, cuando Blimunda quiso saber su nombre. Todo el mundo está dando respuestas, lo que tarda es el tiempo de las preguntas. Vino del mar una nube solitaria, sola en todo el claro cielo, y por un largo minuto cubrió la luna. Las estatuas se convirtieron en bultos blancos, informes, perdieron el contorno y las facciones, son como bloques de mármol antes de que fuera a buscarlos y encontrarlos el cincel del escultor.

Dejaron de ser santo y santa, son sólo primitivas presencias, sin voz, ni siquiera aquella que el diseño da, tan primitivas, tan difusas en su masa, como parecen las del hombre y la mujer que, en medio de ellas, se han diluido en la oscuridad, pues éstos no son de mármol, simple materia viva, y, como sabemos, nada se confunde más con la sombra del suelo que la carne de los hombres. Bajo la gran nube que, lentamente, iba pasando se distinguía mejor el brillo de las hogueras que acompañaban la vigilia de los soldados. A distancia, la Isla de Madeira era una masa confusa, un gigantesco dragón tumbado, respirando por cuarenta mil fuelles, tantos son los hombres que allí duermen, más los míseros de las enfermerías donde no hay un camastro libre, salvo si están los enfermeros retirando los cadáveres, este que reventó por dentro, este que tenía un tumor, este que echaba sangre por la boca, este a quien dio primero una parálisis, y, al repetirle, lo mató. La nube se alejó hacia dentro de la tierra, manera de decir, tierra adentro, hacia el interior de los campos, aunque nunca se puede saber qué hace una nube cuando dejamos de mirarla, o cuando se oculta tras aquel monte, puede muy bien haberse metido dentro de la tierra o descender sobre ella para fecundar, quién adivinará qué extrañas vidas, qué raros poderes, Vámonos a casa, Blimunda, dijo Baltasar.

Salieron del cerco de las estatuas, otra vez iluminadas, y, cuando iban a empezar a bajar hacia el valle, Blimunda miró hacia atrás. Fosforescían como sal. Aguzando el oído, se percibía de aquel lado un rumor de conversación, sería un concilio, un debate, un juicio, quizá el primero desde que dejaron Italia, metidas en bodegas, entre ratas y humedades, violentamente atadas en los conveses, quizá la última conversación general que podían tener, así, a la luz de la luna, porque pronto los meterían en sus nichos, algunos nunca más volverán a mirarse de frente, otros van a estar de espaldas y otros van a continuar mirando el cielo, parece un castigo. Dijo Blimunda, Deben de ser desgraciados los santos, tal como los hicieron así quedan, si esto es santidad, qué será la condena, Son sólo estatuas, Me gustaría verlos bajar de aquellas piedras y ser personas como nosotros, no se puede hablar con las estatuas, Qué sabemos nosotros si no hablarán entre ellos cuando estén solos, Eso no lo sabemos, pero, si sólo hablan entre sí, y sin testigos, para qué los necesitamos, pregunto yo, Siempre he oído decir que los santos son necesarios para nuestra salvación, Ellos no se salvaron, Quién te ha dicho eso, Es lo que siento dentro de mí, Qué sientes dentro de ti, Que nadie se salva, que nadie se pierde, Es pecado pensar así, El pecado no existe, sólo hay muerte y vida, La vida está antes de la muerte, Te equivocas, Baltasar, la muerte viene antes que la vida, murió quien fuimos, nace quien somos, por eso no morimos de una vez, Y cuando vamos a parar bajo tierra, y cuando Francisco Marques queda aplastado bajo el carro de la piedra, no será eso muerte sin recurso, Si hablamos de él, nace Francisco Marques, Pero él no lo sabe, Del mismo modo que nosotros no sabemos suficientemente quiénes somos, y, pese a todo, estamos vivos, Blimunda, dónde aprendiste esas cosas, Estuve en la barriga de mi madre con los ojos abiertos, desde allí lo veía todo.

Entraron en el huerto. La luna era ya de color lechoso. Más nítidas aún que si las marcara el sol, las sombras eran negras y profundas. Había allí un viejo chamizo cubierto de ramas de ciprés medio podridas, donde, en tiempos de mayor holgura, una burra descansaba de sus trabajos de llevar y traer. En el habla familiar era la barraca de la burra, pese a que la propietaria había muerto hacía muchos y muchos años, tantos que ni Baltasar la recordaba, anduve montado en ella, no anduve, y, así, dudando, o diciendo, Voy a guardar el rastrillo en la barraca de la burra, estaba dando la razón a Blimunda, era como ver aparecer al animal con sus serones y su rudo albardón, y la madre diciendo desde dentro de la cocina, Ve a ayudar a tu padre a descargar la burra, no era aún ayuda que valiese, tan pequeño, pero estaba habituado ya a los trabajos pesados, y, como todo esfuerzo debe tener su premio, lo colocaba luego su padre a horcajadas sobre el lomo húmedo del animal y lo paseaba por el huerto, caballero de aquel caballo. Hacia dentro del cobertizo lo llevó Blimunda, no era la primera vez que entraban allí en horas nocturnas, unas veces por deseo de uno, otras por voluntad del otro, lo hacían cuando la urgencia de la carne se anunciaba más expansiva, cuando adivinaban que no podían sofocar el gemido, el estertor, quizá el grito, con escándalo de los discretos abrazos de Álvaro Diego e Inés Antonia, y alborozo insoportable del sobrino Gabriel, forzado por la urgencia a aliviarse pecadoramente. El ancho y antiguo comedero, que en tiempos de su utilidad había estado sujeto a los tabiques del chamizo, a la altura conveniente, estaba ahora en el suelo, medio descoyuntado, pero confortable como un lecho real, mullido con paja, con dos mantas viejas. Álvaro Diego e Inés Antonia sabían qué servicio tenían estas

411

cosas pero fingían ignorarlo. Nunca les dio el capricho de probar la novedad, son espíritus quietos y carnes conformistas, sólo Gabriel vendrá por aquí a cumplir con sus citas, después de cambiadas estas vidas, tan cercano eso y nadie lo adivina. Quizás alguien, tal vez Blimunda, no por haber arrastrado a Baltasar al chamizo, siempre fue mujer de dar el primer paso, decir la primera palabra, hacer el primer gesto, si no por un ansia que le oprimía la garganta, por la violencia con que la abraza Baltasar, por el ansia del beso, pobres bocas, perdida está la lozanía, perdidos algunos dientes, partidos otros, pero el amor existe sobre todas las cosas.

Contra costumbre, durmieron allí. Cuando amanecía, dijo Baltasar, Voy a Monte Junto, y ella se levantó, entró en la casa, en la media oscuridad de la cocina buscó y encontró algo de comer, aún dormían dentro los cuñados y el sobrino, luego salió, cerrando la puerta, traía también la alforja de Baltasar, dentro metió la comida y las herramientas, sin olvidar el espigón, que de malos encuentros no está libre nadie. Salieron ambos, Blimunda acompañó a Baltasar hasta fuera del pueblo, se veían a lo lejos las torres de la iglesia, blancas sobre el cielo encapotado, quién lo iba a pensar, después de la claridad de la noche.

Se abrazaron los dos al recaudo de un árbol de ramas bajas, entre las hojas doradas del otoño, pisando otras que se confundían ya con la tierra, alimentándola para reverdecer de nuevo. No es Oriana en su traje de corte quien se despide de Amadís, ni Romeo, que, bajando, recibe el inclinado beso de Julieta, es sólo Baltasar que va a Monte Junto a remediar los estragos del tiempo, no es más que Blimunda intentando lo imposible, que el tiempo se detenga. Con sus ropas oscuras son dos sombras inquietas, apenas se separan vuelven a juntarse, no sé qué adivinan éstos, qué otros casos se preparan, quizás haya sido todo obra de la imaginación, fruto de la hora y del lugar, de saber que el bien no dura mucho, no nos dimos cuenta de su llegada, no nos apercibimos de su presencia, lo echamos en falta cuando se fue, No tardes, Baltasar, Duerme tú en la barraca, puedo llegar muy tarde pero, si hay mucho que arreglar, no volveré hasta mañana, Lo sé, Adiós Blimunda, Adiós Baltasar.

No vale la pena narrar segundos viajes, si ya fueron explicados los primeros. De cuánto cambió quien los hace ya se dijo bastante, de cómo mudan los lugares y los paisajes, basta saber que por allí pasan los hombres y las estaciones, ellos poco a poco, casa, cobertizo, terrenos labrantíos, muro, palacio, puente, convento, cerca, calzada, molino, ellas de una vez, radicalmente, como si fuese para siempre, primavera, verano, otoño que es ahora, invierno que no tarda. Baltasar conoce estos caminos como la palma de su mano derecha. Descansó a la orilla del río de Pedrulhos, donde un día holgó con Blimunda, en tiempo de flores, de margaritas en los baldíos, de amapolas en los trigales, de colores opacos en los matorrales. Por los caminos va encontrando gente que baja hacia Mafra, pandillas de hombres y mujeres que redoblan tambores y bombos, que soplan gaitas, a veces llevando al frente un cura o un fraile, y no raramente un tullido en parihuela, que puede ser el de la consagración un día señalado por uno o más milagros, nunca se sabe cuándo quiere Dios ejercitar sus medicinas, por eso deben los ciegos, los cojos, los paralíticos, andar en permanente romería, Vendrá hoy Nuestro Señor, quién sabe si me engañó la esperanza, a lo mejor voy a Mafra y es su día de descanso, o mandó la madre a la Señora do Cabo, cómo puede entenderse alguien con esta distribución de poderes, pero la fe nos salvará, Salvar de qué, preguntaría Blimunda.

Con las horas iniciales de la tarde llegó Baltasar a las primeras elevaciones de la sierra del Barregudo. Al fondo se alzaba el Monte Junto, iluminado por el sol que acababa de abrirse paso entre las nubes. Sobre la tierra bogaban sombras, eran como grandes animales oscuros que recorrían las colinas estremeciéndolas al pasar, luego la luz calentaba los árboles, hacia brillar los charcos. Y el viento soplaba contra las aspas paradas de los molinos, silbaba en las velas, son cosas en las que sólo repara quien va de camino sin pensar en otras incidencias de la vida, sólo en este pasar y estar pasando, la nube en el cielo, el sol que pronto empezará su puesta, el viento que nace aquí y muere más allá, la hoja agitada que se va secando y cae, si para tales contemplaciones tiene ojos un antiguo y cruel soldado, con muerte de hombre a las espaldas, crimen sin duda compensado por otras incidencias de su vida, haber sido crucificado con sangre en el corazón, haber visto cuán grande es la tierra y cuán pequeño en ella todo, haberles hablado a sus bueyes con voz blanda y descansada, parece poco, alguien sabrá si es suficiente.

Se ha metido ya Baltasar por los contrafuertes del Monte Junto, busca el casi invisible camino que por el bosque le llevará hasta la máquina de volar, siempre se acerca a ella con el corazón oprimido, por temor de que la hayan descubierto, destruido tal vez, o robado, y cada vez se sorprende al verla como si ahora mismo hubiera acabado de posarse, estremecida aún por el veloz descenso, en su regazo de arbustos y miríficas trepadoras, miríficas se les ha de llamar porque no es esta tierra donde suelen crecer. No fue robada, destruida tampoco, ahí está, en el mismo lugar, con el ala caída, su pescuezo de ave confundido con las ramas más altas, la cabeza oscura como un nido colgando. Baltasar se aproximó, dejó la alforja en el suelo, se sentó a descansar un poco antes de ponerse a trabajar. Comió sobre un pedazo de pan dos sardinas fritas, usando la punta y el filo de la navaja con el arte de quien labra miniaturas en marfil, al terminar, limpió la hoja en las hierbas, la mano en el calzón, y se dirigió a la máquina. El sol brillaba con fuerza, el aire estaba caliente. Sobre el ala, pisando con cautela para no dañar el revestimiento de mimbre, Baltasar entró en la passarola. Se habían podrido algunas tablas del convés. Tendría que sustituirlas, traer los materiales necesarios, estar aquí unos días, o, y sólo entonces se le ocurrió la idea, desmontar la máquina pieza a pieza, llevarla a Mafra, esconderla debajo de un montón de paja, o en uno de los sótanos del convento, si pudiera ponerse de acuerdo con los amigos, confiarles la mitad del secreto, se asombraba de no haber pensado antes en esta solución, cuando volviera hablaría con Blimunda. Iba distraído, no se fijó dónde ponía los pies, de repente dos tablas cedieron, se hundieron. Braceó violentamente para ampararse, para evitar la caída, el gancho del brazo se introdujo en la argolla que servía para separar las velas, y, de golpe, suspendido en todo su peso, Baltasar vio que los paños se apartaban a un lado con estruendo, el sol inundó la máquina, brillaron las bolas de ámbar y las esferas. La máquina giró dos veces, despedazó, desgarró los arbustos que la envolvían, y ascendió. No se veía una nube en el cielo.

Blimunda no durmió en toda la noche. Estuvo esperando que Baltasar regresara al caer el día, como en otras ocasiones ocurriera, y en esa creencia salió del pueblo, anduvo casi media legua por el camino y, durante mucho tiempo, hasta cerrarse el crepúsculo por completo, estuvo sentada en una cerca, viendo pasar la gente que iba a Mafra, de romería a la consagración, no era fiesta que se pudiera perder, habría limosnas y comida para todos, o al menos no iban a faltar para los más listos y pedigüeños, procura el alma sus satisfacciones, y el cuerpo no prescinde de ellas. Al ver a aquella mujer allí sentada, algunos necios venidos de lejos creían que era así como la villa de Mafra recibía a los visitantes machos, con ofrecidas facilidades, y le hacían bromas obscenas, que tenían que tragarse luego ante el rostro de piedra que los miraba. Y uno que se atrevió a experimentar otras aproximaciones, retrocedió asustado cuando Blimunda le dijo, con voz opaca, Tienes un sapo en el corazón, escupo en él, en ti y en toda tu descendencia. Cuando cayó la noche por completo, se acabaron los peregrinos, a estas horas no vendrá ya Baltasar, o llegará tan tarde que lo recibiré acostada, o estará aquí de madrugada, si ha tenido mucho que arreglar, eso fue lo que dijo. Volvió Blimunda a casa, cenó con los cuñados y el sobrino, No ha venido Baltasar, preguntó uno de ellos, Nunca entenderé qué salidas son éstas, dijo el otro, sólo Gabriel no abrió la boca, es aún demasiado joven para hablar cuando lo hacen los mayores, pero, para sí, piensa que sus padres no tienen por qué meterse en la vida de los tíos, es manía de medio mundo la de curiosear en la vida de la otra mitad, que, por otra parte, le paga con la misma moneda, hay que ver, este chico, tan joven y las cosas que ya sabe. Acabada la cena, Blimunda esperó a que todos se acostasen y salió luego al huerto. Estaba serena la noche, limpio el cielo, apenas se sentía el frescor del aire. Tal vez a aquella misma hora viniera Baltasar caminando por la orilla del río de Pedrulhos, con el espigón atado al brazo izquierdo en vez del gancho, que nadie está libre de malos encuentros y de preguntas indiscretas, como ya se ha dicho y comprobado. Salió la luna, así verá mejor el camino, dentro de poco seguro que se oyen ya sus pasos, en el gran silencio premonitorio de la noche empujará la cancela del huerto y allí estará Blimunda recibiéndolo, lo demás no lo veremos, porque nuestra obligación es ser discretos, basta que sepamos que es mucha la inquietud de esta mujer.

No durmió en toda la noche. Tumbada en el comedero envuelta en mantas que olían a cuerpo y a inmundicia de ovejas, abría los ojos a las rendijas del encañizado de la barraca, por donde penetraba la luz de la luna, después la luna se puso, era casi de madrugada, ni la noche tuvo tiempo de oscurecerse. Con la primera claridad se levantó Blimunda, fue a la cocina a buscar algo de comer, qué inquietud es ésta, mujer, si aún no estamos fuera de lo que Baltasar prometió, llegará hacia el mediodía, tendría mucho que arreglar en la máquina, tan vieja, a la intemperie, ya lo dijo. Blimunda no nos oye, salió de casa, va por el camino que conoce, aquel por el que vendrá Baltasar, no es posible que no se encuentren. Con quien no se encontrará es con el rey, que entrará hoy en la villa de Mafra, por la tarde, llevando consigo al príncipe Don José y al señor infante Don Antonio, más los criados todos de la casa real, en suprema grandeza, ricos coches, soberbios caballos, todos en perfecta formación apareciendo en la boca del camino, rodando, batiendo los cascos, que nunca se habrá visto tan asombrosa perspectiva. Pero de pompas reales ya nos basta, conocemos las diferencias, más brocado o menos brocado, más oro o menos oro, nuestro deber es ir detrás de aquella mujer que a cuantos encuentra va preguntando si vieron a un hombre así, con estas señas, de esta manera, el más hermoso del mundo, por tal engaño se ve cómo no siempre se debe decir lo que uno siente, quién por este relato conocería a Baltasar, renegrido, canoso y manco, No mujer, no lo hemos visto, y Blimunda sigue andando, ahora ya fuera de los caminos principales, atajando como en el viaje que hicieron ambos, aquel monte, aquel matorral, cuatro piedras alineadas, seis colinas alrededor, va cayendo el día, de Baltasar ni sombra. No se ha sentado Blimunda para comer, va andando y masticando, pero la noche en vela la había fatigado, la inquietud le quita fuerzas, no puede tragar bocado, y el Monte Junto, que ya se veía a lo lejos, parece que se aleja, qué prodigio será. No es ningún misterio, es sólo el paso lento con que avanza, arrastrado, así no voy a llegar nunca. Hay lugares por los que Blimunda no recuerda haber pasado, otros los reconoce por un puente, una vaguada, un prado en el fondo. Y supo que ya pasó por aquí porque en aquella misma puerta está aquella misma vieja cosiendo aquella misma saya, todo está igual, menos Blimunda, que va sola.

Por aquí recuerda que encontraron al pastor que les dijo que estaban en la sierra del Barregudo, más allá el Monte Junto parece una colina como cualquier otra, pero no la retuvo así la memoria quizá por lo combado, como si fuera una miniatura de este lado del planeta, así cree una persona que la tierra es realmente redonda. No hay pastor ni rebaño, sólo un profundo silencio cuando Blimunda se detiene, hay una soledad profunda en cuanto ve a su alrededor. El Monte Junto está tan cerca que parece que basta con tender la mano para tocar sus contrafuertes, como una mujer de rodillas que extiende el brazo y toca los muslos de su hombre. No es posible que Blimunda haya pensado esta sutileza, posiblemente, quién sabe, no estamos nosotros dentro de las personas, qué sabemos lo que piensan o dejan de pensar, andamos poniendo nuestros pensamientos en cabezas ajenas y luego decimos, Blimunda piensa, Baltasar pensó, y quizá les imaginamos nuestras propias sensaciones, por ejemplo, ésta de Blimunda en sus muslos, como si los hubiera rozado su hombre. Se detuvo para descansar, porque le temblaban las piernas, fatigadas del camino, ablandadas por el imaginario contacto, pero, de repente, le entra en el corazón el convencimiento de que va a encontrar allá arriba a Baltasar, trabajando y sudando, quizás apretando los últimos nudos, echándose la alforja al hombro y bajando ya hacia el valle, por eso gritó, Baltasar.

No hubo respuesta ni podía haberla, un grito no es nada, llega allí, hasta aquel escarpe y rebota y vuelve hacia atrás, debilitado, no parece nuestra voz. Blimunda empezó a subir rápidamente, le volvieron las fuerzas en aflujo. Echa a correr si la cuesta se reduce antes de empinarse de nuevo, y delante, entre dos carrascas, descubre el casi invisible sendero abierto por los pasos espaciados de Baltasar. Por allí se llega a la máquina de volar. Grita otra vez, Baltasar, ahora, forzosamente, tiene que oírla, no hay montes por medio, sólo una hondonada, si pudiera pararse seguro que oía el grito de él, Blimunda, está tan segura de haberlo oído que sonríe, con el dorso de la mano se seca el sudor o las lágrimas, o quizá está poniendo en orden el cabello, o limpiándose la cara sucia, es un gesto de tan diversos sentidos.

Allí está el lugar, como el nido de un ave gigantesca que alzó el vuelo. El grito de Blimunda, tercero, y siempre el mismo nombre, no fue agudo, sólo una explosión sofocada, como si una mano gigantesca le arrancara las tripas, Baltasar, y, al decirlo, comprendió que desde el principio sabía que iba a encontrar desierto este lugar. Las lágrimas se le secaron de súbito como si un viento ardiente soplara de dentro de la tierra. Se acercó a trompicones, vio los arbustos arrancados, la depresión que el peso de la máquina había hecho en el suelo, y, al otro lado, a media docena de pasos, la alforja de Baltasar. No había otras señales de lo que había ocurrido allí. Blimunda alzó los ojos al cielo, ahora menos limpio, algunas nubes bogaban serenas al caer la tarde, y por primera vez sintió el vacío del espacio, como si estuviera pensando, No hay nada más allá, pero esto mismo era lo que no quería creer, en cualquier parte del cielo debe de andar Baltasar, volando, luchando con las lonas para hacer bajar la máquina. Volvió a mirar la alforja, fue a buscarla, notó el peso del espigón en ella, y entonces recordó que la máquina, si había ascendido el día anterior, había tenido que bajar por la noche, por eso Baltasar no estaba en el cielo, estaría en la tierra, en cualquier parte, quizá muerto, quizá vivo, pero herido, que aún recordaba cuán violento había sido el descenso, aunque es verdad que llevaba entonces mayor carga.

Se echó la alforja al hombro, allí ya no había nada que hacer y empezó a buscar en las proximidades, subiendo y bajando por las cuestas cubiertas de matojos, escogiendo los puntos altos, deseosa ahora de tener ojos agudísimos, no los que el ayuno le daba, sino otros que nada dejasen escapar de la superficie, como los del halcón, los del lince. Con los pies sangrando, la falda desgarrada por los matorrales espinosos, dio la vuelta por el lado norte del monte, luego volvió al sitio de partida buscando un nivel superior, y entonces descubrió que nunca habían ido, ni ella ni Baltasar, a la cima del Monte Junto, ahora tendría que subir allí, antes de que cayera la noche, desde arriba tendría una vista más amplia, cierto es que a distancia la máquina apenas se veía, pero el azar a veces ayuda, quién sabe si, al llegar, vería a Baltasar haciéndole gestos con el brazo, a la orilla de una fuente donde matarían la sed.

Empezó a subir Blimunda, reprochándose a sí misma que no se le hubiera ocurrido antes, no ahora, cuando la tarde estaba despidiéndose. Sin pretenderlo encontró un sendero que subía, serpenteando, y más arriba un camino ancho, de carro, la sorprendió la novedad, qué habrá en lo alto del monte para que hayan abierto este camino, y con señales de paso, y antiguo, quién sabe si también Baltasar dio con él. Al doblar una curva, Blimunda se quedó inmóvil. Ante ella caminaba un fraile, dominico por el hábito que vestía, hombre corpulento, de cuello grueso. Inquieta, Blimunda dudaba entre echar a correr o llamarlo. El fraile pareció haber notado una presencia. Se paró, miró a un lado, a otro, luego atrás. Esbozó una bendición y aguardó. Blimunda se fue acercando, Deo gratias, dijo el dominico, qué haces por aquí, preguntó. Ella no tuvo más remedio que responder, Ando buscando a mi marido y no sabía cómo continuar, el fraile iba a pensar que estaba loca si empezaba a hablarle de la máquina voladora, de la passarola, de nubes cerradas. Retrocedió algunos pasos, Somos de Mafra, mi marido vino al Monte Junto porque oímos decir que había aquí un enorme pájaro, lo que temo es que el pájaro se lo haya llevado, Nunca oí hablar de tal cosa, ni nadie de la congregación, Hay en este monte algún convento, Lo hay, No lo sabía. El fraile desanduvo un poco de camino, como si lo hiciera distraídamente. El sol había descendido mucho y, como las nubes se amontonaban del lado del mar, el atardecer tomaba un tono ceniciento. No ha visto por aquí a un hombre manco de la mano izquierda y que usa un gancho que hace las veces de mano, preguntó Blimunda, Es ése tu marido, Sí, No, no he visto a nadie, Y no ha visto un pájaro grande volando por aquel lado, ayer o quizá hoy, No, no he visto ningún pájaro grande, Bueno, pues me voy, déme su bendición, padre, Se va a hacer de noche, te vas a perder si te metes por esos caminos, puede atacarte algún lobo, que los hay, Si me voy ahora, aún llegaré con luz del día, Es más lejos de lo que parece, oye, al otro lado del convento hay unas ruinas, de otro convento que no llegaron a terminar, puedes pasar allí la noche y mañana sigues buscando a tu marido, Me voy ahora, Haz lo que quieras, pero luego no digas que no te avisé de los peligros, y, diciendo esto, el fraile empezó a subir por el camino ancho.

Blimunda se quedó allí parada, dudando otra vez. Aún no había caído la noche, pero, allá abajo, los campos se iban cubriendo de sombras. Las nubes se arrastraban por el cielo, empezó a soplar un viento húmedo, quizá lloviera. Se sentía cansada, tanto que podía dejarse morir de pura fatiga. Ya apenas pensaba en Baltasar. Creía confusamente que lo encontraría al día siguiente, y que nada ganaba buscándolo hoy. Se sentó al borde del camino, en una piedra, metió la mano en la alforja y encontró lo que quedaba de la comida de Baltasar, una sardina reseca, un mendrugo durísimo. Si alguien pasara por allí a aquella hora sentiría un miedo mortal, una mujer sentada así, sin miedo ella, seguro que es una bruja a la espera de un viajero para chuparle la sangre o de las compañeras con las que irá al aquelarre. Sin embargo, es sólo una pobre mujer que ha perdido a su compañero, llevado por aires y vientos, y que haría cualquier brujería para que él regresara, pero brujerías de ésas no conoce ninguna, de qué le sirve ser capaz de ver lo que otros no ven, de qué le sirve haber sido recogedora de voluntades, si precisamente fueron ellas las que se lo llevaron.

Se hizo de noche. Blimunda se puso en pie. El viento era ahora más frío y más intenso. Había un gran desamparo en aquellos montes, por eso empezó a llorar, ya era hora de poder desahogarse. La oscuridad se llenó de sonidos terroríficos, el grito de un mochuelo, el ruido de las ramas de las carrascas, y, si no era que el oído la engañaba, llegaba de lejos el aullido del lobo. El valor de Blimunda le hizo descender aún cien pasos en dirección al valle, pero era como si estuviese bajando lentamente hacia el fondo de un pozo, sin saber qué fauces la esperaban, abiertas cerca del agua. Más tarde saldría la luna, que le mostraría el camino si el cielo se descubriera, pero que la haría visible a cualquier ser vivo que anduviese por el monte, si a algunos podía asustarlos, otros la dejarían helada de miedo. Se paró, asustada. A poca distancia algo se arrastraba lentamente. No lo soportó más. Empezó a correr, desandando el camino, como si llevase tras ella a todos los diablos del infierno, a todos los monstruos que pueblan la tierra, los vivos y los imaginados. Al doblar la última curva, vio el convento, una construcción baja, destartalada. Por las rendijas de las puertas de la iglesia se filtraba una luz pálida. Había un profundo silencio bajo el cielo estrellado, bajo el susurro de las nubes, tan cercanas como si el Monte Junto fuese la montaña más alta del mundo. Blimunda se fue acercando, le pareció oír un murmullo entonado de oraciones, serían las completas, cuando llegó cerca oyó más fuerte la melopea, ahora eran voces fuertes allí orando al cielo, tan humildemente orando que Blimunda volvió a llorar, quizás estos frailes, sin saberlo, estuvieran trayendo a Baltasar desde las alturas, o de las profundidades del bosque, tal vez las mágicas y latinas palabras estuviesen curando las heridas que seguramente padece, por eso Blimunda se unió a las preces, diciendo mentalmente las que sabe y que sirven para todo, ruina, paludismo, alma ansiosa, alguien allá arriba se encarga de una distribución proporcional.

Al otro lado del convento, en un rebaje que da a la cuesta, estaban las ruinas. Había paredes altas, bóvedas, rincones que se adivinaba que eran celdas, buen lugar para pasar la noche al abrigo del frío y de las fieras. Blimunda, temerosa aún, entró en la profunda tiniebla de las bóvedas, tanteó el camino con las manos y los pies, temiendo caer en algún hueco. Poco a poco, los ojos se fueron acostumbrando a la oscuridad, después la claridad difusa del espacio recortó las grietas indicando las paredes. El piso, cubierto de hierba, estaba limpio. Había un altillo al que no se podía llegar, o ahora no era visible el acceso. Blimunda extendió la manta en un rincón, utilizando la alforja como almohada, se acostó. Volvieron de nuevo las lágrimas, y llorando siguió mientras dormía, soñando que lloraba. No duró esto mucho tiempo. Surgió la luna abriéndose paso entre las nubes. La luz de la luna entró en las ruinas como un fantasma, y Blimunda se despertó. Creyó que la luz la había agitado suavemente, que había rozado su rostro, o la mano que reposaba sobre la manta, pero el roce que oía ahora era igual al que oyó antes, cuando aún dormía. El rumor se oía a veces más cerca, otras veces lejos, como de alguien que busca y no encuentra, pero no por ello desiste, vuelve y se obstina, un animal que se refugia habitualmente en este lugar y que ha perdido el sentido del espacio. Blimunda se irguió sobre los codos, aguzó el oído. El sonido era ahora el de unas pisadas cautelosas, casi imperceptibles, pero próximas. Pasó una silueta ante un resquicio del muro, la luz dibujó un perfil torcido en la pared rugosa de piedra. Inmediatamente Blimunda supo que era el fraile del camino. Le había dicho dónde podía encontrar abrigo, y venía ahora a ver si había seguido su consejo, pero no por caridad cristiana. Se echó Blimunda atrás, silenciosamente, y se quedó quieta, quizá la viera y dijese, Descansa, pobre alma fatigada, sería un milagro si así fuera, un verdadero milagro, y edificante, pero la verdad no es ésa, la verdad es que el fraile viene a saciar la carne, no se lo tomemos a mal, aquí en este desierto, en el techo del mundo, es dura la vida. El fraile cubre toda la luz del resquicio, es un hombre alto y fuerte, se oye su respiración. Blimunda apartó la alforja, y cuando el hombre se arrodillaba, metió rápidamente la mano en la bolsa, cogió el espigón por el ajuste, como un puñal. Ya sabemos lo que va a ocurrir, está escrito desde que en Évora el herrero hizo el espigón y el gancho, uno está aquí en la mano de Blimunda, el otro Dios sabe dónde. El fraile tocó los pies de Blimunda, tanteando le apartó suavemente las piernas, hacia un lado, hacia otro, lo excita terriblemente la inmovilidad de la mujer, quizá está despierta y le apetece el hombre, le ha retirado las sayas hacia arriba, lleva ya remangado el hábito, avanza la mano reconociendo el camino, se ha estremecido la mujer, pero no hace ningún otro movimiento, jubiloso, el fraile embiste sobre la invisible entrepierna de la mujer, jubiloso siente que los brazos de la mujer se cierran sobre su espalda, hay grandes alegrías en la vida de un dominico. Empujado por las dos manos, el espigón se entierra entre las costillas, roza por un instante el corazón, luego continúa su trayecto, hace veinte años que el hierro esperaba su segunda muerte. El grito que empezó a formarse en la garganta del fraile se convirtió en un estertor ronco y brevísimo. Blimunda torció el cuerpo aterrada, no por haber matado sino por sentir aquel peso dos veces aplastante. Utilizando los codos se debatió y pudo salir de debajo de él. La luz de la luna mostró una parte del hábito blanco y la mancha oscura que se iba extendiendo. Blimunda se levantó, escuchó atentamente. Era total el silencio en las ruinas, sólo su corazón latía. Palpó el suelo, recogió la alforja y la manta, de la que tuvo que tirar con fuerza porque se había enrollado en las piernas del fraile, y lo colocó todo en un sitio iluminado. Luego volvió al hombre, agarró el ajuste del espigón y tiró de él, una vez, dos veces. Con la torsión del cuerpo debió el hierro de quedar trabado entre dos costillas. Desesperada, Blimunda puso un pie en la espalda del hombre y, con un tirón brusco, extrajo el arma. Oyó un borboteo espeso, la mancha negra se extendió como una inundación. Blimunda limpió el espigón en el hábito, lo guardó en la alforja, que se echó al hombro, con la manta. Cuando iba a salir de allí miró hacia atrás y vio que el fraile llevaba calzadas unas sandalias, se las quitó, un hombre muerto va por su pie a donde tenga que ir, infierno o paraíso.

En la sombra que las paredes arruinadas proyectaban, Blimunda se detuvo a elegir camino. No se arriesgaría a atravesar la explanada del convento, podía verla alguien, acaso otro fraile sabedor del secreto, a la espera del regreso del primero que, por la tardanza, debería de estar retozando muy a gusto, Malditos sean los frailes, murmuró Blimunda. Ahora tenía que desafiar todos los temores, el lobo, si no era fábula, el invisible arrastrarse

428

de algo, que ése sí lo había oído, meterse en el bosque para encontrar el camino, allá delante, donde nadie la pudiera ver. Se quitó las abarcas destrozadas, se puso las sandalias del muerto, grandes, anchas, más sólidas, ató las tiras de cuero a los tobillos y se puso en camino, siempre con las ruinas entre ella y el convento, mientras no la ocultara el bosque o una irregularidad del terreno. La rodearon los rumores de los montes, la bañaba la blancura de la luna, luego venían las nubes y la cubrían de oscuridad, pero súbitamente descubrió que nada la asustaba, que bajaría hasta el valle sin que vacilara el corazón, podían aparecer fantasmas y hombres-lobo, almas en pena y fuegos fatuos, con el espigón los echaría a un lado, arma más poderosa que todos los maleficios y atentados, candela que ilumina mi andar.

Anduvo Blimunda toda la noche. Tenía que estar muy lejos de Monte Junto cuando alumbrara la aurora, cuando la congregación se reuniera para las primeras oraciones. Al echar en falta al fraile, empezarían por buscarlo en su celda, luego por todo el convento, en la sala capitular, en el huerto, el abad lo creería huido, habría comentarios por los rincones, pero, si alguno de los hermanos sabía el secreto, sobre ascuas estaría, quién sabe si envidioso de la fortuna del otro, buena saya sería aquélla para que el otro arrojara el hábito a las ortigas, luego empezarían a buscar fuera de los muros, tal vez sea ya día claro cuando lo encuentren muerto, de la que me he librado, piensa el fraile ya no envidioso, en gracia de Dios.

Cuando, mediada la mañana, Blimunda llegó al río de Pedrulhos, decidió descansar de la ciega caminata en que venía. Había tirado las sandalias del fraile, no fuera el diablo a armarle con ellas una trampa, de su propio calzado se deshizo sin remedio, ahora hundía las piernas en el agua fría, acordándose al fin de examinar sus ropas, si había sangre en ellas, quizá esta mancha en la saya harapienta, rasgó lo que rasgado estaba, lanzó lejos el andrajo. Viendo el agua correr preguntó, Y ahora. Había lavado ya el espigón de hierro, fue como si lavara la perdida mano de Baltasar ausente, perdido, dónde. Salió del agua, Y ahora, volvió a preguntar. Entonces se le ocurrió la idea, y de su bondad se convenció, de que Baltasar estaba en Mafra, esperándola, se habían cruzado sin duda por el camino, quizá la máquina subiera sola, después Baltasar volvió, dejó olvidadas la alforja y la manta, o quizás al huir asustado, se le cayeran, también un hombre tiene derecho a sus miedos, y ahora no sabe qué hacer, si esperar, si lanzarse camino adelante, aquella mujer está loca, ah Blimunda.

Por los caminos de Mafra corría Blimunda como loca, tan extenuada por fuera, dos noches sin dormir, tan resplandeciente por dentro, dos noches batallando, alcanza y deja atrás a los que van a la consagración, si se juntan tantos no van a caber en Mafra. De lejos vienen pendones y estandartes, se distinguen grupos de gente, hasta el domingo nadie trabaja, todo es cuidar galas y afeites. Baja Blimunda hacia su casa, allí está el palacio del vizconde, hay soldados de la guardia real a la puerta, coches y berlinas por la calle, aquí se habrá alojado el rey. Empujó la cancela del huerto, gritó, Baltasar, pero nadie la respondió. Se sentó entonces en un escalón de piedra, dejó caer los brazos, e iba a abandonarse a la desesperación cuando pensó que no podría explicar por qué estaban allí la manta y la alforja de Baltasar, si precisamente tenía que decir que fue a buscarlo y no lo encontró. Sosteniéndose con dificultad sobre las piernas, se dirigió al cobertizo y escondió todo debajo de unas cañas. Ya no tuvo fuerzas para regresar. Se acostó en el comedero y al poco tiempo, porque el cuerpo siente a veces lástima del alma, se quedó dormida. Por eso no se enteró de la llegada del patriarca de Lisboa, que vino en un riquísimo coche, con otros cuatro de cortejo donde venían criados, y delante el cruciferario a caballo, con la cruz patriarcal alzada, y el merino de los clérigos, y venían también los oficiales del concejo, que habían salido a esperarlo a gran distancia, es imposible imaginar tan magnífico cortejo, la multitud gozaba contemplándolo, a Inés Antonia casi se le saltaban los ojos, Álvaro Diego asistía, aturdido y grave, como conviene a un cantero capaz de arrancar formas de la piedra, en cuanto a Gabriel, dado al vagabundaje, ni se sabe por dónde anda. Y tampoco vio Blimunda llegar, desde varios lugares pero no por su pie, más de trescientos franciscanos para asistir al acto, dándole así mayor brillo, si de dominicos fuese la orden, faltaría uno. Se perdió también el desfile triunfal de la milicia, en columna de a cuatro, venían a ver si estaban listas las obras del cuartel, el campo de tiro al alma, el arsenal de las hostias, el pañol de los sacramentos, el bordado del estandarte, In hoc signo vinces, y si, para la victoria, no basta la señal, úsense persuasiones violentas. A esta hora Blimunda duerme, es una piedra caída en el suelo, si no la tocan con el pie le va a crecer la hierba alrededor, así acontece en las grandes esperas.

Por la tarde, acabadas las celebraciones del día, volvieron a casa Álvaro Diego y su mujer, no entraron por el huerto, por eso no vieron en seguida a Blimunda, pero cuando Inés Antonia fue a recoger las gallinas que andaban sueltas, descubrió a su cuñada durmiendo, gesticulando violentamente en sueños, cómo no, si está matando a un dominico, pero eso no podía adivinarlo Inés Antonia. Entró en el chamizo, sacudió a Blimunda por un brazo, no la tocó con el pie, no es piedra para hacerlo, y ella abrió los ojos despavorida, sin saber dónde estaba, en su sueño sólo había tinieblas, aquí aún no ha caído la noche, y, en vez del fraile, está esta mujer, quién es, ah, la hermana de Baltasar, Y Baltasar, dónde está, pregunta Inés Antonia, ya ven cómo son las cosas, con estas mismas palabras se estaba preguntando Blimunda, qué respuesta ha de dar, le costó trabajo levantarse, le duele todo el cuerpo, cien veces había matado al fraile, y las cien había resucitado, Baltasar no puede venir aún, decir esto es lo mismo que estar callada, la cuestión no es si puede o no puede venir, la cuestión es por qué no viene, Piensa quedarse de carrero en Turcifal, cualquier explicación es buena con tal de que la acepten, a veces la indiferencia ayuda, es el caso de Inés Antonia, a quien no importa demasiado el hermano, cuando por él pregunta, es curiosidad y poco más.

Durante la cena, después de mostrar su sorpresa por una ausencia tan prolongada, hace tres días que Baltasar salió de casa, dio Álvaro Diego información completa sobre quién ya está y quién va a llegar, la reina y la princesa Doña Mariana Victoria se han quedado en Belas por no haber acomodo en Mafra, y por la misma razón ha ido el infante Don Francisco a Ericeira, pero lo que por encima de todo enorgullece a Álvaro Diego es, por así decir, que lo cubran los mismos aires que cubren al rey, al príncipe Don José y al infante Don Antonio, aquí mismo, enfrente, en el palacio del vizconde, cuando cenamos nosotros cenan ellos, cada uno de un lado de la calle, dame perejil, vecina. También han venido el cardenal Cunha y el cardenal Mota, y los obispos de Leiria y de Portalegre, y los de Pará y de Nankín, que no están allá, están aquí, y va llegando la corte, una masa de hidalgos que no acaba. A ver si está aquí Baltasar el domingo para ver la fiesta, dice Inés Antonia en tono cortés, Estará, murmuró Blimunda.

Aquella noche durmió en la casa. Se olvidó de comer el pan antes de levantarse, y cuando entró en la cocina vio dos fantasmas translúcidos, rápidamente convertidos en un manojo de vísceras y haces de palos blancos, es el horror de la vida, le dio un vómito, volvió la cara precipitadamente y empezó a masticar su pan, pero Inés Antonia soltó una carcajada sin maldad, A ver si estás preñada, después de tantos años, son palabras inocentes que duplicaron el dolor de Blimunda, Ahora, ni aunque lo quisiera, pensó a voces dentro de sí. Aquél fue el día de la bendición de las cruces, de los cuadros de las capillas, de los paramentos y demás objetos de culto, y luego del convento con todas sus dependencias. El pueblo se quedó fuera, Blimunda no llegó a salir de casa, se contentó con ver al rey subiendo al coche, con el príncipe y el infante, iba a encontrarse con la reina y las altezas, por la noche, lo explicó Álvaro Diego lo mejor que pudo.

Al fin llegó el más glorioso de los días, la fecha inmortal del veintidós de octubre del año de gracia de mil setecientos treinta, cuando el rey Don Juan V cumple cuarenta y un años y acude a la consagración del más prodigioso monumento que se haya alzado en Portugal, monumento aún por acabar, es verdad, pero por una paja se conoce el pajar. No se puede describir tanta maravilla, Álvaro Diego no lo ha visto todo, Inés Antonia todo lo ha confundido, Blimunda fue con ellos, parecería mal que no fuese, pero no sabe si sueña o está despierta. Eran las cuatro de la mañana cuando salieron de casa para coger buen sitio en la explanada, a las cinco formó la tropa, ardían antorchas por todas partes, luego empezó a amanecer, bonito día, sí señor, Dios cuida bien su hacienda, ahora se ve el magnífico trono patriarcal, al lado izquierdo del pórtico, con su silla y dosel de terciopelo carmesí con guarniciones de oro, el suelo cubierto de alfombras, un primor, y en una credencia el calderito y el hisopo, más los restantes instrumentos, ya se ha formado la procesión solemne que va a dar la vuelta a la iglesia, el rey va en ella, detrás los infantes y la nobleza, conforme a sus precedencias, pero lo principal de la fiesta es el patriarca, bendice la sal y el agua, tira agua bendita a las paredes, no debió echar tanta cuanta debiera, o no habría caído Álvaro Diego desde treinta metros de aquí a pocos meses, y después golpea por tres veces con el báculo en la puerta grande de en medio, que estaba cerrada, a la tercera fue la vencida, será la cuenta que Dios hizo, se abrió la puerta y entró la procesión, qué pena que no puedan entrar Inés Antonia y Álvaro Diego, e incluso Blimunda, pese a su escaso interés, podrían ver las ceremonias, unas

434

sublimes, otras sorprendentes, unas prostrándose el cuerpo, otras sublimándose aceleradamente el alma, por ejemplo, escribe el patriarca con la punta del báculo, en montones de ceniza dispuestos en el pavimento de la iglesia, los alfabetos griego y latino, más parece obra de brujería, yo te marco y te signo, que ritual canónico, como es también el caso de aquella otra masonería que está allá, oro molido, incienso, ceniza otra vez, sal, vino blanco en una botella de plata, cal y polvo de piedra en una bandeja, una cuchara de plata, una concha dorada, qué sé yo, no faltan jeroglíficos, visajes y garambainas, pasos y pases, hacia aquí y hacia allá, santos óleos, bendiciones, reliquias de los doce apóstoles, doce, y así se pasó la mañana y gran parte de la tarde, que eran las cinco cuando el patriarca inició la gran misa pontifical, que, claro está, llevó su tiempo, y no fue poco, al fin se acabó, entonces subió a la tribuna de la sala de Benedictione para bendecir al pueblo que esperaba fuera, setenta mil, ochenta mil personas, que en un gran susurro de vestes y movimientos se derrumbaron de rodillas en el suelo, momento inolvidable por muchos años que viva, Don Tomás de Almeida recita desde allá arriba palabras de bendición, quien tenga buena vista verá cómo mueve los labios, oídos no hay que alcancen, ay si fuera hoy, clamarían por todo el orbe, urbi et orbis, las trompetas electrónicas, verdadera voz de Jehová, que tuvo que esperar milenios para que al fin lo oyera la tierra, pero la mayor sabiduría del hombre sigue siendo el contentarse con lo que tiene, mientras no inventa algo mejor, por eso es tan grande la felicidad de la villa de Mafra y de quien allí está, le bastan los gestos acompasados de la mano, de arriba

435

abajo, de izquierda a derecha, el anillo centelleante, los oros y carmesíes resplandecientes, las albas de Cambray, el retumbar del báculo sobre la piedra que vino de Pêro Pinheiro, recuérdenlo, ved cómo la piedra sangra, milagro, milagro, milagro, aquél fue su último gesto, quitar el calzo, se retiró el pastor con el séquito, se levantaron las ovejas, seguirá la fiesta, ocho son los días de consagración, y éste es el primero.

Blimunda dijo a los cuñados, Ya vuelvo. Bajó la ladera hacia la villa desierta. Con la prisa, algunos vecinos habían dejado las puertas y postigos abiertos. La lumbre estaba apagada. Blimunda fue al cobertizo a buscar la manta y la alforja, entró en casa, reunió lo que pudo de comida, un cuenco de madera, una cuchara, algunas ropas suyas, otras de Baltasar. Luego metió todo en la alforja y salió. Empezaba a oscurecer, pero ahora, ya no iba a tener miedo de ninguna noche, siendo tan negra la que llevaba dentro.

Durante nueve años buscó Blimunda a Baltasar. Conoció todos los caminos del polvo y del barro, la blanda arena, la piedra aguda, tantas veces la helada crujiente y asesina, dos nevadas de las que sólo salió viva porque aún no quería morir. El sol la requemó como una rama retirada del fuego antes de llegarle la hora de convertirse en cenizas, quedó cubierta de arrugas como una fruta pasada, fue espantajo en medio de los sembrados, aparición para los habitantes de los pueblos, temor de las aldeas y de los caseríos. Allá donde llegaba preguntaba si habían visto a un hombre con estas y aquellas señas, la mano izquierda falta, y alto como un soldado de la guardia real, barba completa y gris, y si entre tanto la afeitó, es una cara que no se olvida, al menos no la he olvidado yo, y tanto puede haber venido por los caminos de la gente, o por los senderos que cruzan los campos, como puede haber caído de las nubes en un pájaro de hierro y mimbres entrelazados, con una vela oscura, bolas de ámbar amarillo, y dos esferas de metal opaco que contienen el mayor secreto del universo, aunque de todo esto no queden más que añicos, del hombre y del ave, llévenme a ellos, que con sólo poner las manos encima los reconoceré, ni necesito mirarlos. La creían loca, pero, si se estaba algún tiempo por allí, la veían tan sensata en todas sus palabras y en sus actos que dudaban de la primera sospecha de poco juicio. Al final la conocían ya de tierra en tierra, y la llamaban la Voladora, por causa de la extraña historia que contaba. Se sentaba a las puertas charlando con las mujeres del lugar, oía sus quejas, sus lamentos, con menos frecuencia sus alegrías, por ser pocas, por guardarlas quien las tenía, tal vez porque no siempre hay la seguridad de sentir lo que se guarda, es sólo para no quedar desprovisto de todo. Por donde pasaba, quedaba un fermento de desasosiego, los hombres no reconocían a sus mujeres, que súbitamente empezaban a mirarlos con pena de que no hubieran desaparecido para poder buscarlos. Pero esos mismos hombres preguntaban, Se ha ido ya, con una inexplicable tristeza en el corazón, y si les respondían, Aún anda por ahí, volvían a salir con la esperanza de encontrarla en aquel bosque, en el sembrado alto, bañando los pies en el río o desnudándose tras unas cañas, era igual, que sólo los ojos gozaban, entre la mano y el fruto hay un espigón de hierro, afortunadamente nadie más tuvo que morir. Nunca entraba en iglesia si había gente dentro, sólo para descansar sentada en el suelo o apoyada en una columna, entré un momento, y ya me voy, ésta no es mi casa. Los curas que oían hablar de ella le mandaban recado para que fuese a confesarse, curiosos de saber qué misterios se ocultaban en aquella romera o peregrina, qué secretos se escondían en su rostro impenetrable, en aquellos ojos quietos cuyos párpados apenas se movían, y que a ciertas horas y a cierta luz parecían lagos donde fluctuaban sombras de nubes, las sombras que por dentro pasaban, no las comunes del aire.

Y ella les mandaba decir que había hecho promesa de confesarse sólo cuando se sintiera pecadora, no podía haber respuesta que más escandalizara, si pecadores somos todos, sin embargo, a veces hablando de esto con otras mujeres, las dejaba pensativas, en definitiva, qué faltas son esas nuestras, las tuyas, las mías, si nosotras somos, mujeres, realmente, el cordero que quitará el pecado del mundo, el día en que esto se entienda va a ser preciso empezarlo todo de nuevo. Pero no siempre los incidentes de su paso fueron de este tenor, a veces fue apedreada, escarnecida, y en una aldea donde así la maltrataron hizo luego un prodigio tal que poco faltó para que la tomaran por santa, fue el caso que había en el lugar gran sequía de agua, por estar agotadas las fuentes y consumidos los pozos, y Blimunda, tras haber sido expulsada, recorrió los alrededores usando su ayuno y su videncia, y a la noche siguiente, cuando todos dormían, entró en la aldea, y desde mitad de la plaza gritó que en tal sitio y a tal profundidad corría un venero de agua pura, que la vi yo, por eso la llamaron Ojos-de-agua, de los ojos que primero se bañaron en ella. Ojos que agua generasen los halló también, y tantos, si habiendo dicho que vino de Mafra le preguntaban si conocía a uno con este nombre y esta figura, era mi marido, era mi padre, era mi hermano, era mi hijo, era mi novio, lo llevaron forzado a trabajar en el convento, por orden del rey, y nunca más lo vi, no volvió más, habrá muerto por allí, se habrá perdido en el camino, quién sabe, nadie me supo dar noticia de él, quedó la familia sin amparo, abandonada la tierra, o se lo llevó el diablo, pero aquí tengo ya otro hombre, ése es animal que nunca falta si la mujer le

439

abre el cubil, no sé si me entiendes. Pasó por Mafra, supo por Inés Antonia que había muerto Álvaro Diego, de Baltasar ni de muerte había indicio, cuanto menos de vida.

Nueve años buscó Blimunda. Empezó contando las estaciones, luego les perdió el sentido. En los primeros tiempos calculaba las leguas que andaba por día, cuatro, cinco, a veces seis, pero luego se le confundieron los números, pronto no tuvieron significado el tiempo y el espacio, todo se medía en mañana, tarde, noche, lluvia, solanera, granizo, niebla, nublado, camino bueno, camino malo, cuesta de subir, cuesta de bajar, llanura, montaña, playa de mar, ribera de río, y rostros, millares y millares de rostros, rostros sin número que los dijese, cuántas veces más que los que en Mafra se habían juntado, y, entre los rostros, los de las mujeres para las preguntas, los de los hombres para ver si en ellos estaba la respuesta, y de éstos ni los muy jóvenes ni los muy viejos, alguien de cuarenta y cinco años cuando lo dejamos en la ladera del Monte Junto, cuando subió a los aires, para saber la edad que va teniendo basta añadirle un año cada vez, por cada mes tantas arrugas, por cada día tantos cabellos blancos. Cuántas veces imaginó Blimunda que estando sentada en la plaza de un pueblo, pidiendo limosna, se acercaría un hombre que en vez de dinero o pan le tendía un gancho de hierro, y ella metería la mano en la alforja y de allá sacaría un espigón de la misma forja, señal de su constancia y guarda, Así te encuentro, Blimunda, Así te encuentro, Baltasar, Por dónde anduviste todos estos años, qué casos y miserias te ocurrieron, Háblame primero de ti, tú eres quien ha estado perdido, Te voy a contar, y se quedarían hablando hasta el fin de los tiempos.

Millares de leguas anduvo Blimunda, casi siempre descalza. La planta de sus pies quedó callosa, hendida como corcho. Portugal entero estuvo bajo estos pasos, algunas veces atravesó la raya de España porque no veía en el suelo señal que separase la tierra de allá y la de aquí, sólo oía hablar otra lengua, y se volvía atrás. En dos años, fue de las playas y de los cantiles del océano hasta la frontera, después empezó a buscar por otros lugares, por otros caminos, y andando y buscando descubrió qué pequeño era el país donde nació, Aquí ya he estado, por aquí ya pasé, y daba con rostros que reconocía, No se acuerda de mí, me llaman la Voladora, Ah, claro que me acuerdo, ha encontrado ya al hombre que buscaba, A mi marido, Sí, a ése, No, no lo he encontrado, Pobrecilla, No sabe si ha aparecido por aquí después de haber pasado yo, No, no ha aparecido, ni nunca he oído hablar de él por estos alrededores, Entonces, me voy, hasta otro día, Buen viaje, Si lo encuentro.

Lo encontró. Seis veces había pasado por Lisboa, ésta era la séptima. Venía del sur, de la parte de Pegões. Cruzó el río, casi de noche, en la última barca que aprovechó la marea. Llevaba casi veinticuatro horas sin comer. Tenía algún pan en la alforja, pero, cada vez que iba a llevárselo a la boca, parecía que en su mano se posaba otra, y una voz le decía, No comas, que ha llegado el tiempo. Bajo las aguas oscuras del río veía pasar los peces a gran profundidad, cardúmenes de cristal y plata, largos dorsos escamosos o lisos. La luz interior de las casas se filtraba por las paredes, difusa como un faro en la niebla. Entró por la Rua Nova dos Ferros, dobló a la derecha en la iglesia de Nuestra Señora da Oliveira, en dirección al

Rossío, repetía un itinerario de hacía veintiocho años. Caminaba entre fantasmas, entre neblina, que eran personas. Mezclado con mil hedores de la ciudad, la brisa nocturna le trajo el de carne quemada. Había una multitud en Santo Domingo, antorchas, humo negro, hogueras. Se abrió paso, llegó hasta las primeras filas, Quiénes son, preguntó a una mujer que llevaba un chiquillo en brazos, Sé de tres, aquél de allá y la chica, son padre e hija, están aquí por culpas de judaísmo, y el otro, el de la punta, es uno que hacía comedias de fantoches y se llamaba Antonio José da Silva*, de los otros no he oído hablar.

Son once los supliciados. Va adelantada la quema, los rostros apenas se distinguen. En el extremo arde un hombre a quien falta la mano izquierda. Tal vez por tener la barba ennegrecida, prodigio cosmético de la fulígine, parece más joven. Y una nube cerrada está en el centro de su cuerpo. Entonces Blimunda dijo, Ven. Se desprendió la voluntad de Baltasar Sietesoles, pero no subió hacia las estrellas, si a la tierra pertenecía y a Blimunda.

---

* Antonio José da Silva, dramaturgo portugués, llamado *o Judío*. Nació en Río de Janeiro, en 1705, en una familia de conversos. En 1737 fue detenido sin denuncia previa y condenado. Manifestó su voluntad de morir dentro de la Iglesia, por lo que fue ejecutado a garrote, y, luego, quemado su cadáver. Antonio José da Silva compuso *óperas de muñecos*. Los muñecos eran de corcho, con articulaciones de alambre. Una de sus obras es una adaptación libre del *Quijote*. (N. del T.)

Biografía

José Saramago nació en Azinhaga (Portugal) en 1922. Antes de responder a la llamada de la literatura trabajó en diversos oficios, desde mecánico hasta editor. En 1947 publicó su primera novela, *Tierra de pecado*, ahora reeditada en Portugal coincidiendo con los cincuenta años de su aparición. Pese a las críticas estimulantes que entonces recibió, el autor decidió permanecer sin publicar más de veinte años porque, como él afirma ahora: «Quizá no tenía nada que decir». La celebridad y el reconocimiento a escala internacional le llegan con la aparición, en 1982, de su ya legendaria novela *Memorial del convento*, a la que siguió *El año de la muerte de Ricardo Reis*. Su trabajo narrativo goza desde entonces de una admiración sin límites, que cada nuevo título va confirmando: *La balsa de piedra* (1986), *Historia del cerco de Lisboa* (1989), *El Evangelio según Jesucristo* (1991), *Casi un objeto* (1994), *Viaje a Portugal* (1995), *Ensayo sobre la ceguera* (1996), *Todos los nombres* (1998), *La caverna* (2000), *El hombre duplicado* (2003), *Ensayo sobre la lucidez* (2004) y *Las intermitencias de la muerte* (2005). Distinguido por su labor con numerosos galardones y doctorados honoris causa (Universidades de Turín, Sevilla, Manchester, Castilla-La Mancha y Brasilia), José Saramago ha logrado compaginar sus viajes y su labor literaria con su amor a Lisboa y sus estancias en Lanzarote, lugares en los que reside alternativamente. José Saramago es militante del Partido Comunista Portugués y está comprometido en numerosas causas humanitarias. Ha recibido el Premio Camoes, equivalente al Premio Cervantes en los países de lengua portuguesa. La Academia Sueca, en el comunicado de concesión del Nobel, premio que recibió en 1998, destacó su capacidad para «volver comprensible una realidad huidiza, con parábolas sostenidas por la imaginación, la compasión y la ironía».